U0833224

西藏岁月 系列丛书

喜马拉雅丰碑

闫振中 著

大连出版社
DALIAN PUBLISHING HOUSE

© 闫振中 2014

图书在版编目(CIP)数据

喜马拉雅丰碑 / 闫振中著．—大连：大连出版社，2014.4
(西藏岁月系列丛书)
ISBN 978-7-5505-0642-8

Ⅰ．①喜… Ⅱ．①闫… Ⅲ．①报告文学－中国－当代
Ⅳ．①I25

中国版本图书馆CIP数据核字(2014)第046013号

丛书题字：策墨林 · 单增赤列（藏文）
汪象华（汉文）
总 策 划：德吉措姆 张彦丽
出 版 人：刘明辉
策划编辑：张 波
特约编辑：李 敏
责任编辑：张 波 韩 丹
封面设计：樊志国 吴尚夫
版式设计：张 波
责任校对：李 萤
责任印制：徐丽红

出版发行者：大连出版社
地址：大连市西岗区长白街10号
邮编：116011
电话：(0411)83620442/83621075
传真：(0411)83610391
网址：http://www.dlmpm.com
E-mail：dlszhangbo@163.com
印 刷 者：山东鸿杰印务集团有限公司
经 销 者：各地新华书店

幅面尺寸：170 mm×230 mm
印 张：20
字 数：326千字
出版时间：2014年4月第1版
印刷时间：2014年4月第1次印刷
书 号：ISBN 978-7-5505-0642-8
定 价：30.00元

(版权所有 侵权必究) 西藏岁月文学艺术工作者协会

《西藏岁月系列丛书》编委会

顾　问：阴法唐　列确(藏族)　齐扎拉(藏族)　张跃平

主　任：吉林(北京)　德吉措姆(西藏)(藏族)

副主任：沈开运　贾沫微　扎西达娃(藏族)　马新明(彝族)　张彦丽(满族)

委　员：高文庭　西尼崔臣(藏族)　冰融(满族)　刘亮　杨从彪

主　编：德吉措姆

副主编：张彦丽

编　辑：冰融　马殿文　李敏　樊志国　益西美多(藏族)

编委会办公室：张彦丽　李怀周　冰融　启乾　卢岚(藏族)

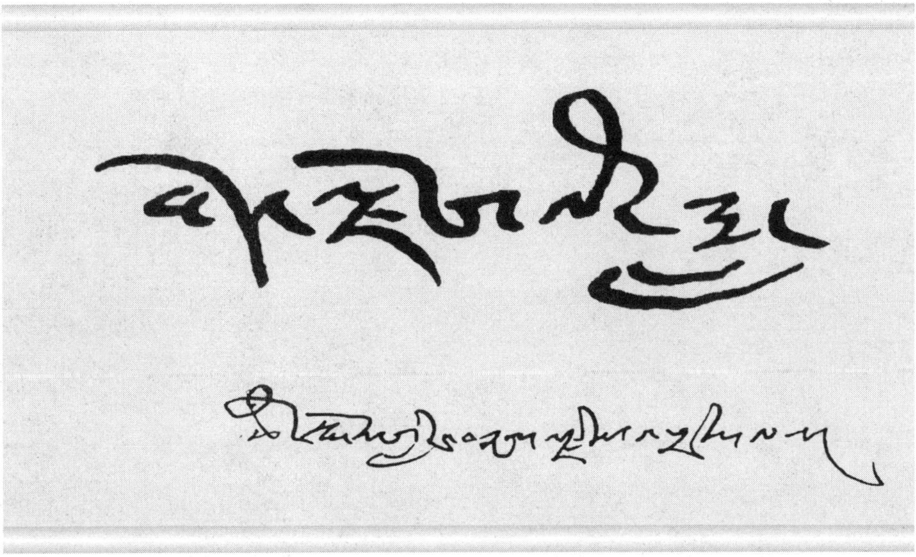

西藏岁月——策墨林·单增赤列题字

策墨林·单增赤列，男，藏族，1950年9月生，西藏拉萨人，无党派人士，1956年10月参加工作。现任政协第十届西藏自治区委员会副主席，第七届、八届、九届、十届全国政协委员。

汪象华题字

汪象华，少将，博士，1959年5月生于湖北黄冈，中国书法家协会会员，中国书法家协会维权鉴定委员会副主任，武警部队首任书画研究院院长，西藏书法家协会名誉主席。曾任武警广东省总队政治部副主任，武警宁夏总队政治部主任，武装警察部队政治部宣传部部长，现任武警部队西藏自治区总队政委。

《人民日报》、《解放军报》、《光明日报》、《中国文化报》、《中国书画报》、《解放军生活》等数十家报纸杂志曾多次刊登汪象华将军的书法作品。2011年10月，荣宝斋出版社出版发行了《汪象华书法作品集》。汪象华将军的作品曾获全国第十四届群星奖书法金奖，并多次获全国、全军书法作品展大奖，被多家机构和个人收藏，还被作为国礼送往日本、美国等国家和地区。

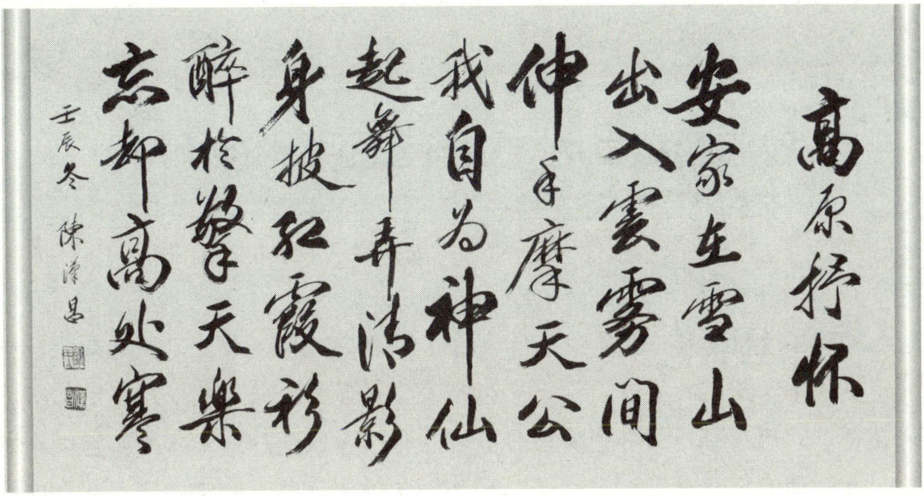

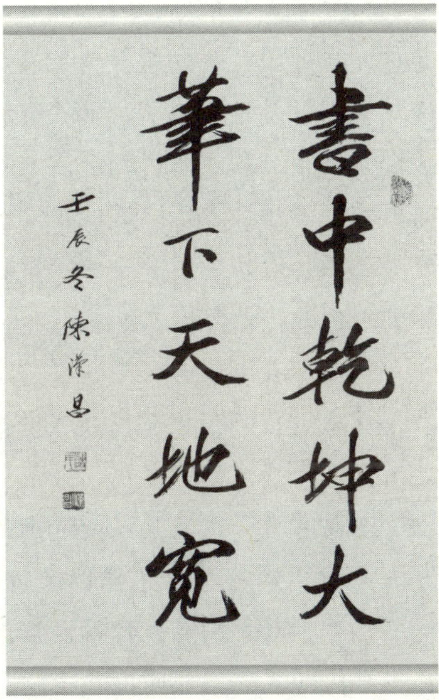

陈汉昌，1939年10月生，重庆市荣昌县人。政协第七届西藏自治区委员会副主席。西藏党校、西藏大学名誉教授。1994年受聘任全国思想政治工作科学专业委员会特邀研究员、常务理事。所写文章先后入编《中国社会科学文库》、《邓小平理论研究文库》等丛书，《谈谈我区精神文明建设的若干问题》获自治区优秀论文奖。主持编辑的《汉藏小伙伴手拉手，相约在二十一世纪》获得全国“五个一工程”奖。现为中国书法家协会理事，西藏书法家协会名誉主席。作品曾入选“中国名家书法作品邀请展”、“第二届国际书画家艺术交流大展”，先后入编《中国书法选集》、《世界书画家名录》，并先后荣获金奖艺术家、世界书画艺术名人、当代百名优秀文艺家等称号。出版有《中国当代著名书画家系列丛书·陈汉昌书法作品集》。

总序

难忘西藏岁月　弘扬老西藏精神（序一）

阴法唐

2010年金秋九月，雪域高原最美的时节，为纪念西藏和平解放60周年、中国共产党成立90周年，张彦丽同志来到我家，将筹备成立西藏岁月文学艺术工作者协会及出版《雪山的眷恋系列丛书》（即《西藏岁月系列丛书》）等事向我作了详细的介绍。张彦丽同志是1976年大学毕业进藏的知青，这个满族的后代和那些热血青年一样，在祖国挑选他们的时候，胸怀壮志，自愿报名去西藏当农民，后来又当教师、当干部，在西藏一干就是37年，是在西藏工作时间比较长的“老西藏”。介绍起他们在拉萨、成都召开《雪山的眷恋系列丛书》座谈会的情形，她特别激动。那些健在的十八军老同志，怀着极大的热情参加了座谈会，甚至有些人带病到会。他们谈到当年进藏时的情景，好多人热泪盈眶，感慨难抑。座谈会上，有的还拿出自己多年积累的文稿，希望通过西藏岁月文学艺术工作者协会这个平台，回忆建设西藏历史，弘扬“老西藏精神”，抒发他们对西藏的眷恋和关怀。

谈起一些老战士、老作家、老记者的现状，听到那些耳熟能详的名字时，我感慨良多。60多年前我们在进军西藏和雪山筑路时，战士们都是20来岁的小伙子，十七八岁的小姑娘。他们不但要完成长途跋涉、开山修路那些超强度劳动，还要承受高山缺氧、交通不畅、供给不足等原因造成的常人无法想象的困难，不少人提前结束了他们宝贵的年轻生命，有幸活下来的人也大多疾病缠身，但他们毫无怨言，青春无悔。作为进军西藏主力部队的一位领导成员，作为上世纪80年代的西藏自治区党委第一书记，我为这些老战士骄傲。他们当年听从党的指挥，进军祖国大陆最后一块未解放、条件艰苦的领土，为把西藏改造为人民民主的西藏，为西藏人民流血流汗，一不怕苦、二不怕死，与西藏人民一起长期建藏，努力奋斗，无私奉献。今天看到这些充满革命激情的战友们还像当年一样，心里始终想着西藏，爱着西藏，并为宣传西藏、为弘扬“老西藏精神”笔耕不辍，仍然在继续努力奋斗，我从心里往外高兴。张彦丽同志向我介绍完情况后，我建议她在协会成立后，要尽量多抽出时间去各地走访一下当年的老十八军战士，尽早地将老同志们的文集与采访记录搜集上来，她答应了。我也表示，为了这些老战士，为了蓬勃发展的西藏事业，我愿意为西藏岁月文学艺术工作者协会做顾问，我老伴、首批进藏女兵李国柱同志也愿意多参与协会的一些工作，共同组织回到内地的“老西藏”们继续为建设西藏、为西藏人民贡献余热。

2010年9月20日，我和夫人李国柱应邀参加了在北京召开的丛书座谈会。会上，在京30位老同志为丛书编撰提出了很好的建议和意见。时隔三年之后的2013年5月，张彦丽同志带着样书设计稿再一次来到我家，兴致勃勃地告诉我，西藏岁月文学艺术工作者协会正式成立了，并特别提到在原自治区党委常委、自治区政协副主席德吉措姆同志大力支持和积极协调下，得到了北京市政府的援助，期待已久的系列丛书可以面世了。虽然我已91岁高龄，但听到这个消息仍精神振奋，心里如同炎热的酷暑，热情洋溢、豪气顿增。协会尽管在经费困难、人手有限的情况下做了大量工作，可还是有许多同志没采访到，他们深表遗憾。但我相信，有这么多热心同志的支持与关注，尤其是藏族同胞的高度重视，西藏岁月文学艺术工作者协会这个平台，一定会为弘扬“老西藏精神”，为热爱西藏、宣传西藏、服务西藏做出更多、更有意义的事情。

一想到西藏的岁月，我的心里热乎乎的，这个序我不能不作，战友们的心愿我应该满足。

回忆起1950年进军西藏时，我是十八军五十二师副政委。在解放西藏昌都的战斗中，我们十八军五十二师分左中右三路进攻、迂回、包围昌都，我和师参谋长带着五十二师一个步兵团（一五四团）、两个直属连及青海一军骑兵支队，横跨四川、青海、西藏三个省区，15天在海拔四五千米的风雪高原上急行军1500华里。那个艰苦想起来就心颤。毛主席说“进军西藏不吃地方”，为此，我们进攻、迂回、包围昌都的各路战士，除了背上武器，还要背上春夏秋冬的衣服、半个月的食品、帐篷及些许烧火的燃料或代用品，每人负重70斤，高原反应，几步一喘。部队断粮后几天吃不上东西，战士们被迫吃累死饿死的牛马，喝牛马血，吃生肉，最后吃兽皮，甚至连骨头和角都烧成灰烬填进肚里。因冻、累、病、饿等多种原因，许多战士痛苦之状难以描述，不少同志遗尸高原，活下来的也是九死一生。差不多有一半战士患上雪盲，短时间失明，无法看路，他们便把绑腿连起来互相牵着走；过河时，冰块在湍急的水流中划破皮肉，血流不断；有的战士腿伤化脓坏死，被迫锯断腿肢。一五四团和青海骑兵支队有不少是非战斗减员，骑兵支队的马死了一半多，骑兵变步兵。那真是冰山雪峰掩忠骨，马革未能裹尸还。但全师将士心里都明白：只要堵住敌军后撤拉萨的路口就是胜利。10月18日，我们100余名骑兵和100余名步兵比敌人早4个多小时抢先到达昌都以西的恩达，切断了敌军的西退之路，奠定了和平解放西藏的基础。我们终于取得了解放祖国大陆最后一片领土的全面胜利。

翻书阅卷，历史风云一幕幕闪过。60年一甲子，岁月洗去了多少人世铅华，但“老西藏”们忠于祖国，热爱共产党，热爱西藏人民，长期建藏、边疆为家，一不怕苦、二不怕死，自觉遵纪守法，自力更生、艰苦创业（简称“长期建藏，两不怕；艰苦创业，守法纪”），加上以后中央提出的“五个特别”的“老西藏精神”，却代代相传，生生不息。先烈回眸应笑慰，擎旗自有后来人。

理念和实践说明，“长期建藏”的“老西藏精神”，不仅适用于外地去西藏的同志，也适用于西藏本地区的同志。去西藏的同志，无论是解放西藏去的，或是调进西藏去的，还是支边去的，援藏去的，都统称是进藏干部吧。“长期建藏”除本地区多数同志外，不是一定要干一辈子，一定要死在西藏，是根据党和人民的需要，由组织决定的，时间有长有短。但无论在藏多久，都不要抱临时观点，应付差事，混日子，当一天和尚撞一天钟；都要从热爱祖国、热爱西藏出发，在思想上长期着眼、长期打算，行动上老老实实、兢兢业业，艰苦奋斗，无私奉献。

我第二次调离西藏后，虽然还在解放军第二炮兵、全国人大常委会工作和执行中央领导机关交办临时任务共一二十年，但仍和那些“老西藏”一样，念念不忘西藏。并想在有生之年，在可能的情况下，继续为西藏做点事，首先对几件遗留问题要设法解决。其中最重要的是要求和呼吁给西藏修一条铁路。这是从在西藏任自治区党委第一书记时起就呼吁的。没有铁路，西藏便没有发展，就“大富”不起来。在党中央的英明决策和筑路大军的努力下，在全国各地特别是西藏人民的支持下，这个愿望实现了，也圆了我几十年来想坐着火车回西藏，看望西藏父老乡亲的梦。二是从自己做起，调动各方力量不断支持西藏教育事业发展，目标是为追赶先进地区的教育事业尽微薄之力。文化教育是民族文明和民族素质的基本要素，西藏发展缺少的是本民族的科学文化人才。为此，我从自己家做起，多方筹措资金成立“阴法唐西藏教育基金会”，我们的家庭也继续在这方面再做贡献。

第三件事，就是我们这些进藏时间早，经历过进军西藏、解放西藏、建设西藏、巩固国防甚至以后阶段的实践者，很想把自身亲历、耳闻目睹及手中掌握的或能查到的资料，筛选、整理成文，作为出版物献给读者，使更多人了解那段真实的历史，并解疑释惑。2008年，在中央党史研究室和西藏自治区党委等领导机关、领导同志支持下，由中共党史出版社出版了《解放西藏史》一书。这部著作已先后三次获得中央和国家机关大奖。现在，我和其他同志，愿意继续为党和西藏人民做贡献，我在这里借用进藏先遣连党代表李狄三的话，以表达我的心声：“我们活下来的人，只有更好地活着，至少是要争取活得更久一些，才能完成他未竟的事业。活着，已不是为了别的，而是为了完成我们共同肩负的使命。”

祝愿《西藏岁月系列丛书》能够鼓舞更多的人，不忘革命前辈，弘扬“老西藏精神”，希望同志们继续组织编写出更多记录那些令人追忆、感人肺腑、具有震撼力的征程的优秀作品来。

2013年8月于北京

阴法唐，1922年7月生于山东省肥城市桃园镇张里庄，中共党员。1955年被授予上校军衔，并荣获二级独立自由勋章、二级解放勋章。1962年晋升大校军衔。1988年被中央军委授予中将军衔，并荣获独立功勋荣誉章。曾任中共西藏自治区党委第一书记，同时被军委任命为成都军区副政委兼西藏军区第一政委。在此期间被选为西藏军区党委第一书记、西藏第三届政协主席。中共第十二、十三届代表大会代表，第十二届中央委员，第五、第六、第七、第八届全国人大代表，第七、八届全国人大常委会委员。原中国人民解放军第二炮兵副政委。

带家人牵头，多方筹措资金成立“阴法唐西藏教育基金会”，为西藏教育事业再做贡献；2008年，在中共党史研究室和西藏自治区党委等领导机关、领导同志支持下，牵头组织编写的由中共党史出版社出版的《解放西藏史》，先后获得中央和国家机关三次大奖。

总序

圆 梦（序二）

张跃平

2010年，阳光明媚的4月，我收到《雪山不会忘记系列丛书》编委会的丛书策划案送审文件。详细看过之后，心情非常激动，当时就签署了支持意见。后来，在书稿的编撰过程中，《雪山不会忘记系列丛书》改名为《西藏岁月系列丛书》更符合选题内容。

一晃就是三年。今年4月，《西藏岁月系列丛书》编辑委员会邀约我为丛书写序。欣喜是自然的，担心亦在情理之中。我深知这绝非一般意义上的工作，因为，不论是作者还是编辑委员会的工作者，大多已退休离开了工作岗位，此次又重新走到一起，在西藏自治区党委、人大、政府、政协领导的高度重视和相关部门的大力支持下，用他们的真诚和热情，用他们的智慧和能力，组建了西藏岁月文学艺术工作者协会，协会组建的同时，丛书编撰工作也正式启动。为倾诉一生都无法割舍的西藏情缘，为报答西藏高天厚土给予的养育之恩，为实现大家共同的夙愿和高原梦，他们依旧那么执着，那么敬业，那么坚定，就像高山上的雪莲花，默默地绽放着永恒的绚丽。

我知道，他们约我写序，并非因为我的职务，而是因为我与丛书作者们有着同样的西藏情结，有着同样的高原梦。这份情谊，这份默契，这份梦缘，没有西藏生活经历的人永远无法想象、无法理解。

但，我懂他们。

丛书中所记录的西藏岁月，是英雄们的战斗史，是前辈们的奋斗史，是西藏文明的发展史。作者们都是“老西藏”和“老西藏”的接班人，每一位我都似曾相识，每一段述说我都非常熟悉。因为，37年前，我和这些热血青年一样，身背行囊，怀揣理想，义无反顾地踏上了这片土地，成为继十八军之后支援西藏社会主义建设大军中的一员。那时，我们很年轻，就像籽粒饱满的青稞，耐受着高寒缺氧的环境，执着地生长；就像苍劲的雄鹰，迎着风霜雨雪，勇敢地飞翔；就像健壮的牦牛，承载着重负与寂寞，倔强地前行。在我三十余载的西藏岁月中，半生青春一生爱，半生血汗一生情，我已无法分清藏族与汉族的界限，无法分清藏地与故乡的区别，如同无法分割的血脉一样。在《西藏岁月系列丛书》中，我看到了自己，又回到了那个年代。

工作之余，我酷爱摄影，特别享受按动快门的瞬间带给精神上那种欣慰的满足，特别渴望所有的经历都能成为永恒。我希望以这样一种方式，纪念我的西藏岁月，纪念我人生旅程中最有意义的时刻，纪念西藏翻天覆地的变化，纪念西藏各族人民团结奋斗、建设美丽家乡的辉煌成就。

心有多大，梦就有多大，照片和文字是一样的，不论是现在还是将来，都在向人们讲述着一个永恒的主题——圆梦。

与“老西藏”们相比，我们是幸运的，因为，我们是沿着他们以“老西藏精神”开创的那条“天路”走进高原的，我们是“特别能吃苦，特别能战斗，特别能忍耐，特别能团结，特别能奉献”的“老西藏精神”的传承者，所以，我们自豪，我们自信，我们自强。

光阴荏苒，一代又一代西藏人，览尽风雨苦亦甜；岁月如梭，一代又一代西藏人，于岁月的车轮里一刻也没有停歇；青稞酒的甘甜，酥油茶的醇香，锅庄舞的厚重，把我们的西藏岁月，永远镌刻在人生的长河里。今天，《西藏岁月系列丛书》为我们再现了这一切。其中记录的，不仅仅是作者自己的生活和经历，更宝贵的是记录了西藏和平解放中勇敢而无畏的人们，西藏建设中坚强而无私的人们，西藏发展中勤劳而智慧的人们。不论是谁读懂了其中的情感，感受了其中的真诚，领略了其中的风采，都会被感染，被触动，被洗礼，被震撼，而后，也会有一种冲动，那种背起行囊上路的冲动。

这就是《西藏岁月系列丛书》给予我们的启迪，这就是“老西藏精神”给予我们的力量。

忍不住，抬头仰望《喜马拉雅丰碑》上镌刻的《高原的记忆》，深切感受着不朽的《高原魂》；以真诚和执着《守望》着《我们的西藏岁月》、《源》，领略《墨竹河》的斑斓与阳光相聚，汇成《彩霞东来》的绮丽风光，用我们的青春，骄傲地展示着《雪域风华》，用我们的双手，创造着高原奇迹，在鲜花、掌声和《金质的哈达》涌向我们的时候，我们没有停下，坚强与自信深深地刻在前行的脚印上。因为，我们是“老西藏”们的接班人！

人生如船，梦想是帆，每个人都有一个只属于自己的梦，因为我们同属一个国家，所以我们的梦与国家民族的兴衰荣辱紧密相连。我们只有继续保持激情、坚持科学发展，中国梦才够美丽；我们只有不断完善和谐稳定、民生改善、民族团结的新局面，中国梦才够坚实。

我们的梦在西藏。

西藏的梦是繁荣昌盛，在西藏的奋斗圆了我们的梦，党的领导和各民族大团结圆了西藏梦。如今，中华民族正在用自己的勤劳与智慧圆一个梦，那就是坚定共产主义远大理想的信仰，忠实于有中国特色的社会主义共同理想的实践，实现国家富强、民族复兴、人民幸福的“中国梦”。

《西藏岁月系列丛书》正是从梦开始的地方讲起，还将继续沿着梦的思绪，在雪域高原，圆一个团结、民主、富裕、文明、和谐的社会主义新西藏梦。

2013年4月30日

张跃平，1950年5月生，辽宁北票人，中共党员。历任西藏军区生产建设师彭波农科所技术员，西藏自治区农垦厅生产技术处副处长，西藏自治区政府办公厅秘书一处处长，西藏自治区“一江两河”开发建委办综合处处长，西藏自治区拉萨市委常委、组织部部长，西藏自治区纪委副书记（正厅级），西藏自治区监察厅厅长，西藏自治区人大常委会党组副书记、常委会副主任。

序　三

德吉措姆

正当全国各族人民托起中国梦，为实现中华民族伟大复兴而奋力拼搏之际，《西藏岁月系列丛书》应运而生了。这不仅是系列丛书的作者们渴望已久的大事喜事，也是为丛书出版工作而奔波不停的工作人员十分高兴的事情，对于广大读者来说，无疑也是一次共享“老西藏精神”的丰硕成果，进一步了解真实西藏的难得机会。

为《西藏岁月系列丛书》写序，我一方面感到很荣幸，另一方面心理压力比较大，担心写不好。因为丛书的作者中有我十分熟悉的、十分敬重的“老西藏”、老领导，加上作者们每个人的作品分量很重，不仅承载着凝重的历史轨迹和社会责任，而且真实反映了那个年代广大指战员保卫祖国边疆、维护祖国统一的坚定信念，真实反映了新西藏的发展变化，处处闪耀着“老西藏精神”的光辉。

我想从以下三个方面，简单谈谈对系列丛书（10本）的初步认识，与读者共勉。一是系列丛书体现的五个基本特点；二是作者当年进军西藏时的历史概述；三是“老西藏精神”是我党我军光荣传统和优良作风的继承与发展。

一、系列丛书体现的五个基本特点

一是作者们晚年笔耕不辍，给后代留下了宝贵的精神财富。整整10本书，洋洋300多万字，字字都是作者们用心血和汗水写成的。其间所遇到的困难和问题，他们从不叫苦，从不给组织和领导找麻烦，处处以“老西藏精神”严格要求自己。他们的作品，无论是报告文学、纪实文学、诗词集或文集，还是长篇小说，都凝聚了对党对祖国的无限热爱，凝聚了对西藏人民的深情厚谊，凝聚了对生活、对西藏这片高天厚土、美丽风光的无限眷恋，骨子里透着浓浓的“西藏情结”。这是“老西藏”晚年献给党、献给西藏人民、献给新一代的又一份厚礼！

二是丛书的作者们，是一生奉献边疆的“老西藏”。

摆在读者面前的10本书的作者，大多数已是年过七旬的老革命、老前辈、老领导、老作家，还有当年参军时年龄不满15岁的女战士。虽然他们现在已退休多年，却坚持做到了老有所乐、老有所养、老有所学、老有所为，退休不褪色。他们不仅把自己一生最美好的青春时光献给了西藏，献给了西藏人民，而且到了晚年仍然在默默无闻地奉献着。西藏人民永远不会忘记“老西藏”为捍卫祖国边疆，为西藏人民的翻身解放和幸福生活而做出的牺牲和奉献。

三是作品内涵深刻，意义深远。

作者们从不同角度，用不同形式，深刻描绘了西藏和平解放、进军西藏、解放西藏、建设西藏的重大历史变革，以及改革开放、现代化建设时期，中央如何继续关心西藏、全国无私支援西藏，使西藏飞速发展变化的可喜局面。其强烈的时代感和社会责任感，必将使广大读者深入了解那个年代的沧桑巨变和那个年代造就的英雄人物，了解今天的幸福生活是无数英雄用生命和鲜血换来的，从而更加激发爱国热情，更加珍惜今天的幸福生活，更加发奋图强，努力建设家乡，自觉维护祖国统一。

四是作者深入调研、充实内容，保证作品质量。

多年来，丛书的作者们有的不顾年老体弱、疾病缠身，有的不顾家庭生活条件不够宽裕，年复一年、日复一日坚持创作，有的不顾路途遥远，交通不便，坚持走出家门访亲问友，有的结伴到离家很远的地方和城市，采访健在的英雄，寻找英雄的足迹，采集英雄的事迹。他们这种对作品负责、精益求精的态度，这种对党负责、对社会负责、对英雄负责，也对读者负责的精神，不仅让我们敬佩，更值得我们学习和发扬。

五是作品客观翔实，文风朴实无华。

丛书的作者们，无论作品反映的是哪个历史阶段，哪个具体事件，都认真坚持文化传承和文化信仰的深刻内涵，每一本书字里行间折射出的崇高境界、理想信念，让正能量传达得更鲜明、更可信、更有效。书中虽然没有更多华丽的辞藻，但娓娓道来的每一个故事、每一个人物、每一个事件，都弘扬了时代主旋律，都是为子孙后代留下的宝贵的精神财富和力量源泉。一本本耐人寻味的厚书，一段段真实可靠的经历陈述，对当代西藏进一步筑牢反对分裂、维护稳定的思想，巩固和发展民族团结，繁荣边疆地区文化建设都将产生积极而深远的影响。

二、作者当年进军西藏时的历史概述

1959年之前，也就是民主改革前的旧西藏，是一个又落后又黑暗的封建农奴制社会。在那时的社会里，广大农奴没有自己的土地和牲畜，没有人身自由，却要遭受残酷的压迫和剥削，终年挣扎在贫困、饥饿的死亡线上。党中央毛主席对西藏情况早已明察秋毫，在1949年10月1日中华人民共和国成立前后，针对国外敌对势力与西藏地方政府中的分裂主义分子加紧勾结从事分裂活动的严峻形势，做出了进军西藏的英明决定。同时，把进军西藏、经营西藏的任务具体落实给了以十八军为主力的进藏部队。另一方面，党中央毛主席从西藏特殊情况出发，制定了争取和平解放西藏的方针，说服西藏地方政府派代表赴京，促使地方政府坐下来谈判。1951年5月23日，中央人民政府和西藏地方政府在北京签订了具有历史意义的《中央人民政府与西藏地方政府关于和平解放西藏办法的协议》，简称“十七条协议”。从此，西藏人民摆脱了帝国主义的侵略和压迫，西藏和平解放，西藏历史翻开了新的篇章。1951年5月25日，毛主席发布了人民解放军进军西藏的命令。十八军等各路进藏部队，分别从西康、云南、新疆、青海向西藏进发，经过一年多的千辛万苦、英勇奋斗，终于完成了党中央毛主席交给的光荣的历史任务。西藏人民也从此开始认识了解放军，认识了共产党。

1959年3月，西藏上层反动集团悍然撕毁“十七条协议”，发动了全面的武装叛乱。人民解放军坚决平息了叛乱，西藏实行了民主改革，彻底废除了封建农奴制度，百万农奴翻身得解放，当家做了主人。1965年9月西藏自治区正式成立，宪法赋予的民族区域自治权利得到了实现，有力推动了西藏的社会进步和经济发展。改革开放和现代化建设时期，党中央又制定了新时期西藏工作的一系列方针政策和发展措施，安排部署了全国支援西藏的重大决策，使西藏很快实现了经济发展、社会稳定、民族团结、边防巩固、向全面建设小康社会目标前进的美好前景。60多年的实践证明：只有在党的领导下，只有在祖国的怀抱中，只有走中国特色西藏特点的社会主义道路，西藏才会有光明的前途和幸福的未来。

三、“老西藏精神”是我党我军光荣传统和优良作风的继承与发展

“老西藏精神”是上世纪50年代进军西藏的广大指战员和领导干部、工作人员及后来的驻藏解放军和地方各族干部在极其艰苦、极其特殊的环境下，以大无畏的英雄气概共同创造的高原之魂。也就是当年江泽民总书记在中央召开

的第四次西藏工作座谈会上提出的“特别能吃苦，特别能战斗，特别能忍耐，特别能团结，特别能奉献”的精神，就是长期建藏、一不怕苦二不怕死、艰苦创业、认真执行政策、守纪律的高尚品格。“老西藏精神”是我党我军光荣革命传统的重要组成部分，有力地继承和丰富了中华民族传统美德和精神财富。

回顾当年进藏部队广大指战员和工作人员所遇到的艰难险阻和特殊复杂的困难局面，想到他们最终如何把五星红旗插上喜马拉雅山时，人们不得不相信“老西藏”们就是一群特殊材料制成的人！“老西藏精神”就是他们用鲜血和生命铸就的不朽丰碑！

他们热爱党，忠于祖国，一切听从党安排。这是战胜一切困难，最终夺取胜利的根本保证。例如，中华人民共和国刚成立不久，十八军在成都的战役也结束了，上级已任命张国华军长、谭冠三政委等领导到地方工作，官兵们好不容易从长期的战争环境中走出来，准备接受相对稳定的地方工作时，突然接到上级命令，进军西藏，并明确以第十八军为进藏主力。当时部队内部的思想波动可想而知，但是，经过战争锻炼的英雄部队经受住了严峻的考验，在张国华军长和谭冠三政委“舍小家顾大家，要把忠骨埋西藏”精神鼓舞下，部队统一思想，提高认识，增强信心，决心坚决完成党中央交给的任务。只要党需要，一声令下，打起背包就出发。“到边疆去！”“到祖国最需要的地方去！”这就是进藏部队勇往直前的英雄本色，充分体现了大局意识、服务意识和高度的政策纪律观念，充分体现了革命军人崇高的理想信念。

他们进军西藏遇到的艰难险阻，是今天的人们无法想象的。无论是十八军各部队，还是新疆骑兵独立师先遣连等进藏部队，都经历了同样的高寒缺氧、风雪交加、忍饥挨饿、缺医少药、物资供应缺乏等困难考验。但他们靠双脚走出了雪山、草地，战胜了自然环境的无情磨难和反动势力的阻挠破坏。如果没有“让高山低头，让河水让路”的英雄气概，没有“以苦为荣，以苦为乐”的艰苦奋斗、无私奉献精神，没有“长期建藏，边疆为家”的长远计划，就不会有“老西藏精神”独特的优良品质和高尚情操。

他们严格执行党的民族政策和宗教政策，赢得了广大僧俗群众的衷心拥护。“十七条协议”签订后，毛主席对张国华军长特别叮嘱：“你们在西藏考虑任何问题，首先要想到民族和宗教这两件大事，一切工作必须慎重稳进。”毛主席一针见血地指出了民族、宗教、统战工作在西藏整个工作中的重要性，给部队各项工作指明了方向。在当时那种条件艰苦、情况十分复杂的形势下，张经武、张国华、谭冠三等领导模范地贯彻执行了毛主席关于民族、宗教等一系列方针政策，并且制定了许多切实可行的具体措施。如把关于尊重宗教信仰、尊重藏族风俗习惯也作为一项重要准则写进了守则等。总之，上世纪五六十年代，西藏民族团结、军民团结、军政团结，出现了前所未有的可喜局面。

经过60多年的沧桑巨变，“老西藏精神”已成为高原各族儿女团结友爱、拼搏进取、全心全意为人民服务、加快西藏发展的力量源泉。新时期新阶段，在“老西藏精神”激励下，一茬茬高原官兵、一茬茬进藏干部和一批批援藏干部中，涌现出了许许多多优秀代表。如张经武、张国华、谭冠三、天宝、慕生忠、李狄三、布德、蒋英、仁增旺杰、孔繁森、陈金水、轮祖、洛松朗加、祁爱群、李素芝等英雄模范人物。继续理解并弘扬“老西藏精神”，对高举中国特色社会主义伟大旗帜，维护祖国统一，维护民族团结，反对分裂，确保西藏经济跨越式发展和社会长治久安，全面建设小康社会，具有重大的现实意义和深远的历史意义。

《西藏岁月系列丛书》经过三年的努力终于和广大读者见面了。借此机会，我以西藏岁月文学艺术工作者协会主席、《西藏岁月系列丛书》编辑委员会主任的身份，首先向北京市政协党组书记、主席，市政法委书记吉林同志表示衷心感谢！向北京市表示衷心感谢！如果没有吉林同志的热情支持，没有北京市的慷慨解囊，没有北京市援藏拉萨指挥中心的具体协助，此次丛书的出版工作不可能顺利完成。同时，也要感谢为丛书出版辛勤工作的封面设计、责任编辑等工作人员！还要感谢大连市委组织部、宣传部及大连市援藏干部的大力支持！

2013年6月1日

德吉措姆，藏族，1947年11月生，西藏拉萨人，中共党员。中央党校研究生学历。历任西藏农牧学院附中副校长、学院教务处副处长，西藏自治区党委宣传部教育处处长，西藏自治区山南地委宣传部部长，西藏自治区党委副秘书长，西藏自治区文化厅党组书记、厅长，西藏自治区党委常委，西藏自治区政协党组副书记、政协副主席。是西藏第一位藏族女作家。1977年发表处女作《骏马飞奔》。1980年发表代表作《漫漫转经路》，获西藏自治区优秀作品创作奖。1986年发表《采蘑菇的少女》等等，是军民鱼水情深之歌，一时传为美谈。

序

遥远的新生代古近纪，那是一个创造辉煌壮丽大变化的地质年代。

地处板块结合部位的青藏高原，在印度板块和欧亚板块的碰撞中，经受无数强力的挤压、叠加、逆冲、扭曲，一片类似于南极大陆的冰天雪地，从特提斯古海中奋然崛起，掀动了旷世水域潮汐的涌动，引发了喜马拉雅造山运动的轰鸣，抬升出地球上最高的一片台地，捧给世人一片瑰伟绝妙、旖旎壮丽的自然景观。

地质学家宣称：这片极地仍然在以每年约1厘米的速度向上抬升。而历史学家和社会学家的研究却一再表明，在青藏高原抬升的每一次拔节声中，都伴随着相应的历史演变和社会变革。

1949年10月1日，中华人民共和国成立了，这片高原雪域的社会形态发生了跨越式的巨变。

为了这场巨变，中国共产党引领全国各族人民的优秀儿女和无畏战士，以金戈铁马、气吞山河的雄浑和悲壮，在解放西藏、守卫西藏、建设西藏的伟大事业中，以永不疲倦的涌浪的力量，克服了常人无法想象的困苦和危难，创造了人类历史上罕见的丰功伟绩。

社会的进步、经济的发展、各项事业的蓬勃兴起，演绎出惊天地泣鬼神的人间正剧。一步越千年，西藏社会的深刻变化，与新生代古近纪的地质变迁相比，毫不逊色。

笔者在藏生活并工作了40年，亲身经历了这一巨变时期西藏所发生的点点滴滴。在新闻采访和文学创作中，我走访了西藏大部分地区，不管是冰山雪峰的哨卡还是崇山峻岭中的建筑工地，那些英勇无畏的守卫者和建设者，都给人以震撼心灵的感动。这本集子中所收录的几篇报告文学，便是我采风生活的记录。

之所以将这本集子冠以《喜马拉雅丰碑》的书名，是因为书中所记录的人物和故事，都与喜马拉雅山系有着千丝万缕的联系。

喜马拉雅是地球上最高大最雄壮的山脉，世人称之为万山之首。它高耸入云、昂首天外，乃天下大气象、大景观。

喜马拉雅是高原风光的多面聚合体，它的不同高度、不同侧面、不同地段，都有着不同的风景和造化。我所记录的是，各条路线的英雄们，在喜马拉雅所涵盖和辐射的广大区域，以豪迈的气概、艰辛的努力，在生命禁区所创造的丰功伟绩。

喜马拉雅山体上屹立着38座海拔7000米以上的高峰、8座海拔8000米以上的高峰，东西全长2400公里，如一条巨龙在风雪弥漫中蜿蜒。

如今，我已退休离开西藏，回望那片雪域，喜马拉雅山系的每一座雪峰，都像一座天然的丰碑，标示着中华民族各族儿女建设西藏、保卫西藏的凌云壮志和傲视冰雪的雄心。

哦！——喜马拉雅丰碑，也是属于我的丰碑！

作 者

2012年10月

目 录

极地英雄

楔 子

偌大的地球，有一个南极，有一个北极，还有一个被世人称为“第三极”的喜马拉雅山脉珠穆朗玛峰高地。

在喜马拉雅山脉与冈底斯山脉相汇聚的地方，有一片阿里高地，平均海拔超过4500米，面积34.5万平方公里，约占西藏自治区总面积的1/4。

这里山峦连绵起伏，湖泊星罗棋布，原野辽远无际，号称“千山之巅、万川之源”，被世人称为是“世界上最遥远的地方”。

地质学家说，4000万年前，因地壳剧烈运动，印度板块向欧亚大陆漂移并撞击，从特提斯古海隆起的这一大片青藏高原，成为了地球骄傲的皇冠。

这也是咱们中国值得夸耀的一项世界纪录。

“阿里”一词是藏语音译，意为“属地”、“领地”、“领土”等。直到9世纪初，这里仍称“象雄”。在汉文史籍中，不同朝代对其称呼各异。中国古代汉族史籍很早就有关于阿里高地的记载，当时称之为“羊同”。羊同经过逐步发展，在约公元4—5世纪建立了象雄王国部落。公元843年左右，吐蕃赞普与大唐公主的后裔、末代赞普朗达玛曾孙吉德尼玛衮逃至象雄，建立地方割据政权，称“阿里王”。阿里作为地名一词由此出现。其后，在这块高地上建立了古格王朝。公元13世纪，古格王朝随西藏一起归属元朝（1206—1368），统属于元朝设立的“乌斯藏纳里速古鲁孙三路宣慰使司都元帅府”，阿里地区的具体事务则交由萨迦地方政权处理。明清两朝管理西藏基本沿用元朝旧制。五世达赖建立甘丹颇章政权之后，在清中央政府的扶持下，又设立宗（相当于县）和总管——“阿里基巧”。

人类历史的车轮进入20世纪50年代，新生的中华人民共和国主席毛泽东和中央人民政府要员们的目光，聚焦在这块高地上。

这是中国大陆最后一块人民尚未获得解放的神圣领土。

中央军委于1950年2月6日正式向西南、西北野战军下达了《关于进军西藏的命令》。中央决定，分路从西康、云南、青海和新疆四个方向向西藏进军。即以二野十八军为主力，沿川康线进军拉萨；以云南陈赓部队的十四军两个团，沿滇藏线直扑喜马拉雅山尾一线；以西北一野驻青海一军之一部和新疆二军之一部，分别加派骑兵，经明山和昆仑山解放后藏和阿里。至此，中国人民解放军"多路向心进藏"的总体部署已经完成，各部全力投入进藏准备工作。西北局命令新疆部队从南疆进入藏北，解放阿里。

进军藏北，路在何方？

当时去阿里，只有从南疆一路向南的这条路有可能走通。

彭德怀请上海市长陈毅托人从香港买回一张四百万分之一的英文分省地图。在西藏西部那一大片空白上，只有一个黑点和几个英文字母，那几个英文字母的意思是——噶大克。

这一地名是当时阿里的首府所在。

地图送到兰州，彭德怀死死盯着这个黑点，拿起桌子上的红铅笔在上面画了一个圈，然后对独立骑兵师师长何家产说，这就是你们的目的地。

何家产带着这样的任务返回新疆，见到了时任新疆军区司令员的王震。

此前，王震司令员曾派兵侦察过南疆通往西藏的道路，得到的结论是：

"新藏间横隔昆仑高原，均（海拔）6400米有余。进军阿里，其艰难恐不亚于长征。"

于是，王震提出派一个连先行进藏侦察，在只有起点和终点的行军图上找出一条去阿里的路。

中央军委批准。

1950年8月1日，在中国共产党领导的人民军队打响南昌起义第一枪23周年的神圣日子，又一场神圣的远征开始了。

新疆军区独立骑兵师进藏先遣连高举红旗，从新疆于阗县普鲁村列队出发。

这是一支由汉、维、蒙、回、藏、锡伯、哈萨克7个民族136名官兵组成的民族兄弟连。这个连队，也成为了第一支踏上雪域高原的人民军队。

在他们脚下，这些可爱的官兵们用生命铺就了一条天路。

但发生在这条天路上的悲欢勇毅、旷世壮歌，多年来却默默无闻、罕为人知。

1984年，作为拉萨市一名文化宣传干部，我随西藏电视台《阿里纪行》摄制组来到阿里，第一次听说了进藏骑兵先遣连的英雄故事。藏胞的讲述，如同天书。他们说，阿里是天兵天将解放的。这些神兵从昆仑山上下来，个个身怀绝技、武功超群，在扎麻芒堡与当地头人比武，天兵大力神一把拉断800斤的硬弓。还说，这些天兵天将冻不死、饿不死、对穷人好，是天神派来的菩萨兵。

我听得出神入迷，真想就势留在阿里，将先遣连的事迹集中调查一下，但由于拍摄任务紧张，这一美好的愿望根本无法实现。

临走前，我抓紧时间专门到阿里军分区进行了一次采访。分区的一位宣传干事告诉我，这个先遣连确实冻不死、饿不死，个个能骑善射。整整40天，他们迎风冒雪，蹚过无数冰河，克服了一切艰难困苦……

后来，宣传干事送了我一本他们撰写的关于先遣连英雄事迹的小册子，并且说这是他们军分区派人走访当事人后，在70年代编写的。我捧着这本小册子，如获至宝。

回到拉萨，每当翻阅这本小册子时，我就会想起极地英雄先遣连的悲壮事迹，也时常为不能在阿里进行采访而感到遗憾。

时光荏苒，将近20年又过去了，时间来到那个令人永远也不会忘记的夏天。

这一天，来阿里检查工作的西藏自治区党委常委、宣传部长苟天林同志，来到坐落在狮泉河的烈士陵园墓碑前，静望着碑上那一个个年轻的名字，他神情严肃、激情难抑，眼里满含深情的泪水。

苟天林的心被深深地震撼了。作为宣传部长，他强烈地意识到，进藏先遣连的英雄事迹，是西藏历史的见证，不但记录了西藏现代革命的艰难进程，而且反映出了革命先烈坚韧不拔、无坚不摧的英雄气概和人民军队忠于党、忠于祖国、忠于人民的高尚品格。他们年轻的生命所表达出来的，是对藏族人民深情而真挚的爱。

这里的每一座墓碑，都好似高耸的山峰，沉甸甸地压在历史的抛物线上，使每个站在碑前的人，都感觉到那无法言说的生命之重。这些山峰属于

在狮泉河拜祭李狄三烈士（墓地）

时间，属于历史，属于各民族共同缔造的中华人民共和国的历史。这段历史，共和国不该忘记，西藏人民更不能忘记。

回到拉萨后，苟天林与西藏自治区文联主席强巴平措谈及此事，强巴平措当即同意派文联的作家采访先遣连的英雄事迹。

没想到，这个光荣任务竟落到了我的肩上。当强巴平措主席找我谈话时，我毫不犹豫地接下了任务。因为，领导交付的任务，也正好实现了我多年来的愿望。

说实在的，此时接受这项任务，对我而言似乎有点晚了。回想起1984年第一次听到进藏英雄先遣连的故事时，我刚刚40岁，身强力壮、精力充沛，到阿里一个多月，连一点儿高山反应都没有。而如今我已快60岁了，扎麻芒堡海拔6000多米，能吃得消吗？亲朋好友中，不少人劝我，“不要逞强了，年龄不饶人，干什么都要量力而行，适可而止”，可我听不进去。我在西藏工作近40年，已经适应了这里的气候，平时没有什么大毛病。我去过阿里两次，对阿里一往情深的我，决心完成这个任务。

西藏关于极地英雄先遣连的文字材料不多，西藏军区创作组的同志告诉我，他们那里也很难找到有关材料。事隔50多年，先遣连136名官兵当时就牺牲了一半；另一半活着的人，现在算起来也已经有七八十岁了。而且先遣连被遣散后，这些人由新疆军区负责安排到地方，英雄们早已各奔东西、不知去向了。到底还有多少人活着？他们都在哪里？我贸然接受了这个任务，可要是完不成任务怎么办？

我心里忐忑不安。

这时，我想起了一个人——曾任《西藏文学》杂志第七任主编的李佳俊。我是继他之后的第九任主编。他退休前，曾在1962—1965年到改则一带采访，写过极地英雄先遣连英雄事迹的散文，我印象很深。

于是，我给李佳俊打电话征求他的意见，希望得到他的帮助和支持，并邀请他同我一道采访。

老李听到这个消息，喜出望外。电话那头传来的声音带着难以抑制的兴奋。说就在几个月前，曾在阿里工作过的同志，还在西安搞了个聚会，聚会上还谈到先遣连的英雄事迹。他们邀请了原先遣连指导员李子祥到会。李佳俊说，他还知道几位在世的英雄的住址。

我非常高兴，马上向自治区文联和区党委宣传部申请，谈了邀请李佳俊同我一道采访的想法。申请立即得到批复。

这时，已经是2003年9月，采访行程如何安排？扎麻芒堡必须去，那是先遣连驻扎了几个月的营地，许多同志牺牲在那里，许多故事的精彩情节也是在那里发生的，那里的老百姓中有几位老人曾经接触过先遣连的英雄。据李佳俊介绍，活着的英雄大都居住在西安、兰州、乌鲁木齐、山西运城等地，只有采访这些活着的人才能掌握鲜活的材料，所以这些地方也必须去。

我原本计划先到阿里扎麻芒堡，看一看故事发生的背景，再去采访活着的英雄。可是9月份去那个海拔6000多米的地方，万一大雪封山，出不来怎么办？李佳俊比我还大几岁，身体受得了吗？

最好的办法，是先到内地采访活着的先遣连老战士，然后再到扎麻芒堡。这个建议得到了自治区文联和宣传部领导的同意。

9月底，我乘飞机离开拉萨飞往重庆。过完十一国庆节，与李佳俊在成都会合，乘火车直奔西安，开始了我们寻找英雄的征程。

是的，我们的任务就是寻找英雄。

在火车上，李佳俊告诉我，多年来，他一直在尽力搜集先遣连的资料。这次能一同出去采访，的确也是圆了他多年来的一大夙愿。两个志同道合的人凑在一起，是多么快活！

十月清秋，天高云淡，遍野金黄。为了节省经费，我们俩不乘飞机坐火车；在西安，不住高级宾馆，住一般的招待所；出去采访不坐出租车，靠两条腿走路，边走边聊，两个人高兴得很。

我们西进乌鲁木齐，东返兰州，穿行在河西走廊上的张掖，北上太原、运城。颠颠簸簸近5000千米，耗时4个多月，在2004年的藏历年前瑞雪飘飘绽红梅时，我飞回拉萨。

一个个“满面尘灰烟火色”的面孔，是那样年轻，又是那样苍老，刀刻斧剁般刻印在我的脑海里，跃跃然呼之欲出。

这是一支侦察队、探险队、宣传队、战斗队，是解放祖国大陆最后一片神奇土地的光荣的远征军，是中国骑兵几千年来最精彩的一次表演。

这次远征，被当年的红军誉为“中国革命史上的第二次长征”。

先遣连进藏的壮观场面

新中国似朝阳　光照人间
旧西藏如扁舟　孤悬西南

1949年10月1日，一个高个子的湖南人站在天安门城楼上发出一声巨吼，东方中国从此步入了中国共产党执政的新时代。中国人民从此站起来了。

解放区的天是明朗的天，
解放区的人民好喜欢，
民主政府爱人民呀，
共产党的恩情说不完……

那真是充满希望的激情岁月！

人类历史的车轮进入20世纪50年代，新生的中华人民共和国主席毛泽东和中央人民政府要员们的目光，聚焦在祖国西南青藏高原这块瘦骨嶙峋的世界屋脊上。

这是中国大陆最后一块人民尚未获得解放的神圣领土。

1950年1月，中共中央正式下发《关于进军西藏的决定》，确定以西南军区十八军为主力，自川康方向进藏。此外，从云南、青海、新疆分别派出部队“多路向心”进发。

十八军后来以解放西藏而著名。但最先进入西藏雪山的，却是自新疆启程的西北军区进藏先遣连。

坐镇兰州的西北军区司令员彭德怀，在繁忙的军务之余，翻阅了不少有关新疆、西藏的历史资料。

兰州有个图书馆，还有所大学。彭德怀挑了两个文化水平高一些的参谋，交给他们一项任务：专门翻书，查找资料。他说无论是政治的、经济的、民俗的、文化的、历史的，只要涉及新疆、西藏的，他都要。除了图书馆和学校，他还要求参谋到民间去找。

没几天，他就收集到不少信息。桌子上、床上，到处都堆满了书，除了开会、打电话、看地图外，他便一头扎进书堆里。

自古至今，人们习惯将中国西部这一大片褐色土地称之为“西域”。西域是以中原为地理参照而得名的。“西域”这个称谓，可以追溯到公元前1世纪。对于中原内地来说，西域显得十分遥远。但自从出现了张骞、班超、法显、玄奘这些伟大的开拓者、探险家以后，中原和西域便拉近了许多。

而由喀喇昆仑山、阿里高原雄伟的雪山、巨大的冰川以及狭窄的峡谷组成的这片广阔而神秘的象雄古国地带，仿佛无法超越。法显、玄奘这些世界上最早的大探险家西行南亚时，也远远地避开它，而选择了虽然高峻却相对平坦可行的葱岭（即帕米尔高原）地带。1271年，17岁的马可·波罗跟着他的父亲和叔叔从意大利经丝绸之路来到中国，走的也是葱岭这条路，而绕开了阿里这个神秘险峻的地方。

当时，几乎所有人对阿里都一无所知，连阿里的地图，也是彭德怀请上海市长陈毅从香港买来的一幅四百万分之一的英文版的分省图。整个阿里30多万平方公里土地，只标有噶大克和几乎没有名字的部分湖泊，剩余的地方，全是空白。

5月2日，彭德怀致电中央说：

“根据青藏地区自然条件，进军西藏亦只有采取先设站后进军，站站扎连，步步张营，梯次延伸前进的方针。”

“不宜大量出兵，应先派一连左右的兵力先行进藏，担负侦察、摸清道路、设施等任务，宣传和教育发动群众，争取上层，为大部队进藏创造条件。”

新疆军区代司令员王震将军，是个非常谨慎的人。他多次给西北野战军和党中央去电，详细报告了新疆部队进藏路线的一些情况，也建议先派一支侦察分队进藏摸摸情况。

经过研究，党中央采纳了彭德怀、王震的建议，令新疆部队进藏任务由驻南疆地区的第二军担负，下达了新疆进藏部队可先派一个连队先行进藏的命令，并将新疆方面将派一个连队先行进藏的情况通知了西南进藏部队。

于是，1950年5月，以第二军第四、五师为基础组建了新疆军区独立骑兵师。师长兼政委何家产，副政委田星五，政治部主任肖林达。二军的特等战斗英雄彭青云，由第四师抽调到独立骑兵师侦察科当参谋。

在兰州的彭总办公室里，彭德怀对骑兵师师长何家产说："你们的任务很重，困难很大，搞不好会影响进军西藏的整个计划。先派一个连进去投石问路，这个连的担子很重，一个连队孤军深入，困难是可以想象的，因此，这个连队必须是最好的，是最过硬、最能吃苦、最能战斗的连队。否则，就难以完成这项艰巨的任务。"

据当时二军四师的特等战斗英雄彭青云回忆说，还在独立骑兵师成立之前的一天，在驻扎疏勒县的第二军办公室，军长郭鹏将我叫到他面前说："交给你一个任务，怎么样？"

我马上回答："一定完成！"

郭军长高兴地说："真不愧是咱们的特等战斗英雄。兵团指示我们，准备让你带一个侦察小组先行进藏，把道路情况摸清楚，为先进去的那个连做一点儿准备。王震司令员还推荐你到这个连去任职，你要有点儿心理准备。把侦察任务完成好，连队进去时，把握就更大了。你有没有信心为解放西藏再立个头功？"

我当时就说："请首长放心，一定会把任务完成好！"

这时，他把他珍藏多年的宝贝——望远镜和指南针给了我。

回到师里，师部给我配发了一张洋码子地图。我翻开一看，藏北地区是一片空白，什么都没有。这时我才明白，这次需要探明的进藏路线，是一条没有任何资料说明，也没人走过的路线。王震首长知道我们要去打前站，特地派人把当时非常珍贵的4支盘尼西林（后来才知道这是毛主席在西柏坡送给王震的"救命药"）送到我们侦察分队，说在路上遇到特殊情况时应急用。

彭青云说，1950年5月17日，我带9名侦察员，从师部出发，向昆仑山前进。走了16天，才到昆仑山。由于高山反应比较大，两个侦察员得了肺水肿牺牲了。说实在话，当时我也比较害怕，任务没有完成，又不敢往前走了，就撤了回来。

在山下休息一周之后，我们又往山上赶。这一回，我挑选了15名身体比较好的侦察员，走了22天。后来由于后勤无法保障，只好再一次撤回到师里。

根据前两次探路的经验教训总结，需要多带些物资，为此我们增加了骆驼和牦牛。休息一周后，我又带着11名侦察员上路了。这一次，我们走了31天，到了有座小山的湖边。从遗弃的羊圈来看，我们肯定这里有人住过。因为这个地方比较暖和，我就给它取了个名字叫“暖海子”。几天后，我们走到一个小山边，为了记住我们走过的路线，就把几件随身携带的旧衣服埋在山包上，并给这个山取名为“埋衣山”。虽然这次没有找到一个牧民，但我们断定，沿着牧民走过的路线，就可以到藏北。我们边走边绘制了行军路线图，还把“暖海子”、“埋衣山”标在图上。这些地名后来被正式标在了阿里地区图上。

昆仑山，喀喇昆仑山，冈底斯山，喜马拉雅山，这些世界上最大的山系在西藏阿里及周边盘结纠缠，挽起手来，把这片最高的土地抬举起来，使它成为“世界屋脊”的屋脊，高悬于神话梦境和世俗之上，也使它成为世界上最为封闭的神秘地区之一。

中国人民解放军派遣成建制的部队，从这片神秘的峡谷地带翻越昆仑山和阿里高原，绝对是史无前例的空前壮举。

一支多地区、多民族、最具战斗力的连队，即将翻越昆仑山，深入阿里高原和藏北草原，孤军奋战，为进军西藏、解放西藏而进行艰苦卓绝的开创工作。

这支番号为中国人民解放军新疆军区第二军独立骑兵师一团一连的部队，是由原国民党新疆骑兵第四旅八团改编而成的，只不过另从其他连队抽调了二三十名骨干，组成加强连。它配有179匹战马和35峰骆驼。三个排每人1支步枪，每班1挺轻机枪。第四排是机炮排，装备有6门无后坐力炮和迫击炮，2挺重机枪。这些武器，在以后的进军途中却极少被使用。

因为他们的任务是和平解放西藏，面对的并非操枪之敌。

红旗猎猎　先遣连远征誓师
战马嘶鸣　铁骑兵勇闯阿里

从西北军区司令员彭德怀那里领回任务的何家产，细细端详骑兵师的全部家底，最终挑出以起义官兵为主体的一团一连，先遣进藏。

何师长看重的，是这个连能吃大苦、耐大劳。在当年5月至7月修筑新藏公路时，全连指战员日夜奋战，不畏艰险，出色地完成了上级领导交给的筑路任务，被师里评为“筑路尖兵连”，并荣获两面锦旗。

1950年7月28日，进藏任务下达到一连。

一连指导员李子祥回忆说：“进藏之前，连队的任务是修新藏公路。一天，何家产师长来到连队对我们说：‘把工具都交到团部，你们另有新的任务。’”李子祥说，师里之所以选择一连做先遣连，一是因为他们连的战士改造得最好，二是他自己曾多次立功，彭青云又是特级战斗英雄。

原来，这个一连，是1949年9月25日跟随国民党新疆警备司令陶峙岳将军通电起义的旧部队。时年23岁的山西人李子祥，虽然军龄只有两年多，却曾经参加过延安保卫战，立有战功。他随王震的部队一路向西，到了新疆，在二军四师十团一营一连担任指导员，任务就是对起义人员进行改造。他所在的这个连，便是后来极地英雄进藏先遣连的前身。

听说得到了最光荣的先遣任务，全连一片欢腾，决心书像雪片一样飞到连部，全连上下一致表示：坚决完成任务！

蒙古族战士昂尕因患病正在医院治疗，一听到这个消息，心如火燎，不顾医生劝阻，偷偷从一百多里外的医院赶回部队，坚决要求进藏。

通信员王万明曾在战斗中肺部受伤，组织上考虑到他负伤未愈，不宜进藏，让他留下来跟后续部队一起行动。但他说什么也不肯，还咬破指头用鲜血写下了一份决心书：

革命战士意志坚，不怕艰苦不怕难。
山高路远何所惧，铁脚踏开昆仑山。
革命战士忠于党，越是艰险越向前。
党和人民需要我，粉身碎骨也心甘！

一些刚刚起义参军的战士也坚决表示，要在艰苦的环境中锻炼自己，争取为党为人民立新功。

一连如同一锅沸腾的开水，蒸蒸冒着热气。

有了好兵，还得选一个好将。

兵靠将带。常言说兵熊熊一个，将熊熊一窝，选将比选兵更难。

王震司令员的要求很具体："派先遣连进军阿里是毛主席亲自批准的行动，选配的干部一定要懂政策、守纪律、作风过硬。"

当第二军军长郭鹏提到李狄三时，军部首脑王恩茂、左齐，加上师长何家产都点了头。

李狄三出生在河北省无极县一个贫苦的农民家庭。1937年抗日战争爆发时，他参加了晋察冀抗日义勇军第五支队。1939年6月正式参军到贺龙领导的八路军一二〇师。他作战勇敢，聪明好学，紧张的战斗之余，抓紧时间学文化，能写能说能唱，吹笛子是他的拿手好戏。1940年到延安抗日军政大学学习，后在三五九旅任指导员。抗战胜利后，李狄三先后任保卫干事、民运股长、联络股长、保卫股长，参加了解放大西北的历次重大战役，9次负伤，3次荣立大功。

虽然久闻其名，左齐副政委还是亲自到团里了解了这位得到贺老总和郭军长欣赏的人物。经过考查，左齐放心了。

受领任务铿锵简短。李狄三以"一定不辜负党的希望，坚决完成任务"作为回答。

考虑到先遣连远离部队机关，孤军深入，单独执行任务，会遇上各种意料不到的险情和困难。独立骑兵师党委研究决定，任命第一团保卫股长李狄三同志任先遣连军政首长、总指挥兼党代表，并同参谋周奎祺、干事陈信之三人组成团机关进藏前线指挥所，随先遣连进军阿里。同时，又抽调了部分通信、医务力量给先遣连，并加强了其武器装备。其配备包括翻译、机要、通信等专业人员和钉掌工、卫生员等。

彭青云回忆说，根据我们三次到昆仑山侦察的情况，新疆军区决定派一个加强连到藏北执行先遣任务。这个连是以独立骑兵师一团一连为基础组建的，由汉、藏、维吾尔、哈萨克、蒙古等7个民族的干部战士136人组成，这就是人们通常所说的进军西藏阿里的"英雄先遣连"。老八路、团政治处保卫股股长李狄三任总指挥兼党代表，随连进军阿里；连长是国民党起义的军官，叫曹海林；指导员是李子祥；我除了继续任侦察参谋外，还兼任副连长，主要负责连队军事工作。

彭青云说，27日当天晚上，何家产师长从和田赶回于阗，在途中了解了彭青云三进昆仑山侦察得到的情况。

等我们赶到于阗的时候，已经是凌晨1点多钟了。连里所配备的电台、翻译、兽医和各单位调来的30名骨干全部到齐，正在进行最后的准备工作。后来我们知道，这30多名骨干中，多数是共产党员。

彭德怀司令员从西宁给先遣连调拨的150顶皮帽子和两名藏族翻译，也已到位。

深夜3点，王恩茂政委从军部打电话来，询问准备情况。当他听说只差一部分防寒物资时，当即表示全部由军里解决，还让何师长抓紧最后几天，认真组织部队学习政策。

据王恩茂身边工作的同志后来回忆说，那天晚上，政委放下电话后，马上找来后勤部的干部说，一是要想尽一切办法，保证先遣连每个人至少要有两件防寒皮衣，也就是除每人一件皮大衣外，必须要有一件皮裤或一件皮背心；二是要保证每人有一条毛毡或一条毛毯；三是把军师级干部配发的翻毛皮鞋全部收回，连同库存的，全部发给先遣连，另外还给每个人发了一双毡筒；四是先遣连所需要的帐篷，全部换成棉制的。并规定在30日之前，必须送到先遣连手里。

但是，库存皮大衣不够数，还差20多件，赶制也来不及了。李狄三来向军部请示，王恩茂说，这个好办，军首长不是都有皮大衣吗？每个人捐送一件，另外还可以发动机关干部捐几件，不就够了嘛。他当场就把自己的皮大衣脱下来，送给李狄三，并宽慰说，军里其他领导的大衣，有我老王来要，你明天派人来取就是了。

李狄三是在1950年7月27日带着参谋周奎祺和干事陈信之，从驻地和田赶赴于阗的先遣连连部的。他和连长曹海林、指导员李子祥、副连长彭青云交谈后，立刻下到各班排，仔细检查干部和战士的行装。

准备工作就绪后，李狄三用《中国人民解放军进行曲》的曲调，填写上自己编的歌词，取名为《挺进歌》。

晚上，李狄三集合全连战士，一句一句教。歌词很简单，旋律也不复杂，但唱得大家热血沸腾。

为了支援先遣连进军阿里，二军和新疆于阗地方政府组织900多个民工、4500多头毛驴，成立了9个运输大队，每个民工负责5头毛驴，为先遣队驮送粮食、马料和其他军用物资。

支援大军浩浩荡荡奔赴昆仑山以北至新疆于阗一线各地。

在各级领导的满心关切中，经过多方协调、配合和齐心协力的努力，先遣连顺利组建，待命出发。

先遣连编制一、二、三、四排和事务排，共计136人，分别来自新疆、青海、甘肃、四川等11个省区，有汉、蒙、回、藏、维吾尔、哈萨克、锡伯等7个民族，少数民族战士占40%。这是一个地地道道的民族兄弟连。

李子祥是极地英雄先遣连指导员，他特别注重起义官兵的思想政治教育工作。

连队党支部召开各种会议，认真讨论和传达战斗任务。李狄三、李子祥和连队干部便深入各班排，向战士们讲解解放西藏的伟大意义。

李狄三在小组讨论会上说："人民战士就是要有革命的硬骨头精神，勇敢顽强、坚韧不拔，在战场上不怕掉脑袋，在平时不怕苦和累。我们一定能胜利翻过昆仑山，早日解放阿里，就是爬也要爬过去，要在行军中争取立功、争取入党。"

极地英雄先遣连官兵废寝忘食地修理鞍具、学习骑术，准备出发。

8月1日，在新疆最南端的于阗县普鲁村一个靠河边的麦场上，临时搭起了一座检阅台。台子两侧，几十面红旗在风中猎猎起舞。对面几十米处，还搭建了一座欢送出征队伍的彩门，披红挂绿、彩旗招展，真是红旗如林、锣鼓喧天。

骑兵师就在这里举行了进军藏北誓师大会。

事隔52年后，极地英雄先遣连指导员李子祥，仍然能详详细细地回忆起出征藏北誓师大会上那激动人心的一幕。这一神圣时刻，牢牢地刻印在他的脑海中，永远无法抹去。

10年前，我与李子祥并肩坐在山西省闻喜县他那个农家宅院中。初看起来，他就像一个普普通通的老农民，但和他交谈，一股英雄气概就会慢慢显露出来。我们仍能感受到他年轻时的胆气和豪气。他声音洪亮，说话干脆，语速很快，还带着50多年前的习惯用语。

他回忆50多年前从于阗出发时召开的誓师大会，事情就像发生在昨天一样，是那么清晰，又是那么亲切。

他对我们讲述说：主席台正中坐着喀什军区第二军副政委左齐和骑兵独立师师长何家产等新疆军区和师团首长，两侧坐着部队代表、政府代表、各阶层代表、各民族代表、宗教界代表，会场右侧站满了欢送的群众。普鲁村各族人民穿着盛装，过节般地赶到会场，把一朵朵鲜艳的大红花挂在战士胸前，把一篮篮熟透的葡萄送给战士，千叮万嘱，要战士们胜利归来。普鲁村小学的学生和于阗县的学生代表，捧着一束束香气扑鼻的新疆鲜花，站在主席台前面，把主席台装点得既漂亮而又朴实庄严。

进藏先遣连出征誓师

当地群众欢送先遣连进军西藏

上午10点，师政治部主任肖林达宣布：进藏先遣连出征誓师大会，现在开始。

乐队奏起国歌，主席台一角的三个工兵，摇动了手摇发动机，轰轰轰，三声礼炮轰鸣。正在山间筑路的部队，也鸣响劈山开道的重炮，为先遣连踏上征途喝彩，祝愿指战员一路平安，早日完成任务凯旋。

礼炮争鸣，大地和天空都在震颤，就像这解放西藏的钢铁洪流，浩荡向前，不可阻挡。

极地英雄先遣连指战员振臂高呼：

“誓死完成党和毛主席交给的任务！”

独立骑兵师师长兼政委何家产（右一）在进军西藏誓师大会上讲话

“不怕艰难困苦，解放藏族同胞！”

“一定要把帝国主义势力赶出西藏！”

又瘦又矮的独臂将军左齐，挥动着他那刚劲有力的左手，呼呼地带着风响；他那炯炯有神的目光，注视着每一位先遣连战士；响亮的带有浓重江西口音的话语，在空中震响：“同志们！战友们！勇士们！你们满怀解放西藏百万农奴的革命激情，以压倒一切敌人的英雄气概，克服一切困难的英雄胆识，将告别战友，奔赴进军阿里、解放西藏的新战场。你们是我二军的开路先锋，你们应该为承担这个光荣艰巨的任务而自豪。全国都解放了，西藏是中国大陆上唯一还没有解放的地方，你们能参加最后这块土地的解放，能佩戴上解放大陆的最后一枚纪念章，并且是作为解放大军的先遣，你们应该感到荣幸和骄傲！”

左齐将军铿锵有力的讲话，引来了一阵阵暴风雨般的掌声。

他继续说：“先遣连的任务是艰巨的，困难是很多的，但你们是从全军抽调出来的最英勇善战的勇士，是任何困难、任何敌人都压不垮、吓不倒的英雄连队，相信你们不会辜负毛主席的希望，保持和发扬我二军打日本鬼子、打蒋介石的那种拼命精神，到西藏这块神圣而又古老的土地上开辟革命的新天地，把你们的热血和青春献给西藏的解放事业。我代表军首长祝你们一路平安，圆满完成进军西藏的先遣任务！”

又是一阵热烈的掌声。

圆头虎脑的彭青云，是这次誓师大会上最出彩的人物。

何家产师长代表王震司令员举行授旗仪式。他说：“请全国特级战斗英雄彭青云同志接旗。”

万众瞩目。彭青云骑着披红挂花的高头大马，跑到主席台前，从何师长手里接过写着“向西藏大进军”的旗帜，然后骑马举旗绕场三圈。

在雷鸣般的掌声中，极地英雄先遣连官兵接受了党和人民的重托。136人的队伍，高高举起拳头，向战旗敬礼，向战旗宣誓：“请首长放心！我们坚决完成任务，为解放西藏而战斗！一定把红旗插上藏北高原。”

当乐队奏起雄壮的解放军进行曲时，全副武装的先遣连指战员气宇轩昂，正步走过主席台，接受首长检阅。总指挥李狄三神情庄严，连长曹海林威武骁勇，副连长彭青云如下山猛虎，136名英勇雄壮的战士，每个人都充满了必胜的信心。明明知道这是一次生死未卜的远征，也许是有去无回，但大家还是勇往直前、义无反顾。

运输队的民工们牵着骆驼、马匹、牦牛，跟在队伍后面，绕场一周。

金戈铁马，气吞万里如虎。

阳光普照，进藏先遣连7个民族的136位官兵和400多匹骡马，组成了一个威武的钢铁方阵，整装待发。

战士们挺胸昂首，意气风发。战马全副武装，鞍辔整齐，坚实的肌肉在光亮的皮毛下兴奋地轻轻抖动。

排在方阵里的战马，有的昂首挺胸，有的专心致志于饲料，偶尔善解人意的湿漉漉的大眼睛打量着周围的一切。马不时打着响鼻，偶然振鬃长嘶，悠长尖厉的嘶鸣似饱含沧桑的感慨，大概它们也明白，扬蹄跃马在今朝。

这些马多是汗血宝马的后代，自有一股不凡的气质。

是啊，全副武装的军人和驰骋如风的战马结合为一体，就会形成一个无敌的战斗团队，按照严格的军纪、军规，去实现一个目标，其力量是不可阻挡的。

马背上不仅可以再造乾坤，还诞生过数不清的英雄史诗。

彭青云说，阅兵结束，何师长举起手来，正要宣布出征命令，却又突然放下手臂。原来，他看到师部机要参谋举着电报，人马透湿地跑进会场，大声喊着：“军区来电！”

原来是王震司令员的紧急电报。

于是，在宣布出征命令前先由田星五副政委宣读电报。

王震司令员在电报中向先遣连表示热烈的祝贺，他说：“进军藏北，是一项前无古人的事业。此去阿里高原，山高路遥，任重道远，困难重重。你们要在没有地图、没有向导、没有道路的情况下孤军深入，用双脚为西藏人民踩出一条解放之路、自由之路。这是一项十分艰巨而又十分光荣的任务。你们不仅是一支侦察队，还是一支探险队、战斗队和工作队……”

最后，王震司令员预祝先遣连征程顺利，出师大捷。

何家产师长大声宣布：“现在我命令，进藏先遣连出征！”

李狄三向主席台庄严地行了一个军礼，翻身上马。他胯下的那匹战马高大雄壮，马脖子强有力地弓起，马头略低，马胸微张，马的右后腿悬空提起，马尾如一束顺风飘动的火焰，向后平展。李狄三身材高大魁梧、健壮威猛，骑在马上，如一尊英雄雕塑。

龙气豪奋鬃，嘶啸龙精神。闻鼓思战斗，蹴踏雪山风。

极地英雄先遣连指战员的战马们怒目圆睁，鬃毛直竖，欲脱羁绊，驰骋疆场，兴奋之状，难以形容。此时此刻，东风劲吹，红旗猎猎，战鼓齐鸣，战马嘶叫，欢送场面，一片沸腾。

极地英雄先遣连官兵扬鞭跃马，高唱着由李狄三临时改词的战歌，威武地驰出“出征门”。如一柄利剑，直指昆仑。

钢铁的洪流，步履整齐，歌声嘹亮。

那首战歌，后来就成了进藏先遣连的连歌，指战员们称之为《挺进歌》，用的是人人熟悉的《中国人民解放军进行曲》的曲调。多少个风雪严寒之夜，指战员们唱着它激励士气，唱着它奋战在雪山之巅。

挺进！挺进！挺进！
向西藏，向阿里，
向祖国的边疆进军。
那里的穷苦奴隶，
多年来受着剥削和压迫，
早就盼着人民的军队去解放他们。
挺进！挺进！挺进！
人民的军队到藏北，

赶走帝国主义势力。
为了祖国的统一，
我们是藏家的亲兄弟。
汉藏平等，
团结一致，
永不分离。
直到那共产主义，
把西藏建设成美好的土地。

先遣连高举战旗告别亲人进藏北

歌声中，官兵们高举“向西藏大进军”的战旗，告别了战友和百姓，沿着蜿蜒曲折的克里雅河，走进了冰峰林立、千山万壑的喀喇昆仑山和冈底斯山，走上了自古罕有人迹的藏北高原，去接受九死一生的苦难考验。

李子祥说，南疆的八月骄阳似火，一面面红旗朝霞般鲜红。

这正是——

天戈万里下风霆，无边雪海接天穹。
走马西进赴阿里，红星闪闪蹄印踪。
昂首阔步赴高原，天涯深处新长征。
铁骑先遣上昆仑，饮骥冰河战旗红。
猎猎军威拂天宇，战马倒毙随飞鸿。
甘洒热血远征路，远播英名定太平。
农奴解放迫在眉，十万火急驰不停。
前方纵有千般苦，愿将九死拼一生。

山洪凶猛　冰河寒峡锁通道
官兵英勇　石壁牵绳渡急流

阿里位于西藏西北部，面积30余万平方公里，南隔喜马拉雅山与尼泊尔相邻；西与印度、克什米尔地区接壤，有1160公里的边境线；北越昆仑山通新疆；东与西藏的那曲、日喀则地区相接。著名的狮泉河、孔雀河、象泉河和马泉河分别是印度河、恒河、萨特累季河、雅鲁藏布江的源头。雪峰冰川、高山草甸、荒漠戈壁、河流湖泊、森林地貌和四处徜徉的各类野生动物，构成了蔚为壮观的自然奇景。因其地势高峻、雪山冰峰林立，使这里成为了奇寒无比的地球第三极，交通闭塞，长期与世隔绝。解放前，这里经济落后，社会进步缓慢，农牧民过着中世纪般黑暗残酷的奴隶生活。

阿里地区有漫长的边界线，但自古以来，没有驻军，也没有真正意义上的边卡，是名副其实的有边无防。因此，这里就成了诸多外国势力随意出入的通道。

极地英雄先遣连从于阗沿着通往阿里的一条古道前进。沉闷的马蹄声在冰峰雪岭间震响。一座座雪山甩在身后，一条条冰川又迎面而来。

正是——

雪海茫茫遥无岸，先遣兵马到界山。
飞渡疑是天上过，登山更比登天难。
牦牛骆驼哀声唤，无奈马夫常扬鞭。
涓涓寒脉穿云过，缩身裹雪抗霜寒。
脊破蹄穿难行走，蹄印足迹交错乱。
人马相牵走绝壁，更有山洪峡中翻。

那张字迹模糊、标志不十分准确的简单地图，还有那块看不清刻度的旧指南针，指引着李狄三所率领的先遣连前进。

开始时与庞大的运输队同行，先遣连行军速度并不快：第一天行进30公里，第二天50公里，第三天20公里。

他们在一条黄羊踩出的山道上前行，队伍稀稀落落，拉开了一公里长的距离。第四个日出前，李狄三和彭青云判断，极地英雄先遣连来到了有“昆仑第一虎口”之称的赛虎拉姆大石峡。

在出征之前，彭青云带人在这一带进行过侦察，对这一带的地形有着初步的了解。要进入苍莽昆仑的腹地，赛虎拉姆大石峡是必经之地，也是避不开的险要之途。真是涓涓寒脉穿云过，千仞浪飞寒流激。

走进这个大石峡，只见峡谷里湍急的河流奔腾而下，峭壁连天，刀刃般排列两旁。左傍崖，右靠山，天接石，石连天。

峡谷中气温正在升高，特别闷热，一阵阵热风拂面而来。天有不测风云，来到峡谷不到一个时辰，突然，远处传来隆隆巨响，犹如万马千军呼啸奔腾，又像闷雷，滚滚而来。

走在队伍最前面的连长曹海林，凭他多年行军打仗的经验，知道是山洪暴发了。

李狄三当机立断，命令道：“就地躲避！”

命令还未传到部队尾部，洪水便已经到来。

只见浊浪排空，自天而降，洪水卷着沙石奔腾而来。河中的石头被冲得狂奔乱滚，波涛拍打着石壁，激起一丈多高的浪花，一个漩涡接着一个漩涡，如张开的大口，想要吞没这里的一切。

不一会儿，洪水涌过河床，直扑岸上。人马为躲避山洪，就近爬上悬崖，或登上高地，或集中在开阔的地方。洪水把部队分割成几截。

李狄三走在队伍中间，他见水势来得凶猛，立即将附近的几个班收拢，直奔崖壁上的山洞。他观察着洪水的涨势，心里盘算着该怎么办。

这时，副连长彭青云攀过绝壁，来到他身边，不等李狄三开口，就高声说道：“老李，我们已被洪水围困，无法动弹！”

李狄三毅然说道：“我们一起想办法，一定要战胜洪水，渡过河去，闯出峡谷。”

他两人并排站在一起，观察着，思考着。

“怎么办？”彭青云怀着信赖和期待，急切地问。

“先设法与各排取得联系。”李狄三见水势上涨很快，洪水横在眼前，眼看就要漫上来，淹到洞边了。他担心人员物资遭受损失，想尽快掌握部队情况。

英雄先遣连刚出师，就被这洪水拦住了去路。如不能安全过河出峡，先遣连的远征就要到此止步了。

峡谷的洪水如此凶猛而且无休无止，险象丛生，如一道天然封锁线，实实在在挡住了英雄们的脚步。

“我看，开一个连排干部会吧！”李狄三说。

“可以。”彭青云表示同意，然后又补充说，“你在这里等，我去布置。”

彭青云让通信员王万明通知后面部队的干部，自己到前面通知人开会。他们两人攀崖涉水，分头到各班排去了。

没过多久，指导员李子祥第一个来到开会地点。他连声说：“好险！差点被洪水吞掉，我从来没有见过来势如此凶猛的山洪！”

正说着，三排长斯拉甫、机炮排副排长孔庆洪等，也先后赶到了。

他们正在交谈各班排的情况，一排长王永平前来报告：“我排战士姜尚仁，因护卫驮马被洪水卷走。”

大家一阵默然。这是先遣连牺牲的第一个战士。

李狄三心中很难过，但他必须沉着镇静。他坚定地说：“大家想办法、出主意，我们一定要战胜困难，渡河过峡，完成任务！”

彭青云说：“据我了解，峡谷洪水一般都是头天下午涨，半夜以后回落。不知这次能否落下去。”

大家议论开来，有的认为洪水会落，有的认为洪水还要继续上涨，他们各自讲了自己的看法和理由。

李狄三听完大家的意见，分析说：“按照自然规律，洪水肯定会消退下去。至于消退到什么程度，还需要进一步观察。”

李子祥说：“河水如果半夜回落，那我们就夜渡赛虎拉姆。”

在连排干部会上，经过讨论，李狄三总结出战胜赛虎拉姆大石峡的两套方案。

第一个方案是：派人骑马在冰河里探路，探一探河水究竟有多深，踩出一条骑马过河的线路，让大队人马沿着这条路迅速过去，走出峡谷。

第二个方案是：派人沿石壁到山上，把绳子拴在石头上或石壁的树上，然后扔下来，牵到江对岸，让这条绳子做扶栏，牵着绳子过河，以避免被汹涌的洪水冲走。

这两个方案都带有危险性，而且操作起来非常难。但已经没有别的选择了，只有试一试、搏一搏了。

大家从李狄三坚定的目光中，看到了过河的希望。

无论如何不能让这条河挡住先遣连的脚步。

洪水再大再猛也要过去，而且必须过去。

官兵们早就憋足了一股子劲，遇到这条挡路的石峡，他们早就想和它较量一下了。

李狄三布置各排就地休息。他和曹海林、彭青云一道去前面观察水情，了解部队情况。

因他的腿在抗日战争时期受过伤，行动不便，同志们都劝李狄三休息。

李狄三却说："不，在最困难的时候，指挥员就应该站在最困难的位置上。"

干部们很快回到自己的班排，把过河的决定告诉大家。

部队就在悬崖底下过夜，各班排都认真检查了鞍具和驮具，每一个战士都做好了渡河准备。

早上5点，洪水变小了，流量没有那么大了。水位已经下降。

李狄三认为时机已到，命令周参谋下水勘察。

周参谋骑上马，打马从一浅湾处缓步移向河中。

周参谋是驭马能手，他没有丝毫怯懦。

水渐渐深了，淹过马的脚踝、腿肚子，淹上了马的半个肚子。

峡谷中，风越来越大，波涛汹涌澎湃，不停地拍打着马肚子。浮在水上的冰块，不停地冲撞着马的身子、脖子，四周的冰块在咆哮的洪水中不停地碰撞。站在岸上观看的官兵，每个人都捏着一把汗。马每摇晃一下，都牵动着大家的心。

周参谋骑着大白马，在水雾浪花中缓缓行进。他魁梧的身姿、精良的骑术，给予了大家渡过河去的强大信心。

突然，马受到从正面冲来的冰块的撞击。由于这一次撞击力太大了，可能是马受伤了，它掉过头来，急速往回奔。

周参谋好不容易勒住白马，停止前进，尽量让马平静下来。

周参谋注视着奔腾的洪水，坚定地把马头调转过去。

他没有后退，他还要再试一试。

他如果找不到一条安全过河的路线，同志们就会多一份危险。

漫天霜色生寒，满河冰水刺体。他有意把马头抬高，为的是不让浪峰和冰块刺伤马头。风越来越大，河水像被一双无形的大手从底部掀起来，直往马身上灌。他驾着马东挪西晃，怎么也逃避不了迎面扑来的一层层冰块。马的行走越来越艰难，几个浪头扑过来，它便顶不住了。

突然，马的前蹄碰到一块被激流冲来的石头，后蹄也被一块石头击中，它再也站立不住了，翻倒在洪水中。

周参谋被掀下马来，他迅速抓住马尾，翻身站起，拉着马回到岸上。

同志们给周参谋换上干衣服。但他一点儿也不服输，目光盯着滔滔洪水，一声不吭，又拉着他的白马往河中走去。

他心里想，就是无底的大海，我也要踩出一条路来。

李狄三看到这种情况，几步上前，一把拉住周参谋的马缰说："你要干什么？"

周参谋答道："我想擦着岸边再探测一次，总得找一条路出来啊。"

李狄三说："不行，不能这样干，就是一匹铁马也难过去。你没看见，这满河的冰块，像刀子一样锋利吗？"

但是，周参谋心里明白，如果把时间挨到下午，大部队还不能过去，洪峰就会再起，全连都有被卷走的危险。

李狄三陷入沉思。他朝河边的崖壁看了一眼，断然下令："执行第二方案。"

彭青云副连长早已拿着绳子，在做攀登崖壁的准备。

"小老虎（彭青云），千万小心！"李狄三高声叮咛。

彭青云真是一个天不怕、地不怕的"小老虎"。在进军西北的战斗中，他只身冲进敌人阵地，夺过敌人手中发烫的机枪，猛扫顽敌，给冲锋的同志们打开了一条血路，因此被评为全军特级战斗英雄。

李狄三打心眼里喜爱他、心疼他，可在关键时刻，还是对他最放心。

这只“小老虎”，不管在什么时候都是一头猛虎。最危险、最紧要的时刻，他都能把最关键的任务抢到自己手中。

我那次到乌鲁木齐采访彭青云，不巧他刚刚得了脑中风，正在康复之中。老英雄已经70岁了，但仍可看出他年轻时的雄风。在同他交谈中，一身虎气仍然活灵活现。面对他，真觉得虎倒威风在，豪气满乾坤。这样的英雄是天下无敌的。一个连队，有了这样的英雄，这个连队肯定也是天下无敌的。

彭青云看着周参谋在冰河中探路，风大、浪急、冰多，他料定从河中探路不会成功，便把绳子捆在腰上，准备攀上河边的悬崖。

李狄三刚一下命令，彭青云便举起右手、抬起头，高声喊道：“保卫祖国！建设祖国！祖国爱我，我爱祖国！我永远属于祖国！”

这宣誓般的豪言，似乎有一种与战友们生离死别的味道，听得人心里发酸。

只见他一手抓住突出的石头，一手扣住石壁上的凹坑，两只脚尖踩着石壁和凹坑，一寸一寸地向前爬行，有时快、有时慢，灵活得像只羚羊。

李子祥说，那石壁太陡，太滑。下面是咆哮的洪水，稍有闪失，后果便不堪设想。

战友们的心紧揪着，像彭青云的身子一样悬在半空。

而今，我们经常看到攀崖比赛，但彭老虎那时的攀崖才叫惊险、精彩呢。先遣连全体官兵都是他的观众，也都是他的裁判。他应该是征服攀崖天险的奥运冠军，他做着的是牵动人心、生命攸关的表演。

终于，李狄三紧张的脸上露出笑容。指导员李子祥高兴地大喊起来。同志们的脸上也绽开了胜利的喜悦。

山坡上，军区送行的几个首长拿着望远镜，在欣赏这一幕惊心动魄的攀崖表演。

彭老虎，你真是好样的！

水面上的细绳在弯曲漂浮，没有一点儿直线，这也标示着水并不深。

彭老虎腰间拴的那根粗绳，越拖越长。10米、20米、50米，河边扶送绳子的张选志看着标尺，一米一米地数着，随时向首长报告。

彭老虎贴着崖壁，利用风化石的棱角和石缝做着力点，慢慢地一步一步爬过去了。

尽管天气寒冷，但他还是累得满身是汗。他连歇也不歇一下，便把绳子捆在崖壁的一株大树上，然后拿出红色的指挥令旗，左右摆动，高声呼喊："首长们！同志们！抓紧时间抢渡虎峡！"

李狄三和几位领导决定，为减轻绳子负担，一次只过一个排。如果一起过，怕人马太多，把绳子弄断，无法保证安全。

一排下水了，同志们一手勒住绳子，一手拉住战马，迎着大风大浪，胜利渡上了对岸。

二排在连长的指挥下，下水了，他们也是一手拉绳子，一手牵马，顺利过了河。

忽然，只听得嗒嗒的马蹄声由远及近，大家回头一看，原来是师首长来了。

指导员李子祥说，师长何家产骑着马，一直把队伍送到了昆仑山脚下的苏巴什河边。

师政治部主任肖林达看着三排渡河的情景，拿出照相机，拍了几张照片，问："拉绳渡河的主意是谁出的？"

李子祥不好意思地说："是我出的主意，是全连干部会议通过的。我小时候为逃避鬼子的扫荡，过河时就这样做过，没想到今天派上了用场。"

"这很好，你的这个经验发挥了作用。"肖主任说。

又一排战士过河了。

指导员李子祥走在连队后尾处断后，最后渡河。

一股急流冲来，指导员一个趔趄，差点儿被水冲走。何师长站在岸边急得大声叫喊，一下子晕倒在河边。

海拔不到4000米的苏巴什河谷，已经让很多人严重缺氧了。后来他们才知道，这个河谷，也许是整个远征中海拔最低的地方了。

全连指战员都顺利登上对岸。

肖主任给运输队民工下命令，要求他们在一个半小时之内必须上岸。

毛驴队上去了。

牦牛队也上去了。

还有几峰骆驼在水中走着。

这时，峡谷里浪涛翻滚，发出闷雷般的吼声。师部来的同志齐声高喊：“快！同志们快上！”

驮队刚过河，汹涌上涨的浪头便冲向了岸边。

肖主任捏了一把汗，现在总算放下心来。他亲自解开拴在石头上的绳子，同志们把绳子拉上了南岸。

英雄先遣连用了三天时间，战胜了昆仑山第一虎口，艰难地走出虎峡，走出了冰河寒江的封锁，继续踏上远征的路途。

正是——

峭壁千仞拱深谷，赛虎拉姆峡断路，
山洪咆哮如虎吟，军中更有猛老虎，
英雄面前无路障，踏破天隘上征途。

山高路险　野驴羚羊不敢过
任重道远　战马何惧入险途

英雄先遣连的行进路线，并非今天从喀什开始的新藏线。它自和田出发，在新藏线以东一二百公里的地方并行。18世纪初，准噶尔人就是从这个方向侵入西藏，用弯刀席卷高原的。后来，藏民在与先遣连接触中提到最多的就是，他们虽然骑着战马而来，但却没有带来战争。

第五天起，连队已经开始进入海拔4500米的无人区了。

出了赛虎拉姆大石峡，仿佛松了绑似的，万壑风云静，千崖气象新，路也好走多了，真是云山飞度万千重，红旗指处野鹞飞。

副连长彭青云骑在独立师师长何家产送给他的“黑流星”骏马上，昂首挺胸，紧拉缰绳，双腿紧紧夹着马肚子，人和马就像天然生长在一起一样，显得和谐优美。

这匹马长着一身黑绸缎般的鬃毛，四肢匀称，脖子修长，跑起来又快又稳，如同流星一般，所以人们给它取了个“黑流星”的名字。

彭青云原本不是骑兵，自从得到这匹爱骑以后，他每天都操练骑术，并精心照料它，渐

先遣连挺进昆仑山

渐地，与这“精灵”产生了感情。这个粗犷勇猛的“彭老虎”，变得体贴细致起来。他的情感世界发生了显著的变化，他的骑术也越来越精，还常常得到老骑兵曹海林的称赞：“这只彭老虎，干什么学什么都有一股子虎劲儿。就这么几天，马上的功夫已经不亚于我们这些老骑兵了。胆大心细，是一个骑兵必备的品质，彭老虎这两样都有了，将来必成大器。”

数百匹战马排成“一”字队形，缓缓前进，多么雄壮。

路，在马蹄下延伸。

骑兵连在缓坡上行进。

三次爬上昆仑山侦察道路的彭青云心里明白，先遣连已经进入千里昆仑的腹地。

正是——

冰峰雪岭寒云低，万古荒原沉寂地。

为让冰山化春水，愿做春风化春雨。

地势越来越高，气候越来越恶劣，狂风、缺氧、寒冷。他们走的是世界上最远、最高、最冷、最险、最难的路。

这是一条由野马、野驴、羚羊、牦牛这些世界上罕见的高寒动物踩出来的小道，这是野生动物的迁徙之路、生存之路、生育之路。

羚羊机敏地走在这条路上，像是它们的前辈在这里丢失了什么宝贝，非要找到不可，逼得它们的子孙世世代代在这里不厌其烦地寻觅。

人类很少光顾这里，只有一些探险家，为了寻宝，才肯沿着羚羊家族的足迹，到这里来猎奇。

近代以来，第一个成功穿越昆仑山进入藏北的探险家是瑞典人斯文·赫定。这是一个生来就乐于与荒山大漠打交道的硬汉。他曾8次到中国探险。1899—1902年，他对罗布泊的探测，迄今仍是最具权威的考察。他对楼兰古城的揭秘，已成为西域探险史上的伟大事件。1901年，他穿越喀喇昆仑山，进入西藏。他走了55天，才见到人类；走了81天，才碰到一顶孤独的帐篷，还有一次，走了84天，才见到两个猎人。

斯文·赫定对喀喇昆仑山的描写凄美而沉重，神秘而险恶。死亡是个永远追随着他的阴影。

他在《斯文·赫定的猎人兼向导》一书中写道：

“这是一段惨淡的前程，既听不见歌声，又没有人说话，只有铜铃叮当响着，如同丧葬时礼拜堂的钟声。两只山鹰在我们上面围绕着，牦牛、野驴和羚羊都注视着我们，并且比平常走得慢些。它们仿佛预知荒野中的猎夫已经死了。没有青草了！没有野兽了！一匹马已经倒下，其余马的情况也很不好。骆驼仿佛害了眼症，眼睛半合着向前走。我们所有的玉米只够再吃两天了。我们在第二个驻地，宰了一只羊，如同谋杀同伙似的。

“我们继续向北行进。约尔达士追上了一只羚羊，将它咬死，我们因此又有些肉吃了。我们向另一座山前进，途中死了两匹马。来到山顶之前，又死了两匹，其中有一匹是小灰马。两天后，帐篷边又躺着一匹死马。我们已经84天未见过人群了。又过了两天，我们到达铁木里克，12匹马只剩下两匹。次日早晨，卡尔帕特的病更加厉害了，他可怕地躺在骆驼背上，我们停下来伺候他。在东岸一个村落停住的时候，他要饮一杯水。等下次停留的时候，他已经死了。”

说到喀喇昆仑山，不能不提到俄国人热瓦尔斯基。他从1888年开始，用了18年时间，4次进入中国境内考察，行程3万公里，是第一个到过罗布泊、柴达木盆地、唐古拉山、昆仑山和西藏藏北地区的欧洲人。

后来，从塔克拉玛干北绿洲走向喀喇昆仑山和藏北高原的外国人渐渐多起来。当然，这些人并不全都是成功者。英国人查理的尸体，就埋葬在藏北高原的一个木匣子里。他的父亲也死在这里。法国探险家莱茵斯受了致命的重伤后，被扔进河里。受雇于外国探险家的维吾尔族、柯尔克孜族、藏族向导和役工，死在这条路上的，更是难以计数。

如今，先遣连走的也是这条路。

他们到达克里雅山口。这是进昆仑山的第一道关隘。

远远望去，巍峨的雪山绵延不断，冰峰林立。来到山脚，一座雪峰直插云霄，雪海茫茫，冰天雪地浑然一体，根本就看不到什么路。

这时，新疆南部正值酷暑炎热季节，可昆仑山里却是天寒地冻、寒气逼人。

英雄先遣连的同志们穿上冬装，还冻得瑟瑟发抖。面对克里雅的险峻高峰，一个战士说：“这是雄鹰也难飞过的地方！”又有人说：“鹰飞到这里，肯定会折断翅膀！”

彭青云坚定地说：“雄鹰飞不过去，我们先遣连能过去！”彭青云双腿紧夹马肚，“黑流星”得到指令，蹬了几下后腿，便上了一个高坡，引颈长鸣，引得其他马也都一跃而起。站在山坡的风雪之中，战士和战马都显得威武雄壮。顿时，先遣连士气高涨。

“黑流星”走在前面，马队在大坡上盘旋，择路而行，绕着山峦成“之”字形前进。

走过一山又一山，一山更比一山高。雪峰蜂拥而至，层出不穷，无边无际，延伸到天际深处。

队伍行进在海拔5517米，多数人高山反应严重起来。胸闷心慌，呼吸困难，头痛难忍，像孙悟空忍受唐僧的紧箍咒一样，个个抱着头，跺着脚，痛苦的样子让人心痛。

快登上半山腰的时候，西北上空涌来片片黑云。没多久，天空变得灰蒙蒙一片。

起风了。夹杂着飞沙走石的暴风雪，刮得人睁不开眼。

雨夹着雪，像刀子一样打在脸上。风直灌袖口和裤筒，冻得人像是在冰天雪地里被扒光了衣服一样寒冷。战士陈忠义因高山反应，脸色发白，周身乏力，双腿发软，就像被抛在岸上的鱼，张着大嘴呼吸，仍是喘不过气。

王万明上前搀扶他，开玩笑说：“别装熊，到这里就不行了，还想解放西藏！”

“别小看人，我爬也要爬到西藏去。到时候你还不如我呢！”陈忠义有气无力地反驳，还想再说两句，但因两腿无力，软瘫着坐了下去。

卫生员徐金全急忙过来，给他服了药，心里才好受一些。

部队行进的速度不得不放慢。战马也走不动了，张着大嘴喘粗气。

彭青云回忆说，我们被吹得东倒西歪，周围都是雪，什么东西都看不到。当时最大的威胁还不是冷，而是由于高山缺氧所引起的高山反应。我们都开始出现头疼、恶心、呕吐、心跳加快、呼吸困难的症状。有的战士走着走着就倒下去了，再也没有站起来，而且这种情况越来越多。没办法，我们就发动党员把重病号抬起来走。随着海拔的增高，连马都不走了，有的马鼻孔也开始流血。

后期随大风而来的，竟然是一阵比一阵紧的冰雹，打得岩石飒飒作响，砸得马和骆驼乱蹦乱跳，人只好抱头躲避。彭青云把马牵到一处山崖下躲避冰雹，心里想，这是天的尽头，还是山的尽头？我们的路在哪里？先遣连该往哪里走？

李狄三见冰雹越下越大，越下越紧，怕人畜受伤，立即命令大家用帆布护头，用马褡和毛毡保护马匹和骆驼，依附山岩，避免冰雹的袭击。

一个多小时，断断续续下了三次冰雹。

冰雹过后，队伍重新集合时，全连战士竟有30多人被打伤，其中7人重伤；两匹战马千疮百孔，被活活砸死。

冰雹刚过，狂风挟裹沙石、雪片又铺天盖地而来，山谷间顿时一片黑暗。黑暗中李狄三高呼："人马就地卧倒。"

终于，雹停雨住，天开云散。又是一片晴空。

队伍艰难地往上爬。

大多数人手和脸青筋暴起，嘴唇乌黑，皮肤呈现紫色，有的甚至昏迷过去，听凭战马把自己驮往他方。

李狄三在爬山开始时，还走在部队最前面，但因他过去在战争中曾九次负伤，身体不好，此时是一边走，一边吐，后来竟然昏过去了。年轻的战士乔巴克和周奎祺两人轮流背着他，爬过达坂。

翻过达坂后，许多人头昏脑涨，既不能吃饭，也不想喝水，连续4顿饭，全连只吃了40多公斤粮食。炊事班想方设法烧了一顿姜片花椒稀饭，李狄三和几个领导动员大家，为了有力气行军，一人喝一碗，吃饭也是战斗任务。

李狄三鼓励大家："我们要为解放西藏，为实现祖国的统一而奋斗，做革命的硬骨头，以红军爬雪山过草地的英雄气概去战胜困难，为党和人民立新功，为新中国解放大陆的最后一片领土。祖国将这样光荣而重要的任务交给我们，是军首长、师首长对我们的信任，是毛主席对我们的信任，是党和人民对我们的信任。同志们都是英雄汉，是值得信任的。我们要勇敢地前进，在困难中去争取胜利！"

李狄三的动员鼓舞了大家的士气，激发了同志们的斗志，有的战士用毛巾把头扎紧，继续前进。那些走不动挪不动步子的人，也不愿意停下，拉着前面的马尾，一步一步往上爬。还有的人互相搀扶着朝前走。

在这里，先遣连失去了他们的第二个同伴：起义战士刘进吉。

为了跟上队伍，刘进吉把自己绑在马背上行进了几天，终于没能战胜严重的高山反应。他的登记信息很简单：1917年出生，甘肃天水，汉族。

李子祥回忆说，当年，刘进吉所在那支部队起义后，在喀什开诉苦大会时，他第一个要求上台发言，结果没说几句就放声大哭，无法继续下去。先遣队出发前，他成为起义战士中第一批共产党员。入党还不到半个月，就为共产主义献出了生命。

路越来越难走，尽是大大小小的石块。马和骆驼只能在这些石头的空隙间找到落脚的地方。有的地方一人一马单行都很困难。

李狄三忍着剧烈的头疼，在前面带路。一峰骆驼一峰骆驼、一匹马一匹马地前拉后推，战战兢兢地通过险要狭窄的地方。

这时，驮电台的骡子脖子两边挂的东西太大，碰到一块凸出的石头，失去平衡，晃了几晃，掉下山沟。

官兵们被这突发事件惊呆了，十分着急。

电台是与上级联系、请示指令的重要工具。有了电台，就等于和上级有了紧密的联系。部队进入到这种神秘莫测的雪山深处，与上级失去联系，也失去了指挥，这等于是闭着眼睛在深山里乱转。

部队停下来，望着深不可测的山谷发愣，谁都拿不出办法。

曹连长拨开众人，快步走到李狄三面前，要求带人下山，寻找电台。

李狄三见曹连长态度坚决，便同意了。

部队继续前进，曹连长和几名战士留下来。

连长要求这几名战士把绳子和绑腿接在一起，由他自己下去探路。

班长达进才和战士们都争着要下，说着说着，达进才就急着往下跳。曹连长一把拉住他，喊道："不要命了！你等一下，先让张万才下去摸摸情况。"

刚下过一场大雪，地上是白茫茫一片，四处银装素裹。

张万才拉着绳子，一步步顺着雪坡滑下。绳子放完了，还没有到底，只好把他拉上来。

大家又从马褡子里找出几根绳子，接在一起，才把张万才送到沟底。他发现了骡子坠落的地方。由于沟底积雪厚，骡子还活着。他一步一步接近骡子，救出骡子，找到了电台。

大家松了一口气，曹连长紧张的脸上露出了笑容。

救出骡子和电台，他们连夜追赶部队。到达宿营地时，天将拂晓。

先遣连胜利翻过达坂，按预期目标前进。

雪盲遮眼睛　冰山雪海路难行
马尾编眼罩　但靠微光寻前程

极地英雄先遣连在纵深数百里的昆仑雪原上行进。他们不是探险家，但他们有着比探险家更勇敢的胆魄。他们的进军，会让所有的探险家钦佩不已。

一天下午，他们来到一个叫“暖海子”的地方。

这里四面环山，地势平坦，嫩绿的野草丛中，开放着五颜六色的小花，令人赏心悦目。

在雪山深处能见到这样一片生机勃勃的绿洲，的确让人心情振奋。

这是昆仑山里少有的仙境。当然，也是先遣连理想的宿营地。

连队决定在这里休息一天。

极地英雄先遣连多民族结构的优越性，一进昆仑山就显示出来。

一些少数民族同志世代生活在高原、游牧在草原上，天生就有对冰雪严寒的适应性。

当汉族同志为高山反应所困扰时，他们却显得从容不迫，主动承担各种勤务。

英雄先遣连决定在“暖海子”宿营。二排长杨福成、二排副阿金、三排长斯拉甫、三排副韩正保等少数民族同志，带领各班排的民族同志，承担着卸驮、搭帐篷、遛马、放骆驼、拾柴火等工作，使一些高山反应严重的同志得到安心休息。

一路上，特别辛苦的是炊事员王银山，他为人憨厚，工作踏实，想尽一切办法调理好同志们的生活。大家吃得好，他就高兴，不想吃，他就犯愁，大家都尊称他为“王班长”。

说起炊事工作，好像并不难。但在昆仑山上行军，做这项工作却是极其艰苦的。

一位健在的老战士回忆说：“这个荒漠地带没多少植被，给宿营部队生火做饭造成了很大困难。部队只好化整为零，以班、组为单位起火做饭，宿营后三个一伙，五个一团，撅着屁股吹火，边拧清鼻涕边揉面。我与陈改宜同志用缸子做饭，对我们而言最困难、最麻烦的是柴火。往往要走这坡，爬那梁，常要付出两个多小时的艰苦劳动，两腿像灌了铅似的，浑身软绵绵的，就像一台散了架的机器，折磨得人一点儿力气都没有了，蹲下身子捡几颗羊粪蛋，起身时眼冒金星，头昏脑涨。若碰上野驴粪，便是大运气了。在这里做饭，水烧开后，看上去沸腾，用手一试如同温水一般，做的饭都成了面糊。”

睡觉时，天空晴朗朗的，半夜里突然下起了鹅毛大雪，半宿工夫，积雪已经没膝深了。

英雄先遣连的宿营帐篷被埋在雪里，费了好大劲他们才从积雪中刨出帐篷,打开帐篷的门。

当行军第一周结束时，先遣连就损失了几乎所有运输队。

李子祥说，他们夜晚宿营时遭遇大雪，早上走出帐篷看到遍地都是冻死的驴子，几乎都无法从中间穿过。

仅在行军开始的第7天、第8天，就有1000多头驴子和骆驼死掉。

英雄先遣连不得不遣返了运输队。冒严寒、踏冰雪，继续前进。

在昆仑山与冈底斯山之间是东西长2400公里、南北宽700公里的藏北高原。这片海拔4500米至5000米的旷野呈碱性，基本是不毛之地。

李狄三把部队集合起来，做简短的动员：“当前，大家面临的困难十分严峻，再这样下去，高山反应就会解除先遣连的武装，整垮先遣连的斗志和士气。如果大家都躺在雪山上，其后果是不堪设想的。”

先遣连在行进。

海拔越来越高，天气越来越冷。

愈往上走，海拔愈高，景色愈新奇。

山坡下是一片绿色的草滩，一群羚羊吃着草。草甸上有几个小湖，水碧蓝碧蓝的，成群的野马在草甸上悠闲地啃食着草皮。

一位蒙古族战士高兴地喊起来："看，那里有骆驼刺儿。这下子好啦，我们有放马的地方了。"

曹海林看了李狄三一眼，大声喊道："放马！让马吃个饱！"

话音刚落，200多匹马如脱弓之箭，直奔草滩，惊得对面山坡上的野马、野驴，仓皇逃遁。

这是一片肥美的草滩，草长得又高又密。

战士们卸下马鞍，让自己的马轻轻松松、痛痛快快地饱餐一顿。

真轻松啊！战士们坐在草坪上，有的躺着晒太阳，有的望着远处的雪山高兴地哼着各自喜欢的小调小曲。

藏族战士扎喜彭措和乔德禄跳下马，看到草滩上散落着许多干牛粪、干马粪，很是高兴，便拿着袋子捡起牛粪马粪来。

扎喜彭措一边捡一边说："有了这玩意儿，就不愁生米做不成熟饭了。"

不一会儿，他就捡了满满一麻袋。

"翻译同志，你别捡牛粪了，这是我们炊事班的活儿。"

炊事班的老班长煞有介事地对扎喜彭措说："你不要再忙乎了。"

于是，炊事班的同志都出来捡干牛粪，为做饭备足燃料。

老班长往前没走多远，发现一条小溪，溪水清凉透明。他捧起一口尝尝，甜甜的，不少小鱼儿在里面游动。

老班长真想捞上几条，给大伙做一顿美餐，改善一下生活。所有战士都看见了河里的鱼，但没有一个人去抓。不吃鱼，不打鱼，是这里藏胞的风俗习惯。这是大家都知道的，没有一个人愿意违反纪律。

战士们在这里进行了难得的两天休整，他们给这个草甸取名为"野马滩"，这个名字也一直沿用至今。

过了野马滩，就进入藏北高原了，部队开始了雪地行军。

成群的野马、野驴，自由自在地在滩上奔跑，像是在炫耀它们矫健的身姿，从先遣连战士面前一掠而过。过一会儿，野驴们又跑到对面山坡上，悠闲地晒着太阳。

漂亮的羚羊停在远处，一动不动，像列队欢迎一般，惊奇地看着先遣连的马队。

巍峨的大雪山晶莹剔透，像一座座水晶宫在太阳下闪闪发亮，雪峰好像一座银塔，直插云天，乳白色的云带像一条条洁白的哈达，在行军队伍的前后左右飘扬。

人马兴致勃勃地沿着山路盘绕而行。瑰丽奇妙的景色，吸引着大家向山顶攀登，山顶就是冰凝雪封的库亚达坂。鲜红的太阳暖暖地照着，又白又亮的阳光，经雪山反射，变成了四处飞溅的光线，灿烂得刺眼，辉煌得炫目。

雪地行军，大家开始还觉得新奇、浪漫，强烈的阳光几经折射，使偌大的雪地闪耀着灼人的光芒，这使大家感到新鲜。

可谁知道，这银白闪烁的强光，正在伤害着同志们的眼睛。本来在出发前，师里给每位官兵都配备了墨镜，但过赛虎拉姆峡时，都给碰坏、摔坏了。

到了晚上，许多人眼睛红肿，又疼又痒，泪流不止。

刚开始，大家只是觉得眼睛比较烫，像火烧一样，接着两眼又肿又胀，眼球好像要跳出来似的。卫生员徐金全，尽管自己的眼睛也肿得又红又大，但他忍住痛，摸索着把眼药水全都拿了出来，给大家点眼药水。每个人一天点三次也不奏效。

第二天，不少人眼睛肿得像个桃子，看不清东西了。

到了第三天，半数以上的战士走出帐篷就什么也看不见了。

彭青云回忆：“有一天，刚走了不到5公里，全连竟找不到一个能睁着眼睛带路的人了。”

大家的眼睛看不见，忽然之间都变成了瞎子。战士们很惊慌，黑暗的世界给他们带来了愈来愈可怕的恐怖，他们互相摸索着辨认对方，干什么都不方便。

因为看不见路，摔伤的人也多了起来。每前进一步，都会付出越来越大的代价。

谁也没有这方面的经历，就是在新疆土生土长的少数民族战士，过去也没有经历过这么严重的事情。

眼睛瞎了，怎么办？怎么走出这冰天雪地？怎么完成解放西藏的任务？

大家被这突发事件弄得手足无措，惊恐万状。

李狄三与几位连队干部碰头，决定就地扎营，想办法先把眼疾治好。他们并不知道这就是雪盲——阳光中的紫外线经雪地表面反射对眼部所造成的损伤，也没有人知道如何医治，全连战士像一群盲人一样，随地瞎坐着，讨论了半天，毫无头绪。

在得到先遣连报告后，新疆军区的卫生部门提出了解决建议：病人需要绝对安静，行军15至20里休息，食用易消化的碳水化合物，如蔬菜、大米、稀饭拌汤。

这简直是在痴人说梦，风雪高原上连绿色都十分罕见，哪里会有蔬菜可吃。

党支部决定争取时间继续前进。出发时，他们把马匹分段串起来，首尾相接，由几个眼睛看得见的同志引路，多数官兵靠拽着马尾巴往前迈步，迎着寒风，踏着雪原，浩浩荡荡地又开始了征途。

英雄先遣连仍以每天35至40公里的速度在藏北高原行进。

在党员干部的带动下，先遣连的战士，个个顽强机智。蒙古族战士坎曼尔因眼睛痛痒难忍，下意识地从地上抓起一把雪，抹在眼睛上，想以此止疼解痒。没想到，眼睛的红肿真的减轻了。连里马上推广他的方法，让大家试一试，都说还能多少起到一些缓解的作用。心灵手巧的蒙古族战士阿廷芳，出生在新疆，从小放牧，有一些这方面的经验。他想起小时候用马尾编眼罩遮挡雪光的事，就向领导做了汇报。李狄三高兴地让他先编几个，别人也跟着学。他们自力更生地制造了一批马尾“雪镜”。大家一试，果然有效果。

到了宿营地，炊事班协作一致，带病给大家做饭。做饭时他们眼睛看不见，一双手到处摸索着，好几个人把锅灰抹在了脸上，没想到眼泪竟流得少了，眼睛也能看到东西了。老班长如获至宝，赶紧将这个偶然发现，向所有战士推广。第二天出发时，每个战士都用锅灰抹了黑眼圈儿。

足见人在最困难时，真能被逼出许多生存本领。

队伍里，半数以上的人严重冻伤，所有的人脸上脱皮、嘴唇爆裂、口鼻出血。马匹大量倒毙，人员负重量与日俱增。

但队伍没有因此停下，而是继续前进。他们用年轻的生命和坚定的信念，丈量这条多灾多难、无止无尽的天路。

正是——

一路追风，一路伏冰卧雪，
一路坎坷，为的是换一个漂亮世界；
千里探寻，千里跋涉，

使命在身，蜿蜒行军更显英雄本色；
冰天雪地，蛮荒世界，
红旗招展，高山巍峨，残阳如血。

路边，一堆堆野马野驴的白骨；天上，盘旋着饥饿的秃鹰……

一路上的灾难，一路上的坎坷，每个人都不敢肯定自己还能不能走到下一个营地。有的人摔倒了，再也爬不起来了，他们会用虚弱的声音吃力地骂上一句："这是他娘的什么鬼路！"

晚上做梦，也有人在骂路。

困苦依然，危险犹存，艰辛骤增。

战士们还是在不停地前进。

沙海汹涌起尘暴
官兵顽强斗风沙

部队刚走出雪原的银白，又踏进一片戈壁的金黄。

戈壁沙漠无边无际，金黄使天地的界线尽被抹去。浮尘遮蔽天日，成为天地间无处不在的填充，挥之不去，抹之不尽。

英雄先遣连在风沙弥漫中寻找着道路，打破了这块沙地上千百万年来死一般的寂静。

这里没有飞鸟，没有走兽，更没有人迹。

时间在这里仿佛静止了。历史在这里似乎从来没有留下过痕迹。

难道这里什么也没有发生过？

这片荒漠在世界屋脊静静地等待了千百年，就是为了迎接一支年轻的队伍，用战马的蹄印，去书写崭新的历史。

大漠孤烟直，长河落日圆。这是一种诗人的浪漫。

对于在马背上颠簸多日的战士们来说，这里有的只是一种非常乏味的枯燥。偶尔马失前蹄，才把人们从疲乏的半睡中惊醒。

八月，沙漠骄阳似火，阳光灼人。

脸烤得火辣辣地疼。

尘土飘浮在空中，或浓或淡，或深或浅。

一阵风起，呛得人咳嗽不止。伸出舌头，都能尝到空气的咸涩。

这里没有飞鸟，没有走兽，更没有人迹。

口渴异常，军用壶里的水早已喝完。

战士们希望能遇上水源。但走了一程又一程，留给他们的只有失望。

时近中午，又饥又渴，口干舌苦。虽带有干粮，可怎么也咽不下去。看着悠闲的骆驼在津津有味地反刍，战士们羡慕不已。

人要是能变成骆驼，那就好了。

突然，前边传来一阵叫喝声："有水了！有水了！"

朝前望去，一片绿茵茵的湖面呈现在眼前。大家的精神为之一振。

连长曹海林命令部队朝前方进发。

湖水，吸引着队伍加速前进。微风阵阵，拂去人们一身燥热。

绿色的涟漪让人凉爽而舒适。湖水的边沿吐着白沫，亲吻着湖岸。

湖水像一匹绿色的缎子在抖动。人马恨不得一下扑向湖面，饮个痛快。一班的同志跑在最前头。他们飞身下马，像孩子见到母亲一样，直奔湖边。一个个双手捧水就喝，几乎是同时，大家惊叫起来："苦的！"

"还咸呢！"

喝得急的，水已下肚；喝得慢的，连吐带骂："这个绿海子不老实，骗人！哄得我们好苦！"

后面赶到的人听到前边的人在骂，不相信，都要亲口尝一尝，尝了后又异口同声地叫苦不迭："咸死人，涩死人了！"

大家望着湖水，无可奈何地摇头，把目光探向远方，希望前边能出现一个可以大饮一顿的淡水湖。

马队驮着这样的希望，不停地朝前走着。一绺笔直的蹄痕，缓缓向前延伸，渐行渐远，伸向天际。朝着藏北，朝着阿里，默默坚定地前进。

习习微风过去，阵阵热风扑来。大家感到特别闷热，天上的老鹰这阵也飞得很低。这是暴风雨来临的前兆。

没走多远，狂风卷着尘沙迎面劈来，顿时天昏地暗，日色无光。冲天尘沙像千军万马，奔腾而来。一个藏族战士惊喊出声："沙尘暴，快跑！"但是，部队已经在这光秃秃的大戈壁上行进了50多公里，想回头也来不及了。不一会儿，大风忽然变了方向，向战士们铺天盖地而来。大家只好弯腰而行。风把小石头也旋刮起来，一阵阵打在人的脸上，钻心地痛。由于风大，行走十分艰难，有的战士干脆抓着马尾巴，让马拖着走。后来马也不走了，战士们又得推着马走。人们根本看不见路，凭直觉蹒跚前行，连身边的人也无法看清。李狄三不断给后面的人传话："抓住马尾巴，不要掉队。"

先遣连的马队逆风行走，艰难万分，人马被吹得偏偏倒倒。好几个战士被狂风从马背上掀起来，凌空抛去，又重重地摔在地上，有的竟被摔得鼻青脸肿的。

暴烈的风沙把部队吹散了，他们相互失去了联络。

风沙大，能见度极低。即使竭尽全力叫喊，互相也听不到。

彭青云的尖兵班也被吹得七零八落。他东奔西走，把大家收拢来，在一个低洼的稍为能够避风的地方，等待大部队的到来。

等了许久，不见人来。

风的号叫，让彭青云想起了号声。于是，他叫司号员牙生吹响军号。

迷失方向的战士寻号声而来，人们朝着嘀嘀嗒嗒的号声聚拢。

风，越刮越大。牙生的号声，越来越小。一股猛烈的风刮来，声嘶力竭的号声戛然而止。

原来，风把牙生卷出了沙窝，很快不见了人影。

李狄三和同志们手挽着手，迎着风沙，一步一步向前挪动。

在这里，人不能停下来。否则，就有被风沙吞噬的危险。大家必须紧密地拉在一起，顽强对抗风沙。

指导员李子祥派王银山拉上一峰骆驼，去救牙生。部队顶着风沙继续前进。经过七八个小时的英勇搏斗，终于在深夜走出了沙漠。

精疲力竭的部队，在一条山沟里宿营。

王银山和司号员牙生没有回来，这使李狄三和连部的几个领导很担心，他们决定让一排长王永平和战士巴利祥子返回去找他俩。

由于刮过一阵大风，地形发生了变化。走进大大小小的沙丘找人，就像大海捞针一样困难。王永平和巴利祥子找了很久，连一点儿线索和痕迹都没有。

大家一起高声喊着："王银山——"、"牙生——"

但除了风声，一点儿回声也没有。

王永平估计他们不会走得太远，应该就在附近。于是鸣枪联系。

可是连发数枪，仍然没有动静。

巴利祥子走着走着，被一个软绵绵的物体绊倒，定睛一看，原来是一峰埋在沙里的骆驼。

巴利祥子把沙子扒开，只见骆驼不见人。但既然有了骆驼，人也不会远的。继续找，又打了几枪。

风声太大，枪声显得很小，谁也听不见。

巴利祥子急中生智，从腰带里解下一颗手榴弹，朝一个寻找过的安全地方扔去。

随着爆炸声的消失，远方传来了枪声。

他们高兴极了，朝着枪响的地方跑去。

王银山背着牙生，艰难地回来了。

原来，牙生被飓风卷进沙窝，扭伤了脚。虽然咬着牙坚持往上爬，但他又痛又饿又渴，沙窝又深，怎么也爬不上来。挣扎中，他筋疲力尽地倒在沙窝中，晕了过去。

王银山找到他后，把他抱上骆驼，总算走出了沙窝。

谁知道，刚走出这个沙窝，又陷进了另一个沙窝。

骆驼累得口吐白沫，嗷嗷直叫，怎么拉也不肯起来。王银山只好扔下骆驼，背着牙生，走出沙窝，向前进发。但却因过度疲劳，精力耗尽，自己也昏倒在沙窝里。

手榴弹的爆炸声把他惊醒了。他爬起来，背着牙生又往前走。

王永平、巴利祥子、王银山、牙生四人回到连队，已经是第二天早晨了。

大家集中起来，就地做了行军总结。战士们觉悟进一步提高，情绪高涨，行军更有激情。

从于阗出发，一路上的病痛和疲累，被甩进雪山冰谷。现在，他们有说有笑，拉马前进，步伐轻快，精神奋发，行军速度也加快了。

走在前边的彭青云，突然高声大叫："同志们，快到埋衣山了！"

正是——

冰天雪原行军难，沙漠酷热烤如煎。

遥望天际何为路，人马咫尺皆不见。

只因心中有目标，千回万转不下鞍。
先遣骑兵多英勇，一路奋进闯难关。
散失战友重聚首，欢呼来到埋衣山。

原来，自5月中旬到7月下旬，彭青云奉命带领侦察组三次到藏北侦察，第三次仅用七天时间，就到了接近新疆和西藏交界的地方。他们为便于接近群众，脱下军装，将衣服埋在山上，便给这座山取名为“埋衣山”。

这个名字一直沿用至今，当地群众现在还叫它“埋衣山”。

如今，先遣连经过长途跋涉，艰苦行军，终于到达了埋衣山。彭青云旧地重来，格外兴奋。

他的情绪也感染了大家。

生命禁区　先遣官兵挑战极限
信仰高度　共产党员勇挑重担

经过39天艰苦卓绝的行军，新疆、西藏的界山终于出现在官兵们的眼前。

界山，海拔6380米，在先遣连前面横亘着。冰雪严严实实地包裹着它，莽莽苍苍，巍峨宏大。它既是新疆和西藏的分界，又是两种宗教、两种文化的分水岭。

战士们在界山下的山谷里燃起了堆堆篝火，准备在这里宿营。

群山在晚霞退尽之后，都像蚌一样合拢了。夜色里，望着界山高大的剪影，战士们议论纷纷。

"班长，没想到解放阿里的任务这么难，咱们能完成吗？"

"只要爬过界山，我想就能完成。前面还会有什么艰险比攀登界山更难的呢？"

"这里连个野生动物都没法生存，我们能爬上去吗？"

"先遣连一定能爬上去。一定能！不过，我是不行了。我老觉得这口气要么出不来，要么出来了就再也吸不进去了。"

这座终年积雪的达坂，上下山各30多公里，必须一天内翻越。但先遣连半数以上的人已经出现严重冻伤，人困马乏，精疲力竭，还有十多名伤员、病号！

山谷里响起了清脆的笛声。

大家一听，就知道是李狄三吹的"兄妹开荒"的调子。

在静悄悄的雪山深处，笛声显得嘹亮而清脆。它纯净得如同天籁之声，又像一只美丽的鸟儿在天上飞翔，飞到每一个战士身旁，给大家带来了快乐和希望。

笛声中，先遣连的二十几名党员悄悄集中在李狄三身边。

他们明白，有李狄三在，有我们共产党员在，征途上就没有什么困难不可以克服。

每每在最危险、最困苦的时候，冲锋陷阵的一定是我们共产党员。

李狄三也从党员们的脸上，看到了破釜沉舟、勇往直前、无坚不摧的凌厉正气和奋不顾身的英雄气概。李狄三开口了。他要求每一个共产党员，第二天带头背重伤员过界山达坂。

坐在一旁的连长曹海林，看见了这令他终生难忘的激动人心的场面。使这个起义将近一年时间的旧军官，真正明白了，为什么共产党能够英勇善战，就是因为解放军里有无数共产党员在起着吃苦在先、牺牲在前的模范作用。曹海林知道，这些共产党员，每个人都是重病号，但最困难的时候他们仍走在前面。

激动万分的曹连长走到李狄三跟前，眼含泪花，激动而坚决地说："李指挥，我也要入党，做一名共产党员，为您多分担一些难处。我知道，自己还不合格，但请允许我像你们那样做，明天把我的马让给病号骑！"

李狄三握着他的手，深情地说："老曹，欢迎你，也谢谢你。我愿意做你的入党介绍人！"

曹海林，行伍出身，在国民党军队干了好几年，当过副连长。这次参加先遣连，他感受到了一种从未有过的信仰的力量。他第一次体会到，信仰的力量是那么纯正、无私。他铁了心，无论如何都要完成任务，翻过界山。

英雄先遣连的共产党员虽然多数是病号，但没有一个孬种。他们即使躺下，也是直挺的。

卫生员徐金全，腿肿得穿不进裤子，走不动路。他就在骆驼身上拴根绳子，拉着绳子往上爬。等到达坂时，他气都喘不过来，更没有了说话的力气。

但他还是挣扎着，竭尽全力对曹海林说："连长，我实在走不动了。你们先下去，我坐在这儿歇一歇，顺便给大家说段快板鼓鼓劲儿。"

曹海林说："我等你一起走。"

徐金全站不起来，他半跪着，打起了竹板，给大家鼓劲儿——

界山险，冰达坂，革命战士不怕难。
高寒缺氧何所惧，英勇顽强向上攀。
想想长征二万五，界山踩在脚下面。
先遣战士斗志坚，雪峰再高也敢攀。
挺进阿里举红旗，坚持革命要到底，
解放西藏立大功，喜讯传给毛主席！

连长曹海林一边听，一边掉泪。

徐金全是在拿自己的生命为大家鼓劲儿啊！

现在，事隔50多年，曹海林仍能记得这段快板词。

曹海林1952年被诬为反革命，关在喀什监狱，就是背着这段快板词鼓励自己活下去的。

徐金全一直坚持到李子祥带领收容队上来后，才停下来。他多次接不上气，多次吐血，跪着的腿失去了知觉，裤子和冰冻黏在一起。他没有站起来的力气，同志们只好用骆驼把他驮下达坂。

徐金全的精神让曹海林认识到，只要还有一口气在，就没有什么能难住人的。

身体强壮的战士牟全宝，接连背了8个人过达坂，最终却因高山反应，长眠在界山达坂。

曹连长在总结会上说："先遣连是咱连的党员背过达坂的。"

登上界山达坂，向南望去，山峦起伏，草原碧绿，蓝天白云，天际雪峰，连绵不断，逶迤而去，似银蛇起舞，好一派藏北绮丽风光。

"我们已经进入到阿里地区。"

连党支部认为，先遣连已胜利完成翻越昆仑山和开辟道路的任务。现在应该宿营待命，请求师党委指示今后的行动方向。

李狄三起草了一份电报，让机要员王惠志立即发出。

当天晚上，收到师党委回电，上写：

先遣连党支部：电悉。

你们发扬了我军艰苦奋斗的革命精神，克服重重困难，胜利翻越昆仑山，开辟通路的任务已初步完成。对你们取得的成绩，师党委予以高度评价，并向全体同志致以亲切的问候。同意你们休息一二日，再继续前进。你连已经进入了藏北地区，要注意执行民族、宗教政策，加强连队纪律教育……

师党委

1950年9月9日，先遣连战胜各种困难，翻越界山达坂，到达阿里境内。

红色电波把喜讯传向喀什，传向西安，传向北京……

西藏高原的丽日蓝天中，飘起了人民解放军的第一面战旗！

9月15日，先遣连在两水泉建立了第一个留守据点，李狄三将这一消息电告独立骑兵师。王震司令员得知后，亲自起草电文，向彭德怀和党中央报告先遣连到达藏北的喜讯。

彭总并党中央：我一兵团独立骑兵师进藏先遣连136人，经过45天艰苦行军，跨越海拔5000米以上的昆仑山区，于本月9日翻过新（疆）（西）藏交界处海拔6000多米之界山达坂，到达西藏阿里嘎本政府所辖改则地区，行程约计1300华里，并于本月15日在改则境内建立第一个据点。该连在两水泉短暂休整后，将留少数人员留守此地，就地转入侦察情况，寻找藏民，发动群众，其余大部将继续向噶大克推进。

王 震

1950年9月18日

当天，彭青云派一个藏族战士去通知改则宗本（县长），具体协商解放军进军的事宜。

正是——

雪海茫茫蓝蕴天，雪原深处有草滩。
滟滟溶溶双水流，此地正是两水泉。
一路行军饮冰雪，尝遍寒水此最甜。
唯见两泉地理好，先遣扎下第一站。

在建立第一个据点后，机炮排和大多数重武器都被留在这里，因为携带它们行军已经是力所难及。

21日，先遣连又建立了多木据点，并第一次遇到藏民。

旧政府颁布禁令　藏胞逃避无踪影
先遣连感化群众　军民终归为朋友

极地英雄先遣连进入藏北高原，可以说只是万里长征走完了第一步。要在这样陌生的地方站住脚、扎下根，关键是要争取群众。

这一个多月，他们在1300华里千难万险的进军征途上，先遣连竟然连一个人也没有遇到。这是一次没有敌人、没有对手的远行军。

一路上，在茫茫的藏北高原上，甚至找不到有人生活的痕迹。“地广人稀”四个字在这里有着最现实的注解。

藏北高原是位于昆仑山与冈底斯山脉之间东西长2400公里、南北宽700公里的辽阔地带。这片海拔4500米至5000米的旷野富含碱性，基本属于不毛之地，很多地区至今仍是无人区。可可西里就是其中最著名的一部分。

100多人的进藏先遣连孤独地行进在这片旷大、原始的荒原上。

彭青云回忆，有急躁的战士发起了牢骚：“我们进军西藏，解放西藏，可这里连个人都找不到，我们解放谁啊？”

在李狄三的提议下，先遣连党支部根据新的任务和环境，统一了思想认识，开始四处寻找藏民，进行宣传群众、组织群众的工作。

藏北本来就人烟稀少，再加上噶厦政府的威胁欺骗，群众还真是难得寻找。

彭青云带着侦察小组，翻雪山，越达坂，涉冰河，为寻找藏民走了15天。

看，彭青云来了。

天上一朵云，下去一座山，

山谷一阵风，风中一匹马，

马上一个人，就是彭青云。

彭青云骑着马。马奔跑着，撩拨起的马鬃，腾起彭青云身上那种特有的永不疲倦的涌浪力量，在这亘古荒凉的生命禁区，显示出英武剽悍的气势。

彭青云迷惑地看着这个神秘、阔远、狞厉、恐怖的天地，不解地说："我们走了这么远，怎么找不到一个人？"

一群群奔跑追逐的黄羊，一匹匹狂奔的野马，重重叠叠的山峦，弯弯曲曲的河流，湛蓝的大小湖泊明镜般镶嵌在偌大无比的翠绿的草原上。这么美好的地方，连一顶帐篷都没有，多可惜。

英雄先遣连先后组织了5个侦察班，分头多方寻找藏民，结果都无功而返，连个人影都没见到。紧接着第二次、第三次搜寻，规模一次比一次大，范围一次比一次广，参加的人数也一次比一次多。除李狄三、陈信之带一个班留守外，其他连排干部一人带一个小组四处寻找。

马蹄磨出了血，就用破布包起来；干粮吃完了，就打猎充饥。

草原上冷彻骨髓，加上在冻土上僵卧一夜，大家都感到内脏像结了冰一样。出发不久，失去知觉的身体已经骑不住马了，一个个从马背上滚落下来。

爬起来后，他们再也不敢停留，只得拉着马小跑，只有当身体跑出了暖意，四肢不再麻木时，才能上马疾驰。这样反复折腾，觉不出冷了，但人受不了了，浑身轻飘飘的，神经麻木，脑子里一片空白，腿也不听使唤。可是即使如此，只要人没倒下去，就要不停地走。

走，证明自己还活着。

走，证明自己还能活下去。

为了寻找群众，在荒漠受这么多苦，是原先根本没有想到的。

进军两个月来，千里征途，人烟稀少。可他们仍然充满希望地在这迷茫阔远的荒原中不懈地寻找，用马蹄叩访这个神秘而遥远的世界。

这片莽野，恣肆、深邃、嶙峋。

古羌人威武的姿影，吐谷浑悠长的情致，蒙古人响亮的鞭声，金戈铁马的呼啸，气吞山河的悲壮，这一切都已经远远而去。

这里放牧牛羊和牧歌的牧人哪里去了？在这荒原上世世代代不懈开放的邦锦花哪里去了？这里应该有我们想找到的藏胞，他们是我们的朋友，他们是我们的亲人，他们将在各民族大家庭的怀抱中共同开创自己崭新的生活。

每一片原野，每一汪湖泊，每一条河谷，都留下了侦察员的足迹。他们多么希望在自己的视野里能有一缕炊烟飘起，能看见牧民房顶上的经幡，哪怕是一支冲着自己胸口的叉子枪也行啊。

他们不停地走，荒原依旧是那样阒寂荒凉，连一个人影都没有。走着走着，驮帐篷的骆驼突然倒下，它痛苦地呻吟着，满地打滚，无论怎样拉，也起不来了。

彭青云围着骆驼转了一圈，发现骆驼四个蹄子血糊糊的，全磨烂了，他让大家检查各自的坐骑，发现马掌大多脱落，好几匹马的蹄子都在流血。彭青云指着东边的一片草原，对二排长杨富成说："你带几个人，到那片草滩上去看看，弄几头野牛、野马或野羊回来。"

杨富成不解地说："要在这里宿营打'牙祭'？天还早呢！"

彭青云叮嘱道："你先去弄吧，弄来再告诉你，主要是要皮。"

杨富成出去了。不一会儿，他带了四张野牛皮和一条牛腿回来了。

彭青云让大家把牛皮割成小块，把骆驼和马的蹄子包起来，把战士们磨坏的鞋子包上……

断粮已经好几天了。

彭青云的侦察小组并没有停下寻找老百姓的行动，他们猎食野生动物，前往卧牛岭一带侦察。

如果再找不到老乡，只有返回了。

正在绝望之际，卧牛岭东南的一片草滩上发现了牧民留下的痕迹。

那是几粒羊粪。彭青云蹲在地上，扒开干枯的草丛，抓起那几粒羊屎蛋儿，用手一捻，有些潮湿，高兴地叫道："同志们，有情况，肯定有人来过这里，羊粪没冻透，人还没走远，大家再在附近找找，看看有没有其他线索。"

杨富成在不远处发现了用火的痕迹，用手摸摸，尚有余温。

彭青云用马鞭拨拉几下，摸摸土，对杨富成说："这土还没有冻结，人肯定就在附近。这下子，你小子不愁没有解放对象了。”

大家都很高兴，忘记了疲劳和饥饿，欢呼着、跳跃着。

他们顺着羊群留下的痕迹向对面山头跑去。

彭青云为杨富成挑了两匹快马，再加上自己的“黑流星”，让他一人三骑，飞马回驻地，向李狄三报信，请李狄三派翻译和礼物过来。

夜色笼罩着整个高原，他们爬上一座山峰，看见一星火光。

到达沟底，大家隐蔽在附近，借着月色，发现一顶帐篷、一群羊、一对中年男女和四个孩子。

彭青云定神看了看：“嗨！真的是人，活生生的人！”

终于看到人了，看到他们久久期盼的老乡，仿佛整个死寂的雪野都鲜活起来。因为有了人，这里一下子充满了生机，充满了希望。

官兵们像在月球上找到了外星人一样兴奋。

这是多么值得欢呼的胜利。

但为了不惊吓他们，官兵们把兴奋抑制住了。

这个小组没有人懂藏语。天已经黑了，几个背着枪的男人忽然出现，必然造成藏胞的恐慌，引发误会就得不偿失了。

彭青云命令，隐蔽起来，不准暴露目标，以免引起老乡的惊恐，等天亮后再接近他们。

这个小组像守护神灵一样守护着帐篷。

帐篷里的灯光熄灭了，传出牧人的鼾声。

官兵们绕到一道土梁的背面隐蔽起来。几个人和衣而卧，躺在马群中，熬着这寒冷而漫长的夜晚。

天亮时，哨兵发现牧民在拆帐篷，立即报告彭青云。

彭青云说：“怎么能走呢？我们辛辛苦苦找了这么久，怎么能说走就走呢？”

彭青云急忙带着两名战士前去。

牧民是个中年汉子，他在大清早看见三个突然出现的陌生人，又都带着武器，像发现怪物似地愣住了，抱起两个孩子，拉着妻子，丢下帐篷和羊群，拼命向山上跑去。

战士们也过来了。

彭青云命令他们迅速帮老乡收拢羊群，一面让大家喊话。汉语、蒙古语、维吾尔语、哈萨克语，喊了个遍，老乡根本听不懂，一点儿反应都没有。

彭青云突然想起，牧民有献哈达的习惯。凡是手捧哈达前来的，都是朋友。彭青云放下枪，从身上取出哈达，两手捧着，举过头顶，向牧人跑去（这是先遣连进藏前就做好的“功课”，按藏族的风俗，献哈达表示祝福和尊敬）。

牧人见“红汉兵”捧着哈达上来，紧张的情绪缓和了一些，但又立刻疑虑起来。牧人端起叉子枪，对准彭青云。

彭青云捧着哈达往山上走。

牧人端着枪往后退。彭青云停下，牧人也停下。

牧人既不走掉，也不过来。

双方就这样对峙着，叉子枪不信任地一直对着彭青云。

彭青云怎么也不肯离开那中年汉子，枪口对着胸口也不离开。

“这是老乡，是我们找了许久的老乡。”

彭青云早把生死置之度外。他想到的是不能让老乡走，要通过他，了解这里的情况。

两人隔着百米以上的距离，一直对峙到当天下午，李狄三带着翻译乔德禄等人飞马赶到。

李狄三和彭青云手捧哈达，赶着羊群，喊着“夏保（藏语，朋友）”，慢慢向这一家人走近。

牧人的叉子枪始终对着他俩，直到他们到了跟前，才收起来。

中年汉子迟疑了一会儿，接过哈达。

李狄三让翻译告诉中年汉子：“夏保，我们让你受惊了。现在把羊还给你，请你数一数。”

中年汉子数了数羊，点了点头，脸上的恐惧慢慢消退。

他叫来妻子和孩子，让他们赶着羊群回帐篷。

紧张的情绪缓和了。

李狄三拿出花布、方块糖、茶叶送给这户藏民。中年汉子给李狄三和彭青云各献了一条哈达，把这几个不速之客请进帐篷。

老英雄乔德禄

乔德禄自己饿着肚子，却主动给藏民做面吃，使这一家人彻底消除疑惧。

但是，虽然有翻译，李狄三等人向藏胞讲明解放军的性质和使命，也还是一大难题。

翻译乔德禄是青海人，从小放羊，没上过学，文化低，是彭德怀亲自选派他作为进藏先遣连的藏语翻译的。但藏语也有方言之分。青海藏语和阿里地区的藏语交流起来，本就有些磕磕绊绊，再要把很多政策方面的用语说明白，就更难了。

“解放军”用藏语怎么说？乔德禄搜肠刮肚也想不出合适的词儿，情急之下，干脆用上了与藏胞见面时的第一个词“夏保”。

“解放军就是藏家的夏保。”乔德禄灵机一动，用一句话翻译了李狄三的长篇大论。

乔德禄告诉我们，当时还没有出现“金珠玛米”这个名词。“金珠玛米”译成汉语就是“拯救苦难的菩萨兵”，而先遣连最早出现在藏胞面前时，还没获得这个充满敬意的称呼。

我们真应该举起拇指称赞这位虽然文化不高，但却不辱使命的解放军第一代藏语翻译乔德禄。他翻译得真好。

藏族同胞重情重义，最看重的就是朋友。

眼前的这支军队，骑着战马而来，却没有带来战争；手中有枪有炮，见到藏胞却自动放下武器高捧哈达亲如家人；长途跋涉后衣衫褴褛、缺衣少食，却对藏家秋毫无犯，还舍得拿出布匹、粮食、药品来救济贫苦。这样的军队，当然是藏家的朋友。

返回驻地的路上，李狄三满怀信心地对彭青云说：“今天，我们找到了第一家藏族老乡。明天，就会找到第二家、第三家。”

为了纪念找到第一家牧民的地方，官兵们将与牧民对峙过的小山头起名为“藏胞山”。

极地英雄先遣连根据上级命令，除部分人员留驻两水泉和多木两个据点，为后续部队开辟通道、转运给养外，其余人马在李狄三带领下继续向藏北高原腹地挺进。

部队翻越索朗达坂，挺进310公里，于10月底到达扎麻芒堡。

正是——

雪海深处有草甸，好花好水映雪莲。
铁骑仗剑探雪域，扎麻芒堡十月天。
带刺灌丛遍地是，雪地冰天可取暖。
王震将军下指令，扎麻芒堡扎营盘。
会当绝顶观日出，红旗漫卷万岭烟。

风雪之夜　拒敲寺庙门
露营雪窝　僧侣真感动

骑兵师党委回电，同意先遣连在扎麻芒堡安营扎寨，要求先遣连在加强群众工作的同时，还要重视开展对僧侣和上层人士的统战工作。

采访彭青云时，他向我们介绍说：“我们带领宣传组到群众中去做工作。每次出发前，李狄三都要叮咛我们得设法接触上层人士，做好他们的工作。因此，我在这方面特别留心，注意掌握上层人士的动向。”

一天，我们在路上遇到两个打猎的牧民，一个叫色丹，一个叫南木加。经过耐心细致的宣传教育工作，他俩答应带我们去见帮本（藏语，部落头人）。

我们一行十一人，和他俩一起走了四天。突然，他俩不愿意走了，一边说一边比划。我听懂了他俩的意思，是让我们先在这里等，他们去找头人来。

我觉得不对头，万一他俩跑了，我们上哪儿去找？这四天的路程不是白走了吗？我派了两名战士跟着他俩走。他们见两个背枪的人跟在后边，停下来又不走了，比比划划，要我们的战士放下枪。战士想了个办法，把枪藏在大衣里，跟着他俩走。走了一会儿，他俩又停下来不走了，怎么说也不让战士跟着他们，一再嚷嚷，要战士就待在这里，他们单独前去找头人来。我们没法，只好依着他俩，停下来了。

次日凌晨，太阳从草原上升起。雪山、草原、蓝天、朝霞、绿叶、野花，一派生机，风景极美。我的心情也好起来了。

这时，色丹和南木加把几个衣着整洁的藏族官员领来了。他们头梳长辫，耳挂金色大耳环，身着藏青色长袍，脚穿黑色长筒靴，骑着高头大马，沿着一条狭长的草原小道飞奔而来，后面还跟着几个身背长枪的随行人员。

他们在离我五十米远的地方下了马，两位官员手捧哈达，朝我走来。我迎上前去，双方见面，互献哈达。之后，相互通报了姓名和官衔。

对方走在最前边的是廷空帮本多尔杰，走在后边的是多盂马本日加木。互致问候后，我用刚学会不久的藏话对他们说："我们是中国人民解放军，特地来看望你们。"

多尔杰和日加木表示："未能及时拜望贵军，深表歉意。"

我们向他们讲了党的民族政策、宗教政策以及我军进藏的目的意义。我着重指出：对于西藏现行政治制度和军事制度不予变更，西藏现有军队成为国防武装的一部分，各级僧侣、官员、头人等照常供职。他们听后，十分高兴，连称"拉索（藏语，是），拉索"。

会见结束，我把《中国人民政治协商会议共同纲领》的小册子送给他们，请他们学习领会其精神，并向其他上层人士宣传。我说，我们愿意和你们交朋友。他们见我心诚性爽，欣然同意，并邀请我们去做客。

从此以后，英雄先遣连与当地上层建立了联系，并通过交朋友，互相拜访，召开小型座谈会，散发宣传册子，赠送礼物等多种形式，密切了与头人的关系。我们先后与藏北牧区的三个本保官员苏昂班觉、吉戒东作、群增及其十八个小游牧区的马本有了交往。为做好上层的工作，我们给他们赠送了丝绸、黄布、砖茶、大洋、方块糖等，头人回赠礼品有大米、粉条、酥油、清油等。

"通过深入细致的统战工作，我们进一步争取和团结了上层人士，为解放西藏奠定了基础。"

在彭青云与当地头人接触的同时，李狄三率领一个宣传组到改则活动。一天下午，李狄三他们在行走中发现了一座寺庙，寺庙路口，堆着玛尼堆，还有几座佛塔立在那里。

玛尼堆是由刻着六字真言和经文的鹅卵石和石片堆积起来的。据藏族同志介绍，凡家中有事或个人要许什么心愿时，就给玛尼堆添一块刻有经文的石片，表达自己的祷告。因此，玛尼堆具有一定的神圣意味。人们路过这里，只能按顺时针的方向转，不能逆着方向转。李狄三带领的宣传组路过玛尼堆时，一位年轻战士无意转错了方向，李狄三把他喊回来，让他重新转一次，叫他要按照当地风俗习惯转玛尼堆。

玛尼堆和佛塔上挂着五色经幡，一阵寒风吹来，五色经幡呼啦啦地飘扬。此刻，乌云密布，天色阴沉，一场暴风雪马上就要来了。

夜幕降临，寒气袭人。

宣传组有同志说："我们来的时候，天气暖和，穿的衣服不多，眼看暴风雪就要来了，能否到寺庙借宿，以防大家冻感冒了。"

李狄三不同意这样做，解释说："党的政策规定，宗教信仰自由。我们要保护寺庙。不驻寺庙是我军的严密纪律，我们要模范执行。我们的一言一行，都体现着党的政策。群众不光听我们怎么说，更要看我们怎么做。只要是纪律，不管什么时候，不管什么地方，都要自觉严格执行。天气不好，寒冷威胁着我们，我们不能以天冷风大为由，破坏纪律。我们不到寺庙借宿，住在露天下，就是用实际行动宣传党的政策。这比口头宣传要强十倍，强百倍。我们遭点儿罪，受点儿苦，挨点儿冻，值得。"

说到这里，李狄三问大家："这样行吗？"

大家异口同声地说："行，就在外边住。"

李狄三他们在离寺庙不远的山岩下，找到了宿营的地方。

这里虽然可以避一些风，却挡不住雨雪。细雨夹杂着雪花，把战士们淋了个全身湿透。

这里缺柴火，又没有牛粪可烧，没法做饭，只好啃干粮充饥。渴了，也只有忍着。

但即使忍饥挨冻，他们也无怨无悔。

第二天早晨，寺庙里的活佛前来看他们，见他们一个个躺在雪窝里，身上覆盖着积雪，惊呆了。这么冷的天，这么大的风，这些人为什么不来寺庙借宿，躲一躲风，避一避雨雪呢？

活佛被从雪窝里钻出来的队伍感动了，激动地和李狄三行碰头礼。活佛用额头轻碰李狄三的头，这是佛门中最高贵的礼节。

活佛在自己的卧室里接待了客人。

李狄三向他详细讲述了我军进藏的意义、目的和一系列政策。活佛听了，不断啧啧称赞。

活佛向李狄三谈了昨夜寺庙里发生的情况。

原来，宣传组昨天的所作所为，寺庙里二十多位僧人看得一清二楚。当部队朝寺庙方向走来时，僧人们发现这支十多人的队伍，穿着别致，装备齐全，人强马壮，他们无不为寺庙的安危担心，立即紧闭寺门，收藏财物，擦拭武器，组织人员，准备抵抗。

这一个多月来，谣言四起，扰乱了人心，大家对解放军心存疑虑，有恐惧心理。僧人们看见这支陌生的队伍，自然会产生仇视情绪和对抗心理。

僧人们等来等去，却什么事情也没有发生。马队在山岩下宿营，没有声响，没有炊烟，也没有任何行动。雨雪交加，马队不但没有向寺庙求助，甚至都没有前来打扰他们休息。

这支队伍与谣传的说法完全不同，相距甚远。

面对秋毫无犯的仁义之师，僧人们绷紧的心弦松弛下来。

这座寺庙的活佛，名叫尼玛才仁。那天夜里，他一夜未合眼。第二天早晨，他被战士们露宿雨雪天的事迹感动了。

李狄三的一席话，更使他豁然开朗，疑虑顿消。他说："李指挥，你们的行为使我感动钦佩。菩萨普度众生，贵军慈爱人民，不愧为各族人民的子弟兵。阿里人民会拥护共产党和解放军的。你今天的讲话，拨开了我眼前的迷雾，使我看到了青天。我再也不相信那些'杀生灭教'、'烧寺庙'、'抢牛羊'等胡说八道的谣传了。我们要走团结合作的友爱幸福之路。"

正是——

风雪欲来天色暗，　铁骑行军寺院前。
人马困乏不叩门，　只为寺僧少忧烦。
宿营选择山岩下，　哪怕露天雨雪寒。
赢得众僧真感动，　打开心门尽欢颜。
仁义之师多善举，　党的政策心中暖。

活佛尼玛才仁情不自禁地告诉李狄三，说他少年时随父母到阿里，朝拜岗仁波钦神山，就再没有回去，留在了改则寺庙，以后做了活佛。他还说，他一直没有听说过"解放军"这个词。

李狄三说："解放军是人民子弟兵，是为人民服务的。进军西藏，是为了驱逐帝国主义侵略势力，使西藏人民回到祖国大家庭中来，发展西藏的农牧工商业，改善人民生活，使西藏人民和全国人民一道，走新民主主义康庄大道的。”

活佛听后，十分高兴，表示愿意与解放军合作，愿意与李狄三交朋友，希望常来常往。并尽全力向广大僧众和百姓宣传，消除大家的疑虑，增强各族人民的团结。

李狄三心里乐开了花。

人民群众发动起来了，寺庙僧侣发动起来了，上层人士发动起来了，何愁做不好工作，何愁完不成上级交给自己的任务。

后来活佛尼玛才仁履行了自己的诺言，为先遣连做了大量有益的工作，成为解放军真诚的朋友。

安营扎寨 先遣连选定扎麻芒堡
应战比武 勇士们巧胜彪悍武士

历经近两个月的千辛万苦，先遣连于9月末进驻到阿里改则宗的扎麻芒堡（今改则县先遣乡境内）。而在扎麻芒堡这个艰难寻找到的藏胞聚居地，指战员们却发现，自己被藏胞们避之唯恐不及。

原来，当时控制西藏地方政府的摄政达扎·阿旺松饶等人，正在西藏东部昌都一线调集藏军主力，企图以武力对抗解放西藏。

极地英雄先遣连就在这时候如神兵天降般出现在他们身后的藏北，顿时让西藏地方政府大惊失色。

英雄先遣连在扎麻芒堡的红沙山建立了第三个留守据点，并做了短暂休整。

扎麻芒堡，藏语意思是“水草多的地方”，属改则、革吉、普兰三区交界地区，有20来户牧民居住。

先遣连驻地附近来了一个自称云游四海的喇嘛，受菩萨点化，来拯救苦难众生。他手持转经筒，在驻地周围挨家挨户念经讲法，当地许多小头人也跑前跑后，围着他转。几天后，喇嘛不见了。

一夜之间，附近的藏胞没有了，牛羊也不见了。这一切，消失得如此神速，和那位神秘喇嘛几乎是一起消失的。这不能不引起先遣连的注意。先遣连派人到驻地较远的还没有走的牧民家了解情况，他们什么也不说，顺带送去的米、面、茶、糖之类的东西也没人敢收。

过了好几天，一位胆大的藏胞深夜偷偷来到先遣连驻地，向李狄三道出了真相。

原来，那位喇嘛是当地一位头人装扮的，专门到牧民家里进行反动宣传。他告诉牧民，先遣连是红汉人，毛主席不是菩萨，解放军是杀生灭教的恶魔。汉人来了，草原就再无宁日，现在菩萨发怒了，将降灾到这里。你们必须赶紧离开，如果不走，菩萨将视你们为红汉人的同类，大灾大难就在所难免。牧民被恐吓、逼迫，不得不走了。

那藏胞向李狄三通报了这些情况后，随之消失得无影无踪。

很快，这一带连一个人影都没有了，仿佛成了与世隔绝的无人区。

昌都战役解放之后，阿里地方政府的态度有所转变，10月10日开始和先遣连进行谈判。

改则本派了一名帮本，带着酥油和青稞酒，来到先遣连驻地。

帮本与连长曹海林互相献了哈达。

帮本对曹连长说："我们早就听说贵军来到扎麻芒堡，本该及早前来拜会，但是不知道你们的确切地点。加之近日风雪太大，未能成行，深表歉意。今日我受改则本之托，专程前来，犒赏贵军，以尽地主之谊。"

曹连长说："多谢改则本和帮本的好意，我们是中国人民解放军进藏部队的先遣部队，奉命进驻此地，还请帮本、改则本多予协助。"

"拉索！""拉拉索！"帮本一个劲儿点头称是。

帮本说："改则本虽为噶厦所辖，但长期以来自成一域，贵军此次前来，恐怕引起羌塘之乱，再说此地山高地贫，无力协助贵军久驻，还请贵军多多体谅我本之难，尽快退出。"

彭青云看出了帮本的本意，义正词严地说："西藏自古以来就是中国的领土，这是尽人皆知的事情。我军奉命进驻藏北，乃天经地义，不知帮本所说的进占和退出从何谈起？"

帮本说："这是改则和噶大克首领的意思，我只是奉命转达而已。"

李狄三返回驻地，设宴款待帮本。

席间，李狄三指出："解放西藏，是大势所趋。我各路主力，均兵临藏境。昌都战役后，西藏地方政府一再向中央表示，愿意和平谈判，十世班禅大师多次致电毛主席、朱总司令，表示拥护人民政府，欢迎解放军进藏。我们坚信西藏各族人民和僧侣是热爱祖国，盼望统一和解放的；也相信改则本和噶大克方面深明大义，以实际行动来迎接西藏和平解放；更请帮本放心，我军进驻藏北，给养充足，决不会吃地方的谷粟。"

"我一定将贵军的美意转达。"帮本见先遣连毫无后退之意，倒有推进之势，又生一计，试探着问："个保（藏语，长官）先生，阿里虽地处高远偏僻，但地域却辽阔至极，不知贵部有多少人马来解放此地？"

曹连长听出了弦外之音，当即答道："我部仅有百余人马，但只是进藏主力的先头部队，我大批主力随后就到。"

帮本说："不知贵军主力现已到达何处？我愿亲往慰问，不知个保意下如何？"

李狄三不露声色，当即表示，说："欢迎欢迎！我主力部队现正在进军作战，不知帮本何日动身，我们派人给你带路，途中住宿和安全皆由我们保证。"

帮本改口说："何时动身，现还未定，容我定下，一定禀报！"

帮本一计不成，又生一计，提出参观部队驻地、拜会全体官兵的要求。

"完全可以。" 李狄三当即安排曹连长准备。

彭青云陪帮本参观了整齐的军帐营区，检阅了全副武装的骑兵马队。

帮本指着队列前架起的几门迫击炮、重机枪问："这是什么兵器？个头这么大？"

李狄三说："这是迫击炮，是我军常用的中等武器，可以隔山射击。如果用它打改则本的官邸，只要一发，就解决问题。"

我在乌鲁木齐采访彭青云时，他谈到帮本参观先遣连营区一事时，高兴地说："为了迷惑帮本，在他参观了迫击炮、重机枪之后，我们把他留在简陋的'接待室'里喝茶休息，利用这个时间，把这些重武器搬到另外的帐篷里。这样，帮本在许多帐篷里都看到了陈列的迫击炮和重机枪。参观完，李狄三命令炮手举行了射击表演。在对面的山坡上立着目标，这目标是早已测量好、计算好的。发令枪一响，山坡上的目标都一一准确无误地被击中，使观看的帮本惊叹不已。"

帮本回到改则，回报改则本说："我亲眼所见，他们的大炮比碗口还粗，每个帐篷里都有重武器。先遣连装备精良，人高马大，能征善射，大炮打山坡上的目标，那么远，炮无虚发，百发百中，一座山坡很快就被炸平了，好厉害！我们远远不如解放军，如果硬打，硬攻，必败无疑！"

这话传到噶大克首领赤门色的耳朵里，他震惊了，动摇了。

赤门色是一位统治阿里地区“神山圣湖”20多年的精明人。班禅力主与北京和谈，托人传信，让他看清形势，与新中国合作。而前藏政府却要他不给解放军立足之地。这使赤门色左右为难。

打不得，又让不得。最后，赤门色决定与解放军先头部队达成协议，请他们尽快退出阿里，如果坚持不退，便设法阻止他们向前推进。这样，先和谈，再用兵，两边都不得罪，两边都有交代。这个主意，显示了赤门色的圆滑和精明。

不久，阿里噶尔本派“仲译（秘书）”才旦彭加以赤门色专员的身份全权代表，他来到距扎麻芒堡东南20公里的峪峖，要求和先遣连谈判。

英雄先遣连同意了。

谈判这天，连长曹海林带一个排，半夜就赶到峪峖地区，埋伏在附近山头，以防不测；副连长彭青云带领一个排留在扎麻芒堡，做好战斗准备；李狄三同志以部队指挥的身份，带着翻译、通信员和少数战士参加谈判。

李狄三来到峪峖，在一个临时搭起来的帐篷里，双方进行了3天和平谈判。通过耐心工作，与嘎本政府的全权代表签订了《五项协议》：

(1)嘎本政府承认人民解放军进驻改则江索郭，并尽力协助人民解放军和平进军阿里；

(2)人民解放军保证尊重藏族风俗、宗教信仰，实行民族平等，保护僧俗生命财产安全；

(3)人民解放军保护藏民利益，不买藏民一粒粮、一斤盐；

(4)人民解放军保证尊重地方政府，不干涉其任何行政管理和内部事务；

(5)嘎本政府保证以兄弟态度对待人民解放军进藏先头部队，协助开展群众工作。

此外，协议还规定，为便于双方协调，防止摩擦，人民解放军进藏先头部队承认嘎本政府在峪峖代表站的代表扎西才仁合法。

《五项协议》是用藏汉两种文字写在布上的，大概有两三米长，内容非常详细。汉文由周奎祺写，藏文由才旦彭加写，一式两份，李狄三和才旦彭加在两份协议上都签了字。

可惜，《五项协议》的原本在陈信之干事送往新疆的途中丢失。

这份以互相承认和尊重为核心的契约，是人民解放军进军西藏过程中与西藏地方政府达成的第一个和平协议，直到1951年5月23日中央人民政府和西藏地方政府签署《关于和平解放西藏办法的协议》后，《五项协议》才宣告废止。

在先遣连向独立骑兵师报告的电文中，还讲述了他们与地方政府负责人结成兄弟之盟，承诺不会把战争加之于西藏人民。

从新疆喀什到藏北高原，自古以来就充斥着烽火兵戈。然而，先遣连官兵虽然是骑着战马而来，却是一心为了西藏人民的和平安详。

李子祥说，正式达成协议之前，那两个地方官提出按照藏族习惯比武，想探测先遣连的实力。

一提起比武，彭青云就来劲儿了。

一百多号年轻战士，一路进军，被恶劣的自然环境压抑了很久，有力气也使不出来，只能按下性情，忍受这恶劣环境的折磨。彭青云双眼放电，一心想趁此机会，扬我军威，灭其气焰。这就叫"将计就计"。

彭青云说："你们世代生活在高原牧场，能骑善射，个个英勇强悍，身怀绝技，这我们早有所闻。如能亲眼见识，真是三生有幸。我们初来乍到，只能献丑了。还好，大家都是弟兄，亲如手足，也就不计较那么多了。"

才旦彭加很高兴，他把彭青云的谦虚视作示弱，不由自主地趾高气扬起来，当即对几位陪同的帮本及头人说："我们藏家历来好客，你们多带些娃子为客人助兴。"

荒原比武，令人振奋。特别是对于那些少数民族战士，比武简直就是他们的盛大节日。但这时大雪封山，没有补给，战士们的军装都被穿得破破烂烂了，实在寒酸，也有损军威。

先遣连党支部开会决定，集中全连的好衣服，给参加比武的战士穿上。所谓"好衣服"，也只不过是没有太大的窟窿而已。

大雪后的峪崆，银装素裹。沉寂洁白的大地上，多了一排排曲线柔美的蹄印。

比赛那天，远远近近的牧民都来观战。李狄三带着先遣连的马队到达时，已有好多藏族群众等在那里看热闹。

才旦彭加已经布置好比赛场地。靶子设在一个雪台上，是用牛粪制作的。人与靶子的距离是80大步。

　　才旦彭加宣布比武开始，三名地方兵应声而出，卧在雪地上，架好英式步枪。

　　三个人身体魁梧，高高大大，射击动作很熟练。

　　“叭！叭！叭！”三声枪响，牛粪制作的靶子应声倒下。

　　三名地方兵得意地从地上爬起来，笑着退场。

　　靶子又换上，由解放军表演。

　　一排长王永平正要出列，扎西才仁急忙对彭青云说：“听说贵军个个都是神枪手，我随意挑三个怎么样？”

　　未等彭青云答话，管家扎西才仁已经在解放军队列里随便挑选了三个战士。

　　扎西才仁挑选的三个人，都是先遣连里面黄肌瘦、没精打采的病号。

　　彭青云一看，心里暗笑。

　　这三个正在害病的蒙古族战士，个个都是神枪手。

　　彭青云笑着对管家说：“先生的眼力真不错。这三个可都是成吉思汗的子孙，他们的枪法会让你满意的。”

　　蒙古族士兵鄂鲁新带着另外两名战士进入射击位置。

　　鄂鲁新突然喊了一声口令：“向后转！”

　　另两名战士向后转。

　　鄂鲁新喊：“向前20步——走！1，2，3，4，5，6，7，8……”

　　三人走到离主席台只有两米的地方，“刷”地立正，向后转。

　　射击距离增加到100大步。

　　三人举枪，三声枪响。

　　靶台上挂着的三堆牛粪刹那间被击碎。

　　观众中爆发出热烈的掌声和惊叹声。

　　才旦彭加脸上涌出无奈的微笑，他走到李狄三面前，说：“贵军真乃神兵。”

　　随后，他带着挑战的意味说：“首长，是不是我们也来打几枪试试。今天我很有兴致，不知阁下意下如何？”

　　李狄三用意味深长的微笑回报才旦彭加，不慌不忙地说：“那就献丑了。”

　　宽阔草地作靶场，牛羊骨竖起当靶子。李狄三与才旦彭加一起来到台下，靶台上挂着的10块牛粪饼换成了羊头骨，羊头骨在阳光下白得晃眼。目标小了，又晃眼，射击难度很大。

才旦彭加举起英式步枪，动作快捷而熟练，只听五声枪响，两个羊头骨被打飞。

五发二中，这已经是不错的成绩了。

看台上响起了迎合的掌声。

李狄三在掌声中，从腰间迅速取出驳壳枪，一转身，对着靶台连发5发子弹。

这一气呵成的精彩动作，敏捷准确，潇洒漂亮。

五发三中，惊得台上台下响起无数赞许的掌声。

这由衷的掌声，让才旦彭加尴尬异常。

扎西才仁跑上前来，对才旦彭加耳语了几句。

才旦彭加得意地一笑，点点头。

这时，靶台上还剩下5个羊头骨，在风中摇晃着。

彭青云当时再也控制不住了。尤其是看到扎西才仁与才旦彭加耳语时，就憋不住火，冲上台去，大声喊道："我也来给大家助助兴！"说话间，他拔出双枪，挥动双臂，五发子弹打出去，五发五中。

"神枪！神枪！"群众中有人喊叫起来。

接着，机枪手甘玉兆又打了重机枪点射表演。比赛场上响起了疾风骤雨般的掌声和喝彩声。

这时，扎西才仁走到李狄三面前，说："今天贵军的精彩表演，令我们眼界大开。贵军神威，名不虚传。佩服！不过你们到藏北来，就是我们的客人，何不按我们的习惯，比试一下射箭，岂不更为有趣？"

李狄三知道，他们是为了找退路才出此计的，想用射箭的胜利挽回自己的面子，在众人面前找个台阶下。

李狄三更明白，先遣连里，蒙古族、维吾尔族、哈萨克族战士中不乏神箭手。比射箭，我们不见得输给对方。他附和说："为了让大家玩得高兴，比射箭更为有趣。"

扎西才仁见李狄三同意比赛射箭，心中窃喜。他深信自己的神箭手一定能给自己挽回面子。这样，整个比赛进程，才会按照自己的想法发展下去。

扎西才仁领出一个膀大腰圆的汉子。这汉子比众人高出半个头，鹰钩鼻，一双眼睛里露出凶猛的光，一脸横肉，粗壮的脖子上长着一块块腱子肉，几根青筋露在外面。

汉子用一只粗大的手接过大弓，另一只手接过扎西才仁递上的一碗青稞酒，一饮而尽。

汉子深吸一口气来了个“马步蹲裆”，双手握住大弓，弯弓搭箭。

五只响箭连连飞出，全中靶心。

群众纷纷议论——

“好样的！”

“这是阿里最硬的一张弓，只有他才能把这弓拉开。”

“啧啧！恐怕天底下再没有第二个人能把这张弓拉开！”

“不愧是阿里第一弓箭手，五发五中！真了不起！”

汉子的精彩表演把赛场的情绪推向高潮，叫好声此起彼伏，经久不息。

“巴利祥子，上！”

随着彭青云一声高喊，一位精壮的解放军战士“噔噔噔”跑了出来。

巴利祥子，来自新疆巴音布鲁克草原，是土尔扈特人的后裔。魁梧雄壮，却不肥胖，显得精壮干练。他是骑兵师里有名的大力士。

巴利祥子站在射箭场上，振作精神，抖抖臂膀，把过去在草原上射箭的感觉找了回来。

巴利祥子给李狄三等人敬礼，笑眯眯地说：“李指挥，比射箭，凭我的箭法，百发百中，万无一失！”

巴利祥子走到扎西才仁面前，请求说：“请先生把靶子后移50大步，行吗？”。

“巴利祥子，你要干啥？”彭青云不解，异常担心地问。

“副连长，你放心，我说过，万无一失。”巴利祥子胸有成竹，一边说，一边脱下棉衣。

只见巴利祥子拾起弓箭，双腿一叉，左手持弓，右手搭箭，猛地一蹲，双臂一张，就听“咔嚓”一声，箭还未出手，弓却已断成两截。

赛场上几乎所有的人都同时叫喊起来：“是多大力量才能把这天下第一弓拉断！神奇，太神奇了！”

弓被拉断，比赛再也不需要进行了。

正是——

倚天剑气冷如冰，廷空草原闻鼓声。
噶厦帮本要比武，旌旗翻飞刀枪鸣。
先遣官兵神枪手，发发命中武艺精。
比了枪法比射箭，巴利祥子逞英雄。
自古强弓重千钧，壮士拉断第一弓。

赛场上，人们的欢呼声已经决出了胜负。

那个凶猛藏汉愤愤地说："算了，算了，算你胜利了。不比了！"

最后，李狄三命令小炮班以正前方的石堆为目标，进行射击表演。

"咚——咚！"

眨眼工夫，碎石飞天，石堆被炸没了。

"哗哗！"素来不兴鼓掌的藏胞和战士们一起狂热地鼓起掌来。

自此时起，"解放军夏保"的威名，像神勇的格萨尔一样，被藏胞百姓传扬开来，连同着这些"神兵天将"们那秋毫无犯的严明纪律与美好言行，在万里羌塘和阿里草原上像大风一样四处飞扬。直到今天，藏北百姓一提起当年解放军进阿里，十之八九都要谈到四十多年前这场很有戏剧性的草原大比武，而最精彩的高潮，便是力断长弓和炮击石堆了。他们唱道：

在阿里辽阔的草原上，
是什么声音像雷在响？
是我们人民的无敌解放军，
用大炮在轰垮那挡路的山岩！

最后，才旦彭加、扎西才仁同李狄三、曹海林、彭青云互赠礼品，结拜为兄弟。

才旦彭加、扎西才仁表示，从今以后，要同生死共患难，既然噶厦政府下了命令，我们也决不会再给你们设置任何障碍了。

才旦彭加、扎西才仁代表了阿里官员中求和的强烈呼声。

不久，极地英雄先遣连在扎麻芒堡附近千方百计找到十多家牧民藏胞后，有声有色的群众工作开展起来了。官兵深入到牧民的帐篷里，吃惊地看到，许多牧民只有一件破兽皮，昼当衣，夜做被，吃的是野兽肉，喝的是臭骨汤。有的牧民被领主剁手、抽筋、剜眼，丧失了谋生能力，和野狗为伴，四处乞讨。

亲眼所见的事实，牧民的血泪控诉，使官兵们看到了一幅幅封建农奴制度下的残酷画面。

英雄先遣连官兵大都来自贫苦农民家庭，都有一部受尽地主剥削欺压的血泪史。他们来到藏胞中间，才知道什么叫人间地狱。

这里的牧奴被领主当作会说话的工具，过着牛马不如的生活，在水深火热的地狱里，世世代代受着煎熬。毛主席号召我们进藏，解放这些受苦受难的阶级兄弟，这是我们每个解放军战士义不容辞的责任。

当他们了解到三大领主残酷迫害牧奴的一桩桩罪行时，犹如万箭穿心。阶级仇，民族恨，使他们义愤填膺无法自已。

他们把自己的衣服分出一部分给老乡，匀出有限的军粮救济群众；遇到一些孤寡老人，就主动帮他们打柴背水，生火做饭。卫生员徐金全精心为老乡治病。老乡没有盐巴吃，李狄三让战士们把自己的盐拿出一部分，分头送进缺盐的藏胞帐中。

这些行动，深深感动了广大牧民，使先遣连与当地群众的心紧紧连在一起，互相成了知心朋友。

官兵们在与群众的接触中，宣传我党我军政策，散发藏文宣传品，赠送毛主席、朱老总的照片，对群众说："我们是毛主席派来的队伍，是来解放你们的。要砸碎你们身上的锁链，让你们做自由人，当家做主人，再不受领主头人的压迫。"

英雄先遣连从一件件具体的小事、好事做起，天天坚持，感动了广大牧民。战士的真诚和奉献，得到了群众的接纳和认可，越来越多的牧民了解了先遣连，在逐水草而居的放牧中，四处传颂解放军的恩德，先遣连的佳话。草原上的人都知道了，说这一带"降下了一群菩萨兵"。

"夏保亚古都！（解放军好！）"在藏北高原流传开来。用"夏保"称呼解放军，从此后在阿里地区延续了很长时间。

一天，牧马员阿廷芳和两位战友外出放马，遇上了暴风雪，有两匹战马冲散了。他让一个战友把马群往连队赶，自己冒着风雪去找离散的马。他翻山涉水，找了三天三夜，终于在一个山沟里发现了马，但与马在一起的还有一头挂着铃铛的牦牛。他想，牦牛是老百姓的命根子，丢牛的牧民该是多么着急啊！他决心把牛还给失主，可到哪里去找群众呢？再说自己的干粮也已经吃完。口粮断了，饿着肚子、冒着严寒，又能走多远？

他突然发现，那头牦牛低着头自个儿往前走。阿廷芳从小就放牛放羊，他知道这牦牛是认识路的。

此刻，牦牛肯定也在寻找自己的家，寻找自家的主人。

阿廷芳骑上马，远远地跟在牦牛后面，慢慢往前走。

丢失牦牛的牧民几天没有找到牛正着急呢，又拜神又打卦，还没弄清楚到什么地方去找，牦牛却摇摇晃晃地进了家门。

正当失主喜出望外时，饥寒交迫中跳下马的阿廷芳，用手指着牦牛，昏倒在牧民门口。

牧民明白了一切，眼里挂着泪花，不停地说：“土吉切（藏语，谢谢），土吉切！”

这位老牧民见阿廷芳又疲劳又虚弱，特地给他打了酥油茶。

他喝后，慢慢苏醒过来。

阿廷芳第二天返回部队。

从此，“雪山红军送牦牛”的传闻，在远近帐篷传开，成了家喻户晓的故事。

一次，先遣连战士把牧民才旦和木仁兄弟俩的两头牦牛当野牛打死了。战士得知是他们的牦牛后，立即向他们道歉，并把牧民请到连队，由李狄三和连队干部向牧民做检讨，赔了款。

才旦和木仁很感动。他俩听说新疆已解放，要求去新疆。

李狄三经请示上级同意，才旦和木仁随返回的驼队进疆。两人走后，李狄三派副排长韩正保和战士鄂鲁新拉着骆驼给才旦家送了些草和粮食，并向才旦的母亲说明情况。

韩正保和鄂鲁新走进山沟，忽听一声枪响，子弹打穿了鄂鲁新的袖口和他身后骆驼的前腿。

他们本能地卧倒，准备还击，这动作来得很麻利。但又想，万一误伤了藏胞咋办？

他们没有还击。后来，经打听，原来有坏人造谣说：“解放军把才旦兄弟俩抓到新疆去了。”才旦的一个表兄信以为真，非常气愤，便埋伏在路上向鄂鲁新开了一枪。

这天晚上，支部会一直开到次日拂晓，议出了十多条办法。李狄三还修改了《挺进歌》，增加了一段歌词：

挺进挺进挺进，
人民的队伍到藏北。
赶走帝国主义势力，
为了国家的统一，
我们是藏家亲兄弟。
汉藏平等，团结一致，永不分离，
直到那共产主义。
把西藏建设成美好的天地。

为了粉碎谣言，团结群众，李狄三再次派韩正保和鄂鲁新两人去才旦家看望。可是，没有找到人。自开枪后，才旦的母亲和表兄害怕解放军报复，连夜把帐篷搬走了。

可是必须找到他们，向他们解释清楚，免得他们担惊受怕。

经多方打听寻找，经过五六天的跋涉，韩正保和鄂鲁新终于找到了才旦家的帐篷。

韩正保和鄂鲁新把带来的礼物送给才旦的母亲、妹妹和表兄，耐心地向他们说明情况，宣传解放军的爱民政策，并请他们一家到连队驻地的附近居住，以便照应。

他们消除了疑虑。于是，先遣连驻地又增加了一户新邻居。

这件事在草原上传开，反动分子离间军民关系的阴谋宣告失败。

先遣连从此顺利扎营扎麻芒堡。但以后的事情，并不是他们想象的那么一帆风顺，还有许多困难在等待着他们。

流放奴隶　荒野之中终获救
妙龄少女　坠入虎口怎逃生

英雄先遣连抵进阿里一个多月了。

他们以两水泉、扎麻芒堡为据点，深入到周围一两百公里的地方，广泛接触群众，在大力开展宣传工作的同时，还为人民群众做了不少的好事。

金秋时节，先遣连走到哪里，就帮助群众整修畜圈、挤牛奶、打酥油、剪羊毛、拾柴火、放牧、照料牛羊等。

金秋最繁忙的时节，正是接触藏族群众的好时机。在共同劳动中，战士们和老百姓打成一片，建立起了真挚的感情，同时也掌握了不少社情，而且还学会了说藏话。

说起学藏话，话可长啦。先遣连从进藏那一天起，李狄三就特别重视藏文藏话的学习。他在学习藏语动员大会上讲："语言是表达意思、交流思想的工具，学习藏语是沟通民族感情、交流军民思想、宣传党的政策、开展群众工作的必备条件。我们必须尽一切努力尽快学会藏语。如果我们每个同志都能用藏话和群众交流，我们的工作就能取得事半功倍的效果。"

全连同志学习藏语的热情越来越高，他们请连队藏族翻译乔德禄和扎西彭措当教员，用一块木箱盖板做黑板，用烧过的木炭做笔。黑板上写着藏文字母和单词，大家一个字一个字地认，一句一句地背，还互相提问，加深记忆。有些同志连吃饭、睡觉都在背藏文单词，热情很高，兴趣很浓。

李狄三、彭青云学习很刻苦。因为他俩同住在一个地窝子里，所以彼此之间经常用藏话交谈，互相学习，互相纠正说错之处，共同提高，加上他们广泛接触群众，与群众交流多，藏话水平提高很快。他俩流利漂亮的藏话，带动了全连官兵学习藏文藏话的积极性。

与此同时，藏胞过去的不少疑虑，也不解而散。藏胞顾虑的消除，对开展群众工作十分有利。

在与藏胞的接触中，先遣连了解到西藏农奴制度的黑暗、残酷和野蛮。一次，连队为了改善生活，派一个打猎组到边远地区打猎。走了几天，没有发现野兽，也没有发现人迹。一个战士说：“我们进入无人区了。”就在这时，发现远处山冈的上空，有老鹰和乌鸦盘旋，时起时落，似乎在争食。

战士们朝山冈奔去，只见一个牧民躺在岩边的草滩上，蓬头垢面，骨瘦如柴，奄奄一息，无力地挥舞着戴着手铐的双手，摇晃着铁链，驱赶扑向他的老鹰和乌鸦。

这是一个被流放的奴隶。

流放，是西藏的一种刑罚。旧政府给“犯人”戴上脚镣手铐，派人押送到无人区，扔在那里，不管不问。要不了多久，人就会被活活冻死饿死，或被野兽吃掉。

人，一旦失去了抵抗能力，成群的老鹰和乌鸦就会前来把人啄死，然后吃掉。

今天，他们遇上了无数受害者中的一个。那人还没有咽气，还可以挥动手铐抵抗飞禽的侵袭。但要不了多久，一旦精疲力竭，不能动弹，老鹰和乌鸦就会饱餐一顿。

战士们冲向被害的奴隶，驱散老鹰和乌鸦，把他扶起来，砸开镣铐，安慰他说：“夏保，你得救了，你自由了！”

那人眼睛睁得大大的，惊恐地站着，拍拍自己身上的草屑。他根本不相信，此刻发生的一切会是真的。

这一切发生得实在是始料不及。

他没有想到，这茫茫荒野上，会有人来。本来是死定了的事，却奇迹般地获救了，是菩萨显灵了吧？

他看着眼前头戴五角红星、身着黄色军装的陌生人，惊奇万分，难道他们就是救苦救难的菩萨？他痴呆呆地望着红五星发愣，他甚至感觉眼前发生的这一切根本就不真实，可能转瞬即逝。这是一场靠不住的梦。

他挣扎着要离开这里。彭青云扶住他，亲切地说：“夏保，你得救了。

我们是中国人民解放军，是专门给奴隶砸碎锁链和枷锁的。你现在解放了，自由了。别怕，你愿意到哪里，就到哪里去吧。”

他身体虚弱，无法行走。此刻，夜幕降临，他又能到哪里去呢？

打猎组决定就地宿营。彭青云请他进帐篷休息。开始的时候，他怎么也不进帐篷，硬要在外边一块石头上坐。问他叫什么名字，他也不说。没办法，同志们只好给他送去干粮和水，他吃了喝了。

帐篷外边寒风呼呼地刮个不停，冷得要命。同志们于心不忍，怎能抛下他在帐篷外受冻而自己却在被窝里过舒服日子呢？绝不能让他冻死在我们的帐篷外边。

后来终于把他请进了帐篷。很快，他便呼呼入睡。

先遣连用战马把他驮回扎麻芒堡，待他养好伤再说去向吧。

到扎麻芒堡后，李狄三和同志们都很关心他，安排他到连队最好的帐篷里休养。他热泪盈眶，但就是不进帐篷，要住外边。李狄三无法，只好按照他的意愿办，把铺的、盖的送去。夜里，寒风刺骨，李狄三给他送来大衣。尽管李狄三的脚步很轻，但他还是很警觉，翻身坐起，注视着来人，怕发生什么意外。

李狄三对他亲切地说：“天气冷，你把大衣盖上吧。”

他颤抖着说了唯一的一句话：“土吉切（藏语，谢谢）！”

天亮了，同志们去看望他。可人已经走了。铺的、盖的、大衣和水壶一样不少地全都留在那里。

李狄三心情十分沉重。他还没有养好伤，他还很虚弱，他到哪儿去了呢？

李狄三派人去寻找，但没有找到。就在大家为那位奴隶不辞而别焦急万分的时候，帐篷对面不远处，一位叫塔索的牧民老人弹起了六弦琴，用沙哑的嗓子唱道：

雪山再高也有顶，
草原再大也有边；
灾难的岁月哪有顶，
痛苦的日子哪有边！

佛爷呀，
你为什么不睁开眼，
看一看奴隶的苦难，
听一听奴隶的心愿！
奴隶世世代代受熬煎，
盼望寒冬过去来春天！

老人的歌声刚刚停下，他的女儿白玛丹珍又亮开了清脆的歌喉：

羌塘草原花儿盛开的时候，
北方来了我们的亲人，
天上的乌云是解放军驱散，
温暖的春天是共产党带来……

白玛丹珍是一位十四岁的藏族女孩儿，身材修长苗条，鸭蛋形脸蛋，秀丽可人，大眼睛，长辫子，聪明活泼。她是那种吸纳了藏北羌塘日月精华、草原风光养育出来的美丽形象，谁见了谁喜欢。白玛丹珍天生一副好嗓子，说起话来清脆甜美，唱起歌来百灵鸟般动听。她来到先遣连驻地，带来了生机和快乐。战士们都把她当作小妹妹看待，都把她当作掌上明珠呵护。

白玛丹珍感觉出来，大家都很喜欢她，她很高兴，总是唱着小曲从这个地窝子飞到那个地窝子，有时候也到连队帐篷里走一走，这里比她的家还温暖。

说起白玛丹珍，她与部队结识，还有一段故事呢。

先遣连到扎麻芒堡不久，也就是1950年10月的一天，彭青云带领一个工作组到附近的巴甘做宣传。他们来到一户牧民的帐篷，帐篷主人是一位50多岁的老大爷，名叫塔索。老人见是新来不久的“夏保”大驾光临，十分热情，给他们打酥油茶。他把一碗热气腾腾的酥油茶端到彭青云面前，问道：“你们是红军吗？”

这突然的问话，而且是用生硬的汉话问的，使彭青云大吃一惊。这里的牧民怎么会说汉话？而且还知道红军。

这引起了彭青云极大的兴趣。彭青云不假思索地回答道：“我们是人民解放军，是当年红军的后代。红军和解放军都是共产党领导的军队。”

老人塔索一听说是红军的后代，高兴极了，激动地走上前去，拉着彭青云的手，诉说起自己的身世来——

塔索是甘肃南部的藏族，15年前，红军路过他的家乡时，他为红军带过路。红军一路上照顾他，给他讲了许多革命道理。在带路途中，他生了病，很重，是红军门巴（医生）给他细心治疗，才把他救活了。他身体虚弱，走不动路，红军长官就把自己的马让给他骑。他的鞋穿破了，红军就送草鞋给他穿。一个多月的行军，他和红军结下了深厚友谊，建立了亲密无间的感情。一次，国民党的部队追上来了，红军寡不敌众，被敌人打散。他只好回到家乡。

因为他给红军带过路，国民党地方政府就把他当作共产党的人看待。他在家乡实在站不住脚，被迫带着妻子流落他乡。为了逃避国民党的追捕，辗转来到西藏西部的阿里。他被当地头人抓去支“乌拉差役”。乌拉差役就像沉重的枷锁套着他，真是逃离了虎口又落入狼群。塔索有支不完的差役，受不完的罪，压得他喘不过气来。他不仅要为头人支差，还要为旧政府支差，磨糌粑、砍柴、背水、剪羊毛、上驮子、支帐篷、扫院子、清厕所、修住房、搭狗窝、挤奶子、晒奶渣、烧茶、放马、送信、赶羊驮、做生意等等。夏天，旧政府官员来牧区收税，塔索还要去背他们过河，给他们送柴火、卡垫和衣物食品等。

20多种差役耗尽了他大部分时间。

那时，塔索身强力壮，干活勤勤恳恳，任劳任怨，一天到晚玩命地干。他还给别人做临工，攒来的钱勉强可以维持家里的生活，添置了帐篷，买了10只羊。到阿里两年后，生下了白玛丹珍。生下白玛丹珍不久，头人要白玛丹珍的阿妈去驿站支差，不巧遇上了旧政府的色尔本（金税官）。色尔本见白玛丹珍的阿妈长得漂亮，要她支“伴宿差”，随即将她带走，走后就再也没有回来。塔索日思夜盼，到处寻找打听他妻子的下落，可始终杳无音信。父女俩相依为命，他好不容易把白玛丹珍拉扯到了14岁。

塔索讲到这里，帐篷门帘被掀开，走进来一个把头发梳成无数条小辫的女孩，怀里抱着一只小羊羔。她，就是白玛丹珍。她出现的那一刹那，对彭青云来说，是一个美丽的瞬间。白玛丹珍长得很漂亮，长眉杏眼，流露出动人的妩媚。

阳光从帐篷上面照射下来，光线在帐篷里交错，白玛丹珍坐在阿爸身边，一边用手梳理着小羊的皮毛，一边用好奇的目光打量着陌生的客人。

塔索听说藏北来了“红星兵”。草原上关于“红星兵”的传说越来越多，他也越来越觉得这些汉人有点儿像当年的红军。他把当年红军送给他的一双草鞋找出来，准备拿着这双草鞋去找“红星兵”。这天，“红星兵”彭青云却主动来到他家。他拿出草鞋，激动地说：“这是我家最珍贵的东西，为了记住红军的恩情，我把它保存了十多年。你们既然是红军的后代，我就把它作为最珍贵的礼品送给你们，以表达我对解放军的深情厚谊。”

彭青云接过草鞋，如获至宝，把它贴在自己的胸口上，激动万分地说：“这真是世界上最珍贵的东西，谢谢你把它保存了这么多年。我们一定要好好保护它，让我们的子子孙孙都能看到它，记住它，使红军的革命传统代代传下去。”

后来，彭青云把草鞋送到了上级机关，作为红军时代的文物收藏起来。

这次见面以后，塔索和彭青云成了朋友，塔索父女二人搬到扎麻芒堡附近住下。头人多次吓唬塔索，赶塔索走，逼他离开扎麻芒堡。塔索父女始终没有离开。

后来，先遣连进军普兰，父女二人跟着部队前行。每到一地，他俩就在离部队两三百米的地方住下，帮助部队了解社情，为部队做些杂事。有时候还帮助部队做一些统战工作，如果部队请当地头人来作客，塔索就前来为部队打酥油茶，做些藏族风味饭菜，客人们都为他做的藏餐赞不绝口。白玛丹珍自幼聪明伶俐，在部队里，她很快学会了汉话，说得还比较流利。她学汉语歌曲很快，只要听上几遍，就会唱。部队开展文娱活动，她便前来为战士唱歌跳舞，表演节目，总是能赢得热烈掌声。战士们都称她是军营里的“百灵鸟儿”、“小天使”。平时，她和阿爸一样，干些杂活，给部队拾柴火、捡牛粪、磨糌粑、洗衣服、做饭……见啥干啥，积极主动。

经过一段时间相处，大家都有了感情，部队也把他们当作自己的一员看待。旧地方政府官员见他们父女与部队来往甚密，起了歹心，想方设法整治他们，说白玛丹珍是地方政府的百姓，应该为地方政府支差，便把她要走了。

部队不能干涉地方事务，五项协议里写得清清楚楚。先遣连束手无策，没法留她，只好同意她支差去。

白玛丹珍去为地方政府支差没几天，就传来她被奸污的消息。先遣连的干部战士十分气愤，后悔不该让她走，不该让她去跳火坑。一些战士提议要去找那猪狗不如的官员算账，为白玛丹珍报仇雪恨，把她要回来。由于政策不允许，李狄三制止了。

彭青云原打算让白玛丹珍随部队住一段时间，学些文化，将来有机会送她到内地上学，一定会成为一名优秀的民族女干部。她是一棵多好的苗子呀！可是，白玛丹珍没有等到这一天，就掉进了火坑。

塔索老人知道女儿被糟蹋后，捶胸顿足，但也无可奈何。

万恶的封建农奴制度不仅毁掉了他的妻子，还毁掉了他心爱的女儿，使他家破人亡。他无时无刻不在盼望封建农奴制度的灭亡，期待着有朝一日自己能当家做主，昂首做人。

一个崭新的社会就要到来。塔索老人，你的愿望很快就要实现了。

17匹死马留下17绺马鬃
一把玉米演绎人马战友情

英雄先遣连在扎麻芒堡建立了历史性的功勋，但接下来的处境却是人们想不到的、难以预料的艰难。

即便是签了《五项协议》，阿里地方政府也没有真正接纳先遣连。不久后，他们又派兵暗中围困了扎麻芒堡。赤门色继续执行禁令，以期不费一枪一弹将先遣连全部困死或逼回去。

对先遣连真正的考验到来了。

大雪封山了。

11月后的扎麻芒堡，风雪弥漫，寒风肆虐，冰天雪地。

帐篷破，被装破，炊断粮，医断药。

帐篷外，一夜未停的暴风雪，陪伴着帐篷内绞尽脑汁的李狄三。

一个自力更生求生存的方案，正在李狄三的头脑里形成。

李狄三本想率领先遣连借昌都战役胜利的东风，继续向普兰所辖地区推进。这时，译电员将一份上级的电报指示，送到李狄三面前。

为了在昌都战役后顺利展开和谈，不刺激西藏地方政府，王震向先遣连下达命令："停止向纵深发展，就地迅速转入过冬备战，自力更生，坚持到春季会师。"同时，他要求先遣连："不准增加藏胞一点儿负担，哪怕是一针一线。"

按照上级指示，先遣连决定坚守扎麻芒堡，做好越冬准备，等待后续部队到达后，再一起进军噶大克。

扎麻芒堡被积雪裹住了。荒原在原始浑朴的太阳光下，显得豁亮而神秘，超然物外的沉默，羁留在这块古老的土地上。

也许，这里曾有人类活动中最古老的驿道。

也许，这里从来就没有过路。

这里悠远而偏僻，是不可逾越的。白炽的恢弘烟气和雪雾，将赤褐的苍黄覆盖了，盖去了时间的痕迹，盖去了历史的凝滞。

这里仿佛什么都没有存在过、发生过。雪沃荒野，白粉涌塞，逶迤蜿蜒的山脊线，排列到很远很远的天边，就像一望无际、汹涌奔腾的雪浪。风推移着四周的雪，把它堆积在先遣连驻扎的高地上，一顶顶帐篷在暴风雪中站立着、守望着。

扎麻芒堡，因为先遣连的进驻，成了一个史诗般悲壮的大舞台。在雪片和冰峰缀就的帷幕后面，正上演着一出凝重而悲壮的历史剧。

半夜，暴风雪的合奏达到了高潮，帐篷被撕扯得东摇西晃。忽听到“吱吱嘎嘎”一片响，大风掀掉了马棚，20多匹幸存的战马受惊后，在黑夜的原野上狂奔而出，帐篷外响起了鼓点般的蹄音。

荒原，无垠的荒原，暴风雪“唰唰唰”集群式斩落，夜色里像有千万条粗粗的皮鞭在挥动、在摔打，这就预示着先遣连官兵们要经受无情荒原最严厉的考验。

负责饲养战马的阿廷芳，掀掉披在身上的野羊皮，迎风冒雪走出门口，已经看不到马的踪影，连马蹄声都已经很远很远了。

阿廷芳急忙跑到连部，向曹连长报告，要立即出去寻找战马。

“这么大的风雪，你不能出去！”连长说，“等天亮再说。”

“可连里就只有这20多匹马了。”阿廷芳说。

“这个我知道，20多匹马找回来，还可以拼建一个骑兵排。我们的骑兵连已经名不副实了。”连长低声说。

天快亮了。

疯狂了一夜的暴风雪，终于知道累了，喘着粗气减弱了势头。阿廷芳拉出那匹供自己放牧时乘骑的、因拴着没有跑掉的雪青马，向茫茫雪原走去。

大地白茫茫一片。

阿廷芳不知道该往哪里去找。

雪地一望无垠，连个蹄印也没留下。阿廷芳把缰绳放松，那雪青马便自己跑起来。马蹄轻叩雪原，

不一会儿，雪青马已离开驻地，跑上了前面的第一座坡丘。雪青马兴奋了，从坡丘上直冲而下，像一头猛兽狂奔，身后留下两道深深的蹄痕。它浑身的血液里，像是注入了主人的意志，或者它已经领会了主人的意图，要找回逃跑失散的同伴。于是，它变得神奇了，不知疲倦地、像雪山上刚刚升起的太阳一样势不可挡。

阿廷芳双腿紧夹马肚，把缰绳拉紧，雪青马身姿矫健，在均匀的喘息中速度越来越快。阿廷芳很高兴，他和雪青马在一起已有几年时光了，彼此之间已达成了奇妙的默契。

雪青马放开马蹄，如风一般驰骋。阿廷芳找到丢失战马的信心更足了。

覆雪的荒原，哪儿有抖动的帐篷？哪儿是有草有水的地方？战马啊，你们跑到哪儿了？回来吧，军营才是你们最安全的巢窠。

阿廷芳回头望了望，先遣连驻地已成了一个远远的模糊不清的黑点。他明白，离开军营已经很远了。

前面是无边无际的白色，那白色深不可测也高不可攀，不知道究竟通向哪里，也不知道往前走会走进何方何地。

在一片白茫茫中，他感到漫无边际的孤独。

在无边无际的雪原中，要找到被暴风雪驱散的马群，如同海里捞针。

但他必须去找。这些失散的战马，就像他失散的兄弟一样重要。虽然是盲目地往前走，但他觉得每前进一步，离失散的马群就会近一步。

就这样，他不知道自己走了多久，也不知道走了多少路。

走着，走着，这位年轻的骑兵突然跳下马来，趴在雪地上，疯了似的吼叫，伏下身扒起积雪来。扒着，扒着，一匹枣红色的军马露出雪面。

他惊呆了。站了一会儿，又跪下去，跪在枣红马身旁，从身上拔出一柄短刀，按照骑兵的礼俗，割下一绺马鬃，放进怀里。又站起，向枣红马行了一个庄重的告别礼，扒雪把马埋好。

就这样，他寻找了两天两夜，先后找到17匹倒毙的战马，怀里揣了17绺马鬃。他带着的，是17位兄弟的遗物。

正是——

一绺马鬃一段情，战马好比亲弟兄。
勇士雪海寻战马，风刀霜剑也从容。
出生入死何所惧，谁叫廷芳是骑兵。

在骑兵心目中，战马不只是一种用来乘骑的工具，还是他们忠心耿耿、立下汗血之功的“战友”。这种感情之深，已到生死不渝的境地。这些与战士朝夕相处的战马，称得上是“所向天空阔，真情托生死”。

阿廷芳想起这些不会说话的战友，心中涌起一阵悲痛。

马的高贵、骏美、轻盈、劲健的气度，伸展自如、具有无穷爆发力的躯体，奔跑起来如战旗、如火炬、似泼如倾、如飞似舞的鬃毛，能够察知骑手细微内心活动并随机配合的智慧，令阿廷芳想起来便心痛欲裂。

训练有素的战马，不论是被敌人射死还是受伤痛死，或是在征途上累死，倒下时，头都朝着前进的方向，为后面的骑手留下一个路标。阿廷芳顺着马头所指的方向，继续寻找马群。他坚信失踪的、幸存的“战友”就在前面。可是，他并不知道，在前方，他每进一步，就是向死神靠近一步。

雪，越走越深。两天两夜没有吃上草料的雪青马，已经骨瘦如柴，脊背薄得像刀背一样。从昨天下午起，阿廷芳就不忍心再骑它了。

白茫茫的雪野上，只有阿廷芳和他身后的雪青马，两个黑点在缓缓移动。

阿廷芳不曾料到，雪原中，除了暴风雪的肆虐，还有一股哈萨克叛匪在活动。

这股叛匪在新疆被剿，其残余逃窜到此处，经常抢掠虏杀牛羊，无恶不作。如果阿廷芳遇到这些叛匪，危险性就更大了。

他回头看了看雪青马，不由得把手伸进了口袋，搜寻着可能藏在衣缝里的玉米粒子。

他摸到了三颗玉米，放在手掌心，看了看，金黄金黄的发着光。他紧紧地拿捏住它们，许久，才慢慢展开手掌，伸向马嘴。雪青马望了望主人手中的玉米粒，摇摆了几下鼻子，抬起头，再偏过头去，望着前方，并不去吃。

阿廷芳心里一热，掉出泪来，泪在皮大衣上结成冰珠儿。他在心里说：

“兄弟，你该吃了它。吃了它你也许就能陪我翻过前面那座大山。”

他拍了拍雪青马的脖子，再次把三颗玉米送到它的嘴边。雪青马抬头望望主人，慢慢咧开嘴，卷进了那三颗玉米。

阿廷芳的心里好受了一些。

玉米本来是马料，断粮后，就成了人的口粮。后来所剩无几时，玉米就由李狄三亲自管理。他每天用石头把玉米砸碎，用喝水的小缸子给重病号熬粥喝。阿廷芳外出找马的头天晚上，李狄三从全连仅存的半麻袋玉米中，挖出满满一缸子，用圆锹放在牛粪火上一把一把地炒，炒好后给他当干粮。

李狄三已有半个月没吃过一粒粮了。玉米在铁锹上打着滚，发出噼噼啪啪的炸响，散发出诱人的香气，撩得他不时地咽口水。

第二天一早，李狄三把干粮袋交给阿廷芳，这个蒙古族战士怎么也不肯接。他说：“这玉米粒我不能带，留给生病的同志吧。我带了不少牛肉，曹连长怕冻了吃不成，都切成小块，炒成了牛肉干。”

李狄三语重心长地说：“我命令你带上，这是大家的心意。你这次外出，不知道要多少天才能回来，就拜托你了。全连就只有这些马匹了，要尽力找到，早点回来，我们等着你。”

阿廷芳一粒也没舍得给自己吃。

雪地里没草，他把玉米一把一把喂给了雪青马。

雪青马伴随阿廷芳从新疆来到不毛之地，吃尽了苦头，还时常挨饿。现在不知道它还能挺多久？骑手把马当成生命。此刻，他和雪青马的生命息息相关，他和雪青马相依为命。他多么希望这匹马能多陪他走一截路。

他毫不犹豫地把仅存的三粒玉米送进了马嘴里。当自己饥饿难忍时，他就把那腥膻难闻的干肉块塞进嘴里，再抓一把雪送进嘴里，慢慢咀嚼，艰难咽下，以支撑着自己蹒跚向前。

第三天中午，他在一条山沟里看到了失散的马群。也许是太兴奋了，他竟一下子支撑不住了，倒在山沟里，失去了知觉。不知过了多久，他感到手上有了温热，待他睁开眼时，他惊呆了，原来是倒在他身边的雪青马，正用舌头舔他的手。

这匹爱马用生命残存的最后一点儿余热，暖醒了主人。

阿廷芳站起来了，雪青马却永远地倒下去了。

阿廷芳抚摸着爱马冰凉的头，眼睁睁地看着它默默地闭上了眼睛。

阿廷芳面对雪青马，跪下去，割下一绺马鬃，放进怀里，用最后一点儿力气，双手捧起洁白的雪团，掩埋了它的尸体。

阿廷芳下到山底，把剩下的12匹马赶到一起，心中充满忧虑，不知道自己衰弱的身体能否将这些马赶回驻地。

雪原上冷得出奇。席卷而来的风雪，使他难以支撑。为了躲避寒风，他挖了一个雪窝子，裹好羊皮，蜷缩进去。他不停地嚼着肉干，尽可能多地吞咽进去，以积蓄力气，去走完返回驻地的近百里路程。

冰雪和干肉嚼得他满口是血，但他还是不停地嚼着。他开始赶着马往回走。幸好，天已经放晴。

失散的战马跟着阿廷芳，像一群听话的孩子，被引领着往回走。在这一小群战马中，有一匹青鬃马精神还好，体力尚佳，成为阿廷芳新的临时坐骑。

青鬃马迈着矫健的步伐，在前面带路，荒原风雪扑面而来，撩起马鬃。

漠野一片白茫茫。这是一支疲惫的队伍。十几匹马几天没吃东西了。人也一样，又冷又饿。此刻，阿廷芳才真正理解了什么叫作：饥——寒——交——迫！他下了马，赶着马走。跟在马后面步行，身上反而还暖和一些。

走了两天，他再也走不动了。他一点儿力气也没有了。

“完了，唉——这回真的完了。”他自言自语。

他揪住马背上的鬃毛，还是挪不动步子。

他突然想起远在塔尔巴哈台的故乡。他从来没有如此强烈地思念过故乡。他不知道自己的故乡离这儿有多远。

前面是冈底斯山和喜马拉雅山，背后是喀喇昆仑山。它们巨大的峰巅、凶险的隘口、巍峨的雄姿，像天然的屏障横在眼前，挡住了他遥望故乡的视线。

他觉得自己无论如何也回不去了，他一点儿力气都没有了。他想再爬到青鬃马的背上去，可连续爬了几次都没有成功。他躺在雪地里，手里拽住马缰，啃食着地上的积雪。只有冰雪能够充饥，哪怕能给他最后一点点力气。

贴在雪地上的脸早已麻木，嘴也麻木了。他觉得喉咙里结了冰，但他还在啃食着。

青鬃马好像感觉到了什么，它竟然屈下前腿，伏在阿廷芳身前。阿廷芳硬撑起身子，终于爬到马背上。他的身子就像一只空袋子搭在马背上，没有了血肉，也没有了骨头，只有一个空壳放在马背上。马缓缓地站起来，缓缓地起步，缓缓地移动。雪山冰峰也在缓缓移动。

雪原依然那样空旷，那样荒芜，那样寂静，那样寒冷。

他已经看到了驻地的帐篷，那里是他向往的家，那里住着首长和战友们，住着生死与共的兄弟。他心里想：首长，我把马找回来了，找回来一个骑兵班。可是，我走不到你们跟前了。我饿，我累，我太想念你们了。

不知道什么时候，他躺在先遣连的“医务室”了。

是战友们赶来救回了他。

环境艰苦　衣食住用全无靠
自力更生　丰衣足食样样有

时光，就像荒原上的野马，在无目的地奔跑着。

秋天刚驻足，酷寒就来了。

昌都战役实现了以战促和的战略构想，14岁达赖喇嘛提前亲政，并于1951年2月派出西藏地方的5人全权代表前往北京，与中央人民政府进行谈判。其中，首席代表就是后来的全国人民代表大会副委员长阿沛·阿旺晋美。

但是，这个西藏和谈的进程，像扎麻芒堡的冬天一样漫长。

旧西藏地方政府玩弄了不少阳奉阴违的手段，策划阻挠解放军进藏的新阴谋。

既不和，又不战，漫长的谈判，漫长的等待，害苦了坚守在藏北阿里改则地带的进藏先遣连。

在秋天的荒漠苍凉中，在严冬的暴风雪里，先遣连指战员人人都渴望着来年，渴望着温暖大地的绿色，还有温湿的夏季、光亮的霞霓、天空中的白云和白云上面湛蓝的天空……

10月28日，王震司令员电令先遣连："停止继续向前推进，就地做好越冬备战，全面展开宣传群众工作，坚守扎麻芒堡，等待后续部队共同进军噶大克。"这一等，就是长达8个多月的艰苦坚持和极地守望。在这8个多月里，先遣连成了困守扎麻芒堡的一支孤军，他们创造了阿里高原有史以来最为雄浑壮烈的故事。

扎麻芒堡，是改则宗西北方向一个长满了骆驼刺的荒滩，海拔4700米，位于阿里与新疆的藏北交界处，是个交通要冲。李狄三见草原上到处都长着可以当柴烧的带刺的芒丛，这种条件，一路上很少遇到。支委会讨论研究，认为把驻地选在扎麻芒堡较为理想。而且这里离两水泉不算太远，需要什么都可以派人去取。

这里地形开阔，四周是山丘，中间是一片开阔地，只要占领一面土坡，便可攻守兼备。

这里还有一条小河，清澈见底，可做饮用水。

况且，这里还有老百姓居住，是一个做群众工作的好地方。

先遣连最早的困难，是大雪造成的。

漫天大雪纷纷扬扬，平地雪有1米多深。大雪封山，截断了先遣连的后勤运输补给线。孤军奋战在雪线以上的生命禁区，连队的吃穿住行甚至呼吸空气都成了大问题。

李狄三与守护两水泉物资的指导员李子祥一起，核算了先遣连的家底儿，感到问题很严重。支部会上，他先给大家算了细账：目前所存的粮食，就是节约使用，也只能维持两个月，况且大部分还存放在150多公里外的两水泉那里；行军所带的几顶帐篷，早已破烂，天寒地冻，部队的住房难以解决；战备工事；服装鞋帽；驼掌马料；敌情社情；群众需要……而且环境复杂，什么情况都可能碰到。

第二天，这位参加过当年南泥湾大生产运动的老战士，站在刺骨的寒风里，对列队挺立在自己面前的官兵们说：

"现在我们面临的困难，可以说比延安时期还要大。但我们不能坐以待毙。要自己动手，才能丰衣足食。扎麻芒堡长不出庄稼来，但有野生动物可以猎取；种不出棉花来，有兽皮可以御寒。现在，我们最需要的是战胜困难的信心和勇气。红军连雪山草地都走过来了，我们作为红军的后代，毛主席的战士，还有什么困难战胜不了呢？！"第二天，李狄三蘸着锅底灰，在山坡雪墙上写下一条标语：

越艰苦越光荣 困难面前出英雄

越团结越坚强 群众赛过诸葛亮

越冬备战热潮全面展开。首先从挖工事开始。

大家都明白，在这个新的地区，敌我斗争更为复杂，只有随时做好战斗准备，顶住敌人的进攻，才能有力地开展其他工作。

李子祥说，经过艰苦跋涉，先遣连来到扎麻芒堡，为了有备无患，首先抓紧时间修工事，在两水泉和多木修了一个“三角堡”防御工事；在扎麻芒堡修了40多个单人和双人掩体，修了两个重机枪工事和炮工事，挖出了一条长249米的交通壕；东驻地的东角和南角，用装有沙土的线袋垒砌了两个2.5米高，可容5—7人的碉堡。

可是，在整个改则地区，方圆几百里内，找不到一棵成形的树木。维吾尔族战士根据本民族的生活经验，提出挖地窝子。挖地窝子就是掘地为屋，这主意切实可行。

李狄三带领驻扎在扎麻芒堡的103名官兵，开始在冰天雪地里掘地挖穴，筑地窝子。藏北高原的11月，气温已降到零下40多度，大地冻结1米多。鼓着劲儿将十字镐刨下去，只能在冰冻的地面上砸出一个白点子。许多同志震裂了虎口，鲜血染红镐柄，却一天也挖不出一筐土。

指导员李子祥遇事爱动脑筋。那天，雪地上放了一堆战士们刚打回来的柴火，他灵机一动，找了火柴，将那堆柴火点燃。

柴火燃起来了，战士们惊讶地看着。

难道说指导员今天的脑子出了毛病？怎能让这些好不容易打来的柴白白烧掉呢？

柴烧完之后，李子祥迅速拿起铁锹，一挖一个坑，很快就挖了一层。战士们也跟着挖，都说好挖多了。

李子祥告诉大家，火一烧，冰就化，土不冻，就能挖下一层了。

接着，又放火烧，继续挖，用“层层剥皮”的办法，挖地窝子很管用。

李狄三知道这个办法后，很高兴。他立即召集各班排领导开会，推广这个“层层剥皮”法。于是他们组织一部分人外出拾牛粪、打柴火，堆在工程地段上生火烘烤，烤化一点儿挖一点儿，一层层地剥，一间间地垒，功效提高了不少。工具挖坏了，他们就用帐篷竿、野牛角、野羊角做铲子，当挖土工具，速度明显地加快了。终于，一个个地窝子宣告竣工。

地窝子的布局是，中间一条通道，通道两边用土墩垒成“床架”、“床”前留一个土方墩，当作放东西的“茶几”，也可作学习用的“桌凳”，墙上挖洞，作置放东西的“壁橱”。战士们一人一张铺，用帐篷或者骆驼刺盖顶，可住两三人。“床”上铺上柴草，就成了冰山雪岭上的“地下宫殿”。他们还为战马挖了6个马坑圈，每坑可容战马20至40匹。

那天晚上，李狄三和李子祥兴奋得睡不着觉，营地一建成，他俩就感觉到，这对以后的战斗和工作会起到重要作用。这里可攻可守，进退自如，不管环境多么恶劣，困难多么大，再也无法阻挡先遣连前进的脚步了。

在左齐将军的回忆录里，记载着这样一组数字，应该是按当时先遣连上报的材料记载下来的：

地窝子40间，马棚8座，掩体49个，交通壕249米，碉堡2座。

广袤的雪海朔漠，静寂如磬，残月如钩。先遣连指战员在筑造营盘时汗湿全身，人和马呼出的热气，转眼间凝成霜花，飘落在马头、人脸上，泛出一片片银白。

驻扎在扎麻芒堡的103名官兵，全力以赴，苦干巧干，出力流汗，用最简陋的工具，苦战一个多月，修成了40多个掩体，挖出了200多米长的蛇形交通壕，在驻地东西和东南角砌垒了2.5米高的碉堡。这些工事互相连通，与营房结合在一起，可攻可守，使全连随时都可以投入战斗。

这些地窝子，在以后漫长的艰苦岁月里，为英雄连抗严寒、御风雪，起了很大作用。藏北的亘古荒原上，终于有了人民解放军的第一座军营。战士们住进地窝子里，有说不出来的高兴，他们自编快板唱道：

小小地窝不简单，桌凳壁橱样样全。
两张土床不显眼，前后左右有床沿。
柔软平坦又暖和，睡觉舒服又香甜。
人人见了心里乐，笑在眉头喜心间。
人民战士为人民，越是艰苦越觉甜。
艰苦奋斗永不忘，丰衣足食样样全。

解决了住的问题，党支部又号召全连战士开展打柴活动。

扎麻芒堡从10月到来年5月，气温都很低。要保证先遣连官兵安全过冬，储备柴火是重中之重。如果不能取暖，全连，特别是病号，就难以度过冬天，这是明摆着的。

战士们不怕劳累，每天上山打柴。

没有去过阿里的人，就无法想象，在阿里，烧柴是多么困难的事情。走出百里千里，到处光秃秃的，难以看到哪怕是一棵树。多木、两水泉这两处看起来绿草茵茵，但就是没有树。

没有树哪来柴火，打柴从何谈起。

但这里有草滩，有牧场，老百姓在这里放牧，野牛也常常光顾，留下了牛粪。牛粪晒干了可以烧。因此，牛粪便是牧民离不了的燃料。老百姓靠捡牛粪烧茶、做饭、取暖。

彭青云说，起初，同志们在荒原上跑来跑去捡野牛粪，越跑越远。随着大雪封山，地上的雪有1米多深，牛粪都埋住了，再也找不到了。

同志们又发现了一种当地叫“扎巴”的草。扎巴是一种多年生荒漠植物，就像一团长满刺的毛一样，秆子非常细，刺非常多，而且非常少。因为刺多，不易砍伐，战士们称之为“骆驼刺”。

在打柴中他们慢慢发现，这“扎巴”虽不大，可地下的根却很发达，一个人一天最多可挖扎巴草100多斤。这种灌木虽然刺多，但早晨比较脆，轻轻一折就断，很容易砍；但到了晚上，却怎么折也折不断。根据这个特点，同志们每天早早起来去打柴，突击砍伐。太阳出来后他们就集中力量往回背柴，一直干到披着月亮回营房。

但因为离驻地远，运输很费劲。要把100多斤扎巴草背到驻地，人人累得喘不过气来。生命学专家声称，在海拔5000米的地方，一个人即使空坐着，心脏的负担也相当于黄浦江码头上搬运工人干一天活的压力。在扎麻芒堡背上100多斤，心脏负荷有多大可想而知。

有位战士平时少言寡语，不爱说话，但只要一开口，就能把人逗笑，而且笑得你肚子痛。他虽不爱说话，可一双手却闲不住。他嫌中午休息回驻地吃饭耽误时间，每天早上出去的时候就带上几个干馕，中午休息时继续打柴。每次打柴回来，都帮助伙房驮冰、化水、烧火，做完这个做那个，同志们称他是“大闺女”、“闲不住”。他，就是通信员王万明。他在柴火组里，是最能干的一个，背100多斤走几里路也不歇口气，一直背到驻地，赢得了“毛驴子”的美称。他每天背回来的柴最多，毛刺把棉衣都扎透了，背上是密密麻麻的小血点，衣服贴在肉上脱不下来，只能趴着睡。经过艰苦的劳动，先遣连所打的柴火在营背柴房场地上堆成了小山。

先遣连战士高海拔打柴

李狄三像小伙子一样干活，常常干得汗流浃背。

同志们劝他休息。他笑着说："大家干得这样欢，我怎能休息？"他还说："劳动不能优待，干部战士都一样。在劳动中干部要做表率。"

为了鼓舞大家砍柴的士气，李狄三编了一首《打柴调》，歌词编得好，歌曲也好听。同志们打柴的时候都喜欢唱。庆幸的是，这个歌词现在被完整地保存下来了：

背起那个毛绳去打柴，众位战友跟我来。
心中好愉快，心中好愉快！
咱们打柴比赛看谁快，不怕冷来那个不怕刺。
打柴为备战，备战多打柴。
解放西藏守边防，帝国主义势力一扫光。
红旗插藏北，红旗插藏北。
待到明年四五月，欢迎大军进山来。
共同向前进，共同向前进！

整整一个冬天，先遣连战士们挖遍了方圆几十里的扎巴，准备了20多万斤柴火。

但由于长途行军，做饭用的铁锅大部分都弄破了。怎么办？这是一个亟待解决又很难解决的问题。

大荒原上，到哪里去找锅？炊事班想出办法，他们把汽油桶锯成两截，用它来煮野马肉、野牛肉吃。

在搞运输的驮队中，只有牦牛是高原动物。但牦牛虽然力气大，驮运货物却不像马和骆驼那样可靠。牦牛性子野，行路时爱乱跑，常常把背上驮的东西弄碎、弄破。特别是牦牛长着又尖又长的角，经常扎破别的牲畜驮子上的货物，时不时就粮食口袋扎破，米面流到地上。运输队为此很伤脑筋。

办法终于想出来了。战士们用野马皮把牛角包起来，称之为“给牛角戴帽子”。牛角戴上帽子，它们互相碰撞也不会伤着对方，更不会扎破货物了。

李狄三爱吹笛子，还能拉二胡，虽不是专业水平，但在业余中还算高手。每逢行军休息，战士们都能听到李狄三拉的二胡曲。

译电员王惠志告诉我们说：“李狄三爱拉河北民歌《回娘家》。大家跟着他的曲子唱，一路的疲劳就都烟消云散了。”

王惠志还说：“后来，牦牛在石壁上把二胡蹭断了。大家再也听不到李指挥的二胡，只能听到他的笛声了。”

正是——

英雄原本钢铁汉，延安精神代代传。

在修地窝、打柴火的同时，连队组织了一个打猎小组，以便用野兽肉补充粮食的不足。

1950年底，先遣连处在最艰苦的岁月里。李狄三把连队的储备又检查了一遍，几千公斤兽肉，是先遣连唯一的食物。

时光和季节在扎麻芒堡缓慢地轮回，不知不觉已经进入高原冷酷干涩的二月。

在这无垠的荒原，寒冷、饥饿和强烈的高山反应，折磨着体力早已透支的官兵。

这时候，吃粮的问题突出了。尽管运粮队同志夜以继日地由两水泉给多木和扎麻芒堡两地赶运粮食，但因马匹大多倒毙，只靠几峰骆驼运粮，难以保证供给。

毛主席从一开始就说，“进军西藏，不吃地方”。而且，在先遣连与阿里地方政府签订的五项协议中，也明明白白写着“人民解放军保护藏族群众利益，不拿群众一针一线，不买藏族群众一粒粮、一斤盐”。战士们只能用生命来信守自己的诺言。坚持活着，此时成为先遣连最重要的使命。

连里还剩下一点儿做马料的包谷，大家用石头将包谷砸烂煮饭。饭煮不熟，维吾尔族战士就修馕坑烧火烤馕。包谷不够吃，就用野兽肉来代食。架起大汽油桶，清水煮兽肉，有时掺上一点儿包谷。最初还有一点儿调料，后来就连盐巴也没有了，只能是每人一个馕，一碗清汤肉，天天如此，顿顿一样。由于高山反应，本来就不想吃饭，更不用说老是吃这样单调的饭。一些战士一端起碗闻到那股膻气味儿，就不由得呕吐起来。

就是在这样的生活条件下，先遣连官兵照样执勤站哨，始终保持着顽强乐观的情绪，没有一句怨言。

在漫长的道路上，同志们的鞋子早就见底了。那还是国民党仓库里打扫出来的破烂货，走在荒原上，一个星期就穿帮了。同志们称这种鞋叫作“星期鞋”。为这事有一个同志还专门做过实验。果然，不到一个星期，一双新鞋全穿烂了。

藏北的冬季寒冷而漫长。现在要解决的主要问题，不是吃而是穿。

为了解决穿鞋问题，蒙古族战士教大家做“皮窝子”。剪一块破毡片包在脚上，再割一块野马皮蒙在上面，用野牛筋扎起来，这样的鞋，穿上既轻便，又暖和，而且是地地道道的“真皮毛皮鞋”。可就是皮子干在脚上没法脱。只有磨烂了才能揭开，到时再补上一张，皮鞋就又完整了。

部队进藏时，被装短缺，加之艰苦行军，又打柴，又狩猎，衣服早已破烂不堪，已经到了“衣不遮体”的地步，有的战士屁股都露在外面。

卧病在床的战士让出自己的衣服，但还是解决不了问题。全连只能挑出21件打满补丁的衣服，作为礼服，来供外出谈判和做群众工作的人员使用。

为了缝衣服，大家更是绞尽脑汁。

缝缝补补已成为官兵的习惯。战斗英雄郝文清想出了用破麻袋缝补衣服的办法，战士们人人效仿。

连长曹海林得到一根针，一夜没睡，缝了一套麻袋片做的衣服，穿在身上，四处炫耀，高兴得像个小孩子过年穿上新衣服一样。他说，这样就可以把他剩下来的一件军衣留下来，作为外出的礼服了。

到后来，衣服想补也没法补了。针坏的坏了，丢的丢了，整个先遣连一根针也找不到，线就更不用说了。

战士杨先志想出了办法。一天，他拿着半截羊角玩，这羊角打柴时起不少作用。柴上有刺，要把打的柴归拢一起，就靠这羊角。他把羊角用斧头劈开，放在锅里煮一会，羊角就软了，他拿出小刀，削成针状的条，一头削尖，另一头扎个眼，作穿线用。晾干后，挺硬，这就发明了“羊角针”。把羊毛、骆驼毛捻成线，用口袋片、麻袋片就又可以缝补衣服了。

后来粮食吃光了，麻袋也用光了，大家就用兽皮做衣服。没有熟革，就用生皮补。剥下鲜皮，毛朝里，披在身上，量体裁“衣”，在边上扎眼，用毛绳穿起来，做成皮筒衣，能挡风御寒，很暖和。

到后来，有的衣服是麻袋上补兽皮（牛皮或山羊皮），有些还补上了帐篷布，十几层补丁；有些毛线有筷子那么粗，一件单衣重好几斤，一件棉衣足有十七八斤。即使这样，这些衣服还是连队里最好的衣服哩。

李子祥说，那种皮筒子，不外出的人都不愿意穿。皮子一干就发硬，像打了石膏一样紧绷在身上，硬得使人弯不下腰，动作生硬古板得像木偶人一样。这种衣服因为紧裹在身上，脱不下来，只好用刀子割开，扒皮一样扒下来。后来，总结出经验，等皮筒子快干时就脱下来，用刀子把它割成一圈一圈的，再用毛线连起来，这样，行动起来就方便了许多。就像现在的海军衫，一道一道的，这样就能弯腰了。

羊角做针，给了大家很大的启发。紧接着，羊角筷子、牛角烟具等，都相继问世了。原来大家吃饭的筷子是用一种叫扎麻的灌木杆做成的 ，不仅弯曲不直，还脆而易断。现在可好啦，每人一双漂漂亮亮的牛角筷子，既方便，又好看。

官兵们长时间不洗澡，身上长满了虱子。虱子常常成串成堆，咬得人奇痒难忍，可瘙痒也搔不成，心慌得叫人直蹦跶，跳高打滚儿。用手捉虱子已不叫办法了。每逢太阳出来，他们就把衣服脱下来，扔在地上，用刺柴做的扫把来扫，把扫下来的虱子埋到雪地里冻死。后来，干脆夜里把衣服埋在雪窝里冷冻，早晨再拿出来烘干穿上。战友们戏称为“大雪灭虱法”。

连队安排病号坐在铺在地上的羊皮上晒太阳休息。他们却手拉手踉跄着来到野地里为连队打柴，用肿胀的双手折下骆驼刺，捆好后，趴在地上，一点点将柴火拖回营房，战士鄂鲁新在去世前一天，还在为连队打柴。

冰天雪地驮运路
出生入死倍从容

运输队在封山前给先遣连运来的粮食，全部储存在300多里外的两水泉。从先遣连100多人进驻扎麻芒堡的那天起，就有一串长长的驼队往返两水泉——多木——扎麻芒堡之间。不管天寒地冻、刮风下雨，叮当、叮当的驼铃声一直是远来近去，一天也没有间断过。

300多里的驮运路，300多里的冰霜雨雪、荒原劲风、昏天黑地，驮运一次又一次地被阻止了。驮队在雪暴中汹涌不息地起伏着，冲撞着……

这个季节，沿途牧民的帐篷里飘散着炊烟。常年游牧的民族，也暂时停止漂游，围着牛粪火取暖。而先遣连的运粮队，却经常被暴风雪困在帐篷外。

数九寒冬，乌云密布，狂雪飞舞，冰天雪地一望无际。在被凛冽风雪搅荡的荒原上，响着一串沉闷洪亮的铜铃声，一串负重的身影，在风雪中朦胧可见。骆驼在深深的积雪中跋涉，向远方点叩着探询的头颅。

正是——

周天寒彻搅玉龙，怒涛深涧响寒松。
但有猛士降风雪，乱云深处摇铜铃。
蜿蜒千里运输线，天路风云走蛟龙。
极目迢遥何惨淡，侧身天地任飘零。
莽莽苍苍驮运路，出生入死倍从容。

驮运队这种半行军半游牧的生活，倍加艰辛。先遣连里的战士，大都到两水泉去运过粮食。后来由连进才、阿西木、木沙、朱有成等4人组成运粮队，长期担任这个任务。

李狄三在运粮队出发前，对他们说："这个任务很重要，也很艰巨，关系到两个据点100多位同志吃饭的问题，责任重大。你们勇敢地担负起这个使命，相信你们一定能出色地完成任务。这是党组织对你们的信任和考验，是同志们的期望。"

"请首长和同志们放心，就是冰山雪海，赴汤蹈火也要完成任务。不要说下大雪，就是天上下刀子，也挡不住我们运粮队！"

在先遣连里，每个人最幸福的时刻，莫过于把最艰苦最重要的任务拿到手。运粮队的同志们在表决心时，心里充满了快乐和自豪。他们一起高喊："下定决心，不怕牺牲，排除万难，争取胜利！"

4名战士，18峰骆驼，来回穿行在300多里驮运路上，尽管规模不大，却是一场艰苦卓绝、雄心勃勃的行动，在暴风雪中充满了悲壮色彩和豪迈激情。

骆驼——沙漠之舟，人类最忠实的朋友，人们称颂它是"生命的山冈"、"沙漠里的航空母舰"。骆驼的一切习性，都与沙漠、与干旱、与酷热联系在一起。现在，它们跟随先遣连闯进了高原的冰雪之中，它们本不适应这样的气候，却跟随先遣连走过了漫长的征途。悠远幽邃的荒野，沉重的雪雾，使天地衔接，冰雪银白色的冷峻及其厚重的天幕，在阳光撕裂远方云翳的前夕，显出铁硬的意志与死神一般的狞厉。

寒风横扫草原。积雪被狂风驱赶得无处躲藏，堆积在荒野的低凹处，填充这里的坎坷与不幸。风一掠而过，冲撞而来，骆驼被吹得摇摇晃晃，一峰跟着一峰倒在地上，像一堵被推倒的墙。人趴在地上不敢站起来，躲在倒下的驼峰里避风。除了山之外，这里的风什么都可以刮倒，都可以摧毁！

狂风远遁，驼队继续前行。叮当声夹杂在暴风雪的呼啸中，风声铃声交织成风雪高原的运粮曲。

战士与牦牛驮队爬雪山

牦牛被人们称为"雪域之舟"，有着极强的高原适应能力。可它们也经不起这样的长途跋涉，蹄子磨得鲜血淋漓，纷纷倒在雪地里，口吐白沫，鼻孔出血，死时全身发黑。

驮运路上，不时可以看到一堆堆牛马骆驼的骨头。这里有不少秃鹰，大冬天里都饿红了眼，只要一看见有牲畜倒下，就从天上俯冲下来，先啄掉眼睛，再吃肉。

它们成群结队飞来，不一会儿，牲畜就变成了一堆白骨。

这条路上的白骨一副连着一副，铺成了从扎麻芒堡到两水泉的路标。

走在这条路上，一个冷峻而肃穆的真理，再度从血泊骨堆里凛然升起，闪烁着穿透千年云霭的光芒。

她告诉人们：中国人民解放军的脚步，在任何时候，在任何地方，在任何艰难困苦的环境下，都是阻挡不了的。

4个战士分成2班，白天放赶骆驼，夜间行走，披星戴月，顶风冒雪，很少休息。有时捡不到牛粪柴火，没有燃料，无法做饭，只能啃几口冻成冰疙瘩的干馍馍、干兽肉。渴了就抓几把雪吃，累了就躺在雪窝里睡觉。冻醒了，又上路。

从扎麻芒堡到两水泉，途中要翻几座大山，过几条河，特别是要经过危险的十里达坂。寒冬腊月，达坂被一层厚厚的冰雪覆盖着，又陡又滑。运粮队翻越达坂时，就是放慢速度，也还是常常有骆驼滑倒滚下沟去。为了防止事故，运粮队员们想了许多办法。起先，在通过达坂时，他们两个人保护一峰骆驼走过后，再返回保护另一峰骆驼，这样既耽误时间又不安全保险。有一次骆驼滑倒，连保护的人也被带到沟下，摔得鼻青脸肿。后来他们想出了在达坂上挖台阶、撒沙子的办法，使驼队安全通过。就这样，过一次达坂，挖一次台阶，铺一次沙子。几个月来，运途中的索朗达坂，他们不知翻越了多少回。一袋粮掉到山石缝里，或者撒在地上，他们会万分心痛。小心翼翼地扶起骆驼，用针线把破口袋缝好，把洒落在地上的粮食一粒一粒地捡进口袋，再一袋一袋地背上来。驼鞍夹棍断了是最麻烦的事，同志们掏出绳子，仔细地把它们拼接起来捆扎好。

长年累月长期不停地驮运奔跑，骆驼蹄子磨烂了，他们就用兽皮将骆驼蹄子包起来，继续赶路。后来有的骆驼一旦卧倒，就无论如何再也拉不起来，他们只得把驮运量减少，这样却又增加了驮运的次数。

为了充分发挥驮运能力，达进才领导的运输队披星戴月、风餐露宿，不辞辛苦地奔波在驮粮路上。暴风雪袭来，他们将骆驼围成一圈，人躲在骆驼腋下；酷冷奇寒时，他们把手脚放在骆驼的长毛中取暖。包骆驼蹄子的皮革磨穿了一次又一次，人穿的毡筒跑破了一双又一双。从1950年10月至1951年5月这8个月的日子里，他们从未住过一天暖房子，也没有吃过一顿热饭。冷风吹裂了脸庞，手上凝结着沁出的血水。

冬去春来，叮当的驼铃声一直响彻在藏北高原的上空。

有一次，副连长彭青云亲自带队，去两水泉驮运食。他们骑着马，赶着骆驼，不料到了索朗达坂遇到了暴风雪。

狂风鬼哭狼嚎，卷起雪粒子，吹得人睁不开眼睛。

彭青云的队伍像一群醉汉，摇摇晃晃地往前走，跌倒了爬起来，爬起来又跌倒。为了安全，彭副连长让大家把自己捆在骆驼身上，以免人让狂风刮走。

风停雪住后，有两峰骆驼被埋在雪里。官兵们一起动手，把它们从雪窝里扒出来。临走时，清点人数，杨天仁不见了。

彭青云和4名战士一边呼喊，一边寻找，整整在索朗达坂上找了一天，把好多地方的雪都翻腾了一遍，还是没有找到杨天仁。

呜哇——一个小战士放声大哭。

彭青云哽咽着说："兄弟，你安息吧。我们已经没有办法找到你。待来年雪化后，我们再来接你！"

不能再耽搁了，即使摸黑，他们也必须离开索朗达坂。因为在上面多待一分钟，就多一分生命危险，最终可能谁都活不了。

彭青云带领这几个战士赶到两水泉。指导员李子祥带领一个排，常驻在这个物资转运站。听到杨天仁的不幸，李子祥默默地摘下帽子，面向索朗达坂的山顶积雪，为杨天仁致哀。

谁也没料到，13天后，杨天仁活生生地回到了部队。

原来，就在彭青云让大家都把自己捆在骆驼上的时候，杨天仁一手抱着骆驼的腿，一手解驼峰上的绳子。不料他的战马被狂风刮倒，向山谷滚去，而战马的缰绳，还套在杨天仁的手上。就这样，他与自己的马一起被拖到深沟的雪坑里，人马都昏迷了过去。

夜色沉沉，他醒了过来，只觉得头脑里还有一点儿意识，知道自己没有死，还活着，但四肢已经僵硬，动弹不得。他试着活动一下手脚，慢慢有了一点点动静，发现马就躺在自己身边，原来是战马在用自己的身体为主人保暖驱寒。

杨天仁移动到马的身边，抱住马头，站立起来。过了许久，马也艰难地爬起来。他知道，不尽快离开这里，就是死路一条。

“我得起来，赶紧走出去找彭副连长。”

但却连一步也迈不动。人和马陷进雪窝里，腿根本就拔不出来。他只好用手扒雪，向前爬，一寸寸往前挪。直到天亮，他才爬出了那条不长的山沟，靠在马身上，长长地踹了一口气。

杨天仁身体有了点热气，感到有些饿了。他在全身搜索着，除了武器和子弹，没有找到一点儿可吃的东西。他想起来了，他的那袋牛肉干，还拴在骆驼身上。如今骆驼跟着战友们去了，他只好饿着肚子赶路。

他抓了一把雪，放进嘴里，不管用；又打一块冰，放进嘴里嚼，嘴巴嚼出了血，牙齿被冰冻得很痛，但为了抵御饥饿，坚持嚼着……

他知道自己绝对不能停下来。

“我还没活够，我要追赶大家，现在队伍里就缺我一个人。”他在心里对自己说。

杨天仁每走一步，都非常吃力。有一步正要迈出去的时候，被马猛的一拉，差点被拉倒。

他转过身，看见马倒下去了，但它的眼睛没有闭上，始终睁着，木木地望着他。

他颤抖着手，合上战马的眼睛，用手轻轻梳理马鬃。拔下几根马鬃，系在自己的扣子上，哽咽着说：“兄弟，原谅我，没有力气用雪埋你。”说完，忍着伤悲，转身继续朝前走。

他实在饿得没力气了。

他想到了马肉，即使生吃，也可以填填肚子。

他爬回战马身边，找出刀子，却又犹豫了。

“我总不能吃我兄弟的肉吧，何况它尸骨未寒。”杨天仁心如刀割。

他离开了战马，向前爬着，爬着……

他昏迷过去了。不知道自己昏迷了多久。

醒来时，天已亮了，身后的痕迹已被风抹去。

他不想再睁开眼睛，真想就此瞑目。

他听见秃鹰在叫，而且就在身边。尽管如此，还是没有睁开眼。

秃鹫啄了他一下，他猛地睁开眼睛，竟吓出一身冷汗。

有七八只秃鹫在他身边转动，天上还有十几只巨鹰盘旋着，观察着。

杨天仁知道，这些被藏民视为神灵的秃鹫，是西藏独有的大型肉食禽类。此刻自己正面临着被秃鹫分食的危险，必须紧急自救。

他赶紧摸出身上的卡宾枪，朝着天空乱放了几枪。他不能打中那些秃鹫，那会违反部队纪律的。

秃鹫惊恐的发出毛骨悚然的叫声，飞走了。

这时，他的头脑变得异常清醒，望着蓝天上的彩云，远方的朝晖，身体又开始往前挪动。

雪地上留下一道深深的印痕。他一边啃着雪，一边往前爬，终于爬到了一个叫“琴那措”的小海子边，在野马饮水的冰口上喝了几口水。

突然他发现水里有好多鱼。他脱下帽子，放进水中，果然兜住了一条。

这是一条高原上的无鳞鱼。他要把它活生生地吞下充饥。

他高兴地想，吃了这条鱼，也许可以让自己站起来。吃了这条鱼，也许就有力气，还可以再抓。这样，他就可以回到连队了。

可是他没有按照自己的想法去做。他把盛鱼的帽子翻过来，那条小鱼又回到水中，欢蹦乱跳、摇头摇尾地游走了。

这是因为，他记起了，前几天他和李狄三在了解民俗时，一位喇嘛告诉他们，当地藏民不吃鱼，因为藏民历来严忌杀生，更是忌讳食用野物的。

想到这里，他打消了吃鱼的念头。

尊重藏民风俗，是部队纪律。作为一名解放军战士，不论在何时何地，不论在什么样的情况下，都必须不折不扣地遵守。

他用枪砸了几块冰，正要吃，突然听到一阵急促的马蹄声。听到这战鼓一般猛敲的蹄声，就能猜出是副连长彭青云的“黑流星”来了。

他用枪使劲儿撑起自己的身子，拼尽全力大声喊道：“副连长！我在这里！”

他想，副连长来了，我就得救了。

奇怪的是，马来到自己面前不远的地方，一拐弯便跑到另外的方向去了。

他定睛一看，原来不是他期待的那匹“黑流星”，而是一匹野马，一溜烟跑远了。

杨天仁极度失望，再也支撑不住身子，倒进了雪窝里，失去了知觉。

黄昏。一个名叫道不冬的当地牧民，为了寻找丢失的一头牦牛，来到海子边，发现了杨天仁。

杨天仁的脸和脚已经冻伤了。道不冬发现杨天仁还有一口气，没有死，就将他救回自己的帐篷，给他饮上几口酥油茶，又用雪搓他的脸和手。

杨天仁慢慢醒来。愣了好一会儿，弄不清自己究竟到了哪里。

难道这就是人死了之后的阴间吗？可这里怎么这么温暖？他看清了道不冬，眼里禁不住涌出了热泪，喊了声“夏保”。

“夏保”译成汉语，是“朋友”的意思。

为了不违反“任何人都不得借住藏胞的帐篷，在藏胞的帐篷里过夜”的纪律，杨天仁执意不肯在道不冬的帐篷里过夜。他挣扎着爬起来，住到了羊圈里去。

道不冬语言不通，没法劝他。他弄不懂，一个如此孱弱，又严重冻伤的人，为什么会拒绝自己温暖的帐篷。

道不冬抱了羊皮，给他在羊圈里铺了地铺。

那晚，杨天仁在羊圈里与羊共眠，他觉得睡了个有生以来最美的觉。

4天后，杨天仁要归队了。

临行之际，他拿出两块用布包好的银元交给道不冬。道不冬不肯收。

两块银元是10多年前，杨天仁从家乡逃出去参加革命队伍时，母亲在村口亲手交给他的。母亲对他说：“孩子，当妈的只有这两块银元给你，也许在你最需要的时候，可以管用。”

杨天仁参加革命后，一直把这两块银元保存着。每当他想用时，总觉得也许以后会遇上更需要用它的时候。

因此，一直没舍得用。

道不冬执意不收，语言不通也无法通融。

杨天仁趁道不冬不注意时，把银元扣在一只木碗底下，走了。

那两块银元是杨天仁唯一的财富，是他母亲的卖身钱。

杨天仁7岁时，父亲去世，母子俩熬了半年，实在活不下去，母亲就同意了一个男人的条件，以两个银元的价格把自己卖给这个男人做老婆。临别时，母子抱头痛哭一场。从此，杨天仁就开始了流浪要饭的生活，好几次差点饿死，他都没舍得花掉这两块银元。他把这两块带着母亲对儿子最后一缕爱的银元保存了18年。

第13天下午，道不冬用牦牛将杨天仁驮回连队。

李狄三有些不敢相信自己的眼睛。他愣了半天，抱住杨天仁。两个人都失声痛哭起来。

学毛著学藏语　坚持学习求进步
唱歌曲讲故事　各项活动鼓士气

在艰苦的斗争中，先遣连特别重视政治思想工作，这是他们团结奋战、立于不败之地的重要原因。

党支部和李狄三根据环境、任务和部队的思想状况，适时提出战斗口号，及时进行思想教育，积极开展各项活动，以增强团结，振奋精神，鼓舞斗志。

先遣连以《党员课本》为教材，组织党团员一起上课，要求他们在艰苦的环境和复杂的斗争中，充分发挥骨干带头作用。

每项重大任务下达前，都一定首先对党团员进行思想动员，依靠他们带动大家完成任务。

李子祥说，他一直兼任着先遣连的党支部书记。他清楚地记得，部队驻进扎麻芒堡后，曾发动大家，对党支部工作进行了一次认真评议，进一步严格了组织生活制度。

为完成过冬奋战任务，先遣连提出了“越艰苦，越光荣，困难面前出英雄”、“越团结，越坚强，群众赛过诸葛亮”、“平地起家，藏北高原建乐园”“革命英雄主义万万岁”等口号。这些结合实际的口号，是用意志和魂魄建筑起来的一座座立体宣言，宣示着先遣连的虎骨雄风，它让我们看到了先遣连指战员的不朽人生。

这些口号很快写在驻地墙上，鼓舞着大家克服困难，做好过冬的各项工作。

先遣连的学习材料很缺乏，大家把李狄三随身携带的几本毛主席著作视为珍宝，互相传阅，反复学习，从中吸取营养。党支部十分重视连队内部的民族团结和干战团结，在生活上，根据各民族的不同特点和生活习惯来安排伙食。特别是少数民族战士牺牲后，安葬都是征求本民族同志的意见的。巴利祥子牺牲后，就是根据蒙古族战士的意见，按照蒙古族的风俗安葬的。

李狄三在先遣连职务最高，但他从不搞任何特殊，和战士们同甘共苦，打成一片。遇到困难和危险，他总是身先士卒，率先垂范。大家都非常敬重他。李狄三反对简单粗暴的教育方法，注意团结，尊重少数民族。

在他的带领下，全连各个民族，100多人，攥成一个拳头，团结成一个坚强的战斗集体。高原上突如其来的种种灾难，不管它蕴含着怎样的艰苦和凶险，都无法撼动先遣连的军心意志。先遣连强大的凝聚力，是生命原质的凝聚，是共产党的党性和人民解放军军人品格的凝聚。

在十分艰难的岁月里，先遣连针对部分同志的怕苦、畏难和恐怖等情绪，深入进行艰苦奋斗的传统教育，广泛开展了“重订计划”活动。大家用布粘成“计划牌”，也叫“决心牌”，写上自己的决心，佩戴在胸前，并以此感到自豪。

经李狄三提议，连队开展了学习藏语活动。同志们因陋就简，克服困难，刻苦学习，在全连范围内扫除文盲。学习藏语取得了很大成绩，90%以上的同志都能熟练地运用日常藏语。

一些病情稍轻的同志，自动组织起来，互相搀扶着，摇摇晃晃地外出打柴火，他们说：“我们不能干重的就干轻的，只要还有一口气，就要为革命出力。”

张选志等同志，用肿胀的双手折下枯枝，又十分艰难地把这些柴捆绑起来，他们背不动就爬着把柴火拖回“营房”。虽然他们拖回的柴火并不多，可是，革命战士忠于党、忠于人民的品德是多么的可贵啊！

为及时表扬好人好事，先遣连成立了报道组和墙报组，坚持每周出一次墙报。为活跃文化生活，春节时还举办了文艺晚会，李狄三根据当时的形势和任务，先后为战士们谱写了《克服困难》《顽强歌》等歌曲。战士们休息的时候，最爱围着李狄三，听他吹笛子、讲故事。李狄三的笛音，就像雄鹰展开翅膀，在雪山上盘旋飞翔，给战士们带来无限的向往和心灵的呼唤，使他们斗志昂扬地面对艰苦的环境。李狄三讲的故事，战士们越听越觉得有味，给人鼓舞，振奋人心。

这天，全连战士集合起来，听李狄三讲话。他说："我李狄三，革命道理讲不了多少。大家也很注重学习毛主席著作和党的政策，今天我给大家讲两个人，讲两个英雄人物，好吗？"

"好——"全连战士齐声说，热烈的掌声震得山响。

"大家知道刘胡兰吗？"李狄三问。

"知道！"战士们说。

"她是什么人？"

"英雄！"

李狄三说："我是1938年入党，第二年入伍的，在二军四师十团当保卫干部。当时四师十团、十一团是抗日战争山西汾阳一带拉起来的游击队编成的。我们在山西交城、文水一带与敌人展开斗争。解放战争时，我们仍在那里活动。我们部队好多同志都见过刘胡兰，有的还在她家里住过。"

一阵热烈的掌声，打断了李狄三的话。

李狄三挥了挥手，示意大家停下来。待掌声缓和下来，李狄三继续说："为了人民的解放事业，刘胡兰英勇牺牲了。她的死是伟大的，也是光荣的。如今，我们正面临着困难的考验、死亡的威胁，我们要向刘胡兰学习，要不怕死，才谈得上战胜死亡。要战胜死亡，就要靠大家共同奋斗。同志们，我们现在已经成为爬上昆仑山的英雄，我们要发扬这种英雄气概，在世界屋脊上创造出新的英雄业绩。"

"大家还记得1948年的壶梯山战斗吧？国民党在一个大庙顶上架起一挺机枪，向我们进攻的部队发起疯狂扫射。部队伤亡很大，前进受阻。这时，有位英雄奋身跃起，飞快窜到庙顶，一把拽住敌人的机枪，同敌人展开了英勇的搏斗，为部队进攻扫清了障碍，而自己的手却被打红的机枪烙上了焦印。同志们，知道这位英雄是谁？"

"彭副连长！"战士们齐声回答。

李狄三一把拉住彭青云的手，说："对，就是彭副连长。他就是全军著名的特等战斗英雄彭青云同志！我们连队有这样的英雄好汉，又有征服昆仑山的全体同志，还有什么困难可以吓倒我们呢？我们一定能战胜死亡，搞好战备，为后续部队进藏扫清障碍。希望大家在新的战斗中争取入党，再建新功！"

正是——

山中一只虎，青天一朵云。
生来一股英雄气，革命熔炉炼真金。
舍生忘死夺机枪，屡战屡胜立功勋。
先遣连中英雄多，彭老虎威名冠全军。
先遣连远征似尖刀，彭青云就是刀上刃。

“战友们，我为能和大家一起作为先遣连的战士而感到自豪！我们是一个团结而坚强的整体，是一个英雄的连队，我们用血肉组成了无坚不摧、攻无不克、战无不胜的队伍。我们将迎来更多的艰难困苦，遇到许多预想不到的凶险，我们将战胜一切，我们也能战胜一切！”

“我们是上级挑了又挑、选了又选的最受信任的战士，解放共和国大陆的最后一片领土，这是多么光荣而神圣的任务。我们一定要出色地完成党和毛主席交给我们的光荣任务！”

一场生动实际的动员会，鼓舞了全连备战过冬的决心和信心。一场特殊的硬仗开始了！先遣连所面临的一切，都是严峻无情的。他们要在崇山峻岭、冰山雪峰之间踏出隐秘小道，冲破万重阻碍，扫清沿途隐患，跋山涉水探出一条进藏的道路来。

作为一次前所未有的群体行进，面对这样的历程，他们唯一明确的就是艰难和牺牲。

他们能够用来为后续部队做鲜明路标的材料，也只能是仰倒的血肉之躯和散落在荒原上的坟茔。

他们又必须活着。活着，因为路径要拓宽，解放阿里才是他们最终的目标。

巍巍昆仑，茫茫雪原，遥望无际，滚滚向前。

盐撒在路上　路标指向盐湖
人记在心里　藏胞巧救困军

驻守扎麻芒堡的103名官兵，从12月开始靠吃马料度日，后来连食盐也没了。其他2个据点的食盐也已告罄。

彭青云说："这时候，已经有37位同志牺牲，他们都是身经百战、在战火中出生入死的英雄，没有被任何强大的敌人所征服，却没能战胜高寒、饥饿和疾病。眼前的情况更加危险，关键是缺盐，解决不了盐的问题，就可能全军覆没。"

彭青云把自己的看法讲给李狄三听。李狄三早已知道断盐的严重性，问道："师里还没有电报来吗？"

"电台中断一个月了，可能上级还不知道咱们的情况。咱们牺牲了没什么，耽误了解放阿里才是大事！"彭青云说完，摇了摇头。

"要不是该死的电台作乱，也许上级早派人来支援我们了，电池没有了，发电机也没什么用了。白天晒的电池到联络时装上，却听不到声音。我怀疑咱们的求救电发出去了没有。"曹海林的话声里透着几分焦急和无奈。

彭青云说："就算发不出去，估计上级也早就想到了我们的处境。这里是昆仑，是阿里，上千里路途，冰封雪山，支援的人即便来，也不能马上就到。我们不能等着别人来救。明天，我再到革吉本（县）去找盐。同时给运粮队找藏民日加木马本借几头牦牛，打通到两水泉的路，运些马料回来。估计一半马料一半兽肉可以接上趟，只要有了盐，就是马料运不来，炖肉吃也可以抵挡对付个把月。没盐，才是关键啊！"

曹海林说："对，当务之急是解决盐的问题。"

曹海林思索了一会儿，接着说："只要有了盐，病号就有望了。吃点盐就有抵抗力了，身上才有劲儿，用盐水洗洗还可治好一些病。"

彭青云总是在最关键的时候，接受最关键的任务。而今他又把找盐的任务领到手，带着几个人出发了。

可到哪去找盐呢？

老百姓的盐不能动，再说老百姓也没盐了。

前些天，连里的盐所剩不多，又支援了一些给藏胞，造成全连断盐的时间提前到来了。

彭青云一伙人骑着马，走出营区，一头钻进暴风雪。

天上的云很厚，像结了一层厚厚的冰，它的一头压在远方的雪峰上，另一头铺向漫无尽头的远方。一会儿，远方的雪峰像要轰然塌毁，在雪雾中忽然不见了。

诡异的荒原风，肆虐疯狂地呼啸着。荒原，无垠的荒原，荒原风摇撼着大地，彭青云骑在"黑流星"背上，任它恣意飞扬四蹄，在如鼓如雷的叩击声中，溅出的雪雾反射出道道灵光、股股英气。

彭青云昂首望着远方，这白茫茫的雪野似乎到处都是盐山盐海，可却都不是盐。我彭青云要找，就一定能找到盐。没有盐，就可能全军覆没，有了盐，就有了劲，有了精神。老天啊，我要是有"点雪成盐"的功夫，那该多好啊！

风仍然在猛烈地刮，像是要把彭青云堵在门口不准出去。马也被风堵得直往后退，大概它们认为现在不是外出的时候，在风中推推搡搡一阵，马还没有走出营区。

就在这个时候，他们在驻地附近发现了一个布包，包内有盐巴，放在手上掂掂，有一斤多重。他们以为是老乡丢失的，就又放回原处。

这是三天前的事了。可是丢盐的老乡一直没来拿，那包盐仍放在那里。难道是哪位老乡故意送来的？难道是老乡偷偷放在驻地附近，让我们吃？

想到这里，彭青云非常感动。

老乡这样做，是很危险的。若是被头人发现，会被挖眼、剁手、剥皮，或者活活整死。那一斤盐，对于一个连队来说，是非常有限的。但却是那样珍贵、那样重要，那是一斤救命盐呀！

他们不知道走了多远。彭青云勒马停下。眼前有一座寺庙，寺庙虽然不大，但在这一带还是很有名气的。解放军有纪律规定，不准进寺庙，尽管他们此时很需要一个避风挡寒的地方歇歇脚，如果能有一碗热腾腾、香喷喷的酥油茶喝，那简直是再好不过的享受了。但纪律在那里，一个军人在任何时候都不能违纪。彭青云看了看几位战士疲劳饥饿的样子，痛下决心，说："走，我们的任务还没完成，我们一定要找到盐！"

几位战士异口同声地回答："走，找盐去！"

这时候，寺门打开了，走出一位叫仁冬的喇嘛，问他们："你们是不是当年的红军？"

彭青云感到奇怪，他怎么知道红军？

"我们不是红军，是解放军，是红军的后代。"

仁冬听了很高兴，说："我见过红军。早年我在青海时，得了急病，是路过的红军救了我的命。后来，我随父母从青海到阿里朝山拜湖，回不去了，就留在了阿里。从那以后，就再也没见过红军了。红军是我的救命恩人，红军是天底下纪律最好的军队。这些，我都知道。"

得知先遣连是红军的后代，仁冬命令全寺僧人不再念经诅咒解放军。

仁冬受到了当地反动头人的恐吓和严密监视。仁冬得知先遣连断盐的消息，十分着急。在头人的监控下，他不可能去给先遣连送盐。仁冬经过再三策划，在一个夜晚，驮一袋盐策马而去，他没敢将盐直接送到先遣连营区，而是将那一斤盐用布包好放在驻地附近，又用盐撒在地上，为寻盐小组标出一条通向盐湖的路。

第二天，彭青云一行外出寻盐，刚出营区就发现盐的痕迹。他们顺着盐迹往前走，走到了一个海子旁。

这海子面积不到一平方公里，当地人叫它"马蹄措（措，藏语"湖"之意）"。

走到湖边，盐迹消失了。

他们并不知道这个马蹄湖是盐湖，没有完全弄明白一路撒盐的用意。

鄂鲁新因口渴去喝湖里的水，水是咸的。

他高兴得大叫起来："水里有盐！水里有盐！"

先遣连断盐的历史因发现盐湖而结束了。

有了盐，兽肉不再难吃。后来，又发现偏方，用盐跟干牛粪和在一起，烧热，用袋子装好，包裹在身上热敷，可治疗高原病。用盐水清洗伤口，使不少人的病有了好转。

正是——

峰回路转现奇迹，
寻盐路上遇知己。
军民原本心相连，
雨过天晴虹更丽。

重病号请战　苦练枪法
卧战壕至死　手扣扳机

孤军深入、远离后方大部队的先遣连，必须时刻保持战斗的姿态，应付随时可能发生的战斗，而且必须取得胜利，以保证自己最终完成进军阿里的战斗任务。

他们始终紧握手中的武器，天天坚持站岗放哨，爬山练兵。

狂风大雪的夜晚，为了换接阵地上5个哨位的哨兵，他们常常是全班出动，手挽手，迎着风雪把哨兵送上哨位。高度的敌情观念，顽强的斗争精神，一直激励着先遣连的战士，日日夜夜地守卫着自己的阵地。

在李狄三的带领下，经过艰苦锻炼，先遣连战士战斗力不断提高。开始，爬上“营房”对面的山包需要两个多小时，后来，只要一个来小时就可以迅速占领阵地。艰苦的斗争环境，磨练着先遣连战士的坚强意志；火热的斗争生活，铸成了革命战士的钢筋铁骨！

弹药不足，训练器材全无，他们就自己想办法创造条件。

为了学会高原作战的本领，锻炼出坚强的体质，他们用野牛蹄子代替手榴弹练投掷；没有靶子瞄准，就用羊皮充当；患病的战士没有体力练刺杀，就卧在雪地里练射击。全连官兵精神振奋，一直保持着战斗姿态，时刻准备对付来自改则和拉萨敌军的进攻，尤其要时刻警惕哈萨克叛匪的突然袭击。

那群叛匪据说已经从藏北正向改则方向溃逃流窜，来无影去无踪，经常骚扰抢劫藏胞。他们心狠手辣，杀人抢掠，无恶不作。

但就在这时，万恶的高原病又向先遣连袭来。1951年元旦之后，被卫生员认为是“烈性传染病”的恶疾，开始在先遣连大面积流行，全连有80%以上的人先后病倒。到了最后，全连进藏时的136名官兵，只有29名没有患病或病情较轻。为了提高战斗力，先遣连要求伤员静养，下令重病号停止训练。

但许多重病号爬到连部，请求允许他们参加训练。

赵玉海已经虚弱得不行了，却还要坚持训练。彭青云劝他歇着，他说："副连长，让我参加训练吧。万一有情况，我不能冲锋，不能投弹，可只要你们把我背进战壕，我就能打枪。现在坚持训练，把枪打准了，到时候就能消灭来犯之敌了。"

三天后，赵玉海趴在雪地上，再也没起来。临死时，他手指还扣着扳机，保持着战斗姿态。

锡伯族战士西阿林全身浮肿，双眼难睁开。彭青云不让他上训练场，他就爬着去找李狄三。李狄三说："这是党支部的决议，必须执行。"

西阿林说："如果不让我训练，我就绝食。反正你们把我当废物，我不连累你们。"

第二天，他如愿以偿地被架到训练场。他把枪固定好，用一只手扣扳机，一只手硬扒开眼皮瞄准。训练半个月后，他倒在钢枪旁，永远睡过去了。

炊事班长张长富极不情愿地从靶场上下来了。

张长富全身肿得亮晃晃的，还坚持上靶场训练。熬不住了，才躺下养病。他的头上脸上都裂开了口子，天天流黄水。脸上被黄水糊得鼻眼不分，那样子真让人惨不忍睹。

先遣连还有一支王震将军送的针药"盘尼西林"，谁也舍不得用。张长富进藏那年已47岁，家有妻子儿女。连里领导见他的病情严重，几次决定给他打针，但都没有做通他的思想工作。他说："我都快50的人了，死了也没啥，求你们别劝我了。谁再劝我打那只'盘尼西林'，我就自杀。留着它吧，后面的日子还长着呢。"

早上，骆德才去看望他，他说："小骆，我不能参加训练了，也不能为你们做饭了。我心里难受得很，如果……如果能……抽一口烟……就好了。"

骆德才说："老班长，你没事。你要的烟，我一定为你找来。"

他很少向连队提要求，临死时想抽口烟，是这位老兵的最后心愿。

骆德才含着泪水，跑遍了全连，硬是没找到一支香烟。

他忽然想起来，全连已经断烟多日了。

没烟的日子真难熬。

进藏时，官兵每个人都带有几条香烟。

抽烟的人走远路，首先考虑的就是带上烟。可又没法多带，一来没有那么钱，二来多了不好带。但每个人还是想方设法弄了几条烟带上。

骆德才寄希望于烟瘾特大的兽医买买尔。进藏时，他比别人多背了一个袋子，装的全是莫合烟丝。兴许他那儿还会有一点儿。到他那里一问，才知道他也早断烟了。还好，他正用一些草叶子、茶末子、红柳叶和扎麻花等替代品当烟丝。光这几样东西是不行的，易燃，着得快，常烧嘴。他找来兔子粪，烤干，掺到里面，用羊角做了个烟斗，装上自己做的“烟”，抽着过瘾。他的烟瘾大，犯了顶不住，就想出了这个办法。

买买尔刚装上一锅“烟”，骆德才顾不得那么多了，夺过来就往回跑。

到了张长富的窝子时，他已经死了。

他摸摸张长富的手，还是热的。这位参加过孟良崮战役，从中原一直打到阿里的老兵，南征北战，东伐西进，身经百战。

没有死在战场上，却死在了扎麻芒堡的疾病中。

骆德才对老班长的死感到委屈。

老班长是他心目中的英雄，他应该死得慷慨激昂、悲壮激烈。他知道老班长在每次战斗中都是冲锋在前，舍生忘死，有“一夫当关，万夫莫开”之勇。他应该在战场的血泊中死得顶天立地、气壮山河！而今，英勇盖世的老班长却被这高原病魔折磨得苦不堪言，死得不声不响，实在让人难以接受。

想想老班长平时的音容笑貌，那种不声不响、勤勤恳恳的样子，崇敬之情，不禁油然而生。

他再也控制不住自己，扑到老班长身上，抱着老班长的尸体号啕大哭。

他一边哭，一边把烟斗放在张长富的嘴里。

老班长的嘴再也含不住烟斗了。

昆仑垂泪，高原含悲。

扎麻芒堡山谷里的风呼啸着，和战士们的呜咽声融合在一起，就像一曲英雄的交响，为老班长张长富的牺牲奏鸣着送葬的哀乐。

正是——

伤病满营先遣连，扎麻芒堡受熬煎。
病魔死神多猖狂，无奈英雄意志坚。
自力更生样样有，创造生活渡难关。
谁知天外东风劲，吹散乌云日更艳。

独来独往为战友猎食　勇杀野牛
几次搬运背牛肉下山　累死荒野

先遣连为了补充粮食的不足，征得当地头人同意，组织了一个打猎小组。

这个小组由巴利祥子为首的神枪手组成。驻地附近，野牛、野羊成群，打猎小组只要出去就有收获。

一段时间后，受惊的野牛野羊，都跑进了雪山深处，离先遣连驻地远远的，再也不敢靠近驻地。要打猎，猎手们就要翻过一座山又一座山，且收获甚微。他们只好扩大狩猎范围，每次往返都需要来回奔波100多公里。

巴利祥子不但力气大，还胆大、心细、勇敢、吃苦耐劳。一次，他一个人在深山里打中了一头野牛，那野牛中弹倒地。他以为野牛已死，刚跑到离野牛几米远的地方，野牛突然跳起来，向他撞去。原来野牛没死，只是受了伤。野牛体重千斤有余，激怒后能用头把吉普车顶翻。受伤的野牛怒不可遏。就在这千钧一发之际，巴利祥子临危不乱，眼明身捷，闪身纵出几米开外，端枪射击。一个连发，野牛倒下。巴利祥子脱离了危险。

巴利祥子还是一个孤胆英雄。他经常一个人外出打猎，怀揣干馕，单枪匹马，翻山越岭，一出去就是十天半月，每次都是满载而归。天气慢慢变冷，他常常在冰天雪地里，晚上裹一件皮大衣，顶不住，就把剩下的野牛皮趁热裹上，卧雪窝，啃干粮，咽冰雪。在这莽莽荒野中，他独往独来，攀危蹈险，日夜奔波，在一个个神秘恐怖、静寂寒冷的夜里，俯冰卧雪，设伏追踪，真像一位出没于冰山雪野中的的狩猎神。

但他毕竟不是铁打钢铸的，由于长期翻山越岭，吃不好，睡不好，风餐雪宿，就是铁打的汉子也招架不住。他一天天消瘦下去，脸色也变得蜡黄。李狄三等指战员们，都心疼这位勇敢而不知关照自己的英雄。李狄三劝他休息，他说："没事儿，这样的地方，得点小病没事儿的。"没几天，他的腿发肿，还咳血，他保守着这个秘密，没让任何人知道。他每次回到连里，都是一副乐呵呵很高兴的样子，表现出身强力壮的威武。

当王震将军在新疆撕开1951年的日历时，这个先遣连里剩下的马已经都不能骑了，打猎组的几个人也先后病倒。

天气越来越冷，腊月天正是暴风雪猖狂的季节。巴利祥子坚持外出，每次都拉着一匹骆驼走，为的是回来时驮野牛野羊。

彭青云从两水泉运回几袋马料，用石头把玉米砸碎压细，连里每天能吃上两顿玉米稀饭。李狄三让人搞了个馕坑，给打猎组的战士烤馕。可巴利祥子不带，分给他的，他都悄悄留给了重病号，他自己全靠肉干充饥。连里缺盐，没盐的肉干难吃得要命，可一天吃上三顿，过不了几天，那肉干就又腥又臭，闻到就要吐，但吐了还得吃。连里为此定下一条纪律，凡干部党员，一律带头吃肉干，吃得多给立功。

巴利祥子每天都自觉吃肉干。一次，巴利祥子咳血，被打猎组的战士看见了。他庄严地向负责打猎组的参谋周奎祺和战友们请求，希望大家不要告诉连领导，为他保守秘密。在他的再三要求下，打猎组只好答应了他。

牺牲那天，他和鄂鲁新在一起。为打一头野牛，他们进入到革吉宗境内。他边走边咳血，但还是顺着野牛的蹄印迅速走着。从蹄印上看，这是一头大得可观的野牛。

天黑了，他和鄂鲁新在一个山洞里住下来。这时，他发现他们追踪的不只是一头野牛，而是一群。他们找到一个很好的位置，等那群野牛下山。

野牛群蹒跚着来了。

他们连续打死了好几头。两个人很高兴，接着就犯难了。

几头野牛几千斤重，怎么搬得回去？放在山上又怕被狼吃掉。他让鄂鲁新回去牵骆驼，自己留下来看守。

鄂鲁新下山去了。几头野牛死后已变得僵硬。他把手伸到皮毛深处，死牛身上还没有完全冷，还有点温度。如果这个时候剥皮，还来得及。再待一会儿，牛全冷了，就彻底僵硬了，那样就不好再剥皮了。他顾不上等鄂鲁新回来，一个人动手剥皮。把剥了皮的肉分成块，一块一块背下山，一直忙到深夜。忙完，他感觉很累。

他已虚弱不堪，在雪山上吐了好几摊血了。

鄂鲁新回来时，看到雪地上的血迹红得像红艳的花。他一下子猜到，是巴利祥子又吐血了。顺着血迹找去，巴利祥子正裹着一张牛皮躺在雪地上。

天实在太冷了，巴利祥子趁热把刚剥下来的牛皮裹在自己身上，牛皮冻在他身上扒不下来了。回到扎麻芒堡，巴利祥子再也起不来了。弥留之际，他说："我还不想死，我还要为战友们打猎。我还没有到噶大克，我还没有完成任务，我还没能回趟老家。"

1951年1月7日，巴利祥子去世了。

他的牺牲，使得官兵们异常悲痛，蕴蓄无限悲愁的扎麻芒堡荒原，收留了这位可亲可爱的英雄。扎麻芒堡那寒光点染的草原，那野花瓣簪满秀发的草原，那风闲风静、草黄草碧的草原，那牧草嫩绿扎麻灌丛带刺的草原，覆盖不住的褐色厚土，接受了这位骑兵用马蹄的亲切叩访，收留了这位来自远方的朋友，珍藏起这位顶天立地的英雄。

他为了这片草原牧民吉祥日子的到来而精力耗尽的那一刻，高原风和当地牧民一起，以永不疲倦的涌浪的力量，呼唤着英雄的名字——巴利祥子！他威武的姿影，单枪匹马的胆气，他唱给家乡的悠长的情歌，蒙古族人民响亮的鞭声，都将被这片土地永远地怀念着、珍藏着！

当彭青云从周奎祺的哭诉中，得知他隐瞒了巴利祥子的病情时，疯了一样抓住周参谋的衣领，狂吼起来："保什么屁密！你这不是害了他吗？为什么不告诉我们？我真想毙了你！"

"扑通"几声，打猎组的其他战士全跪在彭青云面前。鄂鲁新哭着说："副连长，不能只怪周参谋。巴利祥子的病，我们狩猎组的同志都知道。我们没法不答应为他保守秘密。"

彭青云没等鄂鲁新说完，也双腿跪下，和战友们面对面地泪眼相望，心痛欲裂，和大家抱在一起，痛哭起来。

哭声摇撼着扎麻芒堡。

送葬那天，李狄三爬出帐篷，为巴利祥子送行。李狄三也病得不轻。全连起不了床的病号，让战友们扶着、抬着，参加了葬礼。

四周的雪山沉痛地低着头，悼念这位英勇战士。

按照蒙古族的葬仪，人们将巴利祥子用四张野马皮裹好，放下墓坑，全连官兵一齐跪下。

李狄三跪着致悼词。他说："如果说我们是亲如手足的集体，那么最先倒下的，往往是这个集体中最强壮的。巴利祥子同志是为了我们这个集体，积劳成疾，英勇牺牲的。我们活着的人，只有更好地活着，至少是要争取活得更久一些，才能完成他未竟的事业。活着，已不是为了别的，而是为了完成我们共同肩负的使命。"

在骑兵师的历史上，记录着巴利祥子的赫赫战功——

他和他的打猎小组，共猎野羊210只，野驴123头，野牛122头，野马74匹，共计6500公斤。先遣连正是靠这6500公斤兽肉，度过了一个缺食少粮的漫长冬季。

在先遣连的历史上，写着巴利祥子草原比赛拉断阿里"第一弓箭"，威震四方的英雄事迹。

巴利祥子永垂青史！

正是——

人烟千里何渺茫，单骑独行狩猎场。
冰天雪地总一色，一颗红心永向党。
愿为祖国献青春，重病只当是轻伤。
壮士埋骨雪山外，远征阿里不思乡。
顶天立地大英雄，撼天动地英名扬。

李子祥说，在扎麻芒堡，开始时，牺牲者都埋在距离营地两三里地远的一个向阳坡地上。后来，由于无力将死者运送到这个距离，他们就在战壕旁边埋葬死者。为了防止被阿里地方政府发现大量减员，除了李狄三以外，所有死者都是平坟下葬，不立坟包、墓碑。

"我们那些战士好啊！能吃苦，没一个开小差的。曾经跑了两个战士，但一个月后又都跑回来了。"说起先遣连的战友，李子祥的声音有些哽咽，眼睛里闪着泪光。李子祥说，他一辈子都不会忘记那两个战士。这两个战士都是神枪手，回来后就编在巴利祥子的打猎小组，为先遣连的生存自救立下了不小的功劳。

"我们能活下来，全靠西藏的野牛和野羊。"李子祥说。

病魔死神逞恶肆虐扎麻芒堡
四个银元交上最后一次党费

没有人向营地进攻或射击，但是死亡阴影时刻笼罩着他们。病魔随寒冷的风向扎麻芒堡袭来。

先遣连不少官兵都病倒了。大家都知道自己得的是同一种病。一旦染上，起初几天暴饮暴食，胀破肚皮还觉得饿。维吾尔族战士穆萨，刚得病的时候，一连三天，每顿饭都能吃掉一条野羊腿。随后，连续几天不吃不喝，身体开始发肿，从脚腿开始，一直肿到头上，亮得吓人，用手一按就是一个坑。要不了几天，就肿得全身的皮裂开一道道口子，不停地流黄水。再过几天，眼睛就发红，什么也看不见，人也就快要完了。

藏族翻译、幸存下来的先遣连战士乔德禄说，先遣连的“一个一个小伙子”，没有一个人能够痛快地死去。

躺在地窝子里的病员，并不会大口喘气，而是若有若无地呼吸，仿佛一块无形的巨石压在胸口。抚摸自己浮肿的身体是一件很奇怪的事情，好像在触及别人的肢体，又好像自己被陌生的东西接触。如果用完好的手指使劲按，会有半个手指淹没在黄色发亮的皮肤里，但是很难感受到肌肉或者骨骼。这时只能轻轻抽回手指，因为已经感觉到皮肤下面流淌的组织，生怕将表皮戳漏。

先是浮肿，最后皮肤迸裂出黄色的液体。一个又一个先遣连战士重复着这个痛苦的死亡过程。

地窝子虽然勉强可以遮蔽风雪，却阴冷潮湿，更加重了病情。

出现浮肿的另一个原因是饥饿。

当时没有人知道这就是高原病，更不知道治疗的办法。接连倒下的战士，使这种病看上去更像是一种传染病。

先遣连只有徐金全一个卫生员，死活忙不过来。为了解决这个怪病，卫生员徐金全建议，患病的士兵全部隔离，并在天晴时到地窝子外晒太阳。这种简易的“太阳疗法”并没有取得效果。

根据后来的分析，这并不是传染病，而是高山反应引发的脑水肿、肺水肿。但当时的人不要说以前没见过，甚至连听都没有听说过。

卫生员徐金全自己也病了，他一直瞒着大家。连里除了红药水和绷带外，再也没有别的药物。徐金全强打着精神，不顾自己的病情，忙里忙外，一会儿安慰这个，一会儿开导那个，鼓励大家保持乐观情绪，战胜疾病。没几天，他的脸也肿得发亮，跟大家差不多一模一样，他再也瞒不住了。

不久，他也死了。

每一个战友牺牲前，李狄三都想到了，用王震司令员赠送的那4支盘尼西林来救人。但无一例外的是，哪一个病号都坚决拒绝使用，坚持要把“救命药”留给别人。李狄三不知召开了多少次党支部会议，形成了多少次决议，最终结果是连一支盘尼西林都派不下去。

把生存的希望留给战友，以无畏的姿态迎接死亡，先遣连官兵以慷慨赴死的壮举，铸就了勇于牺牲的不朽军魂。

壮士断腕，有进无退，绝地反击，破釜沉舟。

战士们将红旗裁成一个个小块，弄成了“决心牌”，蘸着锅底灰写上战斗誓言，缝在胸前。

军人大会上，李狄三举起拳头，带领大家宣誓：先遣连只要还剩下一个人，这个人就要像钢针一样扎在藏北大地上！

1951年1月，先遣连向独立骑兵师发出了三封电报。1月2日的电报称：现在这里作战现象是不存在的，就是病号多，病马多死马多，我们没办法制止这个问题发生。

随后电报称：全连18名病危者，前几天死亡了两名，其中一名拉肚子，一名全身发肿皮质破裂而死。62匹马完全不能使用。上午晴朗下午刮大风，寒暑表损坏无法报告气温。

第三封电报：新发生较重10名，放马、放哨、打柴都靠10多个人担负。

病员特别多，烧柴也就多，打一周柴烧不了两周饭。战士不吃饭怕犯病，多数人吃但吃得少。马有30匹，全乏不能骑。衣服95%以上完全是破烂的了，袜子完全没有了。

1月31日，王震将军致电新疆军区：

病员情况十分严重，向当地群众调查治疗方法。一待开山，即派出较好医生。二军应研究此种病因，电告该连，治疗参考。

人民政府想方设法援救这支孤军。和田地区各族人民捐献出2万多头毛驴、237峰骆驼、164头牦牛和370匹马，组成了首尾相接可达100多公里的驮运线，一批批不停地给先遣连运送军需给养。但是，真正运到藏北的，不到总数的十分之一。这一天，一位病情十分严重、生命垂危的同志，在地铺上举起手来，向党宣誓："只要还有一口气，就坚持到底。"

其余的人也跟着举手宣誓："只要还有一个人，就要把红旗插到噶大克。"

同样处于病痛中的李狄三，喊来王惠志，让他把先遣连这两句誓词，作为春节贺词发送给师部军部。

誓词通过电波传到迪化，王震将军夜不能寐，推窗遥望昆仑，又把目光移向阿里方向，不由得泪水湿襟。他心情激动而又沉重地举起手来，向先遣连敬了一个庄重的军礼，疾步走到写字台前，亲笔拟电，向西北军区报告先遣连的情况和决心，为英雄们请功。

就在给首长发去贺电的当晚，李狄三僵卧床头，创作了著名的《顽强歌》。

年轻的战友刘守时，在1951年2月5日死去。在生命的最后一刻，他口里还不住地念着"噶大克"。

这一天，正是农历的大年三十。同在这一天死去的，还有战友宁文秀。

长长的队伍，缓缓走进山坡，给宁文秀、刘守时送葬。

回到驻地，战士们全都坐在地窝子里，谁也不说一句话。

李狄三挣扎着坐起来，让大家把几天前扎的灯笼点上，挂起来；又让通信员王万明抱来柴火，燃起一堆篝火。

王万明扶着李狄三走出室外，大家跟了出来。

李狄三举着一支火把站在雪地里，大声说："同志们，今天是咱们进藏后的第一个除夕，又有两位战友离开了我们。过年了，咱们不能再难过啦！让我们一起在心里默念他们的名字，请先走的同志回来，和咱们一起过个团圆年吧！”

接下来，在凄凄惨惨的氛围中，文书宣布春节晚会开始。

大家在哭声中唱起了《黄河大合唱》《解放区的天》《南泥湾》。

接着，李狄三开始教唱他自己最新创作的《顽强歌》，这是他献给先遣连官兵的新年礼物。

进军藏北先遣连，不怕苦来不怕难。
寒冬将尽阳春暖，坚持会师在高原。
多出主意想办法，鞋袜烂了兽皮扎。
衣服破得开了花，用条麻袋补住它。
赤胆忠心为人民，越是艰苦越光荣。
红旗一杆插藏北，春风万里度昆仑。

唱完，李狄三说：“摆在我先遣连面前的路有两条，一是坐以待毙，等待死亡；二是团结一心，奋起抗争，绝境求生。战友的死，让我们都很悲伤，但我们决不能让悲伤击垮。新年一到，普天同庆，我们先遣连岂能陷在悲伤中不能自拔，让我们唱起来、跳起来吧！”

雪地上燃起了熊熊篝火，所有的人都走出来，陕北的大秧歌、蒙古族的筷子舞、新疆的萨玛舞、藏族的踢踏舞，在雪地上、火光中交错辉映，歌声、喊声、口哨声、哭声、笑声与风声齐鸣。这里没有山珍美味，没有鞭炮花烛，没有亲人围坐，没有一句祝福，没有一个观众，战士们连一身过年的新衣服、一顿过年的饱饭想都不敢想，只有不知疲倦的星星，远远地眨着眼睛陪伴着他们。长期处在重重磨难、身心交瘁中，大年夜，再不放纵宣泄一下，人岂不是要得精神病吗？

大年初一，遥远的边疆升起第一缕霞光，荒原上响起了嘹亮的军号声。先遣连官兵们相互搀扶着走出了地窝子，重病号们也让战友们抬了出来，站到为祖国拜年的行列里。

当太阳刚刚爬上冈底斯山，全体官兵列队敬礼。在陈信之的领诵下，齐声祝愿：

给伟大的祖国母亲拜年！

“祖国新年好！”

“毛主席、朱总司令新年好！”

实际上，到1951年2月，先遣连看起来已经陷入绝境，只有电台时断时续地与新疆取得联系。

高原的二月是风季，也是先遣连最艰难的日子。春节前后，先遣连几乎每天都有人死去，每天都要送葬。一些人抬着战友的尸体死在了送葬路上。三月份，是牺牲最多的一个月，有3个班的战士全部去世，好多地窝子都成了空穴。3月7日这天，全连一共举行了11次葬礼。开始时，他们把战友抬到二三里远的向阳山坡，选一个好地方埋下。死的人多了，坟墓离土窝子就越来越近了。

后来，活着的人，已经没有力气把尸体抬到更远的地方去了。

于洪是第一野战军有名的战斗英雄，在壶梯山、金集镇等战役中有着不凡的表现，立过大功，几次负伤又都重新站了起来。他的英勇顽强和赫赫战功在全军闻名。这位钢铁大汉在战火中出生入死，刀光剑影、炮火硝烟、腥风血雨都对他无可奈何，几次大难不死。但参加先遣连挺进阿里，却被扎麻芒堡的高原病拿住，全身浮肿，动弹不得，疾病把他折磨得奄奄一息。

在生命的最后一个月，他一直顽强地与疾病作斗争。解大小便困难，他硬是不让别的同志背，而是将自己的两只手套上鞋，一点儿一点儿地爬出去。二月初，他突然发现自己起不来了，全身像是捆着绳子。原来一双走南闯北的腿，如今硬是迈不开步子。临死前的那个晚上，他把皮筒子套在手上，爬到也在病中的甘玉兆的地窝子里，深情地对甘玉兆说：“我还有4个银元，放在你这里，替我拿着，这是我一生中最后交的一次党费。”

“你怎么能说这些话？”甘玉兆说。他心里已经明白了几分。

“实话告诉你吧，我挺不下去了。你要把我们这个班带好，要服从命令，多争取一些最苦最累的工作。现在班里没有几个人了，同志们都走了，我的病看来也拖不了几天了。西藏还没有解放，大部队肯定快来了。你要把他们带出去，困难快到头了，可惜我也要走了。等西藏解放的时候，给我烧些纸钱吧。”

他说完，爬了出去。

第二天，于洪牺牲了。

正是——

英雄连队出英雄，天戈万里下风霆。
生命禁区遇病魔，敢与死神动刀兵。
死神纵有千般恶，英雄含笑仍从容。
皮开肉绽不怕死，死也要与它抗争。
英雄自古多奉献，为国捐躯更光荣。

2月25日，先遣连致独立骑兵师的电报说：

近两日病故战士三名（班长副班长战士各一），马匹现只剩四八匹，其中有一四匹能用。气候每日下午大风，甚至连砂子小石都可刮起来。

这一天，中央军委向王震及西北局、西北军区发电：

既如此困难，请考虑于开山后将该部队撤回新疆后，即解除入藏任务。

王震及西北局、西北军区复电：

有把握克服入藏的各种困难，希望仍按原订计划执行入藏任务。

在先遣连及后续部队所总结的《进军路线沿途调查材料》中，这样描述了扎麻芒堡：

一块流沙中之绿洲盆地，四周靠山，每一个山顶英雄连都构筑有野战工事，地形较为复杂，为军事上良好之阵地，有泉水味不佳，柴草丰富，但较远。气候不好，每天下午刮大风，人们一举一动都感到呼吸困难，时常有病员发生，其病症大都为身上浮肿，医治无效，日益严重。

躲匪袭　译电员为保密码背箱爬山坡
出奇迹　流大汗打通脉络顽症得治愈

王惠志老人是先遣连指战员中染上高原病患者的唯一幸存人。他能够健康地活下来，是一个奇迹。

2003年10月23日上午，我和李佳俊一起，在西安临潼东大街周家场22号，采访了这位老人。

他告诉我们，他原是二纵队第四旅政治部宣传队的一名宣传员，1949年10月调到南疆军区司令部机要处学译电，1949年10月1日入党，1950年8月1日加入先遣连进军阿里。

王惠志说："翻过界山达坂，到了阿里境内，一个人影都看不到。找不到老乡就没法开展群众工作，离开群众，官兵们就像离开了水的鱼，简直没法生存。我们开始四处找群众，走了很远的路，吃了很多的苦，却找不到群众。我们带的粮食吃完了，指导员李子祥去找吃的，两个手指头都冻掉了。李子祥是个好干部，待人随和，没有架子。"

作者向老英雄王惠志敬献哈达

说起那场将先遣连整治得奄奄一息的高原怪病，老人一点儿都不骇惧，那份生死从容的淡定，是常人无法企及的。

"说起来，还得感谢那次敌情。"

老人说，一天，先遣连得到情报，哈萨克匪首侯赛因要袭击扎麻芒堡。李狄三、彭青云研究决定，支队立即组织人员上山，占领制高点，随时准备防守反击。

然而，这时正是先遣连满营病员的时候。战士们都病得很重，不少官兵全身发肿，有的已进入病情中后期。一听说哈萨克匪徒要来，官兵们的战斗激情被点燃了。这么长的时间，一场仗都没打过，却被疾病捂在扎麻芒堡，真是有气没地方出，有力没地方使。哈萨克匪徒要来，有仗打了，官兵们的精神也来了，能起来的都起来了。平时看着起不来的，不少人也都摇摇晃晃地起来了，都愿意立即投入战斗。很快，所有制高点、军事要点都部署完毕。大炮、机枪就位，专等敌匪来临。

“我那时也得了高原病，病得很重，全身肿得像气吹的一样，两条腿肿得很粗，沉得像灌了铅似的。看着地窝子里的战友们一个个被抬走埋葬，我知道自己也快要死了。死并不可怕，但等死的滋味却不好受。那时我还未满20岁，人年轻，思想简单。我想，即使死，也要死出个样子，干脆把一直没舍得穿的军装从包裹里找了出来，勉强穿在身上，然后静静地躺在地上，心安理得地等死。”

对这种高原怪病的症状，王惠志记得特别清楚。他说：“一旦生病就会特别能吃东西，然后开始浮肿。继而不再进食。短则几天，长则二三十天，浮肿就遍布全身，眼睛都无法睁开。”

“这天一听说敌匪要来，我昏沉沉的头一下子清醒了很多。首先想到的是，密电码还在我的箱子里。如果让哈萨克匪徒截获，其后果不堪设想。可以说，这密电码比我的生命还重要。怎么办？同志们都上山了，能走的都走了。这密电码该如何处理与安排？”

“想到这里，我的头又晕了。必须把密电码弄到山上，交给同志们保管。我横下心来，反正自己快要死了，命已经没用了。战友们大都陆续死去，我的死，也只是一个时间问题。不如趁还有一口气拼它一下，把密电码弄到山上去。想到这里，我找来绳子，把一个长60厘米、宽40厘米的箱子横七竖八地捆起来，背在背上，往山上走去。这个箱子是我平时学习、吃饭用的桌子，不仅体积大，木料厚，还有点重。我不管这些，一股劲儿，平时根本迈不开步的腿，竟奇迹般地挪动了。开始是一步一步慢慢走，后来则可以加快一点儿了。”

"听说哈萨克匪徒要来，气氛很紧张。战友们做好了战斗准备，又跑下山搀扶病号转移到山上。病号走不动，但大家都尽量加快速度转移，尽快进入安全地带，以防遭到敌匪的伤害。"

"我背着箱子往山上走，已累得支持不住了，也不敢把箱子放下。放下恐怕就再也拿不起来放到背上了。我只能坚持，每走出一步，都要付出极大的努力。我一步一步艰难地往前走。我本来就患有高原病，高原病是因为缺氧所致。现在我背着箱子往山上爬，就像一条被扔到岸上的鱼，张着大口喘气，还是觉得气上不来。脸上的汗珠在寒气中一颗一颗往下滚。我不停地警告自己，不能泄气，不能松劲，累死也要把密电码背上山。王惠志，你是好样的，什么时候都不能当孬种。把密电码背上山，死了也心甘，死了也放心。想到这里，就觉得有一股子劲儿从骨子里、血液里冒出来，直往上顶。我全身所有的力气都被调动出来了，这股力气变成了不容气馁、不容退却的忍耐和毅力。"

"腿是自动在走，仿佛已经没有知觉，正在同我的身子分离，我的身子在极端痛苦和疲累中挣扎，像是一个快要爆炸的炸弹，已经失去了支配双腿的能力。而两条腿像闹钟一样，是自己在行走着，一步一步地往山上爬。山坡上石头很多，我不断提醒自己，必须小心，不能滑倒，千万不能滑倒，倒了就再也爬不起来了。"

"血往上涌，劲往外出，全身冒着热气。我身上仿佛安装了一台蒸汽发动机。我弓着身子，每一颗石头在我的眼皮底下都看得清清楚楚。一百多米的山坡，对于一个病重等死的人来说，是一个多么漫长的距离。往山上爬，更是不可思议的事情。我咬着牙，流着汗，竟一步一步地爬上去了。"

"到了山顶，我迅速把木箱放下来，感觉一身轻松。冷风吹着我满是汗水的身子，像是淬火的红铁块一样，发生了意想不到的变化——全身的关节松动了许多，筋络也松动了许多。我活动一下身子，不仅可以走路，还可以蹦起来。"

"这种神奇的变化，使我的生命得到了复苏。我知道，自己得救了。打那以后，我的病一天比一天好。我活了下来。我是先遣连得这种病的人中唯一存活下来的人。"

"本来我们报务组里有5个人，除了我还有一名电台长、一名报务员、两名摇发电机的战士。最后，只有我和报务员得以幸存。两名摇发电机的战士，直到浮肿蔓延至手臂时还在工作，抬到地窝子后不久就去世了。我记得其中有一个战士名叫桑必强，临洮人。”

谈完这些，王老又说起他最敬佩的李狄三。

“开始，我和另一个译电员两人住一个帐篷，离连部很近，和李狄三基本上住在一起，和他接触较多，印象也深，一辈子都忘不掉。”

“李狄三是个大个子，有一米八的样子，有点瘦，很硬朗，脸上还有几颗麻子。他有文化，有思想，有修养，分析能力强，遇事沉稳冷静，处理问题果断坚决，是全连的主心骨。大家都信任他，只要有他在，似乎什么问题都可以解决，什么困难都能克服，再艰巨的任务都能完成。因此全连战士人人都服他，尊重他。他是我们先遣连的灵魂。他在同志们心目中有很高的威信。他有摧不垮的钢铁意志，有洞察复杂形势的敏锐目光，有将险境、困境化为胜利的铁腕和奇谋。他有胆识，有豪气，有关键时刻亲临前线查明敌情的求实作风。他是冰雪世界中一位真正的战神。”

“进藏前，我从来没有骑过马，从马的这边上，从那边滚下来。李指挥用两只有力的大手把我揪起来，放到马背上，教我骑马。每次行军，他首先看我上马没有，我上了马，他才上马。”

“我是先遣连年龄最小的，那时刚18岁，李指挥叫我小鬼，大家也跟着叫我小鬼。”

“先遣连里只有我和李指挥是河北人，说话口音接近。他常对我说：‘我比你大几岁，是你的老乡。有什么事情，有什么困难，就找我说。我们都来自师部，我更应该把你关照好。译电工作很重要，你要努力，争取进步。’”

“李指挥常帮我们摇马达，把电台安排在他的住处附近，还经常教我们学文化。他真是一位好领导，我永远也忘不了他的音容笑貌。他好像常常在我身边。他能实事求是、公平公正地对待每一个战士和干部。”

“李指挥对曹连长很器重。曹连长虽是旧军人出身，有军阀作风，有时打骂战士，但他对战士很真诚，处理问题也果断，打仗也勇敢，还能努力改造自己。李指挥曾说：‘别看他是旧军人，还是想进步的。’”

“彭青云副连长和李子祥指导员，是李狄三的左臂右膀。尤其是对彭青云，既欣赏，又信任，常常把最重要的任务交给彭副连长。”

我插话说：“王老，你们到了扎麻芒堡后，是怎么度过那段艰难岁月的？”

王老说：“天不亮，起床号就吹响了。大家集合起来，由彭副连长带队，进行爬山训练。大概要训练一个多小时，回营地吃早餐。早餐后是学习，学习文化，包括学识字、学民族政策，由李狄三和李子祥给我们上课。下午，就是自由活动时间，除了下棋、晒太阳之外，我和几位战士经常结伴而行，到附近的山上、草甸去看风景。”

“我无法形容那风景有多么好。躺在草甸上，看天，天蓝得深不见底，好像那里面藏着很多秘密似的，让你猜不透，好像随时都可能有什么奇迹从蓝天深处冒出来一样。在太阳的照射下，云显得特别白，白得透亮，有些云丝飘洒下来，就像我们先遣连的那匹白鬃马的鬃毛一样飞扬。我常躺在草地上，看那些像马的云，一簇一簇，真像我们的马队，威武而潇洒。当骑兵的时间长了，对马也有了感情。我特别爱看先遣连挺进时群马从坡上俯冲下来如山洪直泻、大浪排空的壮阔场面，那时候骑在马上真过瘾，真带劲儿，一会儿是轻快的腾跃，一会儿又转入狂飙似的疾驰，一会儿跨山谷，一会儿过冰河，真是昆仑冰雪冻千尺，铁马冰河叩梦来。”

王惠志老人退休后，对书法有浓厚兴趣，每天都到老年书法班去学习，已经两年多了。从他房间里悬挂的他的书法作品看，已经有了很深的功力。他还创作一些诗词，自己书写。一个骑兵，练起书法来一笔一画都有飞奔的意韵、剽悍的气势。

我在他的书法作品面前站了很久，欣赏了很久。从这些书法作品里，我能感受到他当年金戈铁马般的英雄气概。

人类曾经做到的最高贵的征服，就是征服了豪迈而剽悍的动物——马。马和人一起，分担着疆场的惊险与劳苦，也同享着战斗的激扬与光荣。马和它的主人一样，具有无畏的精神，危急当前慷慨以赴，奋勇腾跃。它听惯了兵器搏击的声音，敢于在战火纷飞的硝烟中穿越。这些天之骄子、时代精灵，虽然在不同历史时代负载着不同的使命，效力于不同的主人，但从它们身上，我们可以强烈地感受到一种书写历史、推动历史、改造历史的一往无前的大无畏的气概。中国人民解放军骑兵先遣连，更是负载着踏碎旧世界的历史使命，战马铁蹄，叩开了封建农奴制度沉重的大门，打开了阿里光明的未来。

王惠志老人继续说："到了晚上，要开全连官兵会议，人到齐后，就唱歌。由于我年纪小，是一个活跃分子，爱说爱唱，李狄三点名先让我唱，唱《白毛女》《刘胡兰》，还有秦腔段子《穷人王仁厚》《兄妹开荒》《红布条》等等。我唱后，大家又一齐唱。唱完歌，由李狄三总结一天的工作情况，表扬好人好事。后来，病员愈来愈多，病情也愈来愈严重，但每天的生活节奏基本没变，连队里歌声不断，充满了革命的激情和乐观主义精神。"

"为了和敌人做长期斗争，我们在冬季仍进行各项军事训练和学习。没有纸，同志们用牛皮、羊皮、木板当纸用；没有笔，大家用扎麻条（一种植物的秆）削个尖，蘸着锅灰写字；连里把干部们自己的书集中起来，做政治课本用；练兵没有手榴弹，就用刀子割一头大一头小的牛皮，缝成筒儿装进沙子，当手榴弹练投掷；把坏了的帐篷撑竿，做成木枪练刺杀。我们创造一切条件，搞好学习和练兵，使连队保持着旺盛的斗志。"

"但是，能征善战的先遣连官兵，遵守和平协议，决不与藏族群众冲突。"王惠志回忆说，"有个藏族小伙子看好他们的步枪，就骑马从背后袭击了一个战士。战士听见声音回头时，对方一刀砍在步枪上。我们的战士没有还击，只当是对方喜欢自己的步枪，就摘下枪来扔了过去。藏族小伙子跳下马，给战士磕了一个头表示感谢，才提枪离去。对这件事，连里的领导都认为这个战士处理得当。"

情况恶化身陷绝境　面临艰难无惧色
死神逼进牢记使命　微笑到死英雄相

先遣连死亡的频率加快了。

为了不影响重病号的情绪，大家互相隐瞒着。时间长了，谁也不知道究竟谁还活着，谁已经死了。3月，有几个地窝子的人死光了。张海堂的那个班，原来3个地窝子都住不下，后来死得只剩下1个人。

马匹也在大量死亡。进藏时，二军领导为连队挑选了最好的马匹，由于辎重多，全连平均每人两匹战马，还有骆驼和骡子400多匹（峰）。到3月，已经死得只剩下20多匹（峰）。这些马还在继续死亡。放马的战士，每死一匹马都哭一次，最后哭得看不见东西了。

李狄三病得起不来了，腰身以下全肿了，他躺在炕上，召开支委会，严肃地说："目前，我们的情况很不好，各方面对我们的威胁都很大。尤其是这种高原病，让我们的几十位同志都牺牲了。我们还没有办法对付这个敌人，这对我们坚持到大部队进藏、解放阿里很不利。我们一定要消除悲观恐惧心理，坚定信心，坚持到底，发扬革命的英雄主义、乐观主义精神，眼光放远一点儿，心情愉快一点儿。笑，也是一项任务，也是一场战斗。我们要用笑来战胜病魔，哪怕到最后只剩下一个人，也要笑着离开人间。"最后，他庄重地提议："请党员同志们记住，笑，是党赋予咱们临死前的最后一项任务……"

战士们都按照连里的决定去做，把笑着死去作为自己的最后一项任务。

3月成了死亡高峰期，起不来床的人越来越多。但连里的4个岗哨，什么时候都需要人守，也总是有人在守。

陈忠义为能在最后的日子里多替大家做点事，搬到哨楼里住。大家不忍心，又把他背回地窝子。他急了，气得骂道："老子得的是传染病，都离我远点。让我死在这里，比死在地窝子里强！"不久，他在哨位上心脏停止了跳动。

刘好杰是新疆"9 · 25"起义的战士，平时比较懒散。生病后却变了个样，工作很积极，护理、照顾其他战士非常尽心。直到站不起来了，还爬着给战友倒粪便。彭青云劝他休息，他说："副连长，我知道自己没几天活头了，得做好事。平时大家关心我、爱护我、信任我，能在解放军的连队里受教育，是我三生有幸。我就是一块石头，也该被暖热了。常言道，人死留名，雁过留声。我活着不能留名留声，只希望大家能原谅我，只希望自己不背着'熊兵'的名声去见阎王爷。"

刘好杰牺牲的那天，问班长："上次我犯的'误岗'的错误还算不算？只可惜，我没时间了，没有机会改正了。"

班长紧握住他的手，流着泪，哽咽着说："好兄弟，不，不算了。"

刘好杰听了，脸上浮现出一丝欣慰的微笑，满意地闭上眼睛，离开了人世。

他死了，脸上的笑容却保持了很长一段时间。

暴风雪已刮了几天几夜，风还在不停地刮，雪还在不停地下，没完没了。大雪弥漫中，四周的冰山亮晶晶地闪着寒光，像一群白发老人被冻得缩着身子发抖。

那天，葬礼结束后，人们仍旧肃立在冰冷的暮色里。

纷纷扬扬的雪仍旧下着，官兵们从头到脚都铺满了雪花。他们面对着远方的雪峰，站着一动不动，像雪峰冰山那样坚定威武。彭青云拔出刺刀，在空中舞着，凛冽的寒光，闪电般闪耀在暮色里。他用另一只手拿起马鞭，用刺刀在马鞭上面哆哆嗦嗦地刻下一条深深的刀痕。每死一名战友，他都在马鞭杆上刻一道痕，以示纪念。他自言自语地说："但愿这是最后一道刀痕。"

刀痕刻在马鞭上，也刻在他心里。他从不敢去数那些刀痕究竟有多少道，他也不知道以后会增加到多少道。刀痕每天都在无情地增加，一天死去11人那天，他刻着刻着，刻得手都软了，心都碎了，最后他再也支撑不住，一头栽在地上。

他从雪地上爬起来，艰难地走回连部。曹海林站起身来，看到彭青云满脸悲伤，明白了几分。迟疑片刻，缓缓走向彭青云，两人面对面，相互看着，然后扑向对方，“哇”的一声，两条铁打的汉子，几乎同时哭出声来。

随着战友们的相继离去，一天又一天，扎麻芒堡承受着日复一日的悲痛。

李狄三挣扎着坐起来，要过彭青云的马鞭，靠在墙上，痛苦地闭上眼睛。他像抚摸自己的孩子一样，轻轻抚摸鞭杆上的刀痕。每划过一道，周身都会一阵痉挛。他用低沉沙哑的声音说：“你们别这样，战士们看见，会影响士气。马鞭上已有了37道刀痕，37位同志离开了我们！多好的同志，他们中好多人都身经百战，出生入死，可以战胜任何凶恶强大的敌人，却未能战胜饥饿寒冷中的疾病。”

正是——

马鞭一道痕，战友一条命。
条条印痕镂哀思，纯洁友情刻在心。
用它催战马，战马常飞奔。
战马飞奔追战友，追来雪域万年春。

噩耗一个接一个传来，喀喇昆仑那边的王震将军急得直跺脚。在先遣连告急的一个月前，救援工作早已紧张地开始了。

元旦前，王震司令员指示驻扎在南疆的喀什军区要“尽最大努力，恢复补给线”。

春节前，左齐副政委几次奔赴和田，亲自指挥救援工作。

在和田各族人民的支援下，指挥部很快筹集了1700头毛驴、牦牛和骆驼，半个月内分三批先后进藏。第一批500头毛驴组成驮运队，没有翻过界山达坂就全部倒毙；第二批又是500头，只有16头翻过界山达坂，但在失当古宿营时，又全被埋在雪里，还有两位维吾尔族民工为此献出了生命。

两次救援未成功，王震再次指示：“不惜代价，疏通运输线。”

离1951年春节还有26天，第三批707头毛驴牦牛组成的驮运队，载着1.5万斤给养、药品、盐巴和年货，从于阗县出发。左齐将军到于阗县为驮运队送行。于阗县县长代表驮运队表示：“就是只剩下一个人、一头驴，也要把新疆各族人民的心意送到先遣连。"

维吾尔族战士驮运补给

然而，人有情，天无情。25天后，第三支驮运输队走到界山达坂时，只剩下了30多头牦牛。进藏时每头牦牛驮40公斤粮食，但这些饲料却还不够牦牛沿途的饲料，路上基本消耗光了。驮运队决定除留下3头牦牛外，其余全部杀掉，只留两人继续往前赶，别的人员返回于阗。

维吾尔族救援队员塔里甫·伊明和内孜·托乎提赶着3头牦牛，艰难前进，途中又遇暴风雪，塔里甫在追赶牦牛时牺牲。

正月初七，这个叫内孜·托乎提的维吾尔族民工，骑着仅剩的两头牦牛到达两水泉。

留守两水泉的李子祥，郑重地从内孜·托乎提手中接过了3斤食盐、7个馕饼和半褡子书信。

这是用3条维吾尔族青年的生命和1700多头牲口，为处于绝境的先遣连送来的第一批给养。

当时留守在那儿的战士们都哭了。从此，先遣连请求上级再也不要冒险送粮了。

先遣连在风雪严寒的高原上给养中断、陷入绝境。囿于铁的纪律：寒不能进住寺庙，饥不能购买民粮，指战员体力严重透支，在高山病的袭击下，全连半数以上指战员卧床不起。

李子祥说，那半麻袋信件，都是来自内地的慰问信。李狄三一封封地读给濒死的战士听，给了他们最后的安慰。

万岁，这重如喀喇昆仑山的3斤盐、7个馕饼！

万岁，这来自千山万里之外的一封封慰问信。这是祖国母亲对处于弥留之际的好儿子们的最后的深情呼唤。

嘉奖令下发　扎麻芒堡一片欢腾
两战士愧疚　主动请求取消荣誉

死亡的阴影就像天空中飘忽不定的云翳，一直笼罩在先遣连营地上空。

天气越来越冷，生病的同志病情都在恶化，不少同志腿肿得爆了皮。病到了这个阶段，离死就已经不远了。

战士们以平静的心态，等待着死亡的来临，准备着含笑而去。死，也要死出个样子来。

心系藏北的王震将军，两次亲拟电报发往西北军区，为先遣连全体官兵请功，称先遣连“历尽我军长征以来最大之辛苦，最重大之悲惨”。

那天早晨，太阳从雪山的夹缝中射出万道金光，扎麻芒堡营地一片灿烂辉煌。一缕缕阳光，像赤红的、深蓝的、鲜绿的、雪白的、苍黄的五色经幡，飘荡在扎麻芒堡上空。按当地牧民的说法，这种天象是吉祥的象征，必有大喜降临。

李狄三和曹海林组织病号出来晒太阳。大家三三两两，互相搀扶着，一拐一拐走出了阴冷的帐篷，他们闭着眼睛，享受温暖阳光的抚慰。

太阳真好，太阳每天都是新的。

与太阳相比，人类是那样无奈，生命是那样脆弱。

这几十个伤病员都知道，自己时日不多了。能在死之前，见到这般美好的阳光，已让人打心眼里感到知足了。

阳光照在战士们古铜色的额头，零零星星的雪片飘落在他们蓬乱的头发上，一只只灼红的眼睛，一片片燥裂的嘴唇，一双双流血浸脓的裸腿光脚，被雪山阳光的刻刀，雕塑成极地英雄的群像。

李狄三把身子扭过来，面对自己的战士，就像面对阳光。

在他眼里，战士们的每一张脸，都是一轮太阳。

这是一群活得有尊严、死得有志气的好汉。

先遣连译电员王惠志，收到一份落款为“西北军区党委”的电报：

你们是党的忠诚战士，军区党委决定授予你连“进藏英雄先遣连”称号，并为全体同志记大功一次。牺牲的同志们永垂不朽！

翻译到这里，王惠志连忙举起电报向帐篷外跑去，想不到没几步就头晕眼花，轰然扑倒在地，栽在李狄三跟前。

这个小战士喘着粗气大喊：“大家快来看！好消息！大喜讯！”

他把两份译电交给李狄三。

李狄三看着电报，两行热泪从他紧闭的眼睛里流出。

他慢慢站起来，瘦弱的身躯，在阳光中如昆仑山主峰一样威严。

全连集合。

李狄三他用那浑厚的男中音给大家宣读电文。

王震司令员转来西北军区记功命令：

独立骑兵师一团一连李狄三、彭青云及全体同志：

你们奉党中央毛主席之命，先行进军阿里后，在藏北高原上历尽千辛万苦，模范地执行了党的政策、纪律。在极端困难的情况下，发扬了高度的革命英雄主义和革命乐观主义精神，不怕艰苦，不怕牺牲，团结了藏族群众，打击了阶级敌人。官兵团结一心，战胜了高原上许多难以想象的困难，出色地完成了党和人民所赋予你们的各项任务，为后续部队进藏创造了条件。你们是党的忠诚战士。军区党委决定授予你连“进藏英雄先遣连”称号，并为全体同志记一等功一次。

牺牲的同志们永垂不朽！

西北军区党委

1951年1月30日中午

这份电报是王震想办法转过来的，因此迟到了几天。

电报还未读完，全连已哭声一片。

男儿有泪不轻弹，只是未到伤心处。

泪水和哭声像打开了的闸门，山洪暴发般涌泻而出。

大家哭成这个样子，曹连长已不知所措。

李狄三对他小声说："别制止，也别劝。让大家哭个痛快！"

曹海林望着李狄三，点点头，眼里不由得也涌出了两串眼泪。然后，情不自禁地哭出声来。

这些大多数来自旧军队的指战员，此时还不大清楚人民解放军的详尽历史。他们不知道，自中国共产党在1927年组建自己的军队以来，一个建制连队每人记大功一次的，仅此一例，空前绝后。

他们只是从心里感到，这是一种巨大的褒奖，更是一种真切的理解和满满的肯定。嘉奖令里面的每一句话、每一个字，都对先遣连官兵的精神产生着巨大的化学反应，唤醒了他们内心深处沉睡多年的愿望。

人，一旦汲出身心深处潜藏的力量，全身便充满了活力，身体里的英雄气质便会神圣地觉醒，就会产生出与困难抗衡的强者风范，就能忍受巨大的精神压力，而有效地遏止不利因素的肆虐。

正是这种光荣神圣的快感与自豪，使许多奄奄一息的战士又来了精神，又有了强者生存的欲望，使他们在残酷难熬的冬季坚持了好些日子。

六班副班长张万才病得很厉害，脸上已经裂口，直流黄水，连续好几天不吃不喝。

他的生命就像熬干的油灯，在生死之间飘摇，一阵小风都可能将他吹灭。连里已经在悄悄为他安排后事，在老交通壕旁边，找了个位置，为他挖好了墓坑。

张万才这时已几天无法起床了，一个人隔离在地窝子里，晒太阳都没把他扶出来。他实在是病得太厉害了。

彭青云到他住的地窝子里，给他宣读嘉奖令。

张万才猛然睁开眼睛，坐起来，声音沙哑地叫着："副连长，我张万才死不了啦！"

陈信之进来，见到这一幕，拉了一把副连长，耳语说："坏了，回光返照！"

见张万才肿得衣服都穿不进去了，光着身子，盖着一张野牛皮。副连长和陈信之怕张万才死个光身露体，连忙往他身上套大衣。

张万才的身子在动，应和着副连长穿衣服。彭青云喜出望外。

张万才默默地望着彭青云。彭副连长发现：怪呀，张万才的目光也有力量了。

好不容易穿好衣服，张万才不但没有死，反而比刚才更有精神了。

是嘉奖令给他提供了生命运转所需要的燃料，比打强心剂还管用。

张万才真的没死，奇迹般地活下来了。

正是——

千年冰雪万里云，扎麻芒堡喜迎春。
军区党委嘉奖令，乘驭东风绕营门。
阳光灿烂心头暖，党的关怀灭死神。
七灾八难皆退让，一扫阴霾气象新。

嘉奖令下发以后，大家都沉浸在欢乐和喜悦之中，可二排蒙古族战士道尔吉却怎么也高兴不起来，他感到很惭愧，很内疚。

道尔吉找到生病卧床的赛买尔，商量请求连队取消他们的一等功。

道尔吉说："咱俩不能要这个荣誉。大家都配记一等功，全连就咱俩受之有愧。"

赛买尔说："那你就背着我，我们一起去连部领导那里，请求上级取消咱俩的大功资格。"

道尔吉背上赛买尔，来到连部，两人声泪俱下。

他俩说："我们不配获得这么高的荣誉。请领导撤销对我们的嘉奖吧！"

李狄三劝了半天也不顶事，只好说："大功是西北军区党委给记的，咱们没有资格取消。"但答应请示上级。

这样，道尔吉才背着抽泣的赛买尔离开了连部。

道尔吉和赛买尔也是新疆"9•25"起义战士，是曹海林的老部下。

起义后，两个人表现不错。昆仑山修路中，两人都立了甲等功。但是，随先遣连翻越界山达坂不久，两人产生了怕苦怕死的念头，利用放马的机会，结伴从两水泉离开了连队。

他们没有回家，也没有叛逃，心里只有一个念头，就是回到山下有吃有穿的大部队中去。

两人靠着半袋子炒面和一些干肉，走出昆仑山，又碰上测绘队，跟着回到了正在普鲁一线修路的部队营地。

晚上，他们吃了一顿久违的面条后，团长给他们抱来两床厚厚的棉被，出门时对他们说："山上是苦了些，如果受不了，就留在这儿吧。"

对军人来说，没有比贪生怕死更让人看不起的事了。他俩留在施工部队，整整三天谁也没有说过一句话，只是拼命锤打炮眼，似乎要把一个军人的耻辱和羞愧，深深打进石头里，再填上炸药，炸得石头和逃兵的耻辱四处飞散。

他俩在山下修路部队干活，从来没有受到任何战友的责备和嘲笑，但他们仍旧摆脱不了"逃兵"之耻。这种挥之不去的自责，使他们感到比在界山达坂的高山反应还要难以忍受。

他们找到团政委，请求处分。政委说："别想那么多了，谁也没有把你们当逃兵。你们能从达坂下来，也很不简单、很不容易呀。你们既然来了，就好好干。山下筑路也需要人。"

是夜，他们骑上马，连夜去了于阗的骑兵师师部。师长何家产听完他们的诉说和请求处分的要求后，没有表态，只是详细询问了先遣连的情况。最后，当师长的说："你们回来，也吃了不少苦，留下参加施工吧。等驮运队上去时，我再给先遣连补充两个能吃苦的战士。"

等他们返回修路部队时，恰巧遇上一支进藏的驮运队，要抢在封山前给先遣连运送最后一次给养。

两人决定随驮运队重返阿里。

他俩给团里写了一份检讨书，托人交去，又重新踏上了进藏之路。

就这样，他俩在离队后的31天，又回到连队。决心用血肉之躯，洗刷"逃兵"的耻辱，恢复一个军人的尊严。

那天晚上，先遣连为他俩重返藏北，举行了欢迎会。

由于他俩都是神枪手，又有一身好骑术，不久便参加了巴利祥子的打猎小组，为连队的生存和自救，立下了大功。

但那段“开小差”的经历，使他们自觉无颜接受记大功的荣誉。

几天后，骑兵师师长何家产就先遣连请示是否根据道尔吉、赛买尔两同志的恳请，取消他们荣誉的问题复电先遣连：

李狄三并英雄连党支部：

你连战士道尔吉、赛买尔两同志，去年九十月间自两水泉离队，纯属迷途后沿原路返回师部，绝非出逃，亦非开小差。光荣同属道、赛两同志。此复视命令执行。

师长兼政治委员何家产

1951年2月17日

谁说慈不掌兵！这位何师长的胸怀，当真是为将者之楷模。

道尔吉和赛买尔被陈信之请到连部。李狄三原文向他俩转达了何家产的命令。

在后来进军噶大克的途中，道尔吉拖着浮肿的身体，把自己绑在马背上，一直坚持到了巴格附近，最后死在了进军阿里腹地的马背之上。

他为西藏的和平解放事业献出了自己宝贵的生命，也完成了一个军人至高无上的荣誉和尊严。

赛买尔在西藏和平解放后复员，回到故乡巴音布鲁克草原，不久病逝。

春绿高原　后续部队进藏北
树碑永志　天殉地殇李狄三

气息微弱的李狄三趴在一堆破棉絮上，不停地往日记本上写着什么。

李狄三的病，拖的时间最长。大家想起来，还是在1月初巴利祥子牺牲的时候，李狄三就不对劲了。

巴利祥子下葬的时候，大家觉得李狄三一夜之间苍老了许多。追悼会上，看得出他腿脚沉重，步履蹒跚，以至在平地上都摔了好几跤。那时死人还不多，同志们以为他是悲伤过度，但却没人知道，李指挥的腿上，早已绕上了长长的裹脚布，高山病已经缠上了他。

后来，他带领战士们与病魔作斗争，给大家讲长征翻雪山过草地的故事，谁也没发现他那双腿颤抖得多么厉害。他常常把羊肝、羊心切细，为病号做饭菜，没人注意到，他的手是多么不听使唤。李狄三在自己病情暴露后，仍然千方百计地照顾重病号。他把煮肉锅里飘在上面的油层集中起来，给病号烙油饼；把羊心羊肝切成细丝，亲自给病号做面条；他还经常到病号中间去，给病员一口一口地喂饭。

他把全连同志的疾苦都放在心上，而将自己的病痛抛在一边。他顽强地做着许许多多为连队操心费力的事情，根本不像大病临身，以至于在很长一段时间里，大家都不知道他有病。

一个阳光明媚的日子，太阳暖和和的，李狄三把病号动员起来，组织连队一起玩“瞎子捉跛子 ”的游戏。一圈，两圈，三圈过去了。

扮“瞎子”的陈干事手脚伶俐，却没有捉到他。人群里，不时发出开心的笑声。

第四圈，陈干事还没来得及去追他，却见李狄三一个趔趄栽倒在地上，好半天都没爬起来。陈干事扯下蒙眼布，扑到李狄三面前，抓住他。李狄三脸上抑制不住的痛苦表情，引起了陈干事的注意，他像悟到了什么，迅速撩开他的裤腿，露出了裹布。陈干事极快地揭开裹布，眼前的情景使大家大吃一惊。

李狄三的腿已经肿得发亮，裹布深深勒进肉里，渗出的黄水把长长的裹布浸透了，散发出一股难闻的臭味。

“李指挥，你真不该瞒着大家啊！”陈干事再也控制不住自己，哭喊起来。

其实，与李狄三同住一屋的陈干事，早已觉察到李指挥有病了，就是没有“真凭实据”。

李狄三知道陈干事是一个眼明手快的机灵鬼，时间长了肯定瞒不下去。为不影响大家的情绪，他做通了陈干事的思想工作，一定不许“泄露”秘密。可今天，陈干事再也控制不住了，当众揭出了李指挥生病的证据。

见此情形，先遣连党支部一致形成决议：“限制李狄三工作，强制休息。”

“我是一个共产党员，党的领导干部，怎能卧床不起，放下这一摊子不管呢？”开始时，对党支部的决议，李狄三没有认真执行。

李子祥说，李狄三病得不能单独走路，但为了减轻同志们的负担，走路不要别人扶，他搓了一根又一根毛绳，把它们连接起来，通向各班排。在太阳出来暖和的时候，他就扶着绳子，挪动脚步，走向各班排，去和战士们聊天，查看同志们的学习情况，看望病号，问寒问暖。他的精神感动了其他病号，大家对生存战胜死亡充满了信心。李狄三是一个有个性情有魅力的人，大家都愿意跟随他，病号也纷纷扶着绳子出来散步，晒太阳。锻炼的结果，不仅减少了死亡，使活着的人更有了精神，有了生气，有了希望。

到后来不得不卧床休息时，李狄三又给自己找了一件事，就是整理他进藏以来的日记和笔记，期望这些先遣连进藏生活和战斗的资料，能够保存下来，提供给后续的大部队作参考。他写战士们的表现，写收集到的藏北社情、民情和敌情，写后续部队到达后的行动方案、设想和建议。为鼓舞大家战胜病魔，迎接大军进藏，他在病床上为先遣连谱写了一支《迎接大军进藏歌》，并教会大家演唱——

八月里来呀是暖天，咱大军来到藏北高原。
风雪严冬全不怕， 英雄面前无困难。
自己的土地呀自己种，禾苗自己来浇灌。
自力更生呀数第一，解决困难靠自己。
等到将来大军到， 红旗插遍全阿里。
遵守政策呀守纪律，藏胞风俗要注意。
和藏族人民团结好，把帝国主义赶出去！
西藏是中国领土好地方，我们应该把它来解放。

被头人视为“红星兵”的指挥李狄三病倒了，这消息传到当地政府和反动头人的耳朵里。他们很想知道这些共产党的军队现如今的处境，便派了一个马本（相当于连长或营长）来探听虚实。

曹连长说：“你们有什么事情，跟我讲。我是连长，我做主！”

“不行！”马本狡黠地说，“在同意你们驻军的协议书上签字的是李指挥，只能见他！”马本想，是不是李指挥已不在人世，才另外出来一个人应付场面？

“好哇，请坐。”李狄三突然出现在马本面前，这使他很吃惊。

马本是认识李狄三的，眼前站着的，确确实实就是共产党军队的指挥。

他不仅没有死，而且还很有精神，说话的声音就像洪钟。

“有什么事？请讲吧！”李狄三说。

马本吃惊地答应着，怪模怪样地说：“哟！早听说你病了，这不是好好的吗？”

“你看我像有病的人吗？”李狄三哈哈笑道。又指指连长、指导员、陈干事，对马本说：“你看他们有病吗？”

说笑一会儿，李狄三正儿八经地说：“大军还没上来，藏北还没解放，我哪有理由生病呢？再说，连你都非要见我不可，我怎么好意思病倒不干事呢？”

字字掷地有声，句句正气凛然，充满了大智大慧。

“没病就好，佩服佩服！”马本尴尬地说，“我就是想来看看你，其实没有什么事。”

马本走了。

李子祥、曹海林、陈干事都很惊讶。

曹海林看了一眼李狄三，说：“李指挥，今天你是咋了，好像真的没病一样。”

“这也是战斗啊！”李狄三说，“在对手面前，不仅要有智慧，而且无论什么时候，都要有我们解放军的气概！”

在战士们病情危急时，非常珍贵的盘尼西林已经先后用去了3支。在李狄三主持召开的最后一次支委会上，面对高烧不退、有气无力的股长（李狄三过去在团保卫处的职务），5名支委再一次举手表决，要求为他注射仅存的那支盘尼西林。李狄三满眼热泪，恳请大家把手放下，不要形成决议。他说，大家的心意我领了。我都成这样子了还用什么药呀，我的病我自己心里清楚，就别浪费药了。就这一针盘尼西林了，还是留下吧，留给最需要的同志。看着被病魔折腾得失去人形的带头人，5名支委泪如雨下，泣不成声。

“股长，这不仅是大家的心意，也是党支部的决议。”陈信之说：“你是咱们连最老的党员，应该带头执行党的决议嘛。”

李狄三伸了伸手，示意彭青云将他扶起来，并双眼泪花盈盈地说：“正是因为如此，我才恳求同志们不要形成决议。临死了就别再让我李狄三背着个不执行党的决议的名声了。我恳求同志们把手放下吧。”

随着一只只落下的手，在5名支委的泪雨中，这项协议自行解除了……

先遣连同志见李股长病成这样，都想方设法特别关照他，用老乡送来的酥油茶烙油饼给他，可他却把油饼分给了其他病员。

春风终于吹到藏北高原，严冰开始解冻，冰河里发出潺潺的流水声。

5月6日，先遣连接到进藏指挥部和左齐将军发来的电报，通知先遣连：“根据王震司令员命令，配合中央政府和西藏地政府已经开始的和平谈判，以及我西南主力部队的进军西藏任务，我独立骑兵师二团副团长安志明，即日率两连兵力和300余骑，从于阗普鲁出发，月底可达扎麻芒堡。”

李狄三听完电报，长长地出了口气，便倒下了。

后续部队踏着先遣连开辟的道路，开始向藏北挺进。

5月8日晚，李狄三召集连里的干部听取了迎接后续部队进藏的各项准备工作的情况。大家见他艰难地忍着病痛，面部不时地痉挛着，彭青云就要求每个人汇报简单扼要。他明白大家的心意，说："请大家尽量讲细点，我不要紧，都躺好几天了，休息够了……"

李狄三没有说完就又疼痛得痉挛起来，半天都没说出一句话。

李狄三静静地躺着，一动不动地躺着，不吃不喝地躺着……几天来，他滴水未饮，粒米未咽。但是，每次开支委会，他都要坚持参加。以至于后来党支部会议就在他的土床前召开。当通过接纳新党员或讨论重大问题表决时，他都要吃力地举起右手，直到检票员算上他这一票时，才将手放下。

每当译电员向他报告后续部队行进的消息时，他都睁大双眼，炯炯有神，直到听清才放下心来。而后嘴角挂着微笑，等候着大部队的到来。

李子祥说， 5月中旬，李狄三派他去多木，等待大军的到来。

5月21日，大军来到多木，李子祥把李狄三已经有几天水米未进的病情汇报给安志明副团长。于是，扎麻芒堡驻军接到安志明团长的电报：

李狄三，我到多木听子祥说你病重，特派医生前去治疗。

安志明

5月26日

李狄三看着电文，脸上露出笑容，高兴地说："大军快要来了。"他拿出笔记本，看记载的工作情况，准备向首长汇报。看到1951年2月15日南疆军区的电文时，对彭青云说："还记得2月15日这天吗？"

彭青云说："记得，我还能把电文背下来呢。"

李狄三笑着说："那你背一遍我听听。"

彭青云像学生一样站在李狄三面前背着："特等战斗英雄彭青云同志并转独立师一团一连全体指战员同志们，当我们511个劳模在此举行第一届劳模代表大会的时候，全体代表一致怀念着你们——解放西藏的先遣连，大家都为你们战胜昆仑奇寒艰苦卓绝的英雄事迹而感动，你们是全军的旗帜，是英雄的榜样，你们身后有500万人民解放军和4亿7千万人民的支援，有世界上热爱和平的人民的支持。"

彭青云背完，打趣地说："李股长，你说我的记忆力怎么样？"

李狄三说："好，你背下了全文，你再说说电文传达后，全连干部战士的情绪怎样？这也是要向首长汇报的一个主题。"

彭青云说："喜讯传来，群情振奋，全连指战员流着激动的泪水，脸上挂着幸福的笑容，藏北高原寒风呼啸、大雪纷飞，但是咱们指战员却像火一样暖热。我们有多少话要说，千言万语，大家喊出一句话：光荣属于党，光荣属于人民，光荣属于毛主席！"

李狄三说："我们昨天盼，今天盼，日日夜夜盼望着大军到来，现在真的就要等到了。"他激动地把笔记本压在枕头下，闭上眼睛，睡着了。

李狄三彻底倒下了，倒在了那方冰冷的土炕上，直到临终。

先遣连官兵带病为后续部队的到来做准备工作，有的为大部队打柴火，有的准备介绍情况的提纲。

李狄三几天水米未进，终于支持不住了。从那时起，李狄三再也没有说出一个字来，只是有时睁开眼，嘴角动一动，大家知道他是在问：大军到了吗？

后续部队侦察班长马占山来到扎麻芒堡，安副团长派来的医生也提前到了。

大部队在第二天也到了。

这一天，是先遣连官兵的脱难日。这一天，扎麻芒堡沸腾了。

先遣连官兵奔走相告，搀扶着病员站在门口，唱着李狄三教唱的《迎接大军进藏歌》，欢迎后续部队200多人来到扎麻芒堡。

战友们紧紧拥抱在一起，激动的泪水挂在脸上。

拥抱，热泪盈眶的拥抱，逃脱地狱之门的拥抱！

激动，300多个昼夜的期盼，胜利会师的激动！

李狄三安详地睡在床上。

最先赶到现场的马占山说：我匆匆走到李狄三住的地窝里，向他汇报骑兵支队进军藏北的情况。并说大队人马很快就会来到。李狄三的胸膛涌动着，我明显感觉到他的手在颤抖。

第二天，5月28日中午12时，安志明副团长率部赶到先遣连，跳下马来就问："李股长怎么样了？"

曹连长说："已经不行了。"

然而，当彭青云伏在李狄三的耳边说："股长，大部队到了，安副团长看你来啦。"

已经两三天没说过一句话的李狄三竟然“嗯”了一声。

安志明向李狄三探下身子激动地说：“李狄三同志，你们已经光荣地完成了党交给你们的任务，和平解放西藏的协议已经签订了。部队党委和首长让我向你们问好！”

两颗豆大的泪珠从李狄三的眼角流出来。他挣扎着睁开眼睛，点点头，看着首长，嘴唇抖动了一下，似乎有许多话想说，但却一句也没说出来。他吃力地从枕头边拿出几个笔记本，放到安副团长手里，微笑着永远闭上了眼睛。

年仅34岁的解放军进藏开路先锋李狄三光荣殉职，时值1951年5月28日12时15分。

看到他去世时安详平静的面容，战士们不禁想起了他那句名言：“我就是死在这里，死的时候也要笑上一笑！”

李子祥说，我们先遣连在扎麻芒堡和两水泉坚持战斗和工作了近10个月，牺牲57人，冻伤致残2人，马匹倒下201匹。

那天夜里，安志明、曹海林、彭青云等8名干部，集体为李狄三守灵。

灵堂前，安志明流着泪捧读了李狄三留下的两本日记。日记实录了先遣连自1950年8月1日进藏后，所经历的一切。每天都有详细的记载，大到峪崆谈判，小到风土人情、丧葬禁忌，十分详细。4月28日，李狄三只歪歪斜斜地写了几行文字，那是一封写给骑兵师党委的信：连队到达扎麻芒堡不久，我就病倒了，工作没有做好，请党宽恕……

李狄三的遗嘱是他写给先遣连正副连长曹海林、彭青云的信。信写在他日记本的最后一页，时间是1951年5月7日。

曹海林、彭青云同志：我可能很快就不行了，有几件事情请两位同志帮助处理：

1.两本日记是我们进藏后积累的全部资料，万望交给党组织。

2.几本书和笛子留给陈干事。

3.皮大衣留给拉五瓜同志，他的大衣打猎时丢了。茶缸一个留给郝文清。几件衣服送给炊事班的同志，他们的衣服烂得厉害。

4.金星钢笔一支，是南泥湾开荒时王震旅长发给的奖品，如有可能请组织上转交给我的儿子五斗。还有条狐狸尾巴，是日加木马本送的，请转交给我的母亲。

这就是一位共产党员、部队干部的遗产分配清单。

这就是一位父亲留给儿子的全部财产，这就是一个儿子留给母亲的全部孝心。

这就是一个真正的共产党人的全部遗产和英雄本色，任何评说和语言在这简朴的文字面前都显得多余和苍白。

谁看了李狄三这份清单和遗嘱，都会掉泪，都会感动。

我们访问到的幸存的几位先遣连指战员，提起李狄三来，他们的表述基本一致：作为先遣连总指挥，李狄三当机立断的判断力和应变能力，他高度的原则性、凝聚力、亲和力和必胜信念，当之无愧地成为先遣连的主心骨。无论是高山反应把他们折磨得五脏俱焚，还是冰雪迷阵使他们历尽人间艰险生死磨难，官兵们只要见到李狄三从容不迫的笑脸，见到他“男儿到死心如铁”的镇静神情，就觉得再大的困难也会有办法、有主意、有依靠、有胜利的保证。即使苦做伴、险相随，也认为没有闯不过的关、过不去的坎。

他无坚不摧、无往不胜的英雄气概，感染了大家，鼓舞了大家，使每一个人都能在艰难险困面前亮出一副天下无敌的英雄相。

5月29日，王震、郭鹏、王恩茂、左齐等将军先后发来唁电。

6月1日，王震将军再次致电吊唁：沉痛悼念李狄三同志，为李狄三烈士举行隆重追悼会，厚葬烈士，树碑永志。

左齐将军当即写下诗句，悼念李狄三：

勇士肝胆涂高原，天殉地殇亦平淡。

神山黯然，河川呜咽。

6月1日下午，先遣连和后续部队一起召开隆重的追悼会，沉痛悼念李狄三和那些已经长眠于斯的烈士们。

昆仑永在英魂在，世界屋脊此致敬！

正是——

红旗飘飘云海间，英雄出征未曾还。
远征路上千般苦，从容不迫排万难。
指挥若定名将风，中流砥柱挽狂澜。
雪山冰峰豪气在，死神面前展笑颜。
千锤百炼中华魂，浩气永存昆仑山。
赤胆忠心凝碧血，民族忠魂寄山川。
山哭水泣唤英烈，地殇天殉李狄三。

当年随同安志明副团长去接应“先遣连”的甘肃籍战士、侦察班班长马占山说：“我们到达多木后，还有先遣连的战士要我把他背到哨位上，他已经不能动了，但是说自己眼睛还可以看到，发现敌人还可以鸣枪，起点作用。”

到了扎麻芒堡，“当我跑进一个地窝子时，里面躺着4个战士，高山病已经将他们折磨得面目全非。他们脸色黝黑，全身浮肿，有个蒙古族战士的眼珠都憋了出来，大腿肿得亮晃晃的，破裂处往外渗着黄水，那样子真是太惨了。”

尽管事情已经过去50多年了，马占山讲起这一幕，依然心绪难平，几次哽咽。

“第二天早上我发现，我昨天去过的那个地窝子，怎么变成了一座坟茔？一旁的战友告诉我，昨晚这4名战士得知大部队已经上来了的消息后，太激动了，高兴死了，只好将他们就地掩埋了。”

1997年7月30日，阿里地区行署、阿里军分区修缮的李狄三陵墓

关于驻地地窝变坟茔之事，先遣连老战士王惠志也证实说：“后续部队到达后，为了不影响他们的士气，就把当天牺牲的战士隐藏在地窝子里，一个摞一个。第二天一早，地窝子已经被夷平。”

先遣连先后有63名指战员倒在了藏北雪原。

后续部队到达扎麻芒堡

人们永远不会忘记，那一个个长眠于阿里高原的先烈，那一个个永垂不朽的名字：

李狄三、王永平、巴利祥子、吕永生、张选志、张昆、曹家喜、西阿林、张永吉、赵玉海、道尔吉、霍廷俊、刘景辰、徐金全、傅斌、王银山、白长城、马洪福、王振帮、王培林、木沙、甘绍华、奴尔甫、艾沙、刘录堂、刘守财、刘好学、刘进吉、刘顺成、吉福祥、吉虎山、江布利、江生仁、买买提、吐宗、李怀珍、李风云、李均义、汪子康、沙吾提、沙的、陈进福、陈忠义、陈洛元、张长福、张保川、张佛成、宋文秀、坎曼尔、余贵清、杨三义、杨西山、姜尚仁、段占山、桑必强、道尔甲拉、曹护周、曹发荣、康海荣、黄德海、董秀娃、陈保善、昂尕、阿廷芳、于洪、阿布力、吐尔逊、沙迪尔

由于无法获知烈士家庭准确的住址信息，绝大多数先遣连烈士的烈士证，至今还没有发出。

5月30日，独立骑兵师正式下达命令：安志明部之一连兵力接替先遣连任务，担负侦察进军噶大克之道路。命令到达扎麻芒堡，曹海林、彭青云立即召集连干部开会，一致要求向上级申请，继续担负先遣任务，当进军噶大克的尖兵。

安葬完李狄三后，先遣连全体官兵联名致电独立骑兵师党委，“……英雄连全体官兵坚决要求进军阿里腹地，继续担负先遣任务，哪怕只剩下一个人，也要将五星红旗插上喜马拉雅山。英雄连全体官兵珍惜荣誉，不当尖兵，有负厚爱，愧对烈士。我们有十余月高原生活经验，懂藏俗、藏语……”

意坚词切、丹心可鉴的请战报告，传到何家产面前，令他感动，又让领导为难。批准吧，于心不忍；不批准吧，又有负勇士一片赤心。

何家产请求左齐，左齐亦为难。

请示郭鹏，郭鹏同样于心不忍。几经商议，他们决定满足英雄连的愿望。

安志明并英雄连全体同志：

请战报告收悉，经与喀什、新疆军区首长研究，现答复如下：

一、撤销5月30日命令；

二、侦察进军噶大克先遣任务仍由英雄连担负。人员、装备由曹彭二人决定，彭青云负责开进；

三、英雄连全体病号一律留驻扎麻芒堡，并由安部留足够之护理人员、药品、粮食和武器装备，所留人员由曹海林负责；

四、危重病号尽快组织后送，所需人员由安部派出，由李子祥、陈信之负责；

以上各条决定后，统一由安上报师司。

何家产

6月2日

当日，由英雄连45名官兵组成的进军噶大克先遣分队，在扎麻芒堡成立。后续部队仍由独立骑兵师组成，有280人，称为进藏先遣支队。

6月6日，先遣分队和安志明部共同誓师出征。当天，先遣分队分两个梯队，分别在彭青云、王永平和斯拉甫带领下，保持半个马站(25公里)的距离，先后踏上了进军噶大克的征程。

6月7日，安志明率部随后开进，和平进军阿里首府——噶大克正式拉开序幕。

8月3日14时，先遣分队胜利抵达阿里噶本政府所在地——噶大克。彭青云和赤门色在噶本府前悬挂出一面中华人民共和国国旗。

西藏和平解放后，中央军委追授李狄三“人民英雄”荣誉称号。

改则县先遣乡“先遣连烈士纪念碑”

2009年，经中央军委批准，总政治部组织有关部门在全国范围内评选100位“新中国成立后为国防和军队建设做出重大贡献、具有重大影响的先进模范人物”，带领进藏先遣连的李狄三与雷锋、黄继光等一道，高票入选。

我站在阿里烈士陵园先遣连烈士的墓

碑前，一种沉重的悼念和神圣的祭悼之情让我思绪万千。

50多年过去了，青藏高原大约又抬高了几十厘米。追踪流逝的岁月，50多年前的历史画面重现。高原的狂风酷寒，将先遣连官兵雕塑成雪山冰峰般的雕像，一次次生与死的挑战，一个个惊心动魄的场面。

英雄李狄三，壮哉先遣连！

年轻的骑兵，是共和国太阳刚刚升起在雪山峰顶的前夕壮烈牺牲的。阿里的狂云、野马、疾风，为英雄们谱写着一支支穿天破云的英雄赞歌，使这高耸于地球第三极的阿里高原发出阵阵醒世的震撼。

60多块墓碑肩并肩地站着，排列成一个威武不屈的方阵，他们仍然是一个群体。墓碑，是先遣连官兵用意志和魂魄，用信仰和精神建筑起来的一座立体宣言，镌刻着官兵们的骨气，宣示着解放军战士的雄风，凝聚着先遣连官兵不朽的人生。他们是一群在苍茫雪野里冲击，在高山疾病的围困中正步前进，用共产党人的无畏精神和高尚品质创造奇迹的盖世英雄。

冰天雪地　冻伤手指无所悔
思念战友　再大奉献也无怨

2004年11月23日，我们在山西省闻喜县桐城镇冯家庄采访了当时已82岁高龄的先遣连指导员李子祥。

李子祥1921年出生在闻喜县一个农民家庭。1947年参加中国人民解放军，历任班长、工作员、副指导员、指导员。1949年10月调起义军第八师二十三团一连任指导员、连党支部书记、团党委委员。1950年4月在新疆于阗普鲁山区修新藏公路。同年8月1日奉命进军西藏，任先遣连指导员、党支部书记、支队党委委员。1951年1月30日，西北军区电令命名先遣连为"英雄先遣连"，全连指战员每人记一等功一次，颁发"人民功臣"奖章一枚。1952年4月，他调到后勤部工委组织科任组织干事。1953年8月调后勤部任组织干事。1954年调新疆南疆军区后勤部运输站任指导员。1957年复员，回乡后曾担任赤脚医生、调解主任、队长、治保主任。1988年至1989年任冯家庄村村长。

李子祥满头白发，精神矍铄，身穿蓝色呢子中山装，像许多老英雄一样，在开会和采访时，总要把所有的奖章都挂在胸前。而平时，他站在人堆里，是很难寻觅到的。

他胸前的一排排奖章，标示着不平凡的身份和传奇经历。是啊，挂在英雄胸前的每一枚奖章，都凝结着战火硝烟中腥风血雨的拼杀、苦海狂澜的搏斗。

我们在采访的时候，发现李子祥的双手残疾，右手除大拇指、食指完好外，其余三个指头都只剩下半截，左手的食指和中指只剩下三分之一。

我问老人家："您这手是怎么回事？"

他把双手伸给我，我紧紧抓住，翻来覆去地看，心里不由生出一股酸楚和疼痛。我用照相机给他的手拍了照。

李老说："在两水泉，特别是在扎麻芒堡，很多同志都病了，我却没事。这可能跟我的体质和生活习惯有关。可这双手我却没能把它们照顾好，落了个残疾。说起这档子事，心里有些不是滋味。"

那是一段刻骨铭心的记忆，那是一段难以忘怀的历史。

他说："有一次，我和王兴才到两水泉查看情况。出发前还是晴空万里，可走了一段路，天气骤变，狂风怒吼，大风卷着沙石迎面扑来，鹅毛大雪也铺天盖地而来。我俩穿上皮大衣，仍冻得全身发抖。马随着风吹的方向一步一步地向前走，不知不觉就走错了路线。我拿出指南针，看了一下：坏了，我们走错方向了。再走，就会走进雪山深处的无人区。"

"我在大风雪中命令王兴才：'下马露宿。如果死在这里，连部还能找到我们。走进雪山无人区，那就无影无踪了，谁还能看到我们？'"

"我取下马上的行李，把马拴好，刨开积雪，铺上布毛毯，两个人紧紧靠在一起，盖好被子、大衣，一会儿就被大雪盖住了，而我们也睡着了。"

"不知什么时候，雪停了。天亮时，我从雪窝子里拱出来，急忙收拾行李，可刚抬手，只见两只手的8根指头起了16个水泡。还没把行李收拾完，就冻成了16个杏核大的冰疙瘩，一个个脱落在地上，露出鲜红的肉。"

"王兴才的手也有两个指头肿了。"

"我们只好返回。在回来的路上，手是麻木的。回到连部，我架着热水缸喝水，没喝几口，冻伤的手指就疼痛起来，接着失去了知觉，我休克过去。过了一会儿，我醒了，战士们都围在我跟前。王云善端着一碗香气扑鼻的面片，走到我面前说：'指导员，我来喂你。'"

"我心里过意不去，悲伤万分地说：'我这两只手不顶用，要把你们拖累到什么时候啊！'大家听我这么说，纷纷过来劝我。"

作者向老英雄李子祥敬献哈达

"到了晚上，手痛得我睡不着觉，

我想起壶梯山、永峰镇等战斗中，重伤员躺在担架上的情景。我望着屋外的星空，心想，难熬的夜晚呀，什么时候天才亮！我咬紧牙关，忍受着巨大的疼痛，尽量不让自己出声。轻伤不下火线，重伤不哭不叫。后来竟迷迷糊糊睡着了，还梦见在晓江镇战斗中与马鸿逵的队伍拼上了刺刀。”

“天亮了，我将两只手从被子里拿出来，裹着的急救包已被血浸透了，热气腾腾，就像刚出锅的热馒头。曹连长给我换包扎，我看见自己的手流黄水，手指头肿得粗粗的，弯都弯不过来。就这样，我忍着疼痛度过了难熬的几天，伤处不流黄水了，三个手指渐渐长好了，五个手指化脓了。”

“为了和病魔作斗争，我和李狄三在无风无雪的时候，就带着病号爬山锻炼，天天如此，从不间断。”

“我的手冻伤后，五个化脓的手指天天流血，流完血，去了肉，露出白白的骨头，一天天由红变黑，三个指头不能灵活动弹。有时在梦中拿东西，醒来全身是汗。生活不能自理，夜间出去小便，为了不打扰别人休息，我总是自己穿衣服，棉衣袖穿不上，就硬穿，鲜血染红了袖筒，被子里也是一个一个的血团。战士们帮我洗衣服时，发现污血，汇报给李狄三、曹海林。曹连长劝我：‘老李，以后夜间解手，喊我一声，我帮你穿衣服。千万别不好意思，我们是战友，是阶级兄弟，帮助你是应该的’。”

“我说：‘老曹，我想慢慢锻炼自己。我想这手是不会痊愈了，我不想连累大家。’”

“李狄三听我这样说，有些生气了：‘你不能把你的血看得太不值钱了！’”

“我的两只冻伤的手，由于在进军阿里的途中又多次碰伤，右手小指骨头碰掉了两节半，细细的一条鲜红的肉总是软软地吊着，有时出血，有时痛得厉害。进驻噶大克后，在一间简陋的会议室里，医务室的医生给我做了两次手术。第一次，左手中指截去三分之二，食指截去三分之二；第二次，右手中指截去三分之二，无名指截去三分之二，小指截去三分之二。于是，我的双手就成了现在这个样子。”

被冰雪冻残的双手，使李子祥的工作、生活变得艰难。正当他逐渐适应这种用每只手剩下的两三个指头扣扳机、捏钢笔、拿筷子时，更大的政治风暴向他袭来。先遣连完成任务后，被整编为阿里骑兵支队第一连，驻守普兰。李子祥则离开先遣连，调到了团组织股。“吃了那么多苦，1955年授衔时，很多先遣连的官兵却与军衔无缘。”说到这儿，李子祥又流下了眼泪。

李子祥没有被授衔，是因为在“肃反运动”中，他被打成了“历史反革命”，还被开除了党籍。

1957年，部队让李子祥就地转业，但他坚决要求回山西闻喜老家。“村里人并没有把我当反革命看。”回到村里后，李子祥当过夜校老师、生产队长、治保主任，甚至还当过村里的赤脚医生。当时全家七口人，都靠李子祥一个人挣工分养活，年终结算时常常分不到口粮。“后来还是民政局出面，说不准扣复转军人的口粮，才解决了点问题。”李子祥说。直到1979年，在王震司令员及一些同志的帮助下，李子祥“历史反革命”的帽子才被彻底摘除，恢复了党籍，并办了退休手续。

落实政策时，办理人员对李子祥说：“李指导员，你有什么要求，请提出来。”

李子祥说：“我一不要求补发工资，二不要求恢复职务，唯一的要求是恢复了党籍。只要我还是共产党员，就可以为党、为人民做一点儿工作，奉献一点儿我的微薄之力，保持一个共产党员不断革命的本色。”

前些年，一些在阿里工作过的老干部在西安搞过一次聚会。在这次聚会上，西藏自治区人大原副主任曲加说：“解放西藏阿里，功绩最大的是先遣连。”听到这话，李子祥流泪了，很多出席会议的人都流泪了。曲加还向大家介绍说：“今天，先遣连的指导员、人民功臣、支部书记李子祥也来参加我们这个会议了。”现场立即响起热烈的掌声。曾经当过阿里军分区司令的李永强对李子祥说：“老李，听见了吧，你的威信多高呀！大家鼓掌的声音多大、时间多长啊。”

西藏共产党人、西藏人民群众无法忘记进藏英雄先遣连的历史功绩。1993年，一位名叫柴腾虎的同志来到李子祥家中。柴腾虎说他在阿里的改则县工作。

改则，正是当年先遣连进驻扎麻芒堡的那个县。

相隔42年后，两个同在西藏改则县生活战斗过的汉族共产党员一见如故，他们谈了很多。后来，柴腾虎与阿里军分区取得联系，阿里军分区立即派后勤部部长廉恒久前来看望、慰问李子祥。

李子祥说："光荣是进藏先遣连给予我的。我们先遣连无愧于党，无愧于人民，无愧于'进藏英雄先遣连'的光荣称号，无愧于'人民功臣'的纪念奖章。我的双手虽然成了残疾，但我这点损失比起战友们牺牲生命，又算得了什么？"

"李狄三同志是我党我军的一位优秀的基层干部，遇到再大的事情，他都能镇心静气，临危不乱，成就了罕见的政绩军功，我为作为他的一个战友而感到光荣。"

是啊，云无心以出岫，士则功标青史。

先遣连将士将人生挥写得如此悲壮雄伟，作为先遣连的一个成员，济苍生，平天下，享百世之盛名，这在中国人民的心目中，几乎已臻人生最高境界了。

李子祥说："我已经知足了，尽管我也遭到冤屈，但我无怨无悔。我的一生值得，我三生有幸。"

东君拉达坂　再次吞噬战友
岗仁波钦神　见证勇士胜利

6月6日，根据藏胞提供的信息，部队首先向位于改则南的普兰宗进发，然后向西转进，前往他们最终的目的地——噶大克。

先遣分队离开改则不久，便进入了羌塘腹地。这里雪山横空，荒凉无际，时而狂风呼啸，时而大雪席卷。走了十多天，先遣分队才甩下了“十二圣湖”无人区，在这里，许多生病未愈的人病情加重了，战马损失了三分之一。

一路上，先遣分队响应军区党委提出的“不怕艰难困苦，不怕绝路，不怕饿肚子”的“三不怕”精神和“爱护将士，爱护马匹，爱护武器弹药，爱护粮食”的“四爱护”号召，始终保持昂扬的情绪和斗志，保持和发扬英雄先遣连的光荣传统。

大家一路高唱着李狄三在病床上为战士们编写的一首歌曲——

进军藏北先遣连，　不怕苦来不怕难。
战胜寒冬迎春到，　等待会师捷报传。
发扬民主想办法，　没有鞋袜兽皮暖。
衣服破烂棉花掉，　麻袋做衣御风寒。
赤胆忠诚干革命，　光荣奖章挂胸前。
红旗招展飘藏北，　阿里藏胞心喜欢。
跟着党和毛主席，　革命到底永向前。

前面是冈底斯山，被佛教徒认为是神山的冈仁波钦，白雪皑皑，直插云天。这里是雅鲁藏布江的源头。

山势陡峭、冰峰林立的冈仁波钦主峰东君拉达坂，最高处海拔6715米，行程70多公里，绝大部分路程是冰道。这是从改则去普兰的必经之路。

藏民经过此地时，都把一块干牛粪顶在头上，作为对牛神的祭献，以便得到保佑可以安全度过。

为了第二天翻越达坂，6月18日，先遣分队全部到达主峰波康仁青脚下，早早休息。

无论是先遣连还是后续部队，翻越东君拉达坂都付出了惨痛的代价。

天还没亮，先遣分队就出发了。临近中午，由雪道进入冰道。冰道既陡又滑，马匹无法行进，四肢趴地也难以保证不滑下冰崖。

在冰道行军中，先后有7人昏迷，马匹因高山反应狂躁不安，5匹战马倒地而死。

彭青云对营长朱友臣说："分队必须在天黑前翻越主峰，不然，人马非死在这里不可。"

朱营长也急了，喘着气说："还能有啥办法，这冰真难刨。"

人急到这份上，什么点子都能想出来，王万明把被子和毡子铺在冰地上，让马队往前走一截，再移一截，速度很快。他试验后，站起来对彭青云满意地说："副连长，这法子行。"

彭青云回忆当时的情景说："为了快速通过冰山，通信员王万明把被子和毛毡铺在冰上，一块块往前挪。大家觉得这是个好办法，一下子，用40多条毡铺出了几十米，还真有点像现在迎接外国元首时铺红地毯的味道呢。"

他们还把这方法写在石头上，告诉后面的安志明部队。就这样，前面过，后面揭，下午7点多钟才到达东君拉达坂顶。

先遣分队下到海拔5000米的地方，天就黑透了，到处是冰雪，看不见路。彭连长在后面收尾，走在前面的排长王万明让大家就地休息。一坐下，有一个战士就再也起不来了，他停止了呼吸。

彭连长把王万明臭骂了一顿，驮上那个战士的尸体，点着火把往下走。可到天亮，才只走了几公里。

70多公里的东君拉达坂，整整走了40多个小时。

《进军路线沿途调查材料》记录说，此前他们已经在海拔5000米以上地区行进了100多公里。“此山为峻峰耸崖直立，坡度极陡，上下约十里长。山顶海拔7625英尺，上面气候恶劣，空气稀薄，缺少氧气。到此呼吸感到特别困难，气都喘不过来，人们均感头晕眼花，四肢无力。尤其山顶吹风天冷，睁不开眼睛，冻得人马直打哆嗦。”“登越此山时，不要过急，必须慢爬几步，休息一下。待换过气后再行前进，否则一口气很不容易上到山顶，就是勉强上去，必然疲困，心跳头晕，倒地难过。”

上山时，他们用镐在冰川上砸出台阶，步步为营，等到他们终于下山到海拔5900多米的哑拉过达坂时，有的战士倒地后再也没有起来。

6月22日，先遣分队到达普兰境内的巴格海子。巴格海子海拔3700多米，地势比较平坦，有水有草，背山向阳。彭青云决定在海子边安营休整，等待安志明率后续部队到达。

但谁也没想到，在休整中，分队又牺牲了王永平等四名好战士。

彭青云说：“我们到达巴格海子的第二天早上，一排长王永平起得特别早，我起来遛马时，他就来给大伙儿烧水了。牛粪半天不干，不起火，光冒烟，他就蹲在地上吹。我回来时，锅里的水都快开了，火也挺旺，就对他说，别吹了，水都滚了。他抬起头来笑笑，说这里海拔高，六七十度就开滚，得多烧一会儿。谁知我走了顶多十分钟，王万明就哭着来找我，说一排长去世了。我还不信，王万明就拉着我去看。跑到他身边时，灶里的火通红，水还滚着。王万明说，刚来打水时，见他倒在这里，头发都烧焦了，怎么拉也拉不动。我抱起王永平的尸体，坐在那里足足有半个多小时，没说一句话，也没掉一滴泪……”

彭青云坐在那里，眼睛瞪得大大的，迷惑地望着远方的一座座雪峰。

其他三名战士也像王永平一样，安静地死去了。

24日下午，后续部队才陆续到达巴格海子。骆驼又驮来4具尸体。

翻越一个达坂，9位同志永远闭上了眼睛。达坂还是那么不动声色，像是早就把这一切准备好了似的。两天后，分队告别了长眠的9位战友。

到这时，继续行军的先遣连成员再次精疲力竭，大多数人不得不把自己绑在马匹上，以免因体力不济摔落下来。

在李子祥的记忆中，甘肃武山人张佛成是最后一个在行军途中牺牲的先遣连战士。他没有妻儿，一直到2010年，他的侄子才了解到这个失踪了60年的亲人的去向。

6月29日，安志明、彭青云率后续进藏队之一连，进驻普兰宗，并举行了入城式。

进抵位于中国最西南部的县城普兰，成为整个远征中最为重要的环节之一。普兰位于西藏自治区西南部、阿里地区南部、喜马拉雅山南侧的峡谷地带，它扼守中国、印度、尼泊尔三国交界处。19世纪中期，依附于英国的廓尔喀就是从这里入侵西藏的。事实上，正是在先遣连到达后，中央政权管辖的军队才第一次在这条边界上进行驻防。受到西方势力策动的南部国家也因此终止了持续100多年来的北侵行动。

从普兰挥师北上，天空万里无云，红红的太阳照耀大地。

部队8月3日抵达噶大克。

阿里首府噶大克，彩旗招展。先遣分队受到阿里地方和宗教头人及当地群众的夹道欢迎。

至此，在阿里高原上艰苦战斗了10个多月的先遣连，用鲜血和生命换来了阿里全境的和平解放。

到了噶大克，同志们才知道，这不过是一个不到千人的小镇。

出发前，谁也不知道噶大克是个什么样的地方，简易地图上把它标成是一个有50万人口，有高楼大厦的现代化城市，到这里一看，完全是一个荒僻之地、破败之城。

说它是城都有点过分，它是一个不成形的大村庄。这地方名叫昆莎，是阿里宗本的夏季牧场和行宫。

左一为烈士李怀珍，右一为烈士陈忠义，其他三人尚未确认

先遣连老战士曾自修回忆说，他们行进至一个坡顶时，终于看到了噶大克。那时已经是下午。远远望去，小城只有十几座石头房子，百十人的身影。

他环顾左右，看见那些疲惫的战友们，并没有人掉下一滴眼泪。当天下午，先遣连在赤门色专员的住地举行了庄严的升国旗仪式。至此，经过一年零三天的行军，先遣连圆满完成了“挺进藏北，解放阿里”的政治军事任务。

战士们在这里盖起了干打垒营房、宿舍，将一切安顿下来。

共和国把阿里高原30万平方公里的土地，交给了安志明所带领的两个连380名官兵。

为保证双方达成之协议的实现与边防的巩固，中央人民政府革命军事委员会于5月25日颁发出训令，命令先头部队继续侦察。

先遣分队的同志一致表示，愿意继续在军中当先锋。

10月，部队分别进驻普兰、日土、噶大克和昆莎边防一线，肩负起设卡戍边的重任。共和国在阿里的边防，由此开始了自己的防卫。

彭青云带领幸存的39人，奉命驻守噶尔昆莎。

就在安志明、彭青云率部翻越东君拉达坂之后，先遣连连长曹海林带领留在扎麻芒堡的人员，在完成改则地区剿匪、看守辎重和转运给养任务后，经过短期休整，于10月初拔寨起程，也翻越了东君拉达坂，向噶大克前进。

10月26日，先遣连两支分队胜利会合。

经历了九死一生的战友兄弟们，紧紧地拥抱在一起。布满沧桑的、又黑又瘦的长脸上，热泪纵横，悲喜交加。

10月26日下午8点 ，夕阳给冈仁波钦峰抹上了淡淡的血色。

1951年8月3日，先遣连进驻阿里首府——噶大克

先遣连顺利完成任务

曹连长让司号员面对冈底斯圆形的雪冠和周围绵延的雪峰，冲着冈底斯山上血一样红的夕阳，吹响了集合号。

这号声倾注了战士们的豪情，有着裂云破雾般的穿透力。

这是胜利的号声，是先遣连的壮歌，也是一部进行曲中高亢的尾声。

它的最初旋律，是由牦牛和骆驼胸前的铜铃奏响的。

莽莽昆仑界山达坂300公里驮运路上的铃声，是进藏人民解放军雄奇的序曲，揭开了阿里从远古到今天的黎明，撞响了天籁般洪沉的时代大钟，为共和国大陆的统一唱响了撼天动地的赞歌，也为西藏农奴制度唱出最后的挽歌。

战士们挺胸昂首，站在神山面前，虚弱疲累的身体，似乎已承载不了他们胸中积蓄已久急待喷发的豪情。

雪山如画，映衬着他们被风雪吹皱、被紫外线灼红的脸庞。战士们身单衣薄，但他们在夕阳下的神山旁，站成了一群英雄的浮雕，展示着中国人民解放军的威严与神圣。啊，神山，你就是见证先遣连英雄们精神与意志的辉煌壮丽的纪念碑。

队伍集合好了。

曹连长看看大家，郑重地宣布："同志们，现在，我们点名！"

他如同在新疆于阗县普鲁村出征时点名一样，按照出征将士花名册，呼唤着连里每一个人的名字。

点到没人答应的名字时，他就停下来，仿佛在等待那人回答"到！"

时间上的空白，虽然只有几秒钟，却是那样寂静、那样漫长。

战士们都屏着呼吸，等待一路上牺牲的同志的应答。

这些战友再也无法回答他的点名了。但他还是大声地狂吼着：

“巴利祥子！巴利祥子！”

“王永平！王永平！”

他的叫声，震得一座座雪山发出沉闷而雄浑的回响。

紧接着，战士们也跟着喊起来。

“巴利祥子！巴利祥子！”

“王永平！王永平！”

……

这是呼唤战友、呼唤生死弟兄的天籁之音，山鸣谷应。

“巴利祥子！巴利祥子！”

“王永平！王永平！”

……

曹连长无比悲痛地向大家招了招手。

大家静下来。

他自言自语但又像是在对死难烈士们说：“好兄弟，西藏和平解放了，我们完成了进军阿里的任务。你们安息吧！”

最后，他对着进藏时配给先遣连的200多匹战马中幸存的3匹马说：“谢谢你们，陪着我们走完了这条远征的路，谢谢你们！”

“谢谢！谢谢！！谢谢！！！”

战士们跟着连长大声喊叫起来。3匹战马懂事地昂着头，看看曹海林，又看看大家，秀美的大眼睛里流露出忠诚、信任和理解。

连长对战马说：“你们也光荣地完成了任务，你们也是英雄。请告诉你们的战友，它们都是英雄，它们都牺牲得光荣！”

3匹战马真有灵性，它们仿佛听懂了曹连长的话，一个个昂起脖子，张开嘴，打起响鼻，向身后来的方向，向它们战友躺下的地方，大声嘶鸣起来。

战士们面对嘶鸣的战马，站成一排整齐的队伍。

连长喊了一声：“立正，敬礼！”

大家一起向3匹战马恭恭敬敬地行了一个军礼。

这就是进藏英雄先遣连的悲壮史诗，一曲人与马同鸣共舞的极地战歌。

“刑天舞干戚，猛志固常在。”人与马，都是战斗英雄。

谁也不知道这辈子是怎么和马结下了不解之缘的。作为骑兵，必然要和马建立特殊的联系，演绎出人和马之间跌宕起伏的豪迈故事。马是骑兵忠实的朋友，马和骑兵在战场上早已成为生死与共的组合，也只有骑兵才知道，马是怎样负载着人类历史的博大深沉，怎样负载着战争的残酷与凶悍。只有骑在战马背上的骑兵才能体会到，在与人类发生这样那样关系的非人的生命体中，没有一种在文化内涵上比马更重要、更独特，对人类自身发展有更重要意义。马以其体格的健美，行动的迅捷，品格的忠诚，成为骑兵的坐骑，引发了人类战争史上的深远革命。谁拥有精良的骑兵，谁就能获得冷兵器时代战争的胜利。如果进藏先遣连没有200多匹战马的帮助，要完成远征任务是不可能的。如今，200多匹战马只剩下3匹，这是多么悲壮和残酷啊！

天空万里无云，红红的太阳照耀大地：

正是——

先遣百马骏，随军千里征。
奋鬣龙气象，嘶啸虎雄风。
蹴踏起风云，极地永冲锋。
骁腾边关雪，雪海任驰骋。
天地精灵秀，骑兵好弟兄。
所向无空阔，真堪托此生。
战马亦勇士，立下汗马功。

长风寒云军刀挥
翻山越岭追叛匪

关于先遣连剿匪的情况，我和李佳俊同志在西安新疆军区第二干休所，采访了当时任阿里骑兵支队参谋长的老英雄贺景富。

贺景富，一身的军人气质和英雄豪气。他是我心目中的英雄形象，高个子，身材修长但不显单薄，虽然年过七十，但身板硬朗，说话洪亮、干脆、果断中还带有几分“野味”。他的形象就像电视连续剧《激情燃烧的岁月》中的石光荣，可以说，比石光荣还石光荣，是一个让人又敬又爱的老革命。

我给他赠送了从西藏带来的一些小工艺品，献了哈达。

他很高兴，他喜欢我身上的那种西藏气息。

我对他说：“我们是西藏文联的作家，受西藏自治区宣传部和西藏文联党委的委托，采访先遣连的英雄事迹，听说您那时候也在西藏，想必对先遣连的事迹有所了解，请您给我们介绍一下，好吗？”

他很干脆，毫不推辞，也没什么客套话，开门见山地说：

“1951年夏，流窜到南疆东部铁木里克一带新疆有名的政治土匪胡赛音·哈里拜克残部，在我六师骑兵团的打击下，进入且末南山。当时我在独立骑兵师二团驻且末工作队做联络工作，顽匪伙同翻译在九个达坂残杀了前去谈判的6位同志。我军闻讯追击。哈里拜克率匪徒翻越昆仑山，进入藏北，抢劫牛羊，残害藏民。为此，新疆军区电令独立骑兵师，再派精兵进藏，会同已进入阿里的骑兵支队剿匪。那时，我在二团一营当营长，团里确定以二营六连为主组成一个加强连，调一些战斗骨干和电话机要人员共120多人，每人配两匹马，于7月4日出发。由于我身体好，曾在解放战争中立过5次大功，所以何家产师长指名让我率领这支轻骑兵南上阿里高原剿匪。

我们从于阗出发，沿进藏先遣连和安志明部队走过的道路，急行军21

天，爬过昆仑天险，赶到了我军在藏北的据点扎麻芒堡。据守在那里的先遣连曹海林连长和30多个病号以及广大藏族同胞，早就盼望着我们的到来。他们报告匪情，组织了一支配合我们作战的支前小分队。先遣连的病号顽强战斗，藏族同胞为我们带路，驮运东西。结果，只用了两天，我们就追上了哈里拜克匪帮，打得他们丢盔卸甲，人仰马翻。”

据参加这次剿匪的先遣连分队战士姚洪才讲，那些土匪是一股顽匪，个个都有熟练的骑术，每人两匹马，一会儿从那匹马上跳到这匹马上来，一会儿又从这匹马上跳回那匹马上。他们的马喂养得很好，与众不同的是，他们的马吃肉，没草的时候，就吃牛肉干，所以体力好。

这都是他们平时训练出来的，而我们的马经过长途跋涉，都已累得不行了，体力不支，还有不少马病了。要追叛匪，绝非易事，但战士们个个都是好样的，跟着贺景富追击叛匪，没有人掉队。

贺景富继续讲：“匪徒一面逃跑，一面抵抗，我们缴获牛羊上万只，由于高原气候恶劣，马匹在奔跑中倒毙不少，我们没有吃饭，再加上万头牛羊需要我们关照处理，所以就没有再追击。战果上报后，得到军区表扬，并指示我们要把土匪抢劫来的牛羊还给群众。于是，我们和改则头人商量，让他们通知受抢藏胞前来认领牛羊。藏族同胞忠厚老实，他们上报的数字，总数基本符合缴获的数字。我们召开大会，让每家每户高高兴兴地赶走自己的牛羊。每家牛羊都有记号，谁也不会认错，三天就分完了。有300多只羊是土匪从新疆抢来的，我们不可能把它们再赶回新疆，就救济了当地的贫苦藏民。从此，草原上传开了‘毛主席派来了菩萨兵，打败了土匪，天下无敌，菩萨

日土宗僧俗官员列队欢迎先遣连

兵是我们的大救星’等佳话，他们联名写信给西藏地方政府，赞扬我军在高原上行善积德的实情。

9月底，我们加强连和先遣分队追匪到日土宗。安志明也率两个连队赶到，我们连夜杀进了叛匪营地，匪徒早已逃走。后来，我们发现匪徒还滞留在离国界不远的莫尔多草原上，这给我们带来了歼敌的好机会。我军隐蔽接近匪徒，突然袭击，哈里拜克惊慌失措，翻过莫尔多山，逃入印度。据说这批人后来移居他国了。我军击毙哈里拜克的弟弟等95人，缴获牛羊1万余头（只）。在这场战斗中，我军干部战士英勇杀敌，伤亡仅4人。战后，我们用105峰骆驼组织了一个运输队，支援阿里部队。”

贺景富说：“剿匪战斗使我军的政策深入人心，广大藏族同胞欢送我们，连地方政府官员也不得不称赞我们是仁义之师。

解放阿里后，加强连被编为二连留守日土宗。独立骑兵师于1952年撤销。阿里骑兵支队正式成立，我当了参谋长。”

正是——

长风寒云军刀挥，
雪山冰原骏马飞。
征骑呵叱腾莽原，
翻山越岭追叛匪。
扫荡匪患保平安，
英风烈慨定边陲。

我们再问到先遣连，贺老记忆犹新，说：“先遣连是我军挺进阿里的第一支人民武装，他们在异常困难的情况下，在高原坚持了10个多月艰苦卓绝的战斗，为后续部队进藏探明了道路，提供了阿里地区的政治、经济、军事、文化、宗教、民情风俗、地理气候等各方面的情况，模范地执行了党的政策和我军纪律，紧密地团结了广大藏族人民群众，出色地开展了争取阿里上层的统战工作，有力地配合了主力部队解放西藏的行动，圆满地完成了上级交给的光荣任务，为保卫祖国领土完整和主权的独立，完成统一祖国大陆的神圣事业，做出了重大贡献。他们值得写，值得宣扬，是教育当代和我们的子孙万代的一部好教材！”

多路进军　以战求和大战略
和平解放　改天换地新西藏

1950年8月1日，先遣连从新疆于阗普鲁村誓师出发时，云南军区陈赓部队派出的十四军一二六团也已基本完成入藏准备工作。8月6日，这个团外加由3000匹牲口组成的运输团，从驻地出发，两个月后经丽江、德钦、宁静、科麦一线入藏。

1950年3月下旬，西南局进军西藏前线指挥所在十八军成立。指挥所向两支先遣队发出命令："向西藏进军！"

南路先遣支队是五十三师副师长苗丕一率领的一五七团，从泸定、康定、雅安、理塘一线开进。北路先遣支队系五十二师师长吴忠率领的一五四团，经雅安、康定、乾宁、道孚、炉霍，直抵甘孜、邓柯、德格等地。5月初，一五四团政委杨军率二营从北路前进，于16日进抵金沙江东岸的邓柯。5月中旬，十八军二科（即侦察科）的人员进入德格。

北路先遣支队从雅安出发时，携带的口粮，经过一个多月行军消耗，到甘孜已所剩无几。雅安以西不通公路，前去西藏相距上千公里，给养供不上。进驻雅安后，粮食短缺成了前进的障碍。但部队仍然严格遵守党的民族政策和宗教政策，宁愿忍受暴风雪的袭击、吃野菜、喝雪水、捉麻雀、挖地老鼠充饥，也不进寺庙、不住民房、不动群众一粒粮食。

进军西藏，补给重于战斗。西藏特殊的地理自然条件，使运输物资成为组织进军的最艰巨任务和吸引各级领导眼球的重中之重。

"迅速在康藏高原上空开辟一条新航线，空投物资，支援进军西藏的地面部队。"

中央一项紧急命令下达到西南空运队。

康藏高原海拔4000米以上，地势十分险恶。1930年版的《西藏始末纪要》，描述这里的地理交通是“乱石纵横，人马绝路，艰险万状。世上无论何人，到此未有不胆战股栗者。”民谚还说：“一二三，雪封山；四五六，雨淋头；七八九，正好走；十冬腊，学狗爬。”康藏高原和青藏高原曾被划为“空中禁区”。

共和国刚刚成立不久，年轻的中国空军，决心从这个“空中禁区”飞出一条新航线。

1950年5月7日上午，飞行员驾驶着一架从国民党军缴来的美制C-46型运输机，从新津机场起飞，沿着正在修建的康藏公路的路线，向西飞去。在雪山峡谷上空穿行。机长王洪智和驾驶员李嘉谊瞅准时机，顺折多山，穿山越岭，打开了被风雪冰峰锁闭的空中通道，钻峡谷，翻雪山，终于突破高原天险，飞临甘孜上空。在四堆火光中间的地上，一块红色“T”字布信号，使领航员盛承尧欣喜若狂。

“试航成功了！”

白色降落伞带着粮食、物资、传单、慰问信，飘向“T”字地标处。

试航甘孜成功后，西南空运队开始连续大量空运，仅五、六两个月，这个机组就空投了35次，空投物资300余吨。

随着地面部队前进的脚步，他们不断把航线延伸到昌都、太昭，伸向地面部队需要空中支援的每一处地方。

为保障空运军需物资，中央军委又从华北空运大队陆续抽调6架C-46型飞机到西南执行任务。

1950年8月31日，毛泽东主席下达指示，购买30架高空运输机，支援进军西藏。

11月1日，西南空运大队正式成立，共有飞机11架。

其时，抗美援朝战争烽烟弥漫，全国人民掀起为前线捐献飞机的活动。毛泽东主席在东北方向与西南边疆的权衡中，从国库有限的财力中“大出血”，为进藏部队增添了维系空中运输队的“银鹰”。

由此，西藏地区在毛泽东主席心目中的分量，可见一斑。

但是，虽然有空中支援，各路进藏部队的军需供应仍然难以保障。北线先遣支队右路部队五十二师一五四团的境遇，其艰难程度与进军阿里的先遣连相差无几。

他们执行的任务是迂回包抄。这支部队溯金沙江而上，踏上冰山雪峰。雪盲使多数同志两眼红肿，甚至短时间失明。他们把绑腿连接起来，相互牵着走。涉渡冰河，彼此搀扶着前进，冰块岩石在湍急的水流中碰撞翻滚，划破皮肉，有的战士腿伤化脓坏死，被迫截肢。

炊断粮，这是最难解决的问题。

虽然在青海玉树补充过粮食，但由于当时资本家偷工减料，致使中央在重庆定做的军用食品难以按原定标准（每人每天12两）送达，一天的口粮仅够吃一顿。在这茫茫雪山上断粮，没有任何野菜、野草可食，战士们被迫吃自己棉衣中的棉花，吃雪山上的棕色泥巴，吃累死饿死的牛马。牛马被喝了血、吃了肉，最后吃皮，甚至连骨头和角都烧成灰烬填进肚里。许多战士痛苦之状难以描述。

掉队，迷路，一些人被敌军捉去残酷杀害；一些人被当地群众援助收容；一些人受伤留下后与大部队失去联系，就留下来和当地妇女组成汉藏结合的家庭。

一五四团和青海骑兵支队有将近一半的人，就这样非战斗性减员了。

向西藏进军，战线漫长，环境无比艰苦险恶。面对生与死的交锋，战士们表现出顽强勇敢、艰苦卓绝的奋斗精神。在抢占思达时，部队以每天85公里的速度强行军，100余名骑兵和100余名步兵比敌人抢先4个多小时，于10月16日到达思达。

1951年5月23日下午4时，《中央人民政府和西藏地方政府关于和平解放西藏办法的协议》（简称“十七条协议”）的签字仪式在中南海怀仁堂举行。

5月28日，《人民日报》用藏汉两种文字，公布协议全文，发表社论，报道谈判经过。

当天，北京数万群众走上街头，热烈庆祝祖国大陆全部得到解放。

也就是在这一天，由安志明率领的新疆军区独立骑兵师后续部队，翻雪山涉冰河，在先遣连官兵急切的盼望中，来到了扎麻芒堡，与李狄三指挥的先遣连胜利会师。

也是在这个全国人民欢庆西藏和平解放的大喜日子里，李狄三与4位先遣连重病号溘然长逝。

为进军西藏，1950年3月，西北军区决定以第一军骑兵团第二营和特务连为基础，扩建成第一军骑兵支队，兼做玉树军分区工作。支队下辖骑兵一、二、三连，重机枪连、炮兵连、特务连，共680人，骡马800余匹。另从第一军选调部分营、团干部共120人，组成玉树地委、专署及玉树、称多、囊谦三个县委及县人民政府，开展地方工作。骑兵支队成立后，在西宁进行了两个多月的整训和思想动员。6月5日，派支队先遣连由西宁出发，勘察进军路线，同时担任警卫第一军后勤部在黄河沿设立运输补给站的任务。6月21日，骑兵支队和干部大队向玉树进发，开始向西藏进军。24日，支队越过日月山，进入青海南部草原藏区。7月3日跨越4500米的鄂伦山，因高山缺氧，3名战士心脏病发作，抢救无效牺牲。接着穿越积石山北之花石峡，于9日到达黄河沿，补充半月粮料，再越巴颜喀拉山。过扎陵湖沼泽地，7月21日抵通天河，人乘牛皮船，马匹泅渡。经过23天的艰苦行军，于7月24日胜利到达玉树，行程900公里。骑兵二连前出囊谦，查明昌都及黑河地区藏军分布与兵要地志、道路情况，为下一步进行昌都战役做了准备。

为解决青海骑兵支队的补给运输问题，5月中旬，第一军5700余人由青海南部大河坝开始向玉树修筑公路。此地处于青藏高原北部，平均海拔4500米。经过半年的艰苦施工，他们将公路修至黄河沿，并于次年通车玉树。

玉树地委、军分区（骑兵支队兼）动员当地藏族群众，组织牦牛4000头由黄河沿向玉树赶运粮秣物资。在藏族民工协助下，骑兵支队还以自己的畜力和牦牛，从玉树向囊谦囤运了一批粮物。

新疆军区独立骑兵师进藏先遣连及其后续部队，于8月3日进驻阿里首府噶大克，胜利完成解放阿里高原的任务。

云南进藏部队1个团，于9月12日自门工出发，10月1日进驻察隅。

由军长张国华、政委谭冠三率领的十八军一部，于1951年8月28日自昌都出发，10月26日到达拉萨；由范明率领的十八军独立支队（代表西北方面进军西藏）于8月22日由青海香日德出发，11月4日到达藏北那曲，12月1日到达拉萨。

随后，十八军进藏部队于11月15日，分别进驻江孜、日喀则，1952年进驻山南隆子，7月6日进驻边防重镇亚东。

至此，人民解放军已进驻西藏各边防要地，把五星红旗插上了喜马拉雅山。

旧西藏农奴的悲惨生活，永远留给了历史。

开国元勋高度评价
极地英雄名垂千古

进藏先遣连的英雄事迹，在西藏、新疆广为传颂。

进藏先遣连的英雄，在当年名声显赫。他们的勇敢精神和铁血风骨，曾让上至国家领导人，下至普通老百姓都十分敬佩。西藏和平解放后，中共西藏工委和进藏部队的将军们，多次去北京向中央汇报工作。无论西南还是西北的领导，不管汇报时间长短，没有一个不讲进藏先遣连英雄事迹的。

因此，先遣连和指战员们的英雄事迹，在毛泽东主席、周恩来总理、朱德总司令等党和国家领导人的心目中，留下了很深的印象。

一次，毛泽东主席在听了十八军政委谭冠三的汇报后，说先遣连"威震印巴东南亚"，又连续说了三个"盖世英雄"。

《十七条协议》签订后，十八军军长张国华见到朱德总司令，他对朱总司令说："新疆进军阿里的那个骑兵连很了不起，跨过风雪茫茫的昆仑山脉，走过了荒无人烟的千里羌塘，涉过了无数激流冰河，翻越了6000多米的冈底斯山，孤军奋战几千里，历尽艰辛，到达了阿里。"

朱德总司令感慨地说："一兵团的部队有这个传统。1945年王震率三五九旅远征三湘，也是经历了无数的艰险，九次绝处逢生，才突破重围回到延安。看来这个连，还很有点王胡子当年南下的味道哩。"

徐立清将军从新疆调到北京，一次与周恩来总理谈起新疆部队，总理说："牺牲了这么多的好同志，我们是有责任的。"

1989年10月，新疆维吾尔自治区隆重庆祝中国人民解放军和平进疆40周年。座谈会上，王震将军对王恩茂说："今天我们庆祝新疆和平解放，纪念人民解放军进新疆，不能忘了独立骑兵师先遣连解放阿里的功绩。1950年他们进去了一个连，就解放了阿里一座高原。”

1965年，阿里地区决定将先遣连在平叛斗争、中印边界自卫反击战中牺牲的烈士们安葬在狮泉河畔。马占山作为去接应“先遣连”的后续部队安志明支队的侦察班长责无旁贷地担负起这项重任。

“派谁去呢？后来选来选去，领导们觉得我既了解当地情况，也熟悉先遣连的情况，最后决定让我去。”马占山说。

马占山带了一台大卡车和一个班的战士，又一次踏上了藏北无人区，来到当年“先遣连”的驻地扎麻芒堡，除了李狄三的墓清晰可辨，其他人的都没有名字。

“从坟堆下、堑壕里挖出了30多具烈士遗骨，把他们分别装在我们带去的新面袋子里。后来我们又到巴噶等地挖出了牺牲在解放普兰途中的几位战友的遗骨。这也是我为先遣连那些牺牲的战友们唯一能做的事情。”

马占山说，遗骨运至狮泉河后，在烈士陵园举行了隆重的葬礼。因为多数遗骨都无法分清是谁的，只好修了一个李狄三的墓，其余的合葬为一个墓。

葬礼上，李狄三的儿子李五斗也来了，当时组织问他有什么要求，他说：“父亲是为了国家而牺牲的，我怎么能提要求呢！”

“后来，李狄三的孙子、孙女、侄女都参军入伍，成为光荣的解放军战士，继承先辈的遗志，继续为国家效力。而那个陵园周围的红柳，长得特别好。”马占山说。

历代英烈在大雪山下，在红柳丛中，受到世人的敬仰和称颂。

当我在新疆军区大院第四干休所采访原阿里军分区政委袁国祥将军时，他给我讲了这样一件事：

1991年，我到北京开会，4月30日下午，顺便去看望王震老首长。

老首长问我：“那个进藏先遣连，目前还有人健在吗？”

我说：“有。副连长、特等战斗英雄彭青云，住在乌鲁木齐干休所。”

老首长问：“那个连进藏时有多少人？”

我说：“136人，活着回来的60多，有一半牺牲在阿里了。”

王震老首长叹了一口气，停了好一会儿，才慢慢说：“这个连队是一个英勇奋战、不怕牺牲的典型，他们继承了我们红军的作风，解放了祖国大陆最后一片领土。我们部队从井冈山开始，就勇往直前，不怕任何敌人和困难，逢山开路，遇水架桥，那个先遣连进军阿里，遇上了多少敌人，走了多少艰险的路，一直走到阿里，直到解放祖国大陆最后一片领土。这种精神是十分宝贵的，是值得保持和发扬的。”

1954年，中央为先遣连“叛国”案平了反。毛泽东对先遣连的功绩也做出了很高的评价，称他们为“盖世英雄”。

1970年，王亚泉奉命寻访先遣连老战士，整理进藏英雄先遣连的事迹。王亚泉说：“在塔克拉玛干大漠深处铁干里克兵团农场的一间土坯房里，我和我的同事张相仁见到了那个功勋卓著的先遣连连长曹海林。他见到我们时，非常平静，并讲述了先遣连挺进阿里前前后后的英雄事迹，唯独没有讲他自己。当我们提起他曾受到的不白之冤时，老连长仰望蓝天平静地说：‘当娘的有时也会错怪自己的儿子，没什么，党是了解我们的。’那天，曹海林跑前跑后，到处央求人，最后在团场食堂里炒了三碟青菜和一碟鸡蛋，给我们饯行。”

“望着眼前这位战功显赫的英雄连长端起茶杯，以茶当酒向我们祝福时，我们都哭了。”王亚泉说。

那次寻访回来后，王亚泉将先遣连的事迹整理出来，写了一篇题为《记由新疆进军藏北的先遣英雄连》的文章。这篇文章收录在由中国人民解放军西藏阿里军分区编著的一本小册子《世界屋脊上的英雄战士》中，这也是我们现在能看到最早的有关先遣连英雄事迹的文字记载。

这位国民党起义军官在20世纪90年代去世。

后排右起，先遣连连长曹海林、三排长斯拉甫、二排长杨富成、参谋周奎祺，前排右起班长罗得裕、副连长彭青云、《藏北凯歌》作者罗克勤

阿里人民的好当家、党的好干部、来自山东的孔繁森，在出任中共阿里地委书记时，听说了英雄先遣连的故事，特别是当他得知先遣连活下来的人又经历了“叛国集团”冤案，心痛不已。加之严重的高原缺氧反应，他被送进了医院。21天后，孔繁森从医院出来，他没有回到地委，而是径直奔向他兼任第一书记、第一政委的阿里军分

区，含着眼泪向上一级党委(南疆军区)发了一份电报：“请南疆军区首长和政治部的同志们转告先遣连的老英雄们，阿里再困难也要给他们提供生活费用，阿里人民心甘情愿为他们养老 送终。”

前为孔繁森墓碑，后为李狄三墓碑

彭青云知道这一消息后，激动得热泪盈眶，自愿代表先遣连老兵们给孔繁森回信，感谢阿里人民没有忘记他们。

后来，孔繁森殉职后，他的墓与李狄三的墓紧挨在一起。

60年前，先遣连在西藏乃至中国历史上，留下了一次史诗般的远征。

60年过去，这些英雄的老兵多已故去，现存于世的也已是风烛残年的老人了。

2003年，我与同事辗转千里，经过长途奔波，采访了20多人次，对先遣连进军西藏有了比较清晰的了解。他们从于阗到喜马拉雅山旁，从普鲁村到冈底斯山下的狮泉河，画出了一条长达数万里的进军路线，可以说，这是一条用马蹄踩出来的英雄的路线，叠印着勇士们驰骋雪野极地的勃勃雄姿。

极地，仍然以终年戴着雪帽的大山、高屋建瓴的英雄气概，俯视着英雄先遣连的金戈铁马、猎猎战旗、威猛铁骑。为了祖国的统一，为了西藏的解放，他们马蹄踏冰雪，红旗飘飞写春秋。

雪山如浪，浪拍天涯，雪域极地英雄走。
红旗似霞，霞飞雪海，铁马冰河驰霜蹄。

先遣连是世界上一支最优秀的骑兵，是共和国的英雄，是开辟极地历史新纪元的英雄。他们以一曲穿天破云的雄犷旋律，使阿里高原在狂云、疾风、寒雪的交响中，发生了改天换地的震撼。60多年过去了，这震撼的旋律仍在千山万谷中回荡，回荡。

那条被称之为历史的道路，或平坦，或崎岖，或高峻。在熙熙攘攘、如浪如涛、行色匆匆的人流中，不管何时何地，哪朝哪代，总有一些与众不同的人光耀其间，让人过目难忘，让人感到英雄气蒸腾而上。

先遣连的每个人都是共和国的英雄！先遣连是一支远征队、侦察队、宣传队、战斗队，这是祖国大陆最后一片神奇土地的悲怆进军，是中国骑兵最精彩的表演。

进藏先遣连人员名单

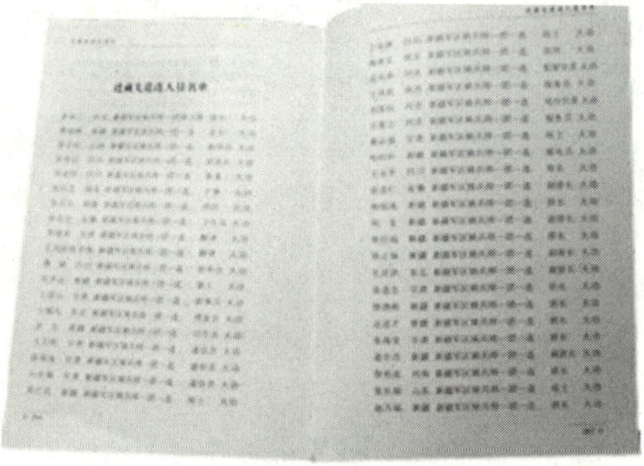

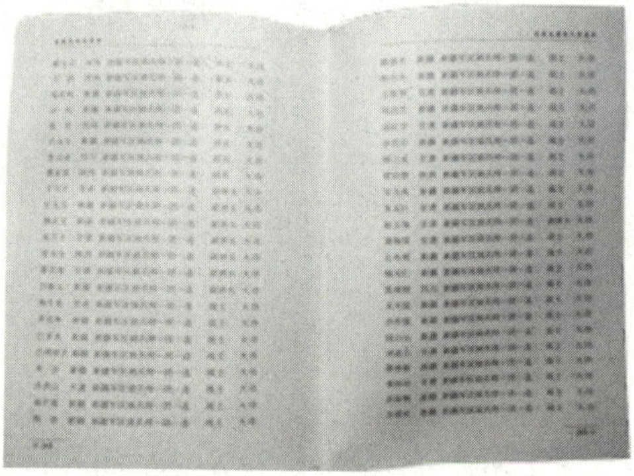

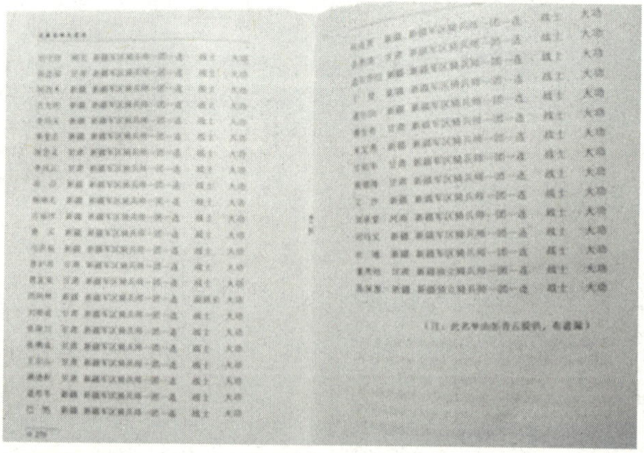

李狄三	河北	新疆军区骑兵师一团保卫股	股长	大功
曹海林	新疆	新疆军区骑兵师一团一连	连长	大功
李子祥	山西	新疆军区骑兵师一团一连	指导员	大功
彭青云	四川	新疆军区骑兵师一团一连	副连长	大功
周奎祺	四川	新疆军区骑兵师一团一连	参谋	大功
陈信芝	湖北	新疆军区骑兵师一团一连	干事	大功
吾买尔	新疆	新疆军区骑兵师一团一连	兽医	大功
徐金全	安徽	新疆军区骑兵师一团一连	卫生员	大功
乔德禄	甘肃	新疆军区骑兵师一团一连	翻译	大功
扎西彭措	青海	新疆军区骑兵师一团一连	翻译	大功
傅　斌	四川	新疆军区骑兵师一团一连	给养员	大功
托乎达	新疆	新疆军区骑兵师一团一连	掌工	大功
王银山	甘肃	新疆军区骑兵师一团一连	炊事员	大功
王锡九	东北	新疆军区骑兵师一团一连	理发员	大功
牙　生	新疆	新疆军区骑兵师一团一连	司号员	大功
王万明	甘肃	新疆军区骑兵师一团一连	通信员	大功
薛海海	甘肃	新疆军区骑兵师一团一连	通信员	大功
白长城	甘肃	新疆军区骑兵师一团一连	通信员	大功
乔巴克	新疆	新疆军区骑兵师一团一连	战士	大功
王培林	四川	新疆军区骑兵师一团一连	战士	大功
陶修良	湖北	新疆军区骑兵师一团一连	技师	大功
连至春	河北	新疆军区骑兵师一团一连	机要负责	大功
王风彪	陕西	新疆军区骑兵师一团一连	报务员	大功
刘景辰	河北	新疆军区骑兵师一团一连	电台负责	大功
王惠志	河北	新疆军区骑兵师一团一连	报务员	大功
桑必强	甘肃	新疆军区骑兵师一团一连	战士	大功
哈的轩	新疆	新疆军区骑兵师一团一连	摇电员	大功
王永平	四川	新疆军区骑兵师一团一连	排长	大功
彭彦仁	安徽	新疆军区骑兵师一团一连	副排长	大功
杨福成	新疆	新疆军区骑兵师一团一连	排长	大功
阿　金	新疆	新疆军区骑兵师一团一连	副排长	大功
斯拉甫	新疆	新疆军区骑兵师一团一连	排长	大功
韩正保	新疆	新疆军区骑兵师一团一连	副排长	大功

孔庆洪	东北	新疆军区骑兵师一团一连	副排长	大功
张选志	甘肃	新疆军区骑兵师一团一连	班长	大功
骆德裕	新疆	新疆军区骑兵师一团一连	班长	大功
达进才	新疆	新疆军区骑兵师一团一连	班长	大功
张海堂	甘肃	新疆军区骑兵师一团一连	班长	大功
道尔吉	新疆	新疆军区骑兵师一团一连	副班长	大功
徐有成	河南	新疆军区骑兵师一团一连	班长	大功
张长福	山东	新疆军区骑兵师一团一连	战士	大功
赵万福	新疆	新疆军区骑兵师一团一连	班长	大功
郝又清	河南	新疆军区骑兵师一团一连	班长	大功
于　洪	河南	新疆军区骑兵师一团一连	班长	大功
哈布科	新疆	新疆军区骑兵师一团一连	班长	大功
沙　的	新疆	新疆军区骑兵师一团一连	班长	大功
张　昆	河南	新疆军区骑兵师一团一连	班长	大功
吕永生	新疆	新疆军区骑兵师一团一连	班长	大功
李元诸	四川	新疆军区骑兵师一团一连	班长	大功
曹家喜	陕西	新疆军区骑兵师一团一连	班长	大功
王兴才	甘肃	新疆军区骑兵师一团一连	副班长	大功
拉五瓜	新疆	新疆军区骑兵师一团一连	副班长	大功
魏庆文	新疆	新疆军区骑兵师一团一连	副班长	大功
张万才	甘肃	新疆军区骑兵师一团一连	副班长	大功
张永吉	陕西	新疆军区骑兵师一团一连	副班长	大功
霍廷俊	甘肃	新疆军区骑兵师一团一连	副班长	大功
刘振义	新疆	新疆军区骑兵师一团一连	副班长	大功
杨生有	甘肃	新疆军区骑兵师一团一连	战士	大功
乔克林	新疆	新疆军区骑兵师一团一连	战士	大功
巴多木	新疆	新疆军区骑兵师一团一连	战士	大功
巴利祥子	新疆	新疆军区骑兵师一团一连	战士	大功
木　沙	新疆	新疆军区骑兵师一团一连	战士	大功
吉虎山	甘肃	新疆军区骑兵师一团一连	战士	大功
奴尔甫	新疆	新疆军区骑兵师一团一连	战士	大功
熊　德	新疆	新疆军区骑兵师一团一连	战士	大功

骆德才	新疆	新疆军区骑兵师一团一连	战士	大功
帕吾古	新疆	新疆军区骑兵师一团一连	战士	大功
王振帮	甘肃	新疆军区骑兵师一团一连	战士	大功
阿廷芳	新疆	新疆军区骑兵师一团一连	战士	大功
刘好学	甘肃	新疆军区骑兵师一团一连	战士	大功
沙吾尔	新疆	新疆军区骑兵师一团一连	战士	大功
杨三义	甘肃	新疆军区骑兵师一团一连	战士	大功
曾自修	陕西	新疆军区骑兵师一团一连	战士	大功
甘玉兆	新疆	新疆军区骑兵师一团一连	战士	大功
朱友臣	甘肃	新疆军区骑兵师一团一连	战士	大功
赵玉海	甘肃	新疆军区骑兵师一团一连	副班长	大功
康海荣	甘肃	新疆军区骑兵师一团一连	战士	大功
江布利	新疆	新疆军区骑兵师一团一连	战士	大功
杨天仁	新疆	新疆军区骑兵师一团一连	战士	大功
张侯栓	四川	新疆军区骑兵师一团一连	战士	大功
买买提	新疆	新疆军区骑兵师一团一连	战士	大功
沙吾提	新疆	新疆军区骑兵师一团一连	战士	大功
段占山	新疆	新疆军区骑兵师一团一连	战士	大功
刘进吉	甘肃	新疆军区骑兵师一团一连	战士	大功
鄂鲁新	新疆	新疆军区骑兵师一团一连	战士	大功
吉春林	新疆	新疆军区骑兵师一团一连	战士	大功
吉建业	新疆	新疆军区骑兵师一团一连	战士	大功
刘守财	湖北	新疆军区骑兵师一团一连	战士	大功
陈进福	甘肃	新疆军区骑兵师一团一连	战士	大功
阿西木	新疆	新疆军区骑兵师一团一连	战士	大功
吉光明	新疆	新疆军区骑兵师一团一连	战士	大功
李均义	新疆	新疆军区骑兵师一团一连	战士	大功
柴登吉	新疆	新疆军区骑兵师一团一连	战士	大功
陈忠义	甘肃	新疆军区骑兵师一团一连	战士	大功
李凤云	甘肃	新疆军区骑兵师一团一连	战士	大功
昂　尕	新疆	新疆军区骑兵师一团一连	战士	大功
杨绪礼	新疆	新疆军区骑兵师一团一连	战士	大功

吉祥福	新疆	新疆军区骑兵师一团一连	战士	大功
赛　买	新疆	新疆军区骑兵师一团一连	战士	大功
马洪福	新疆	新疆军区骑兵师一团一连	战士	大功
曹护周	甘肃	新疆军区骑兵师一团一连	战士	大功
曹发荣	甘肃	新疆军区骑兵师一团一连	战士	大功
西阿林	新疆	新疆军区骑兵师一团一连	副班长	大功
刘顺成	甘肃	新疆军区骑兵师一团一连	战士	大功
张保川	甘肃	新疆军区骑兵师一团一连	战士	大功
张佛成	甘肃	新疆军区骑兵师一团一连	战士	大功
王宗山	甘肃	新疆军区骑兵师一团一连	战士	大功
满德积	甘肃	新疆军区骑兵师一团一连	战士	大功
道布冬	新疆	新疆军区骑兵师一团一连	战士	大功
巴　热	新疆	新疆军区骑兵师一团一连	战士	大功
何成贵	新疆	新疆军区骑兵师一团一连	战士	大功
余贵清	甘肃	新疆军区骑兵师一团一连	战士	大功
道尔甲拉	新疆	新疆军区骑兵师一团一连	战士	大功
干　登	新疆	新疆军区骑兵师一团一连	战士	大功
甫尔白	新疆	新疆军区骑兵师一团一连	战士	大功
傅生有	甘肃	新疆军区骑兵师一团一连	战士	大功
宋文秀	新疆	新疆军区骑兵师一团一连	战士	大功
甘绍华	甘肃	新疆军区骑兵师一团一连	战士	大功
黄德海	甘肃	新疆军区骑兵师一团一连	战士	大功
艾　沙	新疆	新疆军区骑兵师一团一连	战士	大功
刘录堂	河南	新疆军区骑兵师一团一连	战士	大功
司马义	新疆	新疆军区骑兵师一团一连	战士	大功
吐　地	新疆	新疆军区骑兵师一团一连	战士	大功
董秀娃	甘肃	新疆军区骑兵师一团一连	战士	大功
陈保扇	新疆	新疆军区骑兵师一团一连	战士	大功

（注：此名单由彭青云提供，有遗漏）

附：

他也是一位极地英雄

杨从彪

再一次与《极地英雄》“对话”，原有的那份激动已演变为感慨与崇敬。这情感的升华，不仅仅源于那些极地英雄，也是因为作者本人。

1976年，我与闫振中在墨竹工卡他居住的那间铁皮房里相识。30多年来，两人之间人与文的交往，让我们结下了深厚的友谊。本世纪初，他曾对我说，很想写一写西藏和平解放之前，中国人民解放军进军阿里和藏北草原那支先遣连的事迹，这是他最大的愿望。2003年9月，他终于如愿以偿。已近六旬的老闫担任了对进藏先遣连事迹采访的工作。

10月起，他邀请作家李家俊，从拉萨出发，一起风尘仆仆，一路颠簸，分赴重庆、成都、西安、乌鲁木齐、兰州、太原、张掖、咸阳、运城……开始了寻找先遣连英雄、采集先遣连英雄事迹近几千公里的长途跋涉。经过辛勤采访、录音和摄影，他们基本上完成了任务。在西安，在乌鲁木齐，他都打电话给我，说话声音洪亮，特别来劲儿，很有精神。他问我有没有诗友需要去看望，我说去石河子的话，去看看《绿风》诗刊主编曲近，他最近可能将我们的西藏诗歌专辑发出来。闫振中说不去石河子，他还说他的采访一路顺风，手头有很多东西可以写。

我真为他高兴。

2004年藏历年前夕的2月18日，一直没得到很好休息的闫振中飞抵拉萨，电话告诉我平安到达。

这天下午，他接待了两位西藏青年作家，谈兴很浓。晚上，还参加了一个藏历年团拜会。回家又为一台晚会写解说词。

2月19日去文联。回家继续写解说词。

20日，他突然倒地，爬起来，站不住，又倒下去了。连续倒了五次，又爬起来五次……

实在挺不住了，他才打电话给朋友。住进医院，一查，脑梗阻！已经退休的夫人黄遵君立即从内地飞往拉萨，守护在他身旁。

我原以为他会就此搁笔，然而，他却以惊人的毅力，克服了疾病造成的偏身感觉障碍，强迫自己让那双不再灵活的手动起来。2005年2月，他艰难地完成了本书的初稿。

得到这一消息，我蒙了，刚上60的闫振中，身体还结实着哩，听说领导还劝他多干几年哩，怎么一下子就得了脑梗阻？我不禁出了一身冷汗。

人啊，是多么脆弱！生命似乎就在瞬息之间！

闫振中回来了，把自己唯一的儿子留在了西藏，留在了进藏英雄们战斗过的地方。

经过半年精心治疗和护士出身的夫人细致的护理，闫振中战胜了疾病的折磨和摧残，终于站起来了。

他的左腿和左手有一些麻木，不过，他的头脑和右手还像过去一样灵活，写作没有问题。

他决心以先遣连为榜样，出院就拟出《极地英雄》的写作提纲。进入写作后他又遇到极大的困难，左手不灵巧，甚至翻页码都不方便，好多资料都要靠夫人帮忙翻阅，因为左手无法固定纸张，有时候写着写着纸就歪了，还得用右手去调整。

开始一天只能写千余字，后来写得多些。为尽快把书写出来，他延长工作时间，一天写十多个小时。但中途要锻炼，要去医院按摩，干扰很大，一些情节前边写了，后边有重复。还有的章节写完后，觉得"意犹未尽"，又做了大量补充。他一心扑在写作上，经过半年废寝忘食、舍生忘死的艰难工作，终于完成了书稿。

重庆大学C区图书馆的负责人新涯，请了三位本大学的研究生把闫振中的书稿打印出来，我是含着泪为他编校初稿的，书中极地英雄的大无畏精神惊天地泣鬼神，而作者在病榻上抗争的决心又何尝不是如此呢？书中的极地英雄们为西藏和平解放，踏上“中国革命史上第二次长征”之路，作者“瘫手拙笔”磨字成书的恒心又何尝不是如此呢？

闫振中在西藏工作了40年，他的青春、他的理想、他的希望、他的才华都早已属于西藏。

闫振中的《极地英雄》，呈现给我们的不仅仅是岁月的更替、时代的变迁，它呈现出的更多的是意志的考验、心灵的净化、精神的洗礼。许多章节写得非常精彩，非常生动，非常感人，让我读得双泪长流。相信所有的读者都会与我有同感。

先遣连在那么艰难困苦的环境中，创造了人间最伟大的可歌可泣的奇迹。他们进军阿里，所受的苦不亚于二万五千里长征时红军的磨难，因此被当年的老红军誉为“中国革命史上的第二次长征”。这是毫不夸张的，也是恰如其分的，更是当之无愧的。

《极地英雄》是西藏近些年很难见到的优秀的纪实文学，它所展示的我人民解放军先遣连的英雄事迹，令我们激动不已，已经很长时间没有读到过如此可歌可泣题材的作品了。现在重温这段英雄的历史，让我们深省，让我们豁然开朗，让我们掩卷沉思，让我们受到极大的震撼和深刻的教益。

面对这样一批英雄群像，面对他们的英雄事迹，我们活着的人，还有什么理由不珍惜自己阳光灿烂的生活和安定平稳的工作呢？我们还有什么理由不全身心地投入到西部大开发的伟大事业中去呢？我们还有什么理由为一己私利、为中饱私囊而把手伸向国家和人民的腰包呢？

《极地英雄》是一部弘扬时代主旋律的好作品，是一部维护祖国统一、反对民族分裂的好教材，是一部进行革命传统教育、民族团结教育、爱国主义教育和革命英雄主义教育的好教材。我们这一代人需要它，我们的下一代也需要它，我们的下下一代乃至世世代代都需要它。

闫振中经历了一次残酷的但又不能以人的意志为转移的生死考验，他对生与死，他对健康与生命，他对寂寞与奋争等等人生哲学，有着深刻的认识和理解。他以顽强的毅力和惊人的意志写出了英雄们的事迹，倾注了自己真挚、真实、生动的情感，字里行间始终充满着一种无畏的浩气、勇气和骨气，我们从中读出了令人振奋的精神，领悟到了许多人生真谛。他在写作中，多次被英雄的事迹感动得流泪。是的，作家自己不流泪，读者肯定是流不出泪来的。只有作家动情了，读者才会动情。

闫振中说，他采访的极地英雄们的故事还有很多，以后还会写一些出来。一年多来他一直生活在英雄们中间，他自己在西藏艰苦奋斗、辛勤工作了40年，到退休之际，又为抗击病魔进行了英勇顽强的斗争，他也算得上是一位英雄，一位喜马拉雅的英雄，一位战胜病苦的英雄，一位克服各种困难的英雄，一位虽没有勋章但却是名副其实的令我们敬仰的喜马拉雅英雄。

闫振中还在吃药，还在锻炼，他还练书法，搞创作，每一天都很繁忙，每一天也都很充实。他正潇潇洒洒地过好后半生，他的后半生肯定会更加辉煌、更加美好。

2010年12月于渝

喜马拉雅
丰　　碑

珠峰托起军魂

珠穆朗玛和一部英雄史诗

每当乘坐飞机，从高空俯瞰西藏雪域，“世界屋脊”瑰伟绝特的景观，常使人激动不已。尤其那隆凸于藏南边界的喜马拉雅高地，更是群峰耸立，山峦起伏，如一条巨龙蜿蜒在云海苍茫之中，沉雄博大之势，给人的心灵以长久的震撼。

世界第一高峰珠穆朗玛，雄踞于喜马拉雅山脉中部的群峰之上，峰尖直刺青天，以8844.43米的第一高度，立于千仞之上，被世人称为地球第三极。在珠峰四周5000平方公里之内，8000米以上高峰4座，7000米以上高峰38座。此种高峰荟萃的现象，为世界其他地区所罕见，形成了第三极地巍峨壮观的宏大风景。

离珠峰不远处，有一座海拔7314米的卓莫拉利峰。此峰冰清玉洁，晶莹剔透，风雪云雾中，如一位少女身着长裙。当地藏胞称它为神女峰。神女峰的山脚下，是片空旷地带。在这片荒原冻土之上，屹立着一座海拔4900米的荡拉山，山上驻扎着一支空军雷达连队，这就是驻藏空军雷达某团堆拉雷达站。

如果说，我国北方有一道先民们用血肉之躯和御敌意志筑起的万里长城，那么在祖国的西南边陲，便有一座由千百座高峰筑起的冰雪屏障，如万里长城般盘踞在地球第三极地。我们共和国的忠诚将士，就在这里上演着一幕幕激动人心的话剧。

因为这些故事发生在地球最高极，也就决定了其内在意义中，具有世界军事史上无与伦比的独特个性，并以无可争辩的事实证明，只有中国军人，才能将其内在意义和独特个性发挥到极致，不仅直指大自然的生存极限，也直逼人们心灵深处的心理承受极限。

在一般情况下，地球上高于海拔4500米的地方，人类就无法居住，5000米以上即为生命禁区。这是1997年英国出版的《人在高原》一书中的论断。而我们的戍边卫士，硬是用他们年轻的生命和对祖国的高度忠诚，在被医学界称为“临界高度和危险高度”的中心地带，筑起了一道钢铁长城，同珠穆朗玛一起，高高托起了英毅凛然的军魂。

几十年来，雷达站官兵在蓝天之下、高山之上，戍边守疆，担负着反侵略、守边关、保卫西藏、保卫祖国的艰巨任务，以顽强拼搏、默默奉献的精神，在这里创造了一个个令世人惊叹的奇迹。

1962年10月24日，营长古时特、政委黄绍绪带领队伍踏上了西去征程。穿越中原大地，跨过关中平原，直驱陇西高原。铁路运输至西宁后，又转入公路行军。他们战胜剧烈的汽车颠簸和高山反应，挺进柴达木盆地，翻越昆仑山、唐古拉山，日夜兼程，经26天急行军，提前抵达拉萨。

没有道路，他们用肩膀扛运进驻阵地；整机太重无法搬运，那就拆开部件，如蚂蚁搬家般抬至山顶；临时阵地没有营房，那就缩进透风的帐篷；没有水，吃雪；没有饭，吃干粮……

这支钢铁的队伍，终于在万古荒原、千年孤岛上，竖起了高高的雷达天线。

雷达运转开机了，千百座雪山，都绷紧了灵敏的神经……

这就是四连的历史。

因为戍边卫国的需要，山再高，也要闯；环境再苦，也要安营扎寨。四连转战敏拉山、曲水山、多拉山，不久又转移至亚东县边境前沿。这里与印度、锡金、不丹三国毗邻，因战略地位重要，历来是兵家必争之地。

雷达阵地选在哪里？唯一的标准是符合战争需要的地理位置。

荡拉山一下子进入了雷达官兵选择的视野。

它地处珠穆朗玛峰旁边的边境前沿，虽为一座高耸的孤山，四周却空旷开阔，无遮无拦。这正是设置雷达阵地的理想之地。

别无选择，就是它了。

1967年9月16日上午10时，阴郁的天空终于露出灿烂的阳光，高高的天线随油机轰鸣，在湛蓝的天空中威严而稳健地旋转，将巨大的电波传向四面八方。

快看，荧光屏上出现了回波信号，试机成功！

随着雷达站官兵的欢呼雀跃，他们艰苦而悲壮的高原军营生涯，便在这雪山之上拉开了序幕。

荡拉山海拔4900米，位于喜马拉雅山系中部，紧挨珠峰，四周大都是7000—8000米的雪峰，这就决定了荡拉山顶气候的显著特征。每年无霜期只有4个月，气温最冷时达零下40度。站建在山顶，到处是终年不化的积雪，放眼望去雪海苍茫，四周冰川雪峰耸立。旷野的寒风从四面八方的山口吹来，如一群野兽，不停地向着这座孤山猛扑撕咬。

这座雪山上的含氧量，只有内地的50%。躺在山上不动，心脏压力也超过上海黄浦江码头工人的心脏负荷。只有开动人体的代偿功能，才能维持生存。但铁定无疑，这会加速生命的消耗。上山的道路崎岖艰险，运输线长，山上的物资供应，只能保持最低需求。更重要的是，在此等恶劣艰苦的条件下，必须完成站勤值班和日常工作等各项艰巨任务。

这是超越生存极限的生理挑战。

英雄不拒绝苦难。只有不同寻常的挑战，才有不同寻常的应战，才有英勇壮举的应运而生。

向生命极限挑战

"大雪封门了！"

炊事员一大早起来做饭，异常的窒息感，使他像岸上的鱼，张着嘴喘不过气来。当费尽全力打开房门，他惊奇地发现门前竖起了一堵厚厚的雪墙。

"大雪封门了！"

喊声将同室的三位炊事员惊醒，他们也被门前的雪墙惊呆了。

四名炊事员又蹬又扒，总算在门框上方挖开了一个窟窿。他们爬出去一看，积雪淹埋了屋檐，人一出屋就已站到房顶上。营院被大雪覆盖，四周是一片银色世界。他们沿着互相连接的房顶，走到了储存主副食的仓库，撬开房顶铁皮，用绳子吊人下去，取出燃料及主副食后，他们开始起炊。

他们的响动声把全连都惊醒了，战士们立即起床，挥舞铁锹挖雪开路。从宿舍到伙房，从油机房到雷达车，从雷达车到指挥室，营院里挖满了纵横交错的"交通壕"。

这是1989年的1月，一场历史上罕见的大雪，铺天盖地而来。积雪封锁了上山的道路，使山上山下的人无法进行正常的换班。9日，雷达站官兵终于挖通了一条雪路，准备第二天换班。可没想到夜幕刚刚降临，鹅毛般的大雪又纷纷扬扬地下个不停，整整下了9天9夜。这就出现了炊事员开门时见到雪墙的奇观。

到次年元月12日，阵地只剩50斤大米、25斤面粉和一小包辣椒面。元月18日早晨，山上只剩下了7斤面粉。炊事班把这点面粉全部做成窝头，又坚持了一天，就粒米无存了。寒冷和饥饿，时时威胁着官兵的生存。但阵地上没有人叫苦，没有人悲观。他们始终坚持着，坚守在雷达阵地各自的战斗岗位，直到上级命令下达，才于晚上11时下山回到休整点。

1990年1月19日，团里送服装的卡车到达荡拉山脚，已近黄昏。上山的路，积雪厚达50厘米。车子无法上山，只好让驾驶员在山下留守，同车的林正祥、李畅兵顶着风雪步行上山求救。

闻讯后，副连长刘养鱼率全连战士打着手电筒挖雪开路。直到凌晨5点，车还是上不了山。

风刮着，雪下着……四周的雪山在黑黝黝的夜色里，如鬼魂魔影般晃动着。在一束束手电筒的光线里，风搅着雪花，狂飞乱撞。这时的气温至少在零下30度。因空气稀薄，战士们严重缺氧、筋疲力尽，倒在雪地上，再也无力站起。

躺在雪地上休息一会儿，天逐渐显亮，嚼几口压缩干粮后，他们又继续投入战斗。

雪越下越大，路愈走愈难。手指冻僵了，抓把雪擦一擦；腿脚冻麻了，跪在雪地上挖……

挖到下午，还有一公里路程。战士们实在挖不动了，只好把服装一包一包背上山顶。

每年6个月的封山，使荡拉山成了与世隔绝的孤岛。对四连雷达官兵来说，这难熬的季节，就是严峻的考验。

特别是早晨的奇寒奇冷，不仅威胁着人的生存，连阵地的雷达天线也难以启动。为保证战备值班，官兵们经常爬上六七米高的雷达天线，用背包绳拴系、拖动雷达运转。1994年冬，技师韩厚峰爬上雷达天线抢修，当时风力达10级以上，雪大风狂，韩厚峰从上面摔了下来，所幸地面积雪很厚，没有摔伤……

紧接着，狂风中又有人攀上了雷达天线。

因山上气温特别低，修理兵器需戴手套作业，这是老兵常要提醒新兵必须特别注意的事项。油机员向开元刚到阵地不久，没把老兵的话往心里去，一次在修理油机时赤手操作，不料，手被粘在油机上，待他用力拿开，3个手指头的表皮，就都被留在了油机上面。

荡拉山不但高寒缺氧，那超强的高原紫外线，更是日渐一日地损害着雷达战士的身体。脸紫嘴乌，不正常的潮红，透显出一种风雪严寒刻下的岁月沧桑。官兵们大都不同程度地患有高山病，轻者手指甲凹陷、眼睛充血，时常头晕头痛、睡眠不好、食欲不振；重者脱发、关节疼痛、面部浮肿、心率失常、心室肥厚、心脏扩大、血色素增加，不少官兵患过雪盲症、肺水肿……就这样，他们在高山之巅预支着生命，在“生命禁区” 挑战着生命极限，表现出中国军人特有的顽强和坚韧。

1993年春节前夕，雷达站在山上收到团指挥所从拉萨打来的战备紧急电报，要求尽快传达至驻亚东县城的休整点。山东籍操纵员张宪明接到任务后，于下午6点顶着寒风立即出发。到了山下，天慢慢黑了下来。他沿着公路朝前走，希望能在路上遇到去亚东的汽车顺便搭乘。可这是春节前夕，公路上静悄悄的，根本就看不到汽车的影子。

这是蜿蜒在喜马拉雅山谷中的一条简易公路，两边耸立的雪山森严恐怖，夜色中不时传来野狗和乌鸦的叫声。前方那么深远空旷，仿佛什么意外的事情都可能发生。走至深夜，寒冷和饥饿一起袭来，脚步越来越沉重。在被世人称为地球“第三极”的喜马拉雅神秘地域，这位战士经受着比战争时代枪林弹雨还要严峻的生死考验。

据有关专家研究证实，人空手在海拔4000米的地方行走，等于在海平面负重20公斤。眼看着体力消耗殆尽，他感觉自己随时都可能倒在路上。不，决不能倒下，倒下就意味着会被冻死，会被潜伏在路两旁树丛中的野狗吃掉。自己年轻的生命固然宝贵，而那份战备紧急电报，此时比自己的生命更重要。必须走，朝前走，不停地走……

他坚持着，忍耐着，不停地走着。他用深沉坚毅的步伐，在空旷的雪山冰川，叩响了中国军人顽强不屈的心声。

就这样坚持行走了16个小时。当第二天上午10点将电报送到亚东休整点主官手里的时候，他的脸已完全改变了颜色，一夜之间，生出了满脸的粉刺。

在荡拉山服役戍边，其艰苦程度是常人难以想象的。这里雪封冰冻期长，每年平均60%的任务，必须在雪融之后和封山之前短暂的四五个月内完成。恶劣的高原气候，给官兵们完成各项任务增添了超常的难度和压力。通常很容易办到的事情，在这里都艰难得成为生死斗争。

荡拉山官兵同时也面临物质文化条件的巨大落差。自1967年建站以来，最初住帐篷、地窖、铁皮土房，啃的是脱水菜、压缩干粮，一年看不上几场电影，长年累月看不上报纸和家信。这种状况一直持续到70年代末。后来，住房条件虽有改善，也吃上了土豆、萝卜、白菜、干粉条，但“冬住水晶宫，夏住水帘洞”、“吃水打冰块，煮饭烧牛粪”的状况，并没有根本改变。到了大雪封山季节，报刊杂志“日报”变“季报”、“季报”变“年报”。看电影变成讲电影，同志们称之为“电影会餐”。到80年代，虽然住上了新营房，吃上了鲜蔬菜，阵地上配发了电视机、录放机、VCD，但与内地部队相比，物质文化生活的落差仍十分突出。

可以说，这里的艰苦程度，与上甘岭和老山前线相比，有过之而无不及。更何况这种艰苦是如此地漫长、具体、全方位。从某种意义上说，四连官兵所要付出的牺牲，比战场上更难承受，更难做到。

然而，艰苦奋斗、无私奉献的光荣传统，使他们深刻认识到：要奋斗，就会有牺牲。这种牺牲，只要能为党为国家为人民的利益做出贡献，都是最值得的。

荡拉山虽然雪大风猛、气候恶劣、条件艰苦，但它却培育出一个英勇坚强的连队，锤炼出众多的英雄。正是这一代又一代、一茬又一茬官兵的艰苦奋斗，为四连谱写了一部英雄史诗。

站在雷达天线下面，看到的是地球上所能见到的最纯净的天穹。这里的每一位战士，都是这纯净天穹中一轮喷薄而出的太阳，燃烧着生命，让豪迈的军魂在高山雪风中光芒四射。

战友之情的崇高境界

1993年11月的一天，是一个大雪封山、天寒地冻的日子。

荡拉山顶的大雪纷纷扬扬地飘着，飘着透骨的寒冷和肃穆的寂静。阵地上高高的雷达天线，骄傲地对视着喜马拉雅山系那些高耸入云的雪峰，坚持不懈地旋转。

荧光屏前，雷达官兵聚精会神、高度紧张地注视着时隐时现的目标亮点，在凌空弥漫的电波里搜寻着一切有价值的信息。

这里是有条不紊的战勤神经中枢，容不得丝毫的松懈和疏忽。

可这时总值班员却在值班室里发现了异常情况：报务员丁佑军，在不到两个小时之内，已出外解手5次了。

"丁佑军，怎么了？病了吗？"值班员问。

丁佑军摇了摇头。

"为什么三番五次上厕所？战备如此紧张，岂能有半点儿疏忽散漫。"

丁佑军没有吭声。又默默地坐在荧光屏前。

没过多久，丁佑军的脸变得如一张白纸没有血色。他无力地将目光移开，趴在桌子上。

"小丁，怎么了？"

没等值班员把话问完，丁佑军"哇"的一声，吐出满口鲜血，昏倒在值班员的臂弯里。

总值班厕所里，发现有丁佑军拉出的大片鲜血！

官兵们都被这位带病坚持工作的战友感动了。丁佑军，江苏如皋人，自幼失去父母，后跟姑母长大，因家乡贫穷，受尽了生活的艰苦。如今，他生命垂危，牵动着战友们的心。

"除值班人员坚持岗位外，其他同志一律参加抢救！"

随着副连长刘朝阳的一声令下，抢救工作开始了。用攀登雷达的梯子做成临时担架，将被子垫上，大衣盖上，抬着病号迅速下山。

此时，正是晚上9点。

大雪弥漫的夜晚，寒风刺骨。战友们抬着担架，心急如焚，踏着1米多厚的积雪，朝山下奔去。

梯子一头宽一头窄，窄的一头钻不进人，只有系上绳带，一边一个人将绳带挎在肩上，两个人抬一头才行。雪深路滑，四人抬着担架在崎岖坎坷的山路上，很难协调一致，走起路来越发艰难了。

从山上到帕里镇，是18公里的路程。这段路程如果在高速公路和现代化交通工具面前，只是瞬间的距离，可现在，却成了一场漫长而艰苦的跋涉。

丁佑军仍在昏迷之中。

必须争分夺秒，时间就是战友的生命。

4900米的海拔已不算什么；

高山缺氧已不算什么；

大雪寒风已不算什么；

山陡路滑已不算什么……

他们承受着重负，仅仅两个小时，在深夜11点到达了帕里镇。

帕里镇是雷达四连的军民共建单位，在长期交往中彼此建立了深厚的军民情谊。藏族同胞闻讯后，纷纷前来看望。镇卫生员立即给病人输了盐水。因病情危重，由镇长石达亲自开车，立即将病人送往亚东县城。

深夜12点，病人被送到亚东县城四连休整点。王忠祥连长立即做出决定，迅速将病人送往驻亚东的边防六团卫生队。

卫生队队长做出诊断：输血。

病人因失血过多，需输血2000毫升。

经验血，病人为AB型血。卫生队血库里没有AB型血浆。

团指挥部从拉萨发出指示，尽一切力量，不惜任何代价，想尽一切办法抢救丁佑军的生命，血浆将尽快送到。但时不待人，病情危急不能只是等运来的血浆，因此四连全体官兵充分发挥主动性，贡献自己的力量，他们早已排队站在了输血室前，伸出手臂要求验血、输血。

边防六团林政委组织技术情务第十二所第五工作队特务连全体官兵输血增援。不巧的是，从血型记录上看，AB型的老战士都复员了，只有两位新兵是AB型的。

凑巧的是，四连官兵中竟有7名是AB血型，这7名战士都为能给战友献血而感到庆幸。为了战友的生命，谁还顾得上在高原输血给自己身体带来的严重后果。

丁冬兵是一个瘦弱的战士，要求输血200毫升，当抽到160毫升时因虚弱而昏倒，立即被送往急诊室。

马骥，一位高大强壮的战士，是四连篮球队主力，能跳、能跑，为四连在亚东县篮球比赛年年夺得冠军立下战功。但输血后锐气大减，从前他连打三场篮球不在话下，而今，打上半场，就已力不从心了。

副连长刘朝阳是一个钢铸铁打的山东壮汉，他输了300毫升。在以后的日子里，刘朝阳明显感觉体力下降，还经常发烧、感冒，但他从不后悔。因为，他自己的生命，就是战友们在前不久的一次雪暴中给抢救出来的。

在刘朝阳的记忆里，一直珍藏着那个感人的故事：

大雪封山，持续的低温把山上的牦牛和老鼠冻死不少。当时，刘朝阳正在山上值班，听说往山上送菜的几名战士被困在山下，晚上7点，他带领两个战士到山下接应。下山后，听说送菜的同志已到帕里镇石达家休息，才算放下心。因第二天早晨有国际航班需要导航，他不能在山下延误，就又与同来的两名战士一起，立即掉头上山。谁知走至半山腰就已体力不支，尤其是右腿，如灌了铅似的沉重。再往上走，心脏跳动愈来愈急促剧烈，肺像要爆炸了一样疼痛，喉咙里热辣辣的像灌满了辣椒水，肚子里也像有一团火在烧……硬撑着又走了一段，气力耗尽，他栽倒在雪地里。两名战士伏在身边千呼万唤，总算把他叫醒。刘朝阳见两名战士脸上的泪结成了冰，喘着粗气，都已到了精疲力尽的地步，便气喘着对他们说：“我实在走不动了，躺在雪地里休息一会儿再走。你们俩不要停在这里，慢慢上山吧。”

“不行，躺下来就会冻死的。”

“总比三个人都冻死在这里强，你们走吧。”

刘朝阳是在半昏迷状态下说出这句话的。他感觉到自己全身僵硬，仿佛再也站不起来了。

两名战士把他从雪地里拖起，不管他愿意不愿意，各自用一个肩头把他支撑着，一步一步，拖着、拉着，用体内仅存的一点儿力气，一寸一寸地把他拖到山上。

刘朝阳怎能忘记，是战友把他从死亡的边缘拯救回来。如果没有超乎生命之上的战友之情，怎能在自身精力耗尽、生命攸关的时刻舍命相救呢！

当战友需要自己鲜血的时候，又怎能犹豫？

输过血，刘朝阳连续两个晚上看护病人，倒屎倒尿，时刻观察病情的变化。到第三天晚上12点，丁佑军的尿里再也看不到血丝了，这说明他已经脱离了危险。

卫生队的医生说，这是个奇迹！

在荡拉山，官兵之间、战友之间的情宜，是经过艰苦环境的锤炼和生死考验的最高情感。那里面有喜马拉雅山的雄风，有珠穆朗玛峰的高拔。这战友之爱的岩脉连着大山，奠基在第三极的青藏高原，在同一面军旗下，组合成庄严雄伟的情感系列，铸造了气壮山河的军魂。

一天中午，战士杨令龙在篮球场与战友相撞，当场昏迷，立即被抬至卫生室。卫生员龙晓钟给他注射强心针后，虽然减慢的脉搏变得有力了，发紫的嘴唇也恢复了正常，但是呼吸仍然不畅。卫生员撬开他紧闭的牙关，发现喉咙里卡着浓痰。在没有吸痰器的情况下，卫生员二话没说，伏下身子，口对口地吸起来。20分钟后，浓痰才被完全吸净。杨令龙脱离了生命危险。

战友情、同志爱，何止体现在战友遇到生命危险之时，共同的使命、艰苦的环境，早把全连官兵的心紧紧联结在一起，并不断得到升华。每当战友或其家庭遇到困难时，大家都毫不犹豫地伸出援助之手。

战士侯龙斌家中承包的茶叶生产，因意外原因出现严重亏损。消息传到连队，全连官兵把1000元捐款送到了侯龙斌手里，让他寄往家中救急。小侯热泪盈眶地说："世上再没有比战友情、同志爱更珍贵的了。"

这里是世界上最冷最冷的地方，这里是人心里最暖最暖的地方。战友之间真挚的情谊，像春风一样荡漾在荡拉山顶，使这高寒蛮荒之野成为情感丰茂之地。在艰难的环境里相濡以沫，互帮互助；在心灵的呼应中获得情感的确认，并从中发现生命的宝贵内质，使荡拉山官兵因获得战友之情的本真意义而抵达精神的最佳境界。

雪山冰峰下的军民共建之歌

“森林起火了！森林起火了！请各单位迅速组织人力上山救火！……”

在亚东县城上空，高音喇叭反复播放着上山救火的紧急通知。

这是1993年10月中旬的一天上午10点钟。

听到广播通知，接着是一阵紧急的集合哨。正准备吃早饭的驻亚东县休整点四连官兵，立即放下碗筷，跑步进入指定地点，列队等候命令。

第13任站长王忠祥，早已站在队列前面：

“同志们，山上起火，十万火急！警报就是命令，3位同志在家留守，其余同志，带上灭火工具，立即上车，奔赴现场！”

命令下达，刻不容缓。卡车载着40多名官兵，飞快抵达半山腰上的灭火指挥部。

四连接受的任务是扑灭山脊上的大火。

熊熊燃烧的山脊，是火灾的重点部位，任务重、难度大。

每次救灾，四连都为能分到最重要的任务而自豪，这是地方政府对四连的信任。

灭火工具是自带的塑料桶、扫把、铁锹，指挥部还给每个战士发了两枚灭火弹。

王忠祥站长和张法安副站长各带一支兵马，分两路向山脊包抄。

从山腰到山脊，虽然距离不算太远，但树叶太厚，走起来像踏在棉花堆里一样费力。一脚踩空，树叶下面便是陷阱，有些陷阱里还藏着暗火。

这简直是一次战场冲锋，在奔跑中，不少战士的脚被扭伤、灼伤。

王忠祥带一拨兵马冲到大火前，先用灭火弹打开一条通路，然后用树枝扫把扑打。

风助火威，火势更猛。不断狂蹿的火苗，像一头头怪兽，伸着舌头朝战士们扑来。

灼人的热浪，让战士们很难接近火源。

为救火，亚东县城军民总动员，连小商小贩都关门上山。不少人从山腰排成一条条长龙，将水桶传送到山上，形成供水路线。冲在最前面的，就是四连的雷达官兵。

王忠祥本来就在生病，上山前又犯了牙痛。他悄悄地吃了点儿药，便带领战士上山救火了。

亚东森林起火是常有的事，上山灭火也不只一次两次。凭着往日摸索的经验，根据风向火势，王忠祥带领战士们抢占有利地形，把水浇上去后，用树枝扑打。一步步地紧逼，一寸寸地推进，终于压住了疯狂的火势。直到深夜12点，肆虐的大火才被彻底扑灭。

饥饿和劳累，使战士们精疲力尽。头发被烧焦，手脚被灼伤，王忠祥的眼睛被熏成了两只红红的血球……

雷达连以极具战斗力的实际行动证明：四连战士不仅是雪峰抗寒的英雄，也是森林灭火的好汉。

1995年底至1996年初，亚东县又接连遭受两次罕见雪灾，当地藏族群众和牧民生命财产受到严重威胁。王忠祥又带领四连官兵投入抗灾第一线。雪灾过后，连队帮助居民修复房屋、清理道路、架设线路，恢复生产，并向受灾群众捐赠钱款5000余元、大米500斤、罐头10箱、衣服50余件。

1991年，山西太原电视台到亚东县帕里镇拍摄《离太阳最近的人》电视连续剧。因帕里无市台，该台负责人找亚东县政府帮助解决未果，眼看拍摄工作要搁浅，剧组人员心急如焚。堆拉雷达站副站长王忠祥同志听到消息，主动与县政府联系，带领官兵，肩挑背扛，给剧组送去一部油机，有力地支持了剧组的工作。

1994年8月，亚东县首次在帕里镇举办“望果节暨边贸交流会”。因没电，交流会无法按期举办。王忠祥知道后，在雷达站干部少、任务重、技术人员紧张的情况下，带领官兵加班加点修复油机，并抽调两名技术骨干驻会供电，使这次历时15天的边贸会得以圆满成功。

1992年，亚东县政府在下司马镇修路，因工程量大、时间紧迫，请求雷达站的支持。王忠祥不顾感冒发烧，率领官兵投入修路工程，出动军工2260人次、拉土石方150立方米、捐资1500元，为修建一条宽7米、长1.5公里的水泥路做出了特别的贡献。

“再苦不能苦孩子，再穷不能穷教育。”堆拉雷达站官兵对当地的教育事业格外热心。从1991年至1997年间，堆拉雷达站官兵为下司马小学捐款1800元、捐书600余册，帮助亚东县中学军训42天、2520人次，辅导学生上课1400课时、700人次。

年轻的高原雷达兵，在极其恶劣的自然环境下，在勉力生存、奋斗不息中，坚持全心全意为人民服务的宗旨，体现出高原军人的光荣传统。他们不仅受到当地藏胞的高度赞誉，也得到人民群众的热情支持。

荡拉山下帕里镇的镇长石达，是位50多岁的藏族阿爸，他年轻时当过兵，也为人民军队当过翻译。退伍后回到家乡帕里，当上了镇长，与堆拉雷达站的官兵建立了父子般的情谊。他经常带些牛奶、青稞酒、蔬菜上山看望，问寒问暖，谈心聊天，对待雷达官兵就像亲生儿女一样。每逢冬季，山上山下换班，遇到大雪封山被堵在山下，他就把换班的战士请到家里，热茶热饭招待，晚上还让家人到邻居家住，把战士们都安排在自己的家里休息。封山季节，山上山下常常失去联系，石达就担负起联络任务，送信、送报、传达信息，被战士们誉为四连的编外通信员、义务运输队长。

从荡拉山到帕里镇，路程为18公里。在大雪封山或站上任务繁重的情况下，石达就组织镇里的年轻人往山上送菜。去年，为了方便对雷达站的支援，他自己还特意买了一台拖拉机，专供在这条路上搞运输。

军爱民，民拥军，军民鱼水情谊深。堆拉站建站30多年来，四连官兵想人民所想，急人民所急，帮人民所需，这种优良的革命传统，在当地藏族群众中获得了极高的声誉。虽然远离团队和上级机关，独处喜马拉雅山麓的边境前沿，可是他们并不孤单。四连就像扎根在大地深处的一棵大树，根深叶茂，茁壮成长。

英勇豪迈的雪山军魂

从堆拉雷达站建站的第一天起，党支部就已建在连上。几十年来，四连官兵一直在党的直接领导下，坚决执行党的指示，为实现党的纲领、路线和任务，英勇忘我地战斗在荡拉山上。

堆拉雷达站是人民空军的基层单位，是保卫祖国西南边疆的前沿阵地。因其远离上级领导机关，地处喜马拉雅山麓边境线上，四连党支部无疑成为党对军队绝对领导的重要一环。

政治工作就是党的工作。讲政治是军魂的核心。

四连党支部一直把党的政治工作看作雷达阵地的生命线，看作全连官兵战斗力的重要源泉。

党支部“一班人”的模范行动，就是最有力的政治工作。四连党支部委员处处以身作则，艰巨任务抢着上，危险时刻冲在前。这使他们在战士面前有资格喊“跟我来”、“看我的”，要求战士不做的，干部坚决不做；要求战士做到的，干部首先做到。战备训练干部带头上，公差勤务干部积极参加，生产劳动干部一样分配任务。

1988年大雪封山，因汽车不能下山拉水，全连官兵在山上吃了两个月的雪水。雪水又脏又腥，且不含人体所需的矿物质，常使人拉肚子、浮肿。为保证雷达和武器装备用水，四连干部则同战士一样吃雪水。

指导员赵智红在雪山工作11年，在“生命禁区”的4000多个日日夜夜里，他时时刻刻都在和严重的高山反应做顽强的拼搏。因高血压和浮肿，他经常头痛、精神恍惚。晚上睡一觉早上起来，头肿得像西瓜，更像一个打足气的皮球，连帽子都戴不上，可他仍带病工作。这种顽强拼搏的精神，无声地教育着全连官兵、鼓舞着大家的士气。

连长李庚书因爱人来队探亲，领导让他和爱人住在山下生产班。在这段时间里，他组织生产班的战士盖猪圈、种菜，还动员妻子参加劳动。赵智红指导员突然因病住院，他立即劝说妻子提前回内地，自己随即上山值班。

1989年元月，连队第十三任指导员殷德刚在山上值班，连续收到7封加急电报——“妻子难产住院速归”、“父亲病危速归”……因正赶上当时战备工作紧急，为顾全大局，他把7封电报揣进口袋，仍然一声不响地坚持工作。

冬季大雪封门，挖雪是对每个指战员体力和毅力的严峻考验。遇到这种情况，表现最突出的一定是党支部委员，每年要挖三四个月的雪，党支部“一班人”总是身先士卒。冲锋在前的是党支部委员，得雪盲的也首先是党支部委员。他们眼睛肿得像核桃，泪水汪汪的，脸上也要脱七八次皮，忍受着煎熬。

党支部“一班人”的模范行为，是最好的说服教育。他们以党性和人格魅力，让党的政治工作充满了感染力。

一个连队各项工作的综合指标，说到底，是要看战斗力。

近年来，四连党支部都按纲施训，将练兵习武活动逐步推向深入。他们根据团部年度训练部署，结合本连实际，制订了年、季、月、周切实可行的训练计划。每周一次训练评比，每月一个训练目标，每季度一次专业考核、定目标、定职责，对不同科目分类达标，逐步升级。

党的政治工作，给堆拉雷达站注入了取之不尽、用之不竭的精神力量和战斗力，使荡拉山成为一个锤炼战士、培养干部的大熔炉。

堆拉雷达站自1965年组建以来，先后荣立集体一等功一次、三等功两次，并多次被上级评为先进单位。近几年，该站有6名同志被提拔到团的领导岗位，20余名指战员被提升到其他连队任职，30多名党员立功，12人次被总部、空军、西藏军区空军树为先进。在一次西藏空军部队举办的军政主官集训中，来自这个团的基层主官中，竟有50%是从四连调任的。

1989年9月28日上午9时，在北京人民大会堂，来自荡拉山的优秀基层士官殷德刚，迎来了他一生中最幸福的时刻：邓小平、江泽民、李鹏、杨尚昆、洪学智等党和国家领导人向他走来。他怎能相信，半个月前，自己还同战友们在荡拉山爬冰卧雪，此时此刻，却站在了雄伟庄严的人民大会堂，接受党和国家领导人的亲切接见。他深深地感受到，当他和战友们站在风雪严寒的荡拉山，面对凌空弥漫的电波时，党中央在注视着他们，全国人民都在看着他们、关心着他们……就是为了这些，作为一名共和国的军人，付出任何奉献和牺牲都是最值得的，也是最光荣的。

蓝天，白云，潮涌潮落的雪山。

雄伟的雷达天线，以钢铁之躯屹立于珠峰雪巅之间；高度警觉的神经，满载着雷达兵的忠诚。

这是一座“雪峰堡垒”，是高度紧张、有条不紊的战勤神经中枢。

正是这个雷达阵地，锤炼了众多的英雄。也正是一茬一茬、一代一代的荡拉山战士，以坚忍不拔的耐力，谱写出了一部震撼人心的英雄组诗。

面对珠穆朗玛、面对雄浑博大的喜马拉雅山系，我们可以清晰地看到，那里有一种精神在闪光。

那经历雪峰淬炼、折射、怒放而出的光束，就是人民军队的军魂所在。

英勇顽强的战斗作风、高度自觉的自我牺牲精神、坚贞不屈的革命气节、不畏艰难的坚强意志和革命的乐观主义在此汇聚，沐浴着太阳的光华、吸纳着月亮的气息、浸润着冰雪的晶莹，凝聚成高原雷达兵豪迈的军魂之歌。

几十年间，在那些难以忘怀的日日夜夜、月月年年，战士们已将雪暴风寒化入生命、铭刻于心。他们以超拔的坚韧，在“生命禁区”战胜雄劲野蛮的暴风雪，体验生命；以岩石的硬度、高山的雄伟，铸造着高原雷达兵英勇不屈的国之长城风采。

蓝天高擎军旗，珠峰托起军魂。

喜马拉雅雄风

甘巴拉之歌

当前线战士拉响爆破筒冲向敌群的时候，公园里的游船正漂荡着心花绽放的温情；当戍边儿女身中弹片向前倒下的时候，剧场正在上演《天鹅湖》的舞曲；在同一个除夕之夜，当千家万户包着饺子团圆在电视机旁的时候，甘巴拉官兵正在5374米的高山上与肆虐的暴风雨做殊死的搏斗。

为什么历史总是把最悲壮的篇章留给军人书写？为什么生活总是把最深沉的旋律交给军人弹奏？为什么命运总是把最艰险的岗位交给军人驻守？

战争分娩了一个产儿，他的名字叫军人。

当铁马金戈造就了军人这个特殊职业的时候，它就意味着流血、意味着牺牲。爱与恨、喜与悲、无畏与恐惧，作为人的一切情感，无不在这一特定环境下加以强化和异化。

世间需要奇伟的男儿，如同大地需要拔地而起的群峰。

祖国需要军人，需要甘巴拉官兵这样忠诚无畏的军人。他们在祖国的每一座山峰、每一角领海、每一片天空，以正义之剑、国防之盾，筑起了共和国不倒的长城。

有人说："不想当将军的士兵，不是好士兵"；而甘巴拉人却说："一个战士没有当英雄的愿望，绝不是好战士。"

1994年6月28日，中央军委主席江泽民正式签发了"甘巴拉英雄雷达站"的命令。一面英雄的旗帜，在喜马拉雅山的劲风中猎猎飘扬，展示着一代又一代甘巴拉官兵壮丽的人生之旅。

英雄的播扬、榜样的确立，旨在造成一种心灵的撞击、一种人格的激励。然而，在保持英雄荣耀、再创辉煌的征程中，并不都伴随着欢歌笑语，并不总是簇拥着鲜花与掌声。更多的情况是，要在缺氧的高山之巅，与狂风暴雨厮杀，与寂寞枯燥周旋，预支身体的代偿功能，以自身生命的消耗为代价，用血和泪的壮举，在英雄的天幕上划出耀眼的光芒。

在一次采访中，我问战士们："如果有一天，你们离开了甘巴拉，最怀念的是什么？"

雷达技师牟朝云认真地告诉我："是甘巴拉山上的风！"

这位技师已经在甘巴拉服役10年之久。他说，风很猛、很大，能刮断一块2米高的石碑，能把雷达天线刮得倒转。有一次刮大风，把两只饿得嗷嗷叫的狼吹下山谷摔死了，战士们不费一枪一弹，就吃上了狼肉美餐。

他说："开始，我对甘巴拉的风又恨又怕。每逢狂风大作，便地动山摇，像千万头猛兽围着甘巴拉狂吼乱叫，吓得我们声不敢出、觉也睡不着。久而久之，在不断与风打交道的过程中，就像驭手驾驭了一匹烈马一样，我们也具备了征服暴风的能力。在大风中，我们的战士能爬上9米高的天线，在秋千般的摇晃中，熟练而快速地把绳子拴在天线防风支架上，以保证天线毫毛无损。我们在飓风中工作，在狂风中生活，慢慢地，我发觉甘巴拉的风已成为甘巴拉人生活的一部分，它以狂放的冲力绷紧着我们的神经，时时提醒着我们的战备意识，使我们始终保持旺盛的斗志。"

他继续说："一次我回老家休假，躺在床上总睡不好觉，好不容易睡着了，却睡得不香不沉。开始感到很奇怪，后来明白了，原来是家乡没有大风的缘故。没有大风的日子，我已经难以适应了，总觉得少了一些快感和乐趣。因此，离开甘巴拉我最怀念的，便是那并非随处可见的大风。"

听着老技师牟朝云的高谈阔论，入伍不满一年的雷达技师孙忠德在旁边接话说："若是有一天离开甘巴拉，我最怀念的，一定是阵地上的机器声。不是甘巴拉人，就体会不到雷达开机后，那'吱吱吱'的声音有多么动听、清脆、悦耳！那是雷达正常工作时的音乐，让人听了轻松、愉快，说明我们的保障工作做到家了，心里既踏实又安稳。如果机器发生故障，转动声就会变成异常的噪音，让人不安，让人心里烦躁。因此，只要听到雷达正常的转动声，饭也吃得香，觉也睡得好，让人心安理得，连心脏也跳得正常，全身的血液也流得顺畅，心情也特别好了。"

看来，这雷达机器正常运转的声音，已经成为他们生命的一部分。没有它，雷达兵的生活就会失去平衡和协调。

这就是甘巴拉人。

是啊！每一个甘巴拉的战士，都成了甘巴拉阵地的有机组成部分，成了大山的脊梁，成了高山般耸立的英雄丰碑的基石。

地球深层传出的震波，时时启示着我们：青藏高原仍在上升，高原冻土仍在发育，地球第三极仍处于强盛的青春期，一切都没有停滞，一切都在继续。

当我登上甘巴拉山顶，当我走进这些可爱的战士中间，我能深深地感觉到一股英雄主义的激情，在喜马拉雅山系弥漫，在甘巴拉年轻官兵的血液中涌动。他们以拼搏和奉献，创造着不朽的业绩；用青春和热血，筑起一座喜马拉雅丰碑。

青藏高原每上升一个高度，都有不寻常的奇迹出现；甘巴拉英雄雷达站每前进一步，喜马拉雅丰碑都会有一次新的抬升……

生命的高度

江泽民同志亲切地握住一位中国年轻军人的手。微笑，是首长对士兵的信任，赋予了极深含义的注视里，有着殷切的关怀和期望。

年轻的军人29岁，中等个头，身材匀称，五官端正，身着整整齐齐的军装，透出一股基层士官的英气。

他双手握住全军最高统帅的手，兴奋的脸上弥漫着中国军人最朴实也是最有分量的忠诚。

一幅照片，一幅不同寻常的照片。

这是一张统帅与基层士官的合影。

两双眼睛的对视中，记录下了那不同寻常的一瞬——1993年9月23日上午8点20分，中央军委主席江泽民同志在中南海怀仁堂接见全军“创业在军营”报告团时，与甘巴拉模范雷达连指导员陶宏亲切握手。

甘巴拉，南临羊卓雍湖，东牵冈底斯山，西拥喜马拉雅山，横亘在西藏中心地带。

甘巴拉一词，藏语意思为不可逾越的山。它高达5374米，山势雄浑苍茫。

登至山顶，其山形状如一头巨大的牦牛，傲视雪峰云海之间。

雷达站就设在甘巴拉山的最高处。高原学家公认：海拔4500米以上属于

“生命禁区”，人类无法定居。而甘巴拉雷达站的高度却是5374米，其恶劣环境对人体的损害，可想而知。

甘巴拉是个大风口，8到9级大风，一年要刮9个月，最大风力达11级。这里每年无霜期不足4个月，最低温度达零下35摄氏度。因海拔高、空气稀薄，紫外线和宇宙射线格外强烈，每天被动接受的射线，是内地医院放射技师8小时工作量的2.8倍。阵地上的含氧量，也只有平原地区的一半。上山的人心跳会普遍加快，每分钟100—120次还算正常范围，心跳最快者每分钟能达到136次。躺在山上不动，心速就超过了在内地跑马拉松。

因此，要想在这里生存，就得开动人体的代偿功能，但这样也加速了生命的消耗。

人控雷达的钢铁天线，就是在这个高度巍巍旋转的。我们共和国一代代年轻的官兵，自1965年建站以来，就是在这个高度，用自己的生命和忠诚，同千百座大山一起，托起这座空中桥梁。据统计：雷达正常工作20多万个小时，引导军航、民航、国际航班、党和国家领导人专机以及歼击机20多万批22万架次，优质情报率始终保持在98%以上，圆满地完成了飞行训练、高原航测、抢险救灾和专机包机等飞行保障任务，使这片令国际航空界望而生畏并称之为“空中沼泽地”的空域，成为连接祖国内地与南亚诸国的“空中丝绸之路”。

照片上那位年轻的基层士官陶宏，就来自甘巴拉、来自西藏、来自喜马拉雅、来自世界上最高的人控雷达站。他是这甘巴拉雷达连的第24任指导员。

一曲天破地的雄犷战歌

1992年3月2日晚，狂风又一次袭击雷达阵地。

风，骤然而至，像是埋伏在周围山坳里的风魔，一下子涌出；又如同成千上万头猛兽，吼叫着，朝甘巴拉山头猛扑而来。星星变得幽暗，月色逐渐昏黄，天上的云也被风吹得七零八落，惶恐地朝远方逃去。一时间，飞沙走石、天昏地暗。此时的甘巴拉，就像大海中的孤岛，被四面八方涌来的波涛任意撞击着。

大风刮了一夜，到第二天早上不仅没有减弱，反而更加疯狂肆虐。早8点，阵地宿舍的房顶被大风揭开了，铁皮像纸片一样满天飞舞。因飞起的铁皮把电台发报机的发射天线撞断了，甘巴拉阵地与山下的团部失去了联系。

大风一直刮到中午，没有一点儿要停下来的意思。

作为阵地总值班的陶宏，已感觉到事态的严重。房顶被揭开后，天花板被风刮得上下震动，一些沙石随着墙缝往下淌。寒冷也随之乘虚而入，房子里冷得如冰窖一般。四面透风的房子里，连做饭的炉子都生不起火来，况且，没有水，也做不成饭。一到冬天，甘巴拉山上没有一滴水，机器用水、饮食用水，全靠大车从拉萨或山下提前运来，然后倒进一个蓄水池里备用。冬天，蓄水池里有多少水，就冻成一个多大的冰块，要做饭先要撬冰，化开后才能起炊。如今外面大风如擂鼓，撬冰做饭谈何容易。此时，被飓风和寒冷团团包围的10多名指战员，没有水米打牙，腹内空空，他们如何抵御这恶劣的生活环境？更令人堵心的是，操纵员谢刚、炊事员何乔顺发高烧已有两天，正准备送他们下山治病，却被这无情的暴风困在山上。

其实，山上的每个战士，心里都明白当前的危难处境。十多双期待的眼睛，注视着指导员，像战壕里的士兵，等待着战斗的号令。

陶宏这时才真正体会到，作为一个基层士官，在危险紧急的局面下，肩上的担子有多重、责任有多重。如今，在5374米的甘巴拉山头战胜风魔，其艰苦程度，并不亚于当年志愿军在上甘岭击退美国部队的进攻。

“每个人发一坨干粮，一个水果罐头，在房间待命！”

这是陶宏的第一道命令。

他把两位病号安排在油机班发电机旁较为暖和的地方，暂时住下，以避风寒。

陶宏啃着干粮，吃着冰块一样的水果罐头，不停地观察着外面的风势。他多么希望大风能够停下来，哪怕能减弱一点儿也好呀。

到了下午6点，持续刮了20多个小时的飓风，就像一部交响乐进入了高潮。大提琴、长号和鼓钹，根本无法表现这暴怒的狂吼和声嘶力竭的号叫。

疯了，狂了，失去了理智，失去了控制。大风，像一群恶狼围着甘巴拉山头撕咬纠缠。

陶宏立刻意识到，风刮到这个份儿上，接下来就是一场大破坏。甘巴拉山上的风破坏能力有多大呀！它能把6米高的发信天线一口气吹倒；能把电机动力启动的雷达天线刮得倒转；大风“一巴掌”下去，能把花岗岩的标高石碑底座砍断。为了防止大风对雷达天线的破坏，他们专门用21米高的玻璃钢防风罩将雷达天线封闭，以保证雷达全天候工作。然而不到几年，玻璃钢防风罩的受风面就已被大风啃咬得凹凸不平了。

"快，快把一些贵重仪器搬到雷达车上！"

陶宏发出了第二道战斗号令。

如果不及时将雷达上的贵重仪器和营房里的重要物品搬上雷达车，大风会轻易地将它们像撕棉絮一样随意撕扯。

电影里，我们常常看到战士冒着枪林弹雨冲锋陷阵的场景，当甘巴拉官兵冲进飓风与风魔战斗的时候，他们所表现出来的，何尝不是置生死于度外的牺牲精神和大无畏的英雄气概。

陶宏和战士们抱着仪器，一步一步艰难地向雷达车靠拢。他们只能匍匐前进，若站立，就会被风吹倒，甚至连滚带爬地摔得老远。暴风与阵地上敌人的火力一样，猛烈一阵之后，便是间歇，战士们只有趁着这间隙才能快走几步。

平时这里的氧气只是平原上的一半，而今大风刮了一天一夜，氧气更加稀薄。风裹着沙石迎面扑来，仿佛一双无形的手将喉咙卡住，让人喘不过气来。

陶宏本来就有病在身，在甘巴拉的日子里，因每天都需要开动体内的代偿功能，精力预支过大，加之暴风一天一夜的肆虐，只吃了一块干粮和一个冰块似的水果罐头，人已精疲力尽。此时，狂暴的山风，激荡起地震般的摇撼，凛冽的寒流，将他身上一层层的军衣刺透。他的脸麻木了，思维麻木了，只有一个战斗的信念还在。缺氧造成的急促喘息，迫使他吸入了大量的冷空气，刺激得陶宏鼻腔酸涩，眼眶胀疼，泪流不止。

今天他是总值班，连长刘世国在山下休整所，正带领同志们集训。遇到如此严重的情况，又与山下失去联系，他必须当机立断，不管付出什么代价，都要保住雷达阵地的安全。

他首先带领几名共产党员冲进风暴，其他战士也挺身而出。就这样，摔倒了爬起来，顶着飓风，迎着寒流，顽强奋战。一片片干裂的嘴唇，一双双充血的眼睛，一颗颗剧烈跳动的心脏，一张张顽强而疲惫的面容，一幅幅沉重匍匐、勇往直前的身影……

就这样，他们用自己的年轻血肉之躯，在海拔5374米的甘巴拉山上，在被医学界称作“临界高度和危险高度”的中心地带，筑起了一道保卫阵地的钢铁长城。

平时只需10分钟就能轻松地将这些仪器和物品搬上车，而在风暴之中，他们硬是艰难地奋战了两个小时。

前些年，美国人之所以将进攻伊拉克的那场战争命名为“沙漠风暴”，大概就是期望这场进攻能像沙漠的风暴一样凶猛而不可抵挡吧。岂不知甘巴拉山上的飓风，不知要比沙漠风暴强烈多少倍。然而，我们的共和国战士，硬是在狂风中顶着比美英战机还要猛烈的暴风的狂轰滥炸，保住了阵地，争取到了胜利的成果。

我想，江泽民主席一定是知道了甘巴拉山上所发生的这场特殊的战斗，了解到了陶宏作为基层士官，在这场战斗中的出色表现，因此，当他紧紧握住陶宏的双手时，目光里才会流露出如此的信任和赞许。是啊，共和国能有这样忠诚而坚强的战士，又有什么样的敌人不能战胜呢！

到了晚上8点，陶宏让炊事班给每个战士又发了一块干粮、两个水果罐头，作为晚餐。陶宏将冰块似的罐头，在机车的升温电炉上烤化，就着干粮吃下，这才觉得体力开始慢慢有所恢复。

那两个病号早已安排在电机房温热处住下，他和其他的18名战士，就在雷达车和油机车上休息。离熄灯睡觉还有两个小时，大风还是一个劲地在咆哮。陶宏思绪万千，不由得想起父母妻儿。他突然意识到，现在不正是战士们思念家乡或有其他想法的时候吗？

“弟兄们，唱个歌吧！”陶宏提议道。

“唱什么歌？”战士们随声附和。

“唱我们雷达站的站歌。预备——齐！”

甘巴拉山红旗飘扬，
长空卫士战歌嘹亮。
我们扎根在世界屋脊，
奋力托起空中桥梁。

条条航线通向云端，

千里眼日夜为银燕导航。

我们是光荣的英雄雷达站，

保卫边疆，建设边疆。

听吧！甘巴拉在狂风怒吼中又掀起一个雄壮的高潮。战士们嘶哑而高亢的歌声，震荡着喜马拉雅山体高举的“雪峰堡垒”。

狂云、飓风、寒流；青春、军歌、壮歌！在这里汇聚成一曲穿天破地的雄犷旋律。

在这高耸于西藏高原中部的山地上，宣示着中国军人的豪迈，澎湃激荡着一个民族的魂魄，他们负重前行，挺进不息，悲壮不已。

烈士陵园里发生的故事

清明节的拉萨烈士陵园里，哀乐如沉重的铅液，缓缓流动，空气中沉淀着悲壮和肃穆。

一队军人迈着沉重的步伐，抬着花圈，戴着小白花，在一块烈士的墓碑前停下。带队的，是甘巴拉雷达连指导员陶宏。

在拉萨烈士陵园里，默默挺立着成千上万块墓碑。

他们面前的墓碑是最普通的一块。然而，在甘巴拉官兵的心目中，没有什么能比这块墓碑，更让他们感到心脏的裂痛的了。

这里埋葬着一位年仅18岁的雷达兵。在甘巴拉阵地上光荣牺牲的戍边战士，他的名字叫许正兵。

许正兵是贵州遵义人，1988年入伍后，在内地一个雷达教导队参加集训。在此期间，当他听说西藏有一个最高最苦的甘巴拉雷达阵地，就先后写了三份申请，立志到甘巴拉戍边服役。

他的愿望实现了。

许正兵年轻英俊、眉清目秀，喜欢弹吉他、唱歌，是一个热情奔放、富有朝气的小战士。到了甘巴拉，他显得特别兴奋，一有空就弹起吉他唱上一曲，给甘巴拉阵地增添了不少快乐和生机，老兵们对他都特别喜爱。

因其进藏不久，在身体还没有完全适应的情况下就上山了，加之在山上特别兴奋，没几天，高山反应便十分强烈地表现出来，胸闷、气堵、头晕、恶心、大口喘气、心跳每分钟达到120次以上。他病倒了，被送往山下住院治疗。

1989年1月10日，出院后的半个月，许正兵再次登上甘巴拉。到了山上，吃了一碗面条，便抱起吉他弹奏了一曲《军营男子汉》。弹完后，翻开日记本，写下“我要永远留在甘巴拉”九个大字。

11日凌晨，高山反应再次出现。战友们围聚在他的床前，劝他下山治病。总值班员要他随拉水的车一起下山，但他却死死抓住床沿不放，流着泪恳求说：“让我再待两天吧，听老兵说一般挺过一周就没有事了。”

到了13日早上，谁也没有想到，这位可爱的小兵再也没有醒来。他把18岁的年华和对雷达阵地的挚爱，留给了甘巴拉。

这是个刚刚入伍一年的新兵，一个天真稚嫩的小战士。他还没有来得及在甘巴拉扎根生长，但他对艰苦环境锻炼人的迫切向往和想在甘巴拉建功立业的决心，都在他那欢快轻松的吉他弹奏中，淋漓尽致地表现出来。

甘巴拉的老兵们理解他的琴声。这是一个含金量极高的战士，只要在甘巴拉山头经过军营熔炉的锤炼，就一定会成为一名钢铁般的勇士。

他过早地离开了他的战友们，只是在拉萨烈士陵园里留下一角墓碑。墓碑虽然普普通通，但凝聚在那块小小石板上的，却是一方永不倾倒的信仰高地。

许正兵的故事，被甘巴拉一代一代的老兵传诵下来。每年清明节，全连官兵都要为这个小兵扫墓。

陶宏带领战士们，将大伙亲手扎成的花圈，献在墓前。静默3分钟，哀悼烈士的亡灵。紧接着是放鞭炮……

陶宏听说过许正兵生前会吸烟。他默默地在坟前点燃几支“遵义”牌香烟。袅袅青烟，从坟头飘起，很快就消散在悲壮肃穆的空气中，与高原特有的蓝天白云融为一体。

最后，全连官兵为许正兵的坟墓填土。

为许正兵扫墓结束，陶宏又带领全连官兵，为连里一位叫刘卫国的战士的母亲扫墓。

刘卫国的父亲是一位河南籍的“老西藏”，母亲是藏族，名叫梅朵。刘卫国出生在拉萨。1976年，他的母亲因病去世，作为国家干部，她没有举行天葬，而是埋进了烈士陵园。1982年刘卫国随内调的父亲回河南老家，后入伍参军重返西藏。

刘卫国昨天听说连里要给许正兵扫墓，便向指导员和连长提出顺便到母亲墓前祭奠的要求。陶指导员听说后，便多买了一些供果和鞭炮，并做了认真的安排。

因亲人均不在拉萨，梅朵的坟墓常年没人照看，只剩下一个小小的土堆。当刘卫国和他的姐姐好不容易凭记忆找到母亲的坟头时，没有墓碑的坟地，只有卵石和荒草。看看周围的坟墓，都是那样庄严肃穆，姐弟俩趴在母亲坟头痛哭一场。刘卫国抱住母亲的坟头泣不成声，母亲也有儿有女，坟头竟如此荒凉，一种深深的内疚，使他悲痛欲绝。

陶指导员看到这种状况，心里不由一阵酸楚，泪水也夺眶而出。他含着热泪，轻轻地把供果放在坟头。

"立正！"陶宏一声口令，全连官兵齐刷刷地列队站在坟前。

"向刘卫国战友的母亲，也是我们全连战士的母亲梅朵，默哀3分钟！"

全连官兵一起脱帽肃立。

刘卫国惊呆了。

姐姐也被惊呆了。

他们来不及擦干脸上的泪水，也与战友们一起，庄严而肃穆地站立在母亲的坟前。

默哀3分钟后，陶指导员点燃了鞭炮，拿起铁锹为坟头填了第一铲土。紧接着，全连官兵都一个接一个地为坟墓填土。

刘卫国看着指导员和全体战友，感动得一句话都说不出来。

回营房后，指导员说："兄弟们，刘卫国母亲的坟成了这个样子，我们心里也同他一样难受。要修坟，卫国一人办不到，我们大家捐钱帮他修坟，尽一份儿子的孝心，怎么样？"

陶宏的建议，立刻得到全连官兵的响应。大家你5元，我10元，汇拢在一起，很快捐出940元钱。

陶宏和连长商量，若请人修墓，又要工钱，又要买水泥、砖和石碑，这些钱远远不够。他们决定除在地方上请两个师傅做指导外，其余的，如和泥、搬砖、填土的活儿，全由战士们包下。指导员还亲自带着刘卫国，张罗写碑文之事。

坟修好了，碑立起了。

当刘卫国抚摸着“梅朵同志之墓”的青石碑时，他泪流满面地说：“亲爱的妈妈，您安息吧。您看到没有，我身边的这些战友多好哇！我决不辜负您生前的期望，一定会拼命工作，报答全连战友的一片爱心。”

指导员和连长带领全连战士为母亲修墓立碑的事，给刘卫国深深的触动。刘卫国生在拉萨，当地有许多儿时要好的朋友，参军到拉萨后，他常离开军营，与他们来往，沾染了不少社会习气和哥们义气，导致他不安心服役、纪律涣散。尽管连队干部常对他批评教育，但他却总是很难听进去，收效甚微。

面对修缮一新的母亲坟墓，他仿佛受到了重重一击。那力量穿透灵魂和骨髓，震撼到一个孝子的心灵深处。他觉得过去那个稀里糊涂、似睡似醉的刘卫国突然醒来了。他找到指导员和连长说：“本来我是有可能学坏的，而且自己也不在意去学坏。你们为我母亲修墓立碑，是逼着我学好。我再没有理由学坏了。”

指导员说：“雄鹰也有迷路的时候。甘巴拉的大风无情，雷达站的战友有情，我们都是有缘聚在一起的亲兄弟。”

在工作中，陶宏很注重以情带兵。

严酷的自然环境，艰辛备尝，战士们在工作和生活中所演绎出的困难和苦恼，单靠物资条件的弥补和一种表面的说教，是远远不够的。年轻的战士，需要的是真挚的情感，是一种能唤起战胜困难的精神力量的恰如其分的启示。

这种启示来自理解和关心，来自心灵之间的沟通。只有这样，才能形成一个团结战斗的群体，在严酷的大自然面前，才能聚集起无往不胜的战斗力。

陶宏的指导员工作做到了这一层次，他用自己的真情实感，感化了一个又一个战士。

油机员向开元，1990年入伍。在他未出世之前，父亲就因病去世了，未满周岁时，母亲又改嫁，他只好与驼背残疾的叔叔相依为命，生活十分艰难。向开元来到雷达站的第一年秋天，战友们陆陆续续地收到家中寄来的羊毛衫和毛衣，并时常相互比比或炫耀。遇到这种情况，他总是悄悄走开，躲在一旁。他知道，自己家里是不会有人给他寄东西来的。

向开元的举动，躲不过指导员陶宏细心观察的眼睛。

一天晚饭后，陶宏叫住向开元说："天气就要冷起来了，连里还没人会织毛衣，党支部决定补助你50元钱，你再添一点儿，买件合体的羊毛衫吧！"

向开元接过钱，心里如翻江倒海。这意料不到的关怀，正是他孤独冷寂的心中时常暗暗向往并轻声呼唤的那份情感。多少年来，没人关心他，没人注意他，没人能知道他想什么、需要什么。

他紧紧地握住指导员的手，眼眶里那苦涩而又甜蜜的泪水禁不住涌了出来。他说："我收到的，不是钱，是战友们无价的情谊，是连队的温暖。"

两个四川人率领的连队

羽毛丰满的雄鹰，
明天就要起航。
雄健的双翼，
驮起一个神圣的使命
和他儿时的理想。
展开钢铁的雄翅，
在祖国的万里长空，
尽情翱翔。
俯视桂林山水、
西湖迷人的风光；
鸟瞰北京的壮观、
上海繁华的景象，
都是那样美好，
令人想往。
然而雄鹰说，
温室里的花朵经不起风霜，
要像海燕在暴风雨中搏击飞翔。
于是他飞向了，
很远、很远的地方。

这是摘自雷达连指导员陶宏日记本里的一首写于1987年6月20日的小诗。

陶宏来自四川忠县的一个农民家庭，高中毕业后当兵入伍。在中国卫星城的西昌当过文书、电源车司机，在高原最大的航空港当过驾驶排长，在汽车连任过副指导员，后毕业于空军上海政治学院。

从前面的那首小诗里可以看出，陶宏是一个充满理想、有远大志向的青年。入伍后，他的理想和志向就变成了报效祖国、建功立业。他说，田要一垄一垄地犁，秧要一行一行地插，只要付出辛勤踏实的劳作，就一定有收获。

心中有大志，人才能变成雄鹰，才能从心头生出“钢铁的雄翅”，才能在祖国的万里长空尽情翱翔。有志的青年就应该到最艰苦的地方，到祖国最需要的地方。做人一定要知道自己的价值，并以此决定自己的行动。作为一个军人，就应该选择前沿阵地去建功立业。于是，他像雄鹰一样，飞向了很远很远的地方。他期待着这很远很远的地方，能够给他提供意想不到的可能。

来到西藏后，他干一行爱一行，干一行专一行，就像他的农民父辈，在各工作岗位上辛勤耕耘。

1991年1月28日，上级党委调他到甘巴拉雷达站任指导员。接到这个命令，他二话没说，立即上山就职。甘巴拉非同一般的艰苦，他早有耳闻，而这个艰苦的岗位，正是他期盼已久的用武之地。

和他同时上山就职的，还有连长刘世国。

刘世国也是四川人，1982年6月招飞入伍，当上一名空军飞行员。在蓝天飞行了160多个小时后，因身体差异，离开了蓝天。他又考入空军雷达学院，毕业后主动申请到离蓝天最近的地方——西藏。

1990年，甘巴拉雷达阵地被列为西藏空军部队的窗口，选配好两位军政主官事关重大。上级党委费尽周折，经反复考察研究，才做出最后决定，任命陶宏为甘巴拉第24任连指导员、刘世国为第17任连长。

一个晴朗的冬夜，圆圆的月亮流泻出清冽的光辉。甘巴拉山头上的雷达阵地，在月光下更显得庄严肃穆，雄伟的雷达天线缓缓转动，五星红旗高高飘扬。面对着前方的羊卓雍湖，面对着更前方的一排排奇伟洁白的雪山，刚上任的指导员陶宏和连长刘世国，并肩坐在山顶的一块巨石上，心潮难平。

“我们能像一个太阳、一轮圆月，能像一颗颗星星那样，永远一丝不苟地忠于职守吗？”这是陶宏富于诗意的问话。

“打铁先要本身硬！”

刘世国一拍大腿，忽地站起来说。

第二天，起床的号声刚刚划破黎明，陶宏和刘世国迅速穿好军装，扎紧腰带，站在操场上。几分钟后，当全连官兵跑向操场，看到这两位新上任的主官，英姿勃勃地，如同两位标准的军事教官出现在眼前时，精神为之一振，不禁投来一道道敬佩的目光。

从此，甘巴拉雷达连揭开了新的一页。

为了时刻保持一流的精神面貌，保持一流的技术水平，保持一流的兵器状态，他们和全连官兵一起，不仅狠抓了经常性的管理工作，养成一丝不苟、严肃认真的作风，还成立了军事训练领导小组和教学研究会，开展岗位练兵比武，选尖子，树标兵，以提高全连官兵的技术水平。连队研究决定，入党、送学均以在本专业考核中得第一名为基本条件，这大大激励了战士们在自己岗位上建功立业的热情。

为了使兵器设备时刻保持良好状态，陶宏和刘连长一起，带领战士们精心维修、细心保养，并针对高原严寒缺氧的具体情况，摸索掌握了排除故障的规律。其故障率，一直控制在空军规定的千分之三以下。

由于坚持了高标准，连队从1991年开始，跨上了新台阶，优质情报率从98%提高到99.3%，出色地完成了军航、民航、专机、歼击机驻训等各项飞行保障任务，受到了上级表彰，多次被评为标兵连队，先后荣立集体三等功、二等功，被空军授予“甘巴拉模范雷达连”荣誉称号。1994年6月28日，中央军委主席江泽民签署命令，授予他们“甘巴拉英雄雷达站”荣誉称号，并号召全军同志向他们学习。

喜马拉雅英雄浮雕

1999年3月2日，笔者随同雷达连原指导员陶宏一起，前往甘巴拉。

从拉萨乘车过雅鲁藏布江大桥，西行20多公里，便开始爬山。这山，就是甘巴拉。

陶宏告诉我，车子要拐199道弯才能到达山顶。

山，挺拔峻绝，挹抱回环。四周对峙的峭峰，紧锁着沉凹的峡谷。山上的路成螺旋形向上盘绕，一道、两道……

在一个拐弯处，陶宏指着对面山头上一个乳白色的大圆球说，那就是甘巴拉雷达站。不用问，那个白色圆球肯定就是雷达玻璃钢防风罩。防风罩高21米，如一颗巨大的珍珠，镶嵌在甘巴拉山顶，我觉得它更像巨大王冠上的一颗宝珠。

陶宏骄傲地告诉我，当地放牧的藏族老人说，那是甘巴拉山上一颗银色的太阳。

陶宏这次上山，是以西藏空军政治部组织科科长的身份，传达文件并检查工作的。他于1995年2月调离甘巴拉雷达站，升迁到贡嘎机场卫生队当教导员。1996年5月升任组织科长。1999年3月19日被提升为空军拉萨指挥部政治部副主任。

199道弯之后，车子开到了山顶。

我真幸运，赶上了一个少有的好天气，天空晴朗，阳光灿烂。可是刚下车，就感觉不大对劲，明明是风和日丽，但空气的深处却有一种看不见的力量在推拥，这力量使我很难站稳。我很快意识到，这就是晴朗日子里山顶的风。风很沉、很冷，是一种沉重的冷、坚硬的冷。我感觉到全身有一股彻骨的寒意。

陶宏很快下车，健步走到操场。全站官兵已列队迎候。接着是部队惯常的仪式，陶宏开始讲话。

趁这个时间，我开始慢慢走动，可双腿又沉又软，仿佛有一种登临月球的感觉。

雷达站所在的山顶，面积比一个足球场大不了多少。雷达、机房、宿舍全都集中在这里。雄浑的喜马拉雅山系，高耸云端之上。它让你感觉到，这个雷达站，已成为喜马拉雅山体的一部分，成为这蜿蜒千万里之山系的灵敏神经。

列队站立的士兵，每一个动作无疑都是经过严格训练并符合规范要求的，但总觉得他们英伟的身体，因负载着过多的风寒，而有些变形。不够呼吸量的氧气，使他们的代偿功能超量消耗，也使他们特有的军人风度里，无法掩饰地透出一种岁月的苍茫。一些战士颧骨凸起，脸色黑褐中带着不正常的潮红……

显然，他们在消耗着生命，预支着生命。尽管甘巴拉现在已有了人工制氧机，可保证每人每天吸半小时氧气；尽管每3个月，山上的战士可到山下轮休，但山顶的高寒气候，依然会对他们的身体造成无法回避的伤害。

陶宏曾对我说：“上级在甘巴拉选址建站，并非有意让我们吃这份苦，用恶劣的气候考验自己的战士；而是它特有的地理位置，让上级别无选择。而我们的战士主动要求上山，是自觉地把这个光荣而重要的岗位，当作祖国和人民对自己的考验。为了共和国的最高利益，我们所有的奉献和牺牲都是值得的。”

一番话后，我的目光里对他们的崇敬又多了一分。望着这些年轻的士兵，甘巴拉上空的太阳照耀着他们的坚韧，五星红旗辉映着他们的忠诚，雷达金属线衬托着他们的力量……

他们是一群浮雕式的英雄，而整个喜马拉雅山系都成了这英雄浮雕的底座，使他们雄立于千仞之上。就这样，他们以黝黑紫红的脸庞和带有伤病的身躯、以无私的奉献，在山巅岩顶燃起了生命的火炬，在“生命禁区”，以雕塑之美，高擎起凛然的军魂。

陶宏来自这个群体。

在他的身上蕴聚着喜马拉雅的雄风。

喜马拉雅丰碑

甘巴拉，在藏语中意为“不可逾越的山”。它是喜马拉雅山系蜿蜒至西藏中部凸起的一座山峰，海拔5374米。

在甘巴拉山巅上，有一个英雄连队——甘巴拉雷达站。

1994年6月，时任中央军委主席的江泽民签署命令，授予该连队“甘巴拉英雄雷达站”荣誉称号，表扬他们在“生命禁区”，气势磅礴地奏响了新时代军人的战歌。

群山高高托起的燧石

1965年，雷达站刚组建，战士们在海拔5374米的甘巴拉山顶，用牛粪在“地窝子”里点燃起了高山阵地的第一缕炊烟。

从那时起，陆续来自祖国各地的1000多名官兵，在甘巴拉山顶戍边卫国，在“生命禁区”建功立业，涌现出一批又一批英雄好汉。

油机师侯学明在藏服役17年，其中10年在甘巴拉。上级为照顾他超常损耗的身体，4次调他到机关工作，可他仍然心甘情愿地坚守在甘巴拉。

1992年入伍的浙江籍战士张文红，父母是收入颇丰的老板，而自己在工厂里，又有着不菲的收入。本来他完全可以下海经商赚钱，但却主动申请上了甘巴拉，经过风风雨雨的磨练，终于把自己锤打成了钢铁战士。

来自遵义的战士许正兵，上山后因严重的高山反应壮烈牺牲在甘巴拉，他把18岁的青春永远定格在了甘巴拉山顶。

第17任连长刘世国、第24任指导员陶宏团结协作，心齐、风正、干劲大，吃大苦、耐大劳，身先士卒、冲锋在前，以榜样的力量凝聚人心，将蕴育已久的英雄气概从每一个战士身上激发出来，如原子裂变般释放出热力，使甘巴拉雷达站一跃跨进英雄行列。

就这样，一代一代的甘巴拉人，以高原士兵的豪迈军魂，正视生命危机；以令人仰视的英雄主义，在千仞之上的高山之巅，创造了伟大业绩。

举目那片蛮伟荒寒的高地，甘巴拉阵地这一响亮的名字，凸现其上的人性光华和人格力量，使人们看到，在市场经济物欲横流的时代，仍然有一种大义凛然的精神在闪耀，这就是伟大，这就叫崇高。

充溢在这里的，是巍巍转动的雷达天线，是凌空弥漫的电波，是时隐时现的目标亮点。

这里是高度紧张、有条不紊的战勤神经中枢。一代代“特别能战斗”的甘巴拉官兵，日夜坚守在这座“雪峰堡垒”上，护卫着这条“空中丝绸之路”，恪尽职守、顽强拼搏，使自己成为这条空中雄浑大动脉的一个个活跃的细胞。

甘巴拉阵地，就这样锤炼出众多的英雄。正是一代又一代甘巴拉人的艰苦创业，谱写出了一部新儿女英雄传。如同群山高高托起的燧石，在风暴雷雨的击打下，迸射出灿烂的光华。

春夏交替时易失，急急春风今又是。

在1994年以后的5年中，甘巴拉雷达站先后换了3任站长、2任指导员、14名支委，调换了12名干部，复员退伍了35名战士，接收新战士45名。一批又一批年轻官兵来到甘巴拉，呼吸着军营的气息，在飓风肆虐的寒冷之夜，接受着心灵的撞击，使“甘巴拉精神”在一代一代的播扬中，谱写了一个又一个动人的故事。

岩石的硬度使高山雄伟

“甘愿吃苦，默默奉献，恪尽职守，顽强拼搏”。

四句话十六个字凝聚成一种精神，这就是“甘巴拉精神”。

在几代甘巴拉人的创业史中，此种精神一直贯穿其中。

它是一面在甘巴拉山顶高高飘扬的旗帜；是甘巴拉官兵继承“老西藏精神”，用生命和热血铸造的高海拔丰碑；是迎着喜马拉雅的风暴雷雨，在极限生存中旺盛燃烧的一簇青春火炬。

奉献，是“甘巴拉精神”的丰厚底蕴。

拼搏，是“甘巴拉精神”的灵魂精髓。

而“甘巴拉精神”，正是“老西藏精神”的延伸，是“老西藏精神”在甘巴拉山顶迎着雷雨劲风盛开的军魂之花。

当阳吉才领命到甘巴拉雷达站任政治指导员之时，他意识到：没有甘愿吃苦的精神，就别上甘巴拉；没有“老西藏精神”，就别上甘巴拉。

军人大会上，面对四周巍峨的雪山，面对群山一般巍峨的全连官兵，他喊出了“看我的，跟我来”的大实话。

没有虚假的形式，没有空洞的口号，没有花哨的铺垫，一句大实话，“看我的”，就是自己首先做出榜样，而“榜样的力量是无穷的”。

打扫卫生，他第一个拿起扫把；菜地劳动，他第一个挑起粪桶；阵地值班，他第一个早早起床；飓风袭击，他第一个冲锋陷阵。

他向全连官兵表态：“如果指导员一天不出操，你们可以10天不出操。”

不管刮风下雨，还是病痛缠身，阳吉才和连长胡大庆都是第一个军容整齐地站在操场上。甘巴拉山顶之晨寒风凛冽，没有军人的信念、没有铁的纪律，不要说出操演练，胆怯的人，恐怕连站都站不住。而他们却用整齐的步伐、嘹亮的军歌，将喜马拉雅山系千百座山峰一个个唤醒，让它们感受到年轻军人生命的活力。

那一天，阳吉才患重感冒，浑身发烧、头昏眼花……

就在这时，起床的军号吹响了。

他试着从床上爬起来，身子却重得如一座山。

军号从山顶向四周飘去，四周的山峰在黎明的曙光中抬起了头。阳吉才仿佛听到了战士们穿衣起床的声音。

对于军人来说，军号就是战令。

那一年8月，一位叫高玉成的战士突然鼻子流血，从早上8点到中午12点血流不止。

因山顶气候干燥，战士们流鼻血是常有的事。

但高玉成连续几个钟头流血不止，可就急坏了山上的全连官兵。凉水洗面，伸直胳膊……

战士们多年摸索的止血方法，在他的面前却都显得无济于事。

因流血过多，高玉成的脸像一张白纸，没有血色。随着呼吸困难，他的身体越来越虚弱，眼看就要发生生命危险了。

把病人送到山下，要经受199道弯的颠簸之苦，100多公里的路程也需一些时间。

况且山上没车，只有到公路上拦车搭乘。

因工作任务重，山上只能抽出两名战士到山口拦车。情况十分危急。所幸的是，一辆羊湖电站的汽车终于被战士们拦到了。这时，失血过多的高玉成已昏迷不醒了。

病人被送往拉萨武警医院。经多方抢救，大量输血，3天后高玉成才醒了过来。

当他睁开眼，看到守护自己的战友，第一句话就是“我又活过来了！”

病好之后，高玉成又主动请求上山。战士们为他的精神深深感动了。

甘巴拉人在艰苦的环境和疾病面前，没有倒下，没有退缩。高玉成又迎着狂云、劲风、暴雪、雷雨，再次登上了5374米的高度，再次登上了世界上最高的人控雷达站这个英勇的高地。

1998年8月，在内地，这个季节应是炎热的酷夏，而甘巴拉山顶却仍是一片雨雪交加、寒流滚滚的隆冬景致。

几天连续不断的雨雪，使甘巴拉山体大面积塌方，通向阵地唯一的公路，被泥石流堵塞住了。战士们不顾高山缺氧，奋战了整整一个星期，仍未疏通，而雨夹雪还在不停地下着。

道路不通，生活保障车无法上山，山上开始断水了。

三四个星期过后，情况愈加严重。

没有水喝，吃雪；没水洗脸，用雪搓。

人可以将就，机器怎么办？

下山背水，这是唯一的选择。

一些来自福建、浙江的新战士，刚上阵地时，因为严重缺氧，不同程度地出现头昏、胸闷、流鼻血、寝食不安等症状，有的甚至晕倒在阵地上，但没有发生过一起擅离职守、私自下山的事件。战士们以钢铁般的坚强意志，严守值班岗位，兢兢业业地完成战备值班任务。

再创辉煌重振神威

在我国进入深刻变革的时代，中国军人的脚步显得尤其雄壮沉稳。在中国军队全面改革英勇挺进的大背景下，一批新时期的英雄连队跃然而出。

历史的苍穹总是群星闪烁，在八一军旗辉映下的华夏天空，又冉冉升起一颗金光灿烂的新星。它，便是甘巴拉雷达站。

甘巴拉雷达站是一个英雄的群体。

这颗在喜马拉雅山上冉冉升起的明星，沐浴着太阳的光辉，浸润着月亮的泽被，将猎猎军旗下豪迈的军魂融入了改革时代开拓的精神，给我军阔步前进的步伐注入了激越的活力。

1994年7月7日，空军党委发出向“甘巴拉英雄雷达站”学习的决定。

江山重振、百废俱兴的中国，迫切需要时代精神的坐标。改天换地、富国强军的民族，何等渴望新的人格榜样。“甘巴拉英雄雷达站”的出现，不仅顺应了时代的要求，也为我国各行各业立功创模、争当英雄的活动，起到了模范的作用。甘巴拉英雄群体强化的人生价值和人格魅力，给前进中的人们以超越时空的启迪。

然而，中央军委的命名、英雄的称号，绝不是一尊青铜的鼎或爵，一旦铸就便定型不变，只供人欣赏或珍藏。它应该是一面永远跃动的旗帜，是注进活水奔腾不息的潮流。

甘巴拉雷达站的上级机关，为了让英雄连队的红旗永远在祖国上空高高飘扬，为了使甘巴拉英雄们再创辉煌，制订了一系列坚定有力的措施，使英雄雷达站再振神威。

1995年4月，副司令员梁有劳带工作组在雷达站蹲点10天；1996年5月，政委于曙光率组蹲点8天。工作组蹲点期间，不仅制订了加强雷达站全面建设的措施，还对每位接任主官的人选，在全体范围内进行了统一的衡量、严格的挑选和考核。指导员阳吉才的选拔任用，就是经过了如此认真严格的过程。

只有不停向前进击，英雄连队才能在再创辉煌中获得新的生命。

上级机关领导的指导，使甘巴拉官兵认识到自身责任的重大。他们站在一个新时代高度，用开放的眼光审视过去；用更高的标准，从昨天的历史中，吸取走向明天的借鉴，让甘巴拉英雄的旗帜永不褪色、永远飘扬。

豪气冲天练精兵

战士是艰苦的代名词，军人是人世间付出代价最高、牺牲最大的职业。军队的特殊职能和任务，使军旅生活从来都与艰难困苦相联系。千里冰封的雪原、远离陆地的海岛、人迹罕至的山谷、缺氧断水的高地，常常作为军事要地而成为军人活动的场所。这就要求军人能够承受体力和精神的巨大压力，具备超乎常人的吃苦精神和战胜困难的勇气。

甘巴拉地处西藏中部，是拉萨、日喀则、山南三地市的交接点，作为军事要地当之无愧。如果说，距阵地不远的拉萨场站是高原的“空中桥头堡”，那么，甘巴拉雷达站无疑是托起西藏空中桥梁最重要的支撑点。

一个连队各项工作的综合指标，说到底，是要看战斗力。

老一辈甘巴拉人战风沙、斗严寒、创辉煌业绩，靠的不仅是艰苦奋斗的创业精神，更重要的是他们通过爱军习武所锤炼出的过硬的军事技术。新一代甘巴拉人要想不辱使命、再创辉煌，就必须出色地完成战备训练、争创一流成绩，才无愧于党和人民的重托，无愧于“甘巴拉英雄雷达站”的崇高荣誉。

“练兵就要练精兵，比武必须当状元。”

甘巴拉官兵站在5374米的高度，喊出了震撼群山的口号。

党支部根据江泽民主席关于军队建设“五句话”(政治合格、军事过硬、作风优良、纪律严明、保障有力)的要求按纲施训，科学计划，严密组织，定目标、定职责，一个练兵习武的高潮在狂云劲风中兴起，使这座西藏中部的高峰，发出了阵阵雄浑的震吼。

给技术能手交任务、压担子，以老带新、一帮一、一带一的方式，使全连官兵精神抖擞、斗志昂扬。

加大训练难度，攻克技术难关；模拟操作训练，图上战术推演；对不同科目分类达标、逐步升级；每周一次训练评比，每月一个训练目标，每季度一次专业考核；坚持、再坚持，形成制度，形成习惯；提高、再提高，成为口号，成为决心。

“当兵不习武，不算尽义务；武艺练不精，不是甘巴拉的兵”，“谁英雄，谁好汉，岗位练兵比比看”。

练兵习武高潮的兴起，使甘巴拉官兵的军事素质和战备观念普遍提高。英雄连队英姿勃发，练兵热情不断高涨。

操纵员张福寿是一名由云南贫困地区入伍的少数民族战士，初到连队因不懂汉话，语言交流存在障碍。练兵高潮的兴起，使不甘落后的他积极进取，在学习文化的同时苦练军事技术。他横下一条心，4年不休假，利用业余时间进行机下测报。高山缺氧使他经常口干舌燥、气喘吁吁、嘴唇干裂流血，但测报训练从未中止。经过一段时间锲而不舍的高强度训练，他口齿清晰了，速度加快了，准确率也提高了，终于成为了雷达站的技术业务尖子。

针对现代战争的特点，为提高练兵的科技含量，连队购买了《军事高科技知识》《现代兵器》《空军在现代战争中的作用和地位》等书籍；组织官兵观看《海湾战争风云录》教学录像片；带领操纵员到团技术处观摩自动化程度较高的雷达；派出两批4人次操纵员到福建漳州雷达某团和成空部队雷达某团这些气象条件复杂、空情较多的雷达部队学习、锻炼。

为把知识转化为操作技能，连队还购置了4台小霸王中英文电脑学习机。站长胡大庆在自学的基础上，亲自走上讲台，向官兵传授电脑知识。

在科技练兵的热潮中，甘巴拉雷达站出现了孔文彬、杨斌等一批“武器迷”、“飞机通”。

人在阵地在，人在天线转。

1994年以来，甘巴拉雷达站共保障飞行9300批次，连续17年被评为优秀连，涌现了大批技术骨干和业务尖子。其中2人被树为“刻苦训练标兵”，4人评为“四会”教练员，在上级组织的岗位练兵比武中多次夺得团体总分第一名。在练兵高潮中，连队的全面建设得到促进，年年被评为基层建设标兵和先进单位。

“生命禁区”的生命大美

牛群是一位有20多年军龄的相声演员，他总是机智热情地活跃在舞台上。为纪念西藏和平解放40周年，他跟随中央慰问团来到甘巴拉雷达阵地。

车子开到山顶，下车到演出场地只有十几米的距离，他一步一步地走着，就像登山运动员攀登珠穆朗玛一样艰难沉重。轮到他上场了，面对甘巴拉的战士，他却怎么也笑不起来。

英国在1977年出版的《人在高原》一书中断言：地球上高于海拔4500米的地区，人类无法居住，5000米以上则是生命禁区。而牛群现在脚下的高度，比《人在高原》所划定的“生命禁区线”还高300多米。这里空气的含氧量是北京的一半，站在山顶不动，心跳比在北京跑步时还要快。

牛群低着头，在战士们面前足足站了五分钟，一句话也说不出来，满肚子滚瓜烂熟的相声段子，一个也抖搂不开。幽默和风趣不见了，他像换了一副面孔。

不是高山缺氧和凛冽的山风封锁了脸上的笑肌，而是这些英勇坚韧、满身沧桑，用生命的消耗为国尽忠的官兵们，使他的心灵受到了强烈的震撼。

在这里，逗笑的相声段子似乎有点不合时宜。他无声地站在场地中间，泪水在官兵的注视下大滴大滴地淌着。最后，他只说了一句话：“甘巴拉山上的干部战士太苦了，能待下去就是英雄。”说完，捂着脸离开了演出场地。

笔者为了解甘巴拉战士的生活，曾两次上山采访。这里因高山缺氧以及狂风、雷雨、奇寒所形成的自然环境，其艰苦程度是我不曾想到的。在这里生存，就得开动人体的代偿功能，以超负荷的心脏压力加速生命的消耗。

甘巴拉是世界上最高的人控雷达站，甘巴拉人是离太阳最近的人控雷达兵。雄伟的喜马拉雅山把他们推举到千仞之上的高空，却也使他们远离了人间烟火。方圆几十里没有一个村庄，连牧人也很少光顾；偶尔有一头牦牛蹒跚地登至山顶，孤傲地向天空挺着弯刀般的长角张望一番，当它的韧劲耗尽之后，就又悄悄地退到山下。

甘巴拉官兵长年累月地生活在这里，生活在几乎与世隔绝的荒山之巅，其生活的单调和时时袭来的寂寞，是常人难以忍受的，生命学家说这里是

“生命禁区”实不为过。笑星牛群初到甘巴拉，那种张口结舌的惊讶之状以及心灵被强烈震撼的激动之情，也是发自内心的情绪与情感的真实流露。

一旦走进甘巴拉人的生活，走进他们心灵的深处，官兵们饱满的阳刚之气、热爱生活的内在激情，都足以给人注入充沛的正面能量，我深深地感动了。这种感动，来自相互了解后的亲近，来自对多年在冻土高地上勉力生存的生命求解，来自对超常环境的极限处那高山仰止的精神品格的感叹和敬佩。

雷达兵的知识含金量应该说是比较高的。甘巴拉人不仅是有血有肉的军人，而且大都是有梦想、有情趣的有志青年。在这偏远的高山，没有影剧院、音乐厅、博物馆、图书馆、文化宫、公园、舞厅，他们的生活较多地限定在山头阵地和山下的休整点，任何人随意外出都是纪律所不允许的。严明的纪律，是甘巴拉人一代一代传下来的行为准则。虽然这在一定程度上限制了年轻人活动的范围和视野，可甘巴拉人却立足于自己的战斗岗位，在高海拔的阵地上，开掘出了军营生活丰富的内涵和内在的情趣，使禁区生命焕发出青春的激情和生命的大美。

1994年以来，读书演讲组、书法绘画组、文艺演唱组先后成立，一日生活制度也得到了进一步落实。

支部每季度向官兵推荐一次学习书目。总政编印的《绿色年华》《绿色风采》等丛书和空政编印的《让青春更美好》，均在推荐之列。还开展了以“爱西藏、爱高山、爱边疆、爱连队、爱雷达”为主题的读书演讲和影评活动。官兵们自己动手修建了水泥篮球场、排球场，设置了乒乓球室、台球室、棋牌室、电视室。他们还购置了录像机、录音机、电视机、卡拉OK、电子琴、电脑学习机以及多种乐器。我采访时，他们的阅览室藏书达到1800册，官兵会唱歌曲100首以上。由于他们热爱军旅生活、热爱甘巴拉，在难以想象的艰苦环境中营造出了丰富多彩的军营文化。

豪放与婉约同在，崇高与壮美并存；困窘化成诗意，枯燥提炼出雄浑；道德情操得到陶冶，思想境界得到升华。

中央军委授誉之后，甘巴拉雷达连受到社会各界的关注，上级机关在人力、财力、物力上均给予倾斜，营院规划更趋合理，文体设施日渐齐备，农副业生产基础更加扎实，但全站官兵并未因此而满足现状。站党支部教育官兵：越是条件改善了，越要发扬艰苦奋斗精神，只有实干才能兴连。认识统一了，行动也就自觉了。几年来，他们自己动手植树种草、筑路修渠、开展农副业生产。整修道路460余平方米，栽种果树120余株，挖掘鱼塘、水渠1000立方米，开垦荒地、改造大田2.9亩。目前，蔬菜种植种类已由过去的萝卜、白菜、土豆发展到现在的17个品种，养殖业也由过去单一的养猪，发展到现在的鸡、鸭、鱼、猪并养。他们还自筹资金修建保温猪圈和排球场。很多老甘巴拉人“回娘家”参观后，都觉得尽管物质文化生活条件越来越好，但老甘巴拉人自己动手、艰苦奋斗的传统新一代甘巴拉人并没有丢。

喜马拉雅雄鹰

1

台风在海洋上掀起狂涛巨浪，帕里的暴风雪则摇天撼地。最初，巡逻队只能听到从黑暗的深处传来的风的喘息，可很快这喘息就变成了千百头猛兽的吼啸。潮头般的雪墙从山坳里推移过来、碾压过来，弥漫于1999年的除夕之夜。

索朗带领的巡逻队行进在北纬27°44′、东经89°05′——在地图上标志的一个小小的黑点上，放大开来，这里就是喜马拉雅山卓木拉日峰脚下，千山纠结的冰天雪地。

喜马拉雅山拔地而起，巨龙般蜿蜒2500多公里，其林立的雪峰如一堵高墙，构筑成一道巨大的银色万里长城，立于青藏高原南缘。

当喜马拉雅山伸延至西藏日喀则境地，一座高7314米的雪峰突兀而立，云雾缭绕中，如仙女身披轻纱般婀娜起舞，这就是被当地人称为降妖伏魔、呵护一方的神女山——卓木拉日峰。

在卓木拉日峰脚下，驻守着一支英雄的边防部队——西藏公安边防总队帕里边防派出所，索朗就是派出所的所长。此时，他正走在冰雪巡逻线上。

即便在暴风雪里，索朗仍保持规范的巡逻步伐，这个从会走路起就能跳舞的藏族军人，壮实的身影总能透出沉稳的豪迈和军人的潇洒。

这是由连队干部组成的巡逻队。

“所长，你是领导，应和战士们一起过节。再说你有病，又有家属孩子。巡逻任务应交给我们这几位老兵。”出发前，一位叫齐少平的战士向索朗请求。

“放心回去，过节的事都已安排好。干部巡逻就是让战士们放开玩儿，这是命令。向后——转，跑步——走！”

齐少平不情愿地跑步离去。

干部巡逻、战士过年，这是支委会上的决定。当齐少平从索朗和其他干部脸上，读到这个不可更改的决定时，只好服从命令，跑步走了。

帕里镇东与不丹王国接壤，西和锡金相连，是亚东至江孜、日喀则的咽喉要道。历史上，不丹商人经常往返于帕里进行互市贸易。进入20世纪90年代，随着改革开放的不断深入，两国边民交往日趋频繁。境内外的分裂分子也趁机进行策反渗透，煽动引诱边民非法出境。帕里边防派出所的39名官兵，负责56公里边境线、18条对外山口、125公里管辖面积的边境安全和帕里镇的安定，任务之重，可想而知。

战士们平时实在太辛苦了，每天巡逻、设卡、察访，还要练武、学习，一年四季顶烈日、迎风雪、抗严寒、耐缺氧，严守边防，安定居民。今晚也该让他们消停一下，好好地玩一玩、闹一闹了。

巡逻队继续前进。透过狂风怒号的山谷和深不可测的冰雪之夜，索朗仿佛听到战士们在进行卡拉OK歌咏比赛的歌唱声，诗歌朗诵的吟诗声，魔术表演的欢呼声和酒桌上的碰杯声。

巡逻线位于喜马拉雅山脉东段的雪山冰谷之中，海拔4300米，全年平均气温零度，最冷时零下30度，含氧量不足平原的一半。有人形象地说，帕里的每一升空气里，都比其他地方少了些氧气，而多了些敌情。

山谷的寒风裹着大雪，像一条条鞭子来回抽打，一座座雪峰，掩身躲在夜色深处。

沿着习惯的巡逻线，踏着没膝的积雪，绕过一座山梁，又走进雪谷。索朗把平射的电筒移向空中，这本是一个不自觉的很随意的动作，他却发现同伴们的几束光线在空中与他的光束交叉会合。光束里，雪花的飘舞随光束的移动在空中变化，像城市上空节日之夜的礼花绽放。

当新年钟声敲响的时候，索朗带领的巡逻队正一步步丈量着边防线的长度。卓木拉日山口离不丹边境只有5公里的距离，因此成了越境者理想的地点。索朗想，除夕之夜绝不能成为偷渡者的可乘之机。篱笆扎得紧，豺狼休想进。

可是，这次巡逻途中，却没有发现任何可疑情况，只是碰见一家牧民，为躲避暴风雪，连夜从高山牧点撤离。开始，牧民闪烁的手电筒曾引起索朗的注意，他立即和战友们包围了现场，暴风雪里极细微的响动，使索朗做出了正确的判断。当弄明白真相之后，他们走进牧人的帐篷，牧民们高兴地给他们端上了热腾腾的酥油茶。老阿爸惊讶地说："没想到这样的天气你们还会巡逻，真像是卓木拉日神女派来的天兵天将。有你们这样的军队，真是我们的福分哪！"

巡逻队帮助牧民撤离之后，返回营地时，已是大年初一凌晨3点。让索朗没想到的是，巡逻队在军营门口，受到了战士们的列队欢迎。

2

天色渐渐暗下来，银墙玉璧般的冰峰雪岭都变成了剪影。夜色像一个巨大的蚌慢慢合拢，而寒冷也随之从高天往下沉降，仿佛要把整个帕里都冷冻起来。

班长尼玛加参有些沉不住气了，几个小时的设伏没有发现任何可疑情况，他疑惑地问："站长，是不是情报搞错了？"

索朗坚定地回答："不要乱说话，要相信边民群众，相信我们的判断。"

中午，他得到边民内线的举报，说是有几个可疑的人在卓木拉日山口晃悠，行动诡秘，极不正常。索朗根据最近情况综合判断，认为这一情报有极其重要的价值，便带领一个班的兵力，在卓木拉日山口不远处的一堵雪墙后面埋伏下来。

夜暗得深了，冷得也沉了。索朗命令战士们找一个隐蔽的地方搭起帐篷，又用找来的牛粪生起火。战士们明白所长的意思，今夜继续设伏。

月亮从云层里移步而来，把卓木拉日峰的雪谷分成半明半暗的两半，既阴森又诡秘。

战士们对这样的夜晚早已习惯了，雪水伴干粮的晚餐，个个吃得津津有味。帐篷外面是持枪的岗哨，月光下，警觉地盯着远处的山口。不一会儿，帐篷里安静下来，战士们抱着枪和衣而睡。一半清醒一半酣睡的索朗所长，即便在熟睡状态也能保持警觉，这就成了任何对手都无法逾越的一道防线。

一阵细微的声音从远处隐隐传来，由远而近，此起彼伏，从四周向帐篷汇聚。

叫声愈来愈大，逐渐清晰可闻。当他起身之时，战士们也一个个惊醒。索朗掀开帐帘向外看，点点绿光在雪地里奔跑。

“好大一群狼！”索朗的语音未落，接着是战士们子弹上膛的声音。

“没有命令，不许开枪！”

根据经验判断，如果打死一只狼，血腥气会发散得很远，就会招来更多的狼。前仆后继的狼群，不在乎任何形式的抵抗，枪林弹雨也阻止不了它们疯狂的进攻。

这突发的险情，使战士们处于极其不利的境地。

“哨兵撤回帐篷，大家别慌。狼最怕火，在外面点一堆火！”

正说着，几只狼已来到眼前。走在前面的是头狼，它迈着首领的步伐，走走停停，从空气中传来的气味里，辨别前方是何种猎物。

狼具有很高的纪律性和集体捕食的协作习惯，只要听到头领的召唤，无论身在何处，都会尽快地循声前往。从四面跑来的狼群蹑脚前行，几乎是踏着齐胸的深雪，一步步跟在头狼后面，向帐篷靠近。

索朗盯着那只头狼，看着它犹豫不决的样子，应该是还没有弄清情况，尚未想好该如何进行攻击。索朗明白，一旦头狼有了明确判断，如果它摆动尾巴，发出进攻信号，狼群就会旋风般猛扑过来。到那时，一切行动都来不及了。

“冲！”索朗带领尼玛加参、安新科举着火把冲出帐篷，朝头狼奔去。面对突如其来的火光，头狼不知所措，慌忙向后退去。狼群也跟着倒退10多米。

尼玛加参班长是索朗身边的一员虎将，危难关头总有他跟着索朗挺身而出。安新科是1996年从陕西扶风入伍的士官，一直担任温室管理员和卫生员，他不仅在“世界最高镇”上创造了温室大棚种植蔬菜的“绿色”奇迹，平时军训也是军营里的一流高手。当索朗一声令下，他也毫不犹豫地举着火把勇猛地冲向狼群。

随后，战士们也都拿着火把冲了出来。索朗和战士们举着火把围成一个火圈，与从四周逼来的狼群形成了对峙局面。火圈慢慢扩大，一步步向狼群逼近。风助火势，火把燃烧得越来越旺，在风中发出噼噼啪啪的响声。对峙中，索朗一直站在最前面，直接面对着头狼，只要它有摇动尾巴要攻击的意向，索朗就会抬起手枪将它击毙。战士们也都做好了临战准备，那众志成城、临危不惧的阵势，使摸不着头脑的头狼始终不敢下达攻击命令。

索朗和战士们向前迈一步，狼群就后退一步……也许是饥饿使头狼不肯轻易离去，也许头狼没有下达命令，狼群在退缩中，仍不停地做着反扑的试探。

索朗明白，这种对峙是十分危险的，稍有松懈，就会让狼群找到突破口，那局面就不可收拾了。

索朗举着火把，在头狼面前晃悠，使它近距离地感受到火把的热量和亮度。头狼终于妥协了，无奈地扭头逃离。随后狼群也跟着溃散。开始，是一阵猛跑，然后变换步子慢跑，还不时地扭头回望。

这时，天已经慢慢地亮了。

待大家平静下来，索朗命令道："狼退人不退，继续设伏！"

就这样，他们又在冰山雪谷中设伏了两天两夜，每天夜里设双岗放哨。到了第三天，带的干粮已所剩无几，可是仍然不见任何人的踪影。索朗鼓励战士们说："我们帕里边防派出所的战士，干什么事都不会半途而废的。"

正在这时，哨兵带来的牧民说："今晚有情况。"

卓木拉日峰在月光下显得格外明亮，哨兵聚精会神地注视着雪山深处。就在战士们困得受不了的时候，几个黑影由远而近向山口走来。

索朗立即命令战士们进入战斗状态。

当黑影走进包围圈，随着索朗一声"站住，不许动！"的喊声，战士们迅速制伏了几名偷渡客，并将他们带回派出所严加审问。

天亮了，阳光给卓木拉日山峰镀上了层层金黄。一只雄鹰在冰山雪谷间翱翔，丰满的羽毛如铜铸铁打，在阳光下通体透亮。它乘风展翅，锐利的目光，仿佛能穿透雪谷的迷雾……

3

改革开放的春风，使19岁的拖拉机手、旧西藏最后一代农奴之子索朗，萌生了到部队当兵开车的愿望。他从雅鲁藏布江中游的贡嘎县入伍，来到了被称为"世界最高镇"的帕里边防派出所。

汽车没有开上，开始还有些失落。由于他语言通、民情熟，所领导没有让他开车，而是指派他为专职情报人员。

两年时间，他学会了汉话，认识的汉字与日俱增。他苦练军事技术，练就一身硬功夫。不管巡逻走访、搜集情报，还是风餐露宿、爬冰卧雪，从来没有听他讲过一个苦字、一个累字。他本是从有“西藏江南”之称的雅砻河谷飞来的一只羽毛未丰的燕雀，短短的几年军营生活，已使他雄鹰般地翱翔在喜马拉雅山的风雪高地。

他1986年10月入党，1991年4月提干，1996年任工作站指导员。是军帽上的红星，点燃了他生命的光亮；是入党的誓言，给了他信仰的力量；是雄壮的军歌，激活了农奴之子全身心的热情；是党的培养，造就了他共和国现役军人的风采。

56公里边防线认识他的脚印，18条山口都能喊出他的名字，21个自然村的男女老少，都记住了红星下面他那黝黑而英俊的笑容。他在边民群众家里的时间，比在自己家里的时间长；他关心边民群众冷暖，比关心自己的家庭多。为让更多的失学儿童重返学校，他组织全站官兵开展“爱心助学”活动；为让敬老院的孤寡老人安度晚年，他常常省吃俭用，给老人送衣送粮。他曾为当地40多户贫困农牧民捐款捐物。家庭矛盾，索朗来了就能化解；邻里纠纷，索朗来了就能排除。帕里镇的居民，谁有了困难、病情、灾情都把求救、求助的电话，直接打到索朗那里。他们相信，索朗一定会来解决，索朗从来没有让他们失望过。

1996年元旦，帕里镇遭遇了历史上罕见的雪灾。巴桑等7人到雪山牧场捡牛粪，因大雪突降困在山中。7人的家属焦急万分，向派出所求救。索朗闻讯，立即带领6名官兵和4名民工，赶赴出事地点——卓木拉日山谷。

26岁的巴桑，原是拉萨人，曾在日喀则武警支队开车，退伍后在帕里找了个对象就地安家。他买了辆车，当上了运输个体户。前天他雇了6个当地民工到高山牧场捡牛粪，两天未归，生死不明。

大雪弥漫，寒风狂舞，路被掩埋，方向难辨。索朗带领救援队在雪地里行进，每走一步都气喘吁吁。此时的气温是零下30度，积雪厚达1.3米。

找了两天两夜，去的人个个都眼布红丝、手脚裂口，嘴唇乌黑、脸色泛紫。索朗虽然已累得筋疲力尽，但为不影响士气，他把身体中所有的能量都透支出来，坚持着。在他心里，遇险的7条生命，都是自己的亲人。亲人遇险，一分一秒都不能迟缓。

到了第三天晚上，在雪山的背后，救援队终于找到了装牛粪的汽车。大雪封山，巴桑的汽车刚刚开上返回之路就迷失了方向，只好把车停在山背后的避风处。因驾驶室里只能挤下3人，其余4人，只好在车外自寻生处。

巴桑和两名女工虽未被冻死，但几天来的饥饿和寒冷，已使他们奄奄一息。索朗让他们吃些干粮，喝了几口白酒，他们才慢慢醒了过来。

根据巴桑的指点，索朗又在附近找到另外4人，其中3人已死亡。一位18岁的女孩之所以未被冻死，是因为她的哥哥紧紧地抱着她，用自己的身体为她遮挡寒风，才使她坚持到索朗的到来。

天实在太冷了，这里不能久留。他把带来的白酒让大家喝下，又将干粮分发下去。然后将救援人员分成两个小组，他和两名战士运送尸体，其他人帮助活着的人返回帕里。

死者的脸在手电筒的照射下很是吓人，不要说两名小战士有点怕，连索朗看了也有些打怵。他们用死者的衣服将其脸蒙上，一人背一具尸体，踏着齐腰的深雪往回走。终于在早晨天亮时，回到了帕里镇。

放下尸体，他已累昏在地上。人们赶忙把他扶起，发现他胳膊摔破了皮，膝盖肿了，手脚多处冻伤，身穿的氆氇裤子因为一路擦磨，烂得已不成样子。

索朗在雪灾中救人背尸体的事，很快就在边民群众中传开了。在帕里，只要提到索朗的名字，人们都会说一声“雅古都(藏语，很好）！”

4

在一个强盛的国家背后，必有一支强大的军队；在一支强大的军队里，必有一支强大的边防军。“守土有责”、“忠于职守”，是边防军的誓言；“打得赢”、“不变质”，是帕里边防站全体官兵用以锤打军魂品格的砧石。“驻守一方、稳定一方、建功一方、文明一方”、“队伍一流、军事一流、管理一流”的豪言壮语和“三个代表”的重要思想，每天都随着他们的巡逻步伐，在帕里的18条山口、21个自然村中延伸、拓展。

在索朗办公室的玻璃板下，压着一张纸条，上面写着：“我是党的儿子，是党给了我一切，只要党的事业需要，我愿将自己的一切付出。”

他1982年走进警营，至今在帕里派出所工作了整整20个春秋。20年来，索朗无论当战士还是当干部，都始终坚定不移地践行着他最初的誓言。练兵习武，执勤巡逻，身先士卒；抢险救灾，扶贫帮困，率先垂范。他走在巡逻的路上，路在风雪中，风雪中他雄鹰般翱翔；他走向深山边民，边民在他心中，他的心里永远是春天般的温暖。20年过去了，和他同年入伍的战友，如今有的已成了他的上级，有的已成了腰缠万贯的富商，而他却仍20年如一日地坚守在自己的风雪岗位上。他说："我是一个农奴的儿子，成长为一名边防战士，这是党的信任，是人民的重托。我只有忠于职守，别无他求。"

通过他和全所官兵的共同努力，自1989年以来，辖区未发生过一起刑事和治安案件。"反分裂、反蚕食、反渗透"的斗争节节胜利，社会稳定、经济繁荣。索朗的突出贡献，被公安部授予"全国优秀警察"、"全国优秀基层干部"等荣誉称号，荣立二等功两次、三等功五次。2001年，还被评为西藏自治区"十佳青年"。

昔日封建农奴统治下的西藏有边无防，给侵略者以可乘之机。而今，祖国边疆，雄关漫道，铁打钢铸，神圣不可侵犯。一支强大无敌的边防军，筑起了一道新的长城。

索朗身上所凝聚的军威军魂，正显示了由中华各族儿女所组成的中国人民解放军、武警部队雄师劲旅的风采。

万里关山，神圣边境，因为有了这些忠勇的战士，壮哉！美哉！

附文

地球第三极地的绿飘带

——西藏“一江两河”综合开发工程巡礼

一、西藏高原20世纪末最宏伟的工程

进入20世纪90年代，随着改革开放的深入推进，中华大地所蕴藏的巨大动力开始在蠕动中腾跃。如同一次新的造山运动，改变了神州的模样，西藏高原也在发展中挺拔而起。从沿海扩展到中部，继而带动西部的梯次发展战略，使中国的经济形势出现了气势磅礴的宏伟景象，西藏的“一江两河”工程便是这宏伟景象中引人注目的景观。

在党中央、国务院的亲切关怀下，经过长期的酝酿和准备，西藏“一江两河”工程列入了国家“八五”计划和“九五”规划。1991年5月23日，在隆重庆祝西藏自治区和平解放40周年大会上，中共中央代表团团长李铁映代表党中央、国务院向西藏和全国人民郑重宣布：“在本世纪最后10年间，国家投资10亿元，重点开发建设西藏一江两河中部地区。”从此，综合开发一江两河地区的帷幕拉开了。

西藏自治区“一江两河”（雅鲁藏布江中游及其支流年楚河、拉萨河）中部流域地区位于青藏高原南部，东接林芝，西抵阿里，南近国境线，北与那曲接壤。辖拉萨市的城关、达孜、林周、墨竹工卡、堆龙德庆、曲水、尼木、山南地区的贡噶、扎囊、琼结、乃东、桑日和日喀则地区的日喀则市、江孜、白郎、拉孜、南木林、谢通门18个县（市区），231个乡（镇街道办事处），1890个村，总人口79.86万人，占自治区总人口的36.37%。开发区位踞中心，关联四方，既是西藏自治区的政治、经济、文化、交通中心，又是西藏的腹心地区和粮食重要产区，被誉为西藏的“金三角”。

“一江两河”中部流域地区的综合开发，是西藏迄今为止规模最大、投资最多、历时最长的一项宏伟的系统工程。它涉及政治、经济、社会、技术各个方面，涵盖了农业、畜牧业、林业、水利、能源、交通、工业多个行

业，深入到建设、生产、市场、管理、科技各个层面，内涵丰富、外延广阔。经过10年开发，“一江两河”地区将逐步建设成为西藏的商品粮基地，畜产、蔬菜、副食品基地，轻纺手工业基地和科技示范推广基地。

优先开发“一江两河”中部流域地区，是从西藏实际出发，发挥优势、突出重点、适当倾斜、逐步增强自我发展能力的重大决策。它不仅可以作为西藏经济建设的突破口，而且有利于增强工农业生产的发展后劲，以此推动其他地区乃至整个西藏经济的快速发展和持续发展。因此，“一江两河”中部流域地区的综合开发的指导思想是：以水利为龙头，以科技为先导，农林牧协调综合发展，同时建设必要的能源交通基础设施。全面规划，逐步开发；合理布局，重点突出；因地制宜，兴利除弊；开拓创新，求实务利。

在开发原则上，采取把开发大农业放在重要位置，积极发展粮食生产，提高粮食自给水平，相应提高林业、畜牧业，提高林、畜产品的产量和商品量，解决好城镇副食品供应不足的问题。突出农林牧水的综合开发，集中资金成片建设，兼顾经济、生态效益，保持人口、资源、环境的动态平衡，建立良性循环系统；以科技为先导，逐步建立科学推广示范基地，并建成网络，把培养人才，提高群众的文化和科技水平放在突出位置；加强能源、交通、通讯等基础设施的建设；加快发展以本地农畜产品、矿产品为主要原料的轻工业和重工业，积极发展旅游业，以改善产业结构，增强地方经济的自我发展能力，不断拓宽群众治穷致富的路子。

根据国务院的要求，“一江两河”中部流域地区综合开发的任务，首先是抓好现有水利工程设施的挖潜配套，充分发挥效益，新建一批水利骨干工程，努力扩大灌溉面积，提高河道防洪标准，以改造低产田为中心，采取工程和生物、技术等配套措施，建设高产稳产田。积极发展畜牧业，搞好品种改良和草场、饲料建设，建立畜牧兽医技术推广服务体系和良种、饲料基地。在林业方面，重点建设防护林体系工程，积极营造用材林、经济林和薪炭林，提高人工林覆盖率。同时加强乡村公路建设。规划自1991年至2000年，一江两河综合开发建设共计安排执行项目220多个，主要包括：

水利工程。计划新建、扩建干渠36条，总长811公里；水库12座，蓄水量4.6亿立方米；新建提灌站6座；防洪工程4处；人畜饮水工程3处；实现保灌农田103万亩，灌溉林草地36.3万亩。

种植业。改造中、低产田123.8万亩，新垦农田10万亩，建成高产稳产田47万亩、良种繁殖基地7万亩。同时建成乃东、贡嘎、林周、墨竹工卡、堆龙德庆、曲水、江孜、白郎、拉孜县和日喀则市等10个商品粮、油生产基地，以及山南、日喀则、拉萨三地（市）2679亩蔬菜生产基地。

畜牧业。人工种草23.3万亩，改良天然草场90万亩，建立草籽繁殖基地0.65万亩，建成5个牦牛本品种选育基地、7个黄牛改良基地、4个养猪场和养鸡场。

林业。工程造林93万亩，建成3个地（市）中心苗圃，育苗总面积3647亩；在雅鲁藏布江和年楚河、拉萨河中下游沿岸建成4大防护林体系。

能源。新建县级水电站5座，装机容量1.04万千瓦，建成5条网外县级输变电，推广太阳灶5万台。

交通。建成雅鲁藏布江泽当大桥和日喀则地区雅江东嘎大桥两座，修筑乡村道路1000公里。

科技。建立试验示范区14个，试验推广实用技术28项，新修、扩建和改造地县农业林业级推广站21个，畜牧兽医、草原站22个，林业工作站20个，技术培训50万人次。

工业。新建、扩建、改造粮油加工厂4个，食品加工厂、饲料加工厂和屠宰厂各3个，同时扶持和兴建一批具有民族和地方特色的乡办企业和民族手工业。

农业综合开发区建设。主要是利用国家农业综合开发办公室的农业发展基金和地方财政配套资金，在"一江两河"地区建成澎波、艾玛岗、杜琼、加龙岗、江当、江北、琼结、江雄8个农业综合开发区，规划总投资为3.57亿元。

经过十年开发，整个项目区内工农业总产值在1990年8.4亿元的基础上，差不多翻两番，达到24.73亿元，平均每年递增11.4%。其中，农业产值由1990年的6.53亿元提高到2000年的16.61亿元，年均递增9.79%；工业产值由1990年的1.87亿元提高到2000年的8.12亿元，年均递增15.82%。农牧民人均年收入由1990年的602.24元提高到2000年的1450元，人均增收980元，平均每年递增9.18%。

"一江两河"综合开发建设项目自1991年正式开工迄今6年，整个开发区已成为一个空前未有的沸腾的大工地，沿江城镇、雪山深处均有大大小小的工程在进行，还有一些工程按照计划进程已竣工，并开始受益。毫无疑问，它们正在迅速地改变着世界屋脊的面貌，也深刻地改变着人们的精神境界。这一地区正在走出粗放型的传统农牧业格局，向着集约化综合开发的大农业转变。它们构成了当代西藏翻天覆地变革的最强音和吸引全世界注目的壮观图画。

有人说，“一江两河”综合开发区就是西藏的特区，西藏的“特区”没有设在城市，而是设在农牧区；西藏的“特区”不是在沿海，而是在沿江、沿河。西藏是以农牧业为主的地区，因此现阶段经济要发展和繁荣，就必须特别发展农牧区。通过对开发建设条件相对较好的雅鲁藏布江中部流域地区的适度倾斜、重点突破，便可带动整个西藏经济在新的模式上的崛起。

笔者在藏工作近30年，亲眼目睹了西藏30年来的历史变迁和重大变革，对6年来西藏“一江两河”中部流域综合开发建设这一历史性创造活动所引发的雪域高原生存外貌及生活质量的改观，有着切身体会，于是满怀激情地深入到伟大工程的实践进程之中，去感受高原崛起所引发的振奋人心的鼓舞力量。改革大潮正以排山倒海之势迎面袭来，喜马拉雅山与冈底斯山围栏般的禁锢，再也不能在千百年的冷落沉寂之中将雅鲁藏布江中部流域囚封如初。这场规模宏伟的综合开发挟现代化之伟力，不仅直透多年冻土，而且对传统农业在人们心中凝存多年的冻土层也带来了空前的震撼和冲击。

二、现代大农业意义上的腾飞

站在桥头，西藏自治区人民政府主席江村罗布题写的“泽当大桥”几个劲道雄浑的大字，由于它那彩霞般鲜红的色彩，使整个蓝色的桥梁在庄重的沉稳之中，有了鲜活的生气和意志的力度。

奔流的碧波，充满激情，充满向往，充满新意。我不由自主地闭上眼睛，任江水从我的全部身心漫过。此时，这条西藏最大的河流、这条世界上海拔最高的河流——雅鲁藏布江，正以它的思想浸润着我的思想，以它的连续不断的澎湃的水波感染着我，使我激情洋溢不能自已。

泽当雅鲁藏布江大桥位于山南泽当东北5公里处鲁琼通往温区的娘果渡口，是山南地区“一江两河”开发的重点工程项目。大桥全长508米，宽7米，最大跨度70米，最小跨度30米，下部为双拉式四柱式钻孔桩结构，上部为30米应拉力T梁和柱梁子应力悬臂钢构联合组成，该桥从建筑规模、结构形式到工艺造型均属西藏第一流。它于1994年6月15日正式破土动工，1995年8月28日竣工，总投资为2400万元。从大桥飞架两岸的宏伟气势看，足可想见“一江两河”工程的整体规模。

泽当大桥为“一江两河”工程在雅鲁布江中部流域修建的两座现代化大桥之一，原名叫“娘果大桥”，以建在一个形似鱼头的地方而得名，后改为泽当大桥。另一座在日喀则地区，名为日喀则大桥。

雅鲁藏布江遍布着大大小小的渡口。以往，人们以各种形式渡江。从前是牛皮船，后多为机动轮渡。几百年前的汤东杰布以藏戏义演筹资修建的铁索桥，现在遗址尚存，就在新建大桥的不远处，在滔滔的江水中各自诉说着属于自己的故事。

触摸着通向另一个世界的钢铁走廊，仿佛能感觉到这钢骨铁架上每一根神经、每一条脉搏的跳动。望着桥下的江水，这是一片蓝里透绿的奔流不息的梦境，它从喜马拉雅和冈底斯的雪山中涌来，从远古的深处奔流到我的脚下。

站在桥上远眺，绿色的林带蜿蜒而去，公路两旁、村庄周围是平整划一的农田和果园。高压电线连接着一座座电站、水库、苗圃、果园和蔬菜基地。满目葱绿的色彩使这里充满勃勃生机。看着这些，谁又能相信，在过去的岁月里这里曾是一片焦涩贫瘠的土地，乱石累累的荒滩随着江岸延伸，零星的树木和颜色发黄的灌木在风沙中摇曳着沉闷的岁月。这里虽靠近大江，却很少能得到江水的滋润，干涸的土地常常收获的只有叹息。

对雅鲁藏布江，我曾不止一次地顺流而下或溯源而上。当我站在这座新建的大桥之上，眼前新的景色所展现的大江两岸令人惊喜的变化，使我感觉到一种猛进的意识正随着江水的汹涌奔腾而来。

雅鲁藏布江和“神山”冈底斯山、“圣湖”玛旁雍错一样，在藏族人民的心目中具有崇高的神圣地位。“雅鲁”相传是藏族首长的始祖，“藏布”是“赞普”的转音，“赞普”是西藏历史上统一西藏高原、建立吐蕃王朝的第一个藏王的尊号。现在藏语中的“藏布”，是大水、江河的意思。

从地理学的角度来讲，雅鲁藏布江是西藏最大的河流，又是世界上海拔最高的大河。自喜马拉雅山北麓的杰马央宗冰川开源，在喜马拉雅山和冈底斯山脉之间由西向东奔流，在米林县折向东北，急转南下，经巴昔卡流出国境，与恒河相汇，注入印度洋的孟加拉湾。

雅鲁藏布江多年平均径流量为1.395亿立方米，占我国河川径流量的二十分之一，为黄河的两倍多，仅次于长江、珠江，在我国河流中居第三位。它的天然水能蕴藏量约为1亿千瓦，相当于我国河流水能蕴藏量的七分之一，仅次于长江。而雅鲁藏布江的单位河长、单位面积的水能蕴藏量极大地超过长江，居全国河流中首位。

在5千万年以前的漫长地质时期里，喜马拉雅山地区是分隔欧亚大陆与印度大陆的一片汪洋大海，现在的雅鲁藏布江蛇绿岩套就是特提斯海洋地壳的残余碎块，因为印度洋板块的向北漂移，俯冲时被挤出地表而形成的。它把原来为海洋分隔的两个大陆连接起来，地质学家们又把它称为雅鲁藏布江缝合线。它在缝合断裂带的同时，江岸两侧的大片区域则被抬升为今天的山地。长期以来，这里接纳了地表流水和由山地带来的大量物质，逐渐形成了广阔的冲积平原，因此横贯西藏高原的雅鲁藏布江不仅是地质的缝合线，也是哺育西藏文明的生命线。

大约距今5万年前，在苏热地方居住着迄今所知的最早的西藏原始居民。据考古发现，他们属于旧石器中晚期的居民，已具有比较丰富的劳动经验和技能，以采集和狩猎为生。种植业的出现被认为是人类社会的巨大进步，从而开创了人类历史的新纪元。从西部阿里的象泉河谷起，沿雅鲁藏布江中下游，至藏东澜沧江畔，在这片长达数千里的狭长弧形地带内发现了大量新石器时代晚期的遗址、遗物和墓葬。从出土文物看，当时的人们过着以种植业为主的定居生活。在雅鲁藏布江中下游，农业显得尤其富于活力，它为西藏的历史孵育了一群又一群部落、一个又一个王朝。

据藏、汉文史料记载，在今天的山南地区，也就是雅鲁藏布江的中部流域，远古时期的雅砻河谷的居民，经过沧桑变迁，终于走出洪荒，由采集、狩猎开始耕作，发展了西藏最早的农业，传说中西藏最早的一块农耕地至今还保留在山南乃东县，离新建的雅鲁藏布江大桥只有20公里。《西藏王臣记》中这样写道：雅砻地区的部落“烧木为炭，炼矿石而成金银铜铁，钻木为孔做成犁及牛轭，开掘土地，引溪水灌溉，犁地耦耕，垦草原平滩而为耕地，因不能渡河遂于水上建桥，耕种之农事首始于此。”由于雅砻河谷的农业生产以当时的生产力水平持续的发展，为社会的变革和进步打下了基础。公元633年，雅砻部落首领松赞干布以其雄才大略统一各部，建立起一个强大的奴隶制政权——吐蕃王朝。据史料上记载，这一时期的雅鲁藏布江两岸，牛羊遍野、农田弥望，高地蓄水为地，农田牧场分别经营，统一的度量衡也制定完备。当时的农作物主要有青稞、麦、豆类等，生产工具有犁、轭、碾、磨、斧、刀和镰等。

吐蕃王朝的建立为西藏的农业振兴创造了条件。世界上所有文化在进化过程中，文字几乎都产生于精细农业与牧业分工时期，吐蕃时期藏文的产生不过是又一例证。精细农业发展之后，由于社会组织形态也开始精细化，这样，就便于实施各种有效的合作，主要包括规模较大的自然开发和军事行动。吐蕃发祥于雅鲁藏布江中游，随着雅砻部落对自然开发规模的扩大，战争规模也扩大了——由经济目的所导致的政治手段借助于文化中的技术成功地在升级——吐蕃的统一实际上是农业经济在西藏高原所取得发展的一个旁侧连锁效应，是雅鲁藏布江所哺育的西藏高原文化综合进化的一个高潮和结果。

16世纪中叶以后，在明清朝中央、蒙古及西藏地方势力的扶植下，西藏政教合一制度日趋充实完备，宗教僧侣集团在西藏社会空前膨胀，特别是帝国主义的入侵，使西藏社会由进步走向衰退，直到西藏和平解放前夕，社会生产力受到严重摧残，农业生产和社会各产业一样出现了长达300年的衰退与停滞。

在这近300年的衰退与停滞阶段，农业生产的工具和耕作技术较之吐蕃时期并没有出现应有的进步，除了极少数地区用铁铧犁耕地外，大部分地区仍停留在几千年前的木犁、木锄耕地时代，甚至有的地方还保留极为原始的刀耕火种的耕作方式。农业生产是在浅耕粗作的粗放经营下进行的，手撒种、牛踩场等耕作方式广为流行。水利建设也基本陷于停顿，连维护原有的设施也极为困难。粮食产量一般只有种子的3—5倍，许多地方田园荒芜，根本谈不上开垦新农田和增加灌溉面积，进而出现了严重的缺粮现象。其结果正像恩格斯在揭露罗马帝国统治时指出的："普遍的贫困化，商业、手工业和艺术的衰落，人口的减少，都市的衰败，农业退回到更低的水平。"

社会进步是不可逆转的历史潮流。中华人民共和国的成立，不仅标志着中原和沿海地区封建制度的结束，也标志着西部和广大山区封建制度及更落后的制度走向了消亡。民主改革的胜利完成，标志着西藏千余年僵化的社会结构得到了巨大的改变，从此踏上被人们称之为“历史的飞跃”或“社会阶段的跨越”的新的社会发展里程。

当代西藏农业经济的发展是在伟大的历史性变革后出现的，有着进步的必然性。民主改革后，生产关系发生巨变，粗放经济方式被新型的农牧业经济方式所取代，那种不讲究投入、不扩大再生产的落后经营观念得到转变。国家对西藏农业的投入在人、财、物方面逐年增加，陆续引进了农业机械，改进了生产方式，提高了对自然界的改造能力。由于农业生产装备大大改善，狠抓了农田基本建设，改良土壤，改进耕作技术，经过几十年来的艰苦奋斗，西藏的农业生产发生了深刻的变化。

由于地理和历史的原因，西藏社会经济的发展同内地省区相比一直比较滞后，区内各地的经济发展也极不平衡。为了使西藏尽快富裕起来，缩短以至消除同内地其他省区的差距，就必须根据西藏的实际找到经济发展的根本途径。因此，“一江两河”地区由于在地理位置、气候条件、水土资源、对外交通等综合因素上都相对优越于西藏其他地区，从60年代就引起了自治区领导人、科技工作者和各界有识之士的注意，对其实行重点开发的思想早已开始酝酿，并且做了大量的资源、经济调查和政策、学术研究。

1987年西藏自治区在开始考虑西藏的经济社会发展战略时，优势区位优先发展的思想已逐渐成为发展战略的主导精神。开发建设条件相对较好的一江两河中部流域地区，在适当倾斜中重点突破，成为带动整个西藏经济起飞的重要决策。这个决策是在一个历史过程中演绎升华出来的，它凝聚了西藏几届领导人、广大科技工作者和干部群众的心血和智慧。这一重大战略决策，得到了党中央、国务院的充分肯定。

1989年中央政治局常委在讨论西藏工作会议纪要中指出：“国务院有关部门要继续帮助西藏研究落实经济和社会发展战略的有关工作。在经济建设方面突出抓好农牧业的开发和能源、交通建设，首先抓‘一江两河’流域的开发，提高粮食产量。”

1990年7月，江泽民总书记在西藏视察工作期间，对“一江两河”的开发给予了充分肯定，并做了重要指示。于是，“一江两河”工程便进入了全方位开发。

雅鲁藏布江在雪山峡谷中奔流不息，多少年来，她像一个慈爱的母亲，亲眼目睹了用自己的乳汁所哺育的土地上所发生的每一个变化，也期待着这片土地能够再度辉煌。这一天终于来临了，一个伟大时代所焕发出的激情和兴奋，终于使得一江两河中部流域综合开发建设的伟大工程应运而生。西藏农业将在现代大农业的意义上走上新的飞跃之路。

此时此刻，站在雅鲁藏布江大桥上回溯历史，怎不让人心潮澎湃。河谷之风猛撼着这座力的图案，猛撼着这座意志之桥的每一根神经，这钢铁的灵魂正以庄重的静穆宣示着一项伟大工程的承诺。

三、利在当代功在千秋的水利

世界上有许多伟大的河流，为古代文明的产生提供肥沃的土地和充足的水源。西藏文明赖以生存的雅鲁藏布江河谷那细长的绿洲，正是水量充足的世界上海拔最高的江河。它的源头有宏伟的雪山和巨大的冰川为它提供用之不竭的水源，它仿佛永远能以充沛的活力奔腾不止，一路上穿山越岭，纳百川、聚万水，用它无尽的乳汁灌溉沿江流域的土地。

一些历史学家曾提出这样一个有趣而发人深思的话题，古代社会中庞大的官僚机构和国家组织，最初有可能是为了组织建设和合理管理全国性的防洪和灌溉系统而产生的。西藏自元朝以来，作为地方性政府，它也理所当然地担负着这一职能。随着政教合一制度的不断定型，因宗教对社会生产的漠然视之，地方政府在具体的实施中已无能为力。民主改革前，西藏的水利设施已是处处凋敝、陈旧失修、难以为用了。

西藏民主改革后，“一江两河”中部流域地区逐年修建的以引水工程为主的一批农田水利工程，表明了为人民当家做主的政府机构对西藏灌溉系统的重视。截至1990年，据初步统计已有引水渠道4527条，总长度1500公里，其中骨干工程有167条，蓄水工程1829座，总库容2.5亿立方米。其中有一座大型水库——日喀则地区的冲巴湖水库。该水库虽位于康马县，不在“一江两河”中部流域地区范围内，但可向年楚河中下游地区供水，总库容达2.7亿立方米，兴利库容达0.86亿立方米；中型水库主要是拉萨市林周县的虎头山水库，设计库容1400万立方米；小型水库30座，总库容2677万立方米。另外还有小型塘坝1800座、电力提灌站27处、总装机3568千瓦、打电机井183眼。

正是这些水利工程，使“一江两河”中部流域地区的农业生产获得了较为稳定的发展。

由于这些水利工程在当时的条件下缺乏统筹规划，工程布局不尽合理，在渠系布置、水量分配和进水口设置等方面，常出现相互干扰的现象，而且大都缺少必要的控制性调蓄工程，致使这些工程已远远不能适应改革开放后飞速发展的新形势的要求。

水利工程在“一江两河”综合开发建设中占有龙头的地位，规划自1993年至2000年新建、扩建干渠36条，总长811公里；水库12座，蓄水量4.6亿立方米；新建灌站6座；防洪工程4处；人畜饮水工程3处；实现保灌农田103万亩，灌溉林、草地36.3万亩。

到目前为止，“一江两河”综合开发建设中的水利项目已完成竣工的有：新建和扩建水库8座，蓄水总量4200万立方米；修建干、支渠道1115.3公里，防洪堤236.5公里；新建提灌站3座；打电机井40眼；扩大灌溉面积39万亩；建成县级电站4座，装机容量4700千瓦。

1997年4月25日，从泽当出发，经藏王墓，我们来到琼结县琼果乡。远远望去，一座47米高的大坝昂首挺胸，拦腰切断琼果山沟。那威猛英武之势，给这片古老的土地以现代的风采。当我们沿山坡小路登上坝顶时，4台大型推土机正繁忙作业，汽车不停地来往穿梭……1994年9月15日开工，工程目前已进入最后阶段。预计在香港回归前竣工。

琼果水库是江河工程中最大的水利工程项目。坝长420米、高40米，长90米的工作桥和233米长的溢洪道等设施使水库显得功能齐全、配套成熟。该水库设计库容为1158万立方米，可浇灌耕地6.5万亩，受益地区包括琼结、乃东两县7个乡20个行政村2万余人。水库除一些收尾工作，已于去年投入使用，使原先平均亩产300斤的土地，提高到700多斤，解决了全县的缺粮问题。

一个政府能组织群众修建什么样的水利设施，可以说明这个政府机构具有怎样的水平和权威。琼果水库大坝巍然屹立，土工膜防渗，土石坝坚实稳固。精心设计、精心施工、团结合作、共创优质，这不就是西藏自治区人民政府的形象吗？

采访中了解到，解放前琼结农民常为争水发生械斗。从琼果山沟引来一股水，由于是一般的土渠，渗水厉害，渠堤常常坍塌。用水季节常有人在上游偷水浇地，到了下游，只剩下一股细流，而且是在半个月之后，耽误了农时哪会有好收成？当地的官员为了维护秩序，经常派人看守巡视，凡私自扒口偷水者，水流一弓箭远，便罚酥油一斤。

琼果水库坝型采用复合土工膜铺底，可防渗水50年之久。去年已将水蓄进，今年春季便给群众放水。水通过干渠引出，翻着浪花、溅着阳光、映着一渠山涧的色彩，唱歌似的流进了农田。

有了水，想法多了，办法也多了，下游的2750亩因干旱造成的低产田，很快就被改造了；荒芜的坡地种草4000亩、造林8000亩；还种上了苹果、桃树、梨、杏等果树，过去一些奄奄一息的老果园，也奇迹般地焕发了青春。群众说："在河滩一下子造林8000亩，这是从来没有过的事情，我们信服了！"

甲日普水库建在贡嘎县境内雅鲁藏布江南岸的甲日普山沟，水库于1991年动工兴建，1993年开始受益，可灌溉山谷耕地8466亩。据当地群众介绍，甲日乡在很早以前曾是"拉佳里"王朝的一个卡，历史上曾有过繁荣时期，由于人口的增加和灌溉系统的凋敝，在之后的日子里当地居民只能靠天吃饭。

2000亩被弃之不用的土地复耕过后获得高产，3000亩荒滩种上了树，这是何等的变化，两三年前这里还是草木不生、没有一棵老树的荒山荒滩。由于对面不远就是贡嘎机场，被当地人戏称为"第二机场"。如今，眼前的甲日普已是另一番景象。

一位藏族老农说道："感谢共产党给我们修了这么好的水库，想要多少水就有多少水，一年四季都像夏天一样……"许多老人高兴得在水库上煨"桑"香，挂起了经幡。

天那么蓝，水那么蓝，在雪山的映衬下高高的水库大坝俯瞰着下面的万亩良田。乡政府带领群众平整土地，加厚土层，增加肥料，同时进行低产田改造和开荒，实施园田化的统一规划治理、实行土地连片机械化耕作……西藏河谷农业综合开发模式在这里正逐步成型。群众科学种田积极性也得到提高。增产增收，人心稳定，党组织威望空前提高，乡政府号召一呼百应，开创了政通人和、经济发展的新局面。

日喀则谢通门县卡嘎村，是个仅有800多人的村庄。外界给这个村子的人起了一个共同的外号“卡嘎黄人”，因为卡嘎人的牙齿和骨头都是黄的。卡嘎人因长期饮用含氟、含砷的温泉水，不仅牙齿和骨头变黄，而且骨骼也变了形，成了残疾。病残者脖子僵硬不能转动，背后有人叫他，须180度大转身才能将头转回；天上若有飞机经过，躺在地上才能看到。凡含氟之水浸透的地方，树长不高，庄稼低产，家养的狗常生病而死，连鸟儿也长得怪模怪样。这种生存条件太严酷了！虽然民改后中央也曾派专家调查水质，提供药物治疗，但因不是治本措施，见效甚微。

1992年，当江河工程跨进谢通门县，实施的第一个工程就是卡嘎村人畜饮水工程。在县城打深井、建水塔、铺设2.5公里管道，将没有污染的水送往了卡嘎村。这项工程投资92万元，为一个深山沟里的800人投资92万元改变他们的饮水条件，在这个世界上，我想只有共产党才乐意干这种事情。这的确是一项非同一般的工程，它救人于氟灾砷毒之中。当世世代代挣扎在病魔与贫穷中的卡嘎人，喝上了清清凉凉的救命水；当他们的牙齿由黄变白，畸形的骨骼正逐渐恢复正常的时候；当他们改造了低产田收获了鲜鲜亮亮的庄稼的时候，他们该对造福人民的共产党还有为人民办实事的政府说些什么？“救命工程”便是他们对江河工程发自肺腑的最贴切的称谓。

生命，是地球上有了水以后才逐渐诞生发育起来的。水是生命的源泉，是农业的命脉，是党和政府与人民联系循环不已的血液，是推动社会前进和孕育文明的乳汁。

近年来，江河工程在雅鲁藏布江中部流域新建扩建的8座水库，每一座都是一个故事，每一座都是一首生命工程的赞歌，它们连缀成篇，使江河工程成为跨向新世纪的激动人心的奏鸣曲。

四、在高原，向沙漠化宣战

从拉萨河谷经雅鲁藏布江中游，穿越山高壁陡的年楚泽拉嘎贡峡谷，在离日喀则市还有几十公里的地方，便是江当区。在人们的印象中，西藏是雪山之邦，而这里却奇迹般地呈现一派沙漠风光，真让人不可思议。

在宽7—8公里的雅鲁藏布江河谷平原上，沙丘一个接一个地呈波状起伏，漫延在山坡谷地。沙丘高10多米，这是一种高大的新月形沙丘，站在高处望它，每一个沙丘都像一轮新月。这实际上是风沙堆积现象。由于年楚河谷的山坡上冲沟切沟非常发育，造成水土严重流失。高原冬春旱季因江河水位下降，大片滩地露出，形成了细沙物质。每逢风季，这里就正处于高空盛行西风控制的范围，风一吹，就地起沙，便形成了在雅鲁藏布江、朋曲等宽谷盆地平原上较为多见的风沙地貌，江当是较为典型的一处。

在风沙集中的地区，耕地日渐萎缩，流沙对农田、牧场、村庄、交通路线和水利设施的安全造成了严重威胁。忆往昔，沙漠埋没了多少城郭，扼杀了多少文明？被称为“地球溃疡症”的荒漠化已成为当今最为严重的全球性问题。我国是世界上沙漠面积较大、分布较广、危害严重的国家之一，而西藏又是遭受沙漠化侵袭最严重的省区之一。据调查，西藏土地沙化面积为2047.41万公顷，分布范围涉及全区7个地（市），68个县（市），占全区总面积的17.03%，居全国第三位，其中“一江两河”中部流域地区18个县（市、区）内就有42万公顷沙漠化土地与潜在沙漠化土地。因此，在“一江两河”地区综合开发规划中，防治江河谷地的持续沙化便是其中一个不容忽视的项目。1993年，西藏自治区“一江两河”开发建设委员会办公室确定在江当进行沙漠综合整治试验示范研究，该项目由兰州沙漠研究所承担规划与实施工作。1994年治沙工程正式启动，这些西北汉子大都是研究员、工程师、研究生等具有较高水平的技术人员和专家，他们本着对治沙事业的执着，怀着对西藏人民无比的热爱之情，不畏艰苦，修起简易的住房，然后立即投入到了治沙工程和开展沙地农业的试验中去，为一江两河地区沙漠化综合防治提供技术和创造样板。

治理荒漠化，世界各国都还处在探索阶段，并纷纷谋求良策。在固沙新技术上，伊朗将加热的重油或沥青喷洒在沙面上，固结沙流；苏丹将高分子聚合物掺入沙土中，利用其吸水特性提高植树的成活率。另外，日本、加拿大等国也研制出了可维持数年的保水性能强的树脂。世界各地的治沙方法是根据自身的条件确定的，江当治沙试验示范区在三年来的实践中，借鉴兄弟省、区的经验，找到了切实可行的方法和技术：以草方格固沙及砾石固沙，直播和栽植沙生植物绿化沙丘，效果良好，使一些流动沙丘向人类生存环境步步逼近的进程停下了脚步。

三年间示范区共围封沙漠化土地面积1690亩，封育区内配套路、渠、林网，其中建成防护林带及成片林215亩，天然草场改良458亩，人工草地种植

152亩，平整土地485亩，改造低产田100亩。同时他们还进行了沙地高效农业试验，引种农作物（春麦、玉米、马铃薯）、经济林（苹果、梨、桃、葡萄）和经济作物（西瓜、草莓与花卉等）。这里的花卉色彩因紫外线作用格外鲜艳；西瓜品质也高于内地，亩产可达4100公斤。

当我们到达示范区时，路旁竖立的“兰州沙漠研究所日喀则市江当沙漠化土地整治试验示范区”的木牌十分醒目。虽然这只是一块普通而简易的木牌，但在雅鲁藏布江中部流域的大山深处，它仿佛矗立着一个新时期的誓言，那切实可信的豪气，让人肃然起敬。

三年前，这里还是寸草不生、色彩单调、地形奇异的沙漠谷地，是一块令人沉闷而无奈的土地。而今这里却奇迹般地出现了一片绿洲，树木成行、水渠成网、农田成方，满目是生动的葱绿，让人感觉到了创造性劳动给这片土地所带来的欣欣向荣。

田间地头有几十位当地农民正在技术人员的指导下劳作。沙漠所的专家为给当地培训一批技术人员，先后在附近各乡村组织500多位农民参加示范区各项技术操作，使他们掌握了流沙治理、草地改良、沙地高效开发的理论知识和实用技术。

在“一江两河”综合开发的实施过程中，对雅鲁藏布江中部流域地区的18个县（市）和全区的沙漠化土地进行了普查与规划，基本上摸清了我区沙漠化土地的本质状况，为今后开展大规模的防沙治沙工作奠定了良好基础。由于我区土地沙漠化范围广、持续久、危害重、治理难度大，这就决定了该地治沙工作的紧迫性和长期性。而“一江两河”综合开发中的治沙工程所取得的初步成果，使各级政府和有关部门对治沙工作有了一步步实施下去的信心和成功的把握。

西藏自治区绿化委员会、西藏自治区林业厅为纪念“6·17”世界防治荒漠化和干旱日，在《治荒治沙，绿化高原》的文章中指出：“治荒治沙、植树造林，要采取造、封、护相结合，生物治沙和工程治沙相结合的基本对策，还应制定相应的优惠政策，实行‘谁治理、谁开发、谁受益’以及荒沙地拍卖、租赁、转让、股份合作等治理方式，充分调动各行各业和广大农牧民群众的治沙积极性，真正形成国家、集体、个人一起上，全社会共同参与的治沙新格局。”

我们有理由相信，在“一江两河”综合开发、治沙试验示范区以点带面逐步辐射推广之中，全区的治沙工作会全面展开。雅鲁藏布江流域干枯的皱纹会在喜悦的笑容中展开，清澈的江水会不断冲洗由沙丘堆积的那令人沮丧的记忆，一片片的绿洲会铺满生机盎然的西藏高原，一个沙产业的新概念正在向我们大步走来。

五、绿色，写于江河和大地的契约

越野车从拉萨出发，过曲水大桥，沿雅鲁藏布江南岸东行，向山南泽当行驶。五月的高原，天蓝，水蓝，连风儿也是蓝的，黑色的沥青路面也泛着钢铁般的深蓝。而那沿江林带充满生机的绿色却绿得更让人心动，更让人兴奋。

沿着长达150公里，宽约0.7公里的人造防护林的边缘行驶，看到这么好的路、这么好的林带、这么一条激情满怀的大江，我的心情随之变得特别的好。仿佛置身在滚滚江波、阵阵林涛、此起彼伏的乐章之中，一阵阵生机盎然的清新扑面而来。

这条防护林带是江河工程的杰作之一，这笔浓浓的绿色浸染的是沿江10万亩的河滩，林带连绵不绝，随公路、沿大江伸展到遥远的前方。山南地区是藏族文化的摇篮，也是藏族历史的发祥地，这里的一切都是那么悠久而古老。而这条新生林带却又浩浩荡荡、朝气蓬勃，让你感到大自然是那么旺盛、年轻，仿佛走进了一所中学校园，到处都是活泼生动的生命。

在山南采访期间，我们曾将车子开进林带深处，各种各样的鸟儿在身边飞旋。树林的漩涡，给人一种被绿浪托浮的轻松。这里杨树居多，北京杨、新疆杨、藏青杨等大都是从其他地区引进的品种，经过6年的适应，树苗已长成挺拔的大树。这些杨树积极向上，笔直的树干，连上面的丫枝也都朝着上方。人造林与自然林不一样的地方，就是呈整齐的排列状，这些挺拔的杨树紧紧靠拢，形成大的方阵，显得伟岸、正直而严整。翠绿的树梢直指天空，一道道阳光透过叶缝从高处倾泻下来，散发着树脂清香的无数微粒在阳光中飞舞。

林带靠近公路的边缘处是柳树的家园，红柳、垂柳、倒旋柳姿态多样，它们是林带的脸面，着重突出了地方特色。还有一种柳树，当地人称之为

“砍头柳”，每年春季，当地的群众都会把这种柳树的头梢砍掉作为柴薪燃料，待它再从头部生出枝丫，来年再砍。这些树大都枝干较粗、个子矮小，但它们生命顽强，有一种再生能力。正是这种再生能力，维持着当地人每年柴薪的需求。

山南地区中心苗圃坐落在林带深处，苗圃占地800亩，育苗地400亩，具有不小的规模。苗圃就像一座学校，树苗在这里经过培育，长大了，也就毕业了，然后它们被分配到荒滩上去安家立业。可以说，150公里林带的树木大都来自中心苗圃“母校”，从这里毕业的学生大都成材了。

中心苗圃试验引进许多新的树种，除杨、柳之外，还有四季常青的侧柏、塔柏、巨柏，因为它们表现良好，也都在林带里安了家，成为这绿色大家族的一员。由于管理较好，从这里毕业的树苗除被分配到山南本地外，今年春季还有30万株优质树苗被分配到日喀则地区。过曲水大桥向东，便是山南贡嘎县所管辖的地域。以往，沙化比较严重的贡嘎县，沙化面积以每年3000亩的速度递增。西藏民航的贡嘎机场就在林带的龙头位置上。长达数月的风沙季，常使贡嘎机场的飞机因弥天蔽日的沙暴而无法起落。

1959年民改时，贡嘎县姐德秀一带仅剩一株榆树在世，它孤零零地立在江滩上，望着四处的荒野，像是等待着什么。民改后的30年间，这里也陆续种了一些树，但成活率很低。人们为了种树的确费了不少劲，因为收效甚微，单薄的林片无力抵住沙暴的侵扰。

1991年，“一江两河”工程启动之后，造林项目开始一步步按规划实施。到位的资金、规范的管理、群众逐步高涨的热情，6年的功夫使这里3万亩的沙地变成丛林，摇荡着绿波，蔚然成阵。这一道绿色的屏障挡风挡沙、美化风景、改善了生态，肆虐的风沙再也无力去掩埋公路了。虽然今年春季仍有3天飞机因风暴停航，但那昔日疯狂的沙暴已是强弩之末了。

山南地区在江河工程中算是造林绿化成绩较为突出的地区。琼结县的琼果水库建成之后，一年之内，使下游的8000亩荒坡地披上了绿装。采访中了解到，山南地区群众造林积极性逐年升高。甲日乡为保护新植林地，围墙套围墙，共修20多公里，连寺院僧人每年都参加植树造林。仅人工造林一项，山南人义务投劳折合200多万元。

在江河工程中，拉萨地区的植树造林也搞得有声有色。尼木县所建的万亩林蓬勃兴旺之中呈现万千气象。那清新的绿色向四处扩散，使尼木山谷充满生气。许多野生动物将其视为乐园，里面野兔成群，还有獐子出没。就是这片新生林带改变了尼木县的生态环境，霜冻减轻、风沙变弱，连庄稼也长得舒心开朗，尼木人又怎不笑口常开呢？

1991年，林周县边角林乡当地政府和人民用辛勤的劳动在澎波河滩荒地上，涂抹了1800亩林地的绿色。这里的一切都用辛勤的劳动按规划的步骤实施。该乡于1995年又在寸草不生的沙滩上机播3468亩紫花苜蓿，使得5780只羊有了充足的饲草，从前被称为“北大荒”的林周成了今天饲草的“北大仓”。

日喀则地区的植树造林气势不凡。自然环境较为恶劣的谢通门县，自1993年开始，至今已造林8000亩，今年又计划在雨季造林6000亩。艾玛岗综合开发区内造林7800亩，形成了园林化布局。根据统计调查和遥感动态监测结果分析，“八五”期间，随着“一江两河”地区水利基本设施建设的迅速发展和灌溉条件的不断改善，农业生态系统的绿色面积逐年增加。与开发前的1990年相比，人工林地面积由13.23万亩增加到1995年的29万亩，林木覆盖率由0.18%提高到0.40%；人工种草面积由8.15万亩增加到1995年的15.18万亩。整个“一江两河”地区的人工植被率已由1990年的0.233%提高到1995年的0.48%，提高幅度达一倍之多。尽管“一江两河”综合开发以来人工植被从面积上讲，增加数量仍非常有限，但从该地区的某一地理单元或局部地段来看，风沙危害和水土流失现象得到了有效控制，大面积农田草地受到保护，以往不良的生态环境状况开始得到了改善。

随着植被覆盖率的逐步提高、薪柴和牧草等生产能力的不断增强，“一江两河”综合开发的生态效益向间接经济效益转化的作用也日趋明显。根据有关研究资料介绍，在西藏“一江两河”中部流域地区，每营造1亩人工林地，平均每年可产薪柴300—500公斤、落叶饲草50公斤左右。若从水土保持角度讲，平均每亩林地形成的生态效益为1.046元；从涵养水源角度讲，每亩林地所产生的生态效益为11.01元；从净化大气角度讲，每亩林地所产生的生态效益为1.28元。如果以此测算的话，那么，“八五”期间整个西藏“一江两河”综合开发建设，由于工程造林和人工种草等项目的实施，由生态效益经过转化给这一地区所带来的间接经济效益约174万元、净化大气效益约20.2

万元。再从人工林地薪柴生产情况看，15.77万亩林地每年可产薪柴2780万公斤。由于薪柴产量的增加，一方面既可以满足项目区约3.68万个农村人口对生活能源的需求，大大减少他们对于生物能源的消耗；另一方面可以起到以柴换肥增加还田有机物质的作用。

大面积的成片造林和农田防护林网以及农田水利工程的建成，使项目区约212万亩农田、林地和草场得到保护，抗御自然灾害的能力也不断增强。

由于农、林、牧、水、能源、加工等产业的综合开发建设，使各产业之间的关联也进一步加强。主要体现在以水为龙头的基础设施建设，带动了农牧林业的综合开发，促进了生态环境的改善；随着农牧林业生产的发展，农牧林新产品总量的增加，又为保护生态环境和带动其他产业的发展奠定了基础；随着能源工程项目的建设，项目区内现代能源比例不断提高，又为增加土壤有机物质和减少生物能源消耗、缓解天然林地过度樵采、防止水土流失、保护生态环境，起到了积极作用。

截至目前，在“一江两河”开发中，人工造林21.29万亩，新建和扩建苗圃4697亩，人工种草7.65万亩，安装网围栏33.5万米。如此大规模的植树造林，在西藏历史上是绝无仅有的，没有哪一个时代能策划和实施如此规模宏大的绿色大工程。雅鲁藏布江中部流域这片雪山连绵的高天厚土，一条条的林带正在出现，一片片的绿洲正在诞生，绒绒绿茵正以一江两河地区为大本营，向着整个西藏高原纵横延伸。

六、电力发展与西藏能量场

最近我到一个偏远牧场采访，由于经济的发展，那里的牧民大都盖上了新房，告别了千百年来逐水草而居的游牧生活。走进一家牧民的房子，正中挂着的一盏电灯使我觉得新奇。陪同一道采访的县委副书记告诉我，这里还没有条件修电站，电灯只是牧民屋子的摆设，由于对电的向往与期待，这摆设便成了时髦的装饰。

电对人类最早的馈赠是光明，西藏农牧民对这种光明盼望已久。随着社会的进步和经济的发展，人们逐渐认识到，电是一种前所未有的新型的能源，是一种易于传输的动力，它不仅使生活里充满光明，也可以让生产方式多样化。

一个地区的落后或进步，总是和电发生密切的联系。没有电，就没有现代意义上的工业、农业和通讯事业，经济落后是不言而喻的。西藏和平解放以前，全区仅有一座噶厦政府于1928年建造的夺底水电站。该站十分简陋，因建于拉萨市夺底沟而得名，装机容量仅有125马力，主要供布达拉宫、造币厂和少数贵族用电。1944年该站被洪水冲毁后再也无力修复，已废弃多年，可以说拉萨人对电的记忆，就像流星一样，一闪而过，便在历史的长河里熄灭了。

西藏和平解放后，1956年在原夺底水电站下游重建新夺底水电站，标志西藏现代工业开始起步。1964年，建于拉萨东郊拉萨河干流的纳金电站全部建成投产，总装机7500千瓦，标志着西藏历史上第一次有了自己较大型的现代工业。

到1990年底，仅就一江两河中部流域地区已建成县及县以上电站15座，年发电量39亿度，初步形成了拉萨、山南泽当、日喀则市3个地区性骨干电网。

随着改革开放的不断深入，西藏对电力的需要更加迫切。正如1984年中共中央书记处《西藏工作座谈会纪要》所指出的："要充分认识开发能源对建设团结、富裕、文明的新西藏具有特殊重要性。由于现在西藏的生产力水平仍然很低，如果能源上不去，工业交通的发展就会受到极大的限制，农牧业的现代化就不可能实现，文化教育事业就无法普及、提高，先进的科学技术就很难广泛传播，生态平衡就会继续遭到破坏，群众靠铲草皮、烧牛粪做饭、取暖的状态就要持续下去，广大群众就不可能从封建迷信的桎梏下解放出来。总之，没有现代化的能源建设就没有西藏的现代化。"

根据国务院对"一江两河"中部流域开发建设的指示精神，结合农牧业生产布局，以及"一江两河"地区能源资源结构、藏量、分布、开发条件和区内电力工业现状，自治区制订了能源建设的指导思想：大力发展水电，稳妥开发地热，积极促进太阳能利用，有计划有步骤地更替油电，适当发展风力发电，多能互补，以中小型为主，大中小结合，因地制宜，开发与节能并重。

在能源建设指导思想的框架下，以负荷导向为依据，在满足规划范围和规划期内国民经济发展的负荷增长需要的前提下，"一江两河"工程规划建设一批具有良好性能的中型骨干电站。在电源分布上，先重点开发拉萨地区的羊湖、拉萨河，然后逐步向日喀则地区的年楚河、夏布曲、山南地区的沃卡河以及其他地区发展。在工程项目上以羊湖电站、直孔电站、羊八井地热三分厂（北部深层开发）和满拉水利枢纽为重点。“八五”期间和“九五”期间逐步以拉萨电网为中心，向山南泽当和日喀则市延伸，形成拉萨、泽当电网和藏中电网，有计划地撤出拉萨大电厂和一些电网不能覆盖且病害较多或性能较差的小水电。在电网不能覆盖的地区积极发展一批农村小水电，以满足本世纪“一江两河”中部流域地区的社会经济发展需要。同时在农村还要积极推广太阳灶，大力发展薪柴林，通过多种能源互补，解决农村生活用能问题。

2000年以后至2010年再分期建设沃卡梯级、江当电站或夏布曲梯级、羊湖电站常规机组。到2000年“一江两河”中部流域总装机可达到29.737万千瓦。这个数字，比2000年对电力需求的装机容量23.8万千瓦超前发展了5.5万千瓦。即使2000年后负荷增长速度按6%计算，这个装机容量也可维持到2003年或更长一段时间。

这个规划，体现了一江两河综合开发所具有的宏伟气魄，展示了西藏经济发展不可估量的潜力。这个宏伟的规划，正在一步一步地实施之中，一座座小电站相继建成。

1994年8月23日，对于谢通门县4万多农牧民来说，是个值得庆贺的日子。这天一大早，他们个个喜气洋洋，身着节日盛装，从四面八方赶来参加荣河电站的竣工典礼。人们沸腾了，彩旗、哈达、鲜花映着笑脸，掌声、鼓声、欢笑声伴着马达的轰鸣声……多少年的愿望实现了，几万人的期盼来临了。

谢通门县位于后藏重镇日喀则的西北部雅鲁藏布江上游。虽然这里的自然条件不算差，这里的人们世世代代也都在辛勤劳作，但总走不出贫穷的阴影。究其原因，是能源和交通的落后制约着经济发展。

经过一系列的考察、测量与分析，谢通门县荣河电站被正式列入“一江两河”开发项目，并于1991年10月20日破土动工。全县干部群众全力以赴地投入到这项工程中，经过22个月660多个日夜的奋战，到1993年8月25日试发电成功，整整运行一年后，召开了竣工典礼大会。该电站发电能力1200千瓦，充分满足了全县的用电需求。有了电，谢通门县的小型加工业迅速发展，仅县城所在地的谢通门乡，就兴办了14家加工企业，磨面、榨油、面条、种子包衣等加工业一派兴旺，电站还为抽水提灌等农业用电提供了保障。由于电力充足，还鼓励干部职工烧电炉，就这样，全县的生产生活用电全部加起来也只占发电量的三分之一，剩下的三分之二的电力超前量，正是谢通门县经济发展的广阔空间。

最近，我采访了谢通门县主管"一江两河"工程的张副县长，当他回忆电站竣工典礼那天的情景时，激动地对我说："不身临其境，你无法体会农牧民有了电的欢乐心情。那天的场面比任何节日都隆重、都热烈，人们发自内心的喜庆使我禁不住热泪盈眶。当听到人群中有人高喊'一江两河万岁！'时，我简直不敢相信农牧民群众会对'一江两河工程'给予如此高的评价。同时，我也感觉到我们身上的担子是多么光荣、多么重要。"

拉萨市尼木县28000人，仅占有4万多亩土地，地少人多想致富就必须提高单位面积产量和发展多种经营，然而这一切都需要电，电成了尼木县经济发展的重要因素。

1994年6月13日，塔荣电站正式列入了"一江两河"工程项目，投资1813万元，装机容量一级站1000千瓦、二级站500千瓦。塔荣水电站位于拉萨市尼木县塔荣乡，该电站为引水式电站，控制流域面积1378平方公里。电站首部在尼木河和普松河汇合处上游1公里处，取水口布置于坝左岸，设有冲沙闸、进水闸，主厂房在塔荣乡上游处。同一些大电站相比，它"麻雀虽小，五脏俱全"，是一座设计精良，功能齐备的电站。同时，它也是尼木县历史上最大的一个工程项目。它的建成可使东嘎、尼木、普松、塔荣、林岗5个乡和县镇1.2万人口用上电，当地传统的藏香加工、藏纸制造、糌粑和油菜加工业在有了充足的能源之后，会进一步发展。今年该县与合作伙伴共建铜矿选矿厂，年产电解铜1000吨。

"一江两河"工程对雅鲁藏布江中部流域能源的开发，给这片古老的土地注入了勃勃生机，因为有了电、有了能源，西藏高原便有了持续发展的活力。这些深埋了千百年的能量，一旦被人们的激情和智慧焕发出来，便随着人们的期待和设计发生惊人的变化。一个巨大的能量场正在雅鲁藏布江中部流域形成，这些能量将造就所有那些发生在我们生活中的奇迹。这些能源将进入西藏生活和生产的各个领域，让每一个牧场和农村都辉煌起来。电灯不再是牧民家中时髦的装饰，而是他们生产和生活中的亲密伙伴。农牧民将在电气化的生产线上，让江孜的地毯、姐德秀的围裙、扎囊的氆氇、浪卡子的藏被、琼结的玉器……进入国际市场。雅鲁藏布江正精力充沛地走向未来。

七、综合开发是一幅立体的图画

从大竹卡渡口过江，便到了日喀则南木林县境内。这里是雅鲁藏布江与湘河交汇冲积而成的一片很宽阔的河谷平原。正值五月，山谷里的季节来得较迟，在内地应属初夏，而此时这里似乎春意正浓。两边的大山泛绿了，一改焦涩苍老的模样，清新的春风让人好惬意。

越野车沿山间公路奔驰，今天我们要采访艾玛岗农业综合开发区。一路上，那一片片的庄稼，一块块的苗圃、草地，显得整齐而规范，使这莽苍的大自然中洋溢着辛勤劳作的智慧和现代农业的风采。

艾玛岗是“一江两河”中部流域综合开发规划的几个重点开发区之一，它作为农业综合治理开发的第一个项目，拉开了农业综合开发的序幕。临行前，日喀则江河办的领导告诉我们，艾玛岗开发区第一期工程自1991年启动，1993年完工，历时三年，完成了开荒农田上万亩、草地2.2亩、造林面积0.78万亩，还有一批水利设施和田间道路，第一期工程无论在项目投资的完成，还是工程的质量均达到国家验收要求。

介绍中，我特别注意他们讲到一个叫土登的人物，他是南木林县的副县长，是艾玛岗农业综合开发区的主要负责人之一，现在是艾玛农工贸总公司的总经理。同时也是我在西藏民族学院的同学。

车子开进一个村子，艾玛农工贸总公司总部就在村子的一侧。总公司的院子很大，但偌大的院子里竟空无一人，原来他们都到工地去了。我们沿着开发区的主干水渠前行，想找到土登的身影。路上，不时地看到农民新盖的房屋错落在浓荫蔽日的树林中。没走多远，看见水渠旁两个人正扛着铁锹在察看水渠，透过车子前窗，我认定那身材魁梧的人就是土登。我的心情顿时兴奋起来，看来今天的运气还算不错。七八个人从两辆越野车里下来，突然出现在他的面前，让土登始料不及。由于来前没有与他联系，也有可能察看水渠时太专心，他一时搞不清我们这拨人是什么人、来干什么，更没想到有一位老同学前来采访。好一阵子他才认出我来，当他明白我们的来意时，立刻亲自驾车，带着我们去开发区参观。

我们来到水渠的引水口，引水口傍山坡而建，湘河的一条支流从这儿引进渠头，在主干渠里奔腾而下。这条用石头、水泥砌成的干渠长22公里，横贯整个开发区，与纵横交错的支渠相通，血管般铺满农田、树林、苗圃和草地。渠头很高，站在这里，整个开发区的景色尽收眼底。田成方、林成行、渠成网、土地平整，好一派现代园田风光。5万5千亩的农田，2万2千亩的草地，8千亩的人造林，仿佛是用画笔画在河谷大地上的。它们那么绿，绿得那么茂盛，仿佛天地间都充满了勃勃生机。

我问土登："这地方叫艾玛岗，有什么说法吗？"他告诉我："据当地一些老人讲，公元9世纪，印度的一位密宗大师莲花生进藏时路过艾玛岗，当他看到两山之间有这么大的如此开阔的坝子，便情不自禁地说了声'艾玛岗'，意思是'啊，好大的坝子'。于是，艾玛岗从此而得名。"一路上，我尽可能从土登这里多了解一些关于艾玛岗的情况。艾玛岗全乡共有9个行政村，其中6个行政村在开发区内，共515户3459人。土登颇为感慨地对我说："当县委决定让我参加开发区水利建设时，起初我还不愿去，当时综合开发这个名称是什么我都搞不清楚。国家给一个贫困县的一个贫困乡一下子投资2000多万元，这个数字大得让我不敢相信，这么一大笔资金能管理好、使用好吗？我对自己的能力没有把握。但一想到自己是共产党的干部，面对组织的决定和信任，还是接下了这个艰巨任务。"

"1991年5月23日在艾玛岗开了个现场会，综合开发正式启动。第一个工程便是修引水渠，这是整个开发区的龙头工程，在质量问题上一点儿也马虎不得。我给群众讲，综合开发就是要彻底改变家乡的面貌，建设家乡，我们不能自己欺骗自己，一定要保证每一个工程的质量，要用60年代的拼搏精神与90年代的科学技术相结合，干出一番崭新的事业。"

"修进水口技术要求高，由专业施工队负责，其他的活都由3800名民工来干。开工后70多辆小马车、11台手扶拖拉机在艾玛岗的施工现场来往穿梭，那场面真有点大决战的气势。搅拌混凝土、点火放炮炸石头、修涵洞、架桥梁都是技术活，以前民工很少干过，这就要求干部先学先干，然后再手把手教给群众。县委决定由26个干部组成指挥部，他们在工地帐篷里现场办工，火线督阵。指挥部将工程分解后，由民工分组承包，并规定每天的工程量要按时完成，由检查小组验收，不合格者必须返工。”

“县委、县政府对开发区给予了高度重视，全县13个县级干部，其中有7名参加过艾玛岗的工程建设。县委给了我很大的权力，我有权调动全县的民工。我每次回县汇报工作，县委便立即开会，其他事情一律靠后。 有一次，我回到县里正是夜晚11点，全县干部和群众正在看地区宣传队的演出，当县委书记得知我有急事请示，不等晚会结束，便提前给演员献了哈达，然后带领有关干部迅速回到机关，立即召开会议研究我所请示的工作。工程按照设计一天不差地进行，干部和群众全都进入兴奋状态。每天早上5点起床到工地，真是披星戴月地干。 ”

“经过三年奋斗，第一期开发工程完成造林面积7885亩（其中工程造林4855亩），农田防护林网2937亩，苗圃98亩，草地77060亩（其中人工草地8041亩），草籽基地3700亩，改良天然草地10328亩，开荒农田10046亩，低产田改造1500亩，水利设施排灌沟渠235.51公里（其中衬砌渠道13.95公里），浆砌石6.3公里，桥、涵、闸、槽142座，导流坝0.54公里，田间道路50.22公里。这些项目的完成，使艾玛岗彻底改变了旧日的模样，这里的每一项工程都是历史上从未有过的，也是在此之前的每个时期人们都无法完成的。可以说每一项工程在艾玛岗都是一个风景点，这些风景点逐渐组合起来，使艾玛岗人终于看到了综合开发的整体形象，这真是梦想变成了现实。”

土登如数家珍地给我讲述工程的完成情况，我们边走边谈，边谈边看，从防护林网到苗圃，从开荒农田到沟渠桥涵……曾在西藏农村工作了十多年的我，明白这一场综合开发意味着什么。如果莲花生大师能在今世再次来到艾玛岗，一定会有更多赞美的词句。

为了搞好开发后的经营管理，公司正式挂牌运营，土登任总经理。公司的任务是：巩固开发成果，加强管护经营开发的工程项目；促进全乡生产，辐射带动全县经济发展；公司进行宏观调控，指导培训群众等，逐渐使开发的水系、农田、草地、林、路、机械等设施，让群众以各种形式承包、管护、经营。

艾玛岗农业综合开发第一期工程，是在原来的一片荒漠沙岗建立起的一个具有现代化硬件基础的农业综合开发区，艾玛岗农工贸总公司是综合开发区在经营管理上进行的开拓性尝试。“公司加农户”的经营形式，负责生产计划安排，帮助销售部分产品，协调乡政府解决水利工程维修。公司和农户有统有分，统分结合，经营上互相交叉、优化组合、双层运行，经济上独立核算、自负盈亏。公司在盈利条件下逐步开办农畜产品加工业、养殖业、服务业，不断壮大经济实力，把公司办成产供销一条龙、农工贸一体的经济实体，引导农民发展社会主义商品经济。

公司先后举办农机培训4次，88人次，培训农机技术人员14人，汽车驾驶员3人，还同时培训了养殖、加工等技术人员。在开发区先后引进并推广优良品种藏青320，小麦口农12号、油菜年河10号、曲水大粒、江孜301等，1996年开发区良种推广面积已达7078亩，占实播种面积的85%，基本实现了良种化。公司除利用自己的大中型农机为群众提供机械服务外，还引导拥有农机的群众开展机械耕作，使机耕面积由1990年的304亩增加至2134亩。在畜种改良的同时，公司还进行了藏北草地型绵羊在人工草地上适应性放牧饲养的试验。沙棘种子育苗、南美藜引种试验均获成功；榨油、草粉、未脱脂鱼粉加工均已投入运营。

由于开发区内修建了四通八达的交通网络，运输机械数量与日俱增。开发前只有11台手扶拖拉机，到1996年底已增至106台，两台铁牛增到17台，两辆老解放汽车已换成9辆东风车，并拥有小马车503辆。开发区拥有运输专业户8户，其队伍正逐步扩大。土豆销售专业户已达78家，商业个体户48家。

由于开发区项目投入使用，新增保灌面积48443亩，改善了农田灌溉条件，解决了人畜冬季饮水问题，抗灾能力也得到显著增强。1994年艾玛岗遇到严重的大旱，当年农牧业生产丝毫没影响，而且还创历史最高水平。

农业综合开发是国家支持农业、对农业进行宏观调控的一项重大战略措施。实践证明，农业综合开发对改善农业基本生产条件、提高农业生产能力、增加主要农产品的有效供给、增加农牧民收入、实现农业和农村经济的“两个根本性转变”具有重要的促进作用。

八、雅鲁藏布江中部流域最富活力的岁月

神奇的雅鲁藏布江，自进入20世纪90年代，仿佛从天上来到了人间，在

历史中注入了现实，碧绿的江水多了几许生动的激情和真切的壮美。6年多来，它经历了生命历程中最富活力的岁月，目睹了开发区欣欣向荣的变化。

“一江两河”工程在雅鲁藏布江的日夜奔流中也走过了6个年头，这是西藏历史上改天换地、开拓进取的6年。这6年中农业综合开发经历了一个由试验探索到逐步规范、由单纯的政府行为到社会经济行为、由小到大的创业历程，西藏的农业格局发生了具有较高科技含量的重大变化。人们惊喜地发现，西藏在走向现代意义的崛起之路上，已迈开了坚实而充满信心的步伐。

据刊登在1997年7月1日《西藏日报》上的一篇题为《我区农业综合开发形成新格局》的报道透露，第一期、第二期农业区域开发项目顺利通过国家验收，各项指标均按规划要求完成，开发区已拥有新增粮食1.197万吨，肉类4450吨和油菜籽1317吨的生产能力，农牧民人均收入较开发前净增400元，年递增率高出全区平均水平75个百分点。由于在规定的投资规模内保质保量地完成了各项开发任务，国家对西藏实行1996年度投资计划时，又批复建设杜琼、江当、加龙岗、江雄四个开发区，项目总投资3160万元，群众劳务投入75万个工日，完成中低产田改造4.03万亩、工程造林1.23万亩、草场建设1.05万亩。

自1991年“一江两河”开发建设被列为国家“八五”计划和十年规划的重点建设项目以来，已完成“一江两河”专项投资5.4亿元，其中国家投资5亿元，银行贷款4000万元；群众投劳653.58万工日；共开工建设工程项目138个，其中建成交付使用94项，被评为优良工程13项。

改造中低产田24.49万亩，开垦荒地3.61万亩，新建良种繁育基地3.53万亩；新建蔬菜保护地267.8亩，蔬菜露地330亩；人工造林20.1万亩，新建和改扩建苗圃4697亩，人工种草7.65万亩；安装网围栏33.5万米；新建和改扩建地（市）县农技推广站、兽防站22处，改良牲畜5.9万头（只）；新建和改扩建水库8座，控灌面积可增加52.75万亩，新建和改扩建干支渠1052公里，提灌站4处，机井50眼，新增灌溉面积39.12万亩；新建雅鲁藏布江跨江桥2座，总长948米；新建雅鲁藏布江渡口1处；新建和改扩建田间道路297.8公里；新建县级水电站4座，装机4700千瓦；架设输电线路340公里。

以上所列数字，绝不是一些枯燥乏味的符号，在它们的背后是巨龙蜿蜒的林带；是一片片荒地变良田充满希望的绿洲；是水库和电站珍珠般串缀而成的项链；是一座座用聪明才智精心设计的质量优秀的工程。它使生活在这片大地上的人们，从更广阔的思维格局去领略“一江两河”工程的深远意义。也正是这些数字，以最真实的表现手法，刻画出无数英雄人物雕塑般的立体形象。从中我们可以看到，投入到这项伟大工程中的西藏人民、国家干部、工程技术人员，是如何筚路蓝缕、艰苦奋斗的，他们为了西藏的繁荣和崛起，做出了何等英勇、何等壮美的贡献。西藏“一江两河”综合开发建设在取得经济效益的同时，社会效益也十分显著。农村经济全面发展，产业结构日趋合理，基础设施得到改善和巩固，生产物资水平和现代化程度也有新的提高。

随着“一江两河”的基础建设和部分人畜饮水蓄水工程的陆续建成和交付使用，仅“八五”期间，“一江两河”范围内的33万亩农田、草场、林地的灌溉都得到了保障。同时，还解决了项目区约1万人和3.2万头（只）牲畜的饮水困难，深受广大干部群众的欢迎。尤其谢通门县、扎襄县和桑日县饮水工程建成后，不仅解决了当地群众的饮水困难，而且为项目区的群众提供了安全可靠和符合卫生标准的饮水资源。当地群众高兴地说：“是共产党给我们引来了幸福水。”拉萨、山南、日喀则三地（市）蔬菜基地的建成，为缓解三地（市）的蔬菜供应紧张状况、丰富城镇居民的菜篮子、平抑蔬菜市场价格和促进西藏社会局势稳定起了积极作用。

“一江两河”综合开发建设为农村剩余劳动力提供了充分的就业机会。据不完全统计，“八五”期间，“一江两河”地区18个县（区）的农村劳动力直接参加一江两河综合开发建设的总工日数累计达963.8万个，不仅有力地支援了工程项目建设，同时从开发建设中也得到了比较可观的经济收入。更为重要的是，项目区广大农牧民群众通过参与开发建设，自身素质有了较大的提高。许多奋战在工程建设一线的干部、技术人员，在干中学、学中干，进步很快，已开始成为各地农业综合开发建设和农村脱贫致富的能工巧匠和行家里手。

在开发建设中，由于农牧民收入逐年增加，生活水平有了进一步提高，收入渠道和生活消费结构也有了新的变化。收入的渠道逐步向多元化方向发展，非农产业收入在纯收入中所占的比重日渐上升，温饱型消费结构在注重实用的基础上开始向高档化方向发展。项目区广大农牧民的精神文化生活逐年丰富，精神面貌发生了明显变化。

项目区广大干部群众的思想观念开始发生变化，一种新的认识进入了人们的思维，思想观念由以前的“要我开发”，开始向“我要开发”转变，开发建设的积极性和热情不断高涨，这些都来自对生活发展方式的更高层次的感悟。这种综合开发是从未有过的宏伟工程，不管是外观还是效益，都给予广大干部和群众以心灵的震撼和鼓舞，并把他们的生活引向了一个新的重要的方向。

商品观念和竞争意识逐渐增强，对学习文化知识和科学技术的渴求越来越迫切。重视教育的发展和造就人才更为各级领导和广大农牧民群众重视和接受。“八五”期间一江两河综合开发建设共兴办各类不同层次、规模的培训班80多期，五年累计参加培训的人数达3.5万人次，其中0.8万人次受到了专业技术培训。目前在“一江两河”地区，一支有文化、有技术、懂管理、会经营的综合开发建设队伍和科技人才队伍日渐形成，他们已经成为“一江两河”综合开发建设的主要依靠力量。随着农牧民科学文化水平和自身素质的提高，项目区的精神文明建设也得到加强，一股讲文明、讲礼貌、讲团结、讲奉献的良好风尚正在广大农村牧区和家庭中形成。开发建设使生活成为一种精神性的展现，一旦广大农牧民明白正在发生的变化，一旦明白怎样参与这改变命运、改变历史、改变生活的进程，人们的许多观念就会有质的飞跃。通过农业的综合开发有力地促进了项目区经济增长方式由粗放型向集约型的根本转变，有力地推动了农村改革的深化，促进了农牧民开发意识、科技意识和商品意识的形成，推动了农村“思想革命”和“技术革命”的进程，促进了开发区社会局势的稳定，较快地改善了开发区的生态条件，提高了农牧民的生活水平。可以说，“一江两河”工程使开发区的人民，以崭新的精神面貌和大无畏的英勇气度，欢欣鼓舞地向新的世纪迈进。

九、不可思议的世界奇迹

1992年6月在巴西里约热内卢召开的联合国环境与发展大会，通过了“21世纪议程”，让可持续发展作为一个崭新的目标和全新的发展模式被世界各国广泛接受。可持续发展是既满足当代人的要求，又不损害后代人满足其需求的能力的一个动态过程。而引导区域可持续发展的关键则是持续发展的决策。

“一江两河”中部流域作为西藏的核心地区，其社会经济与区域资源环境的协调发展是保证其可持续性和稳定增长的首要内容，对整个高原地区的社会发展与环境保护具有重要的指导作用。遥感动态监测表明，综合开发建设活动一开始即把生态环境效益的取得同社会效益、经济效益的取得置于同等重要的地位，并且在具体实施中对区域环境质量的变化起到了切实的促进和保护作用，不仅对目前时期内的区域发展起到了稳定作用，而且还为将来的发展奠定了基础。

这一地区资源环境条件特殊，处于一个相对脆弱的平衡状态，在一定程度上限制和影响了本区域的发展，所以采取大量的生物工程等有效措施的根本目的，不仅是当前发展的需求，更重要的是在于对区域资源、社会经济的进一步发展创造良好的生存环境，它是确保这一地区社会经济可持续发展和资源环境可持续利用的重要保证措施。随着综合开发建设活动的更进一步深入，社会效益、经济效益和生态环境效益将逐步显示出来。可以说，它是一项利在当代、功在千秋的伟大工程。

“一江两河”综合开发已进入成熟阶段，它不仅仅围绕着大农业这个核心，使开发区内经济全面协调地发展，而且还要带动全区经济进入可持续发展的新时期。随着“一江两河”工程的逐步实施，综合开发模式已被全区普遍接受。在“八五”期间，已初步完成阿里地区农牧业综合开发规划，已全部完成尼洋河流域综合开发规划和那曲畜牧业综合开发规划，三江流域的农业综合开发也已着手规划，这就等于把“一江两河”的开发模式辐射到了全区。规划中的开发区内一些较为定型的小项目已开始实施，如三江流域内属林业开发的小项目前期工作已起步；那曲畜牧业综合开发项目已被纳入扶贫范畴开始启动；阿里农业综合开发由国家部委支持，地方自筹资金，对口省区支援，一些项目开始实施。昌都地区芒康县嘎托河流域、左贡县玉曲河流域和贡觉县马曲河流域的农业区域开发项目，到1996年已完成投资1557.67万元，完成低产田改造0.34万亩、开荒0.76万亩、造林0.11万亩、草场建设3.52万亩，已经形成新增粮食53.87万公斤的生产能力。全区地县组织的小流域综合开发，在近两年中快速兴起并取得显著成效，成为农业综合开发的重要组成部分。小流域农业综合开发的自发兴起并获得成功，表明农业综合开发并非只有国家才能办，乡村集体和群众自己组织起来也可以搞综合开发，使综合开发的潜力和后劲得到充分开掘。

主管西藏“一江两河”开发工程的西藏自治区副主席杨松，在接受女作家马丽华采访时，就“一江两河”的诸多问题进行了回答。在谈到“一江两河”的发展前景时，他的讲话令人鼓舞振奋。在他的讲话中，我们可以了解到许多新的内容和精神，可以说“一江两河”的开发思路已有了重大变化和更广泛的延伸。从内容上讲，已不单纯是最初规划的项目，一些项目已经开始大规模地扩展，并正向产业化的道路走来，加之科技的辐射效应和技术服务，整个项目扩展的层次会提升到更高的水平。这个项目准备明年扩展到达孜县的几万亩面积上，这个辐射效益非常大。项目区内，中科院在达孜农场建立的一个农业生态实验站，除了做基础实验外，还做实用技术研究。他们的实验对周围农民产生了巨大的示范效应，现在农民抢着要他们的种子，抢着要他们提供技术服务，抢着找他们学习技术。

通过这些年来实验示范区大量引进技术，证明西藏的生产潜力不可估量。两年来从内地引进的一些优良油菜种，产量普遍比内地原产地高。这两年在玉米种植上也有重大突破，内地的玉米都是结一个棒子，比较好的也只有两个，西藏可以做到大面积地结三个棒子，而且都能成熟。这种特异现象，连原来在这里搞农业科技的科学家们都感觉不可思议。这种玉米如能大面积推广，就能替代大量的调入饲料。过去认为在西藏不能生产的东西，现在也能生产了。在日喀则江当沙漠区露天种植地膜覆盖生产的西瓜，不仅甜，水分也多。种植的草莓单果重、甜度高。南美藜已在西藏种植成功，并证明可以大面积高产，对其系列产品的开发，在技术上也已获突破。对青稞酒系列、饮料系列的加工已有进展，其新产品除供应区内，在区外也已打开销路。青稞酒再配上虫草、天麻等搞成保健系列新产品，其前景更为可观。最近搞的牦牛肉干，其销路、售价俱佳，已在拉萨郊区正规建厂。

西藏的花卉产业是一个前景看好的待开发领域。由于与众不同的生产条件，西藏的花卉色彩异乎寻常地鲜艳，花朵大、香味浓，更有其他地区花卉不可比拟的特色。在西藏培植发展花卉业，通过市场渠道不仅可以通过空运销向内地，还可打入国际市场。来自“西天净土”的花卉没有任何污染，其大好前景当在预料之中。

西藏还有许多资源尚待开发利用，比如铬矿储藏量是全国第一，铜矿储藏量也是全国第一，山羊绒全国质量最好，藏绵羊的羊毛在全国也应该是地毯类用毛最好的。藏北石油勘探一旦获得突破，据预测，前景会非常好。这就需要我们重新认识西藏经济在全国的地位。

“一江两河”地区经济的开发，使雅鲁藏布江这条巨龙开始腾飞，其中部流域的经济不仅出现了空前的繁荣，而且正带动整个西藏经济的崛起，为我国经济的全面发展做出了自己应有的，也是不可替代的贡献。

“一江两河”工程是一场以综合开发、改善生态环境、持续发展为目的的大型生态农业的跨世纪之战，田、林、路、草一次到位，农、林、牧、副框架一次搭起。这是以大气魄、大创意、大构思全面改造西藏高原的大动作。西藏自然条件的残酷、生活条件的艰难、生产条件的艰苦，都决定了在西藏每搞一项事业，都必须付出超常的努力和更高的代价。然而，西藏各族人民在全国人民的支援下，硬是创造了不可思议的奇迹，像雕刻大师一样，在地球第三极地进行着大景观的塑造。“一江两河”地区综合开发工程，更像一条舞动在地球第三极地的绿飘带，给世人以春天来临的希冀。

1997年7月于拉萨

加查纪实

一

2003年6月19日上午，两辆越野车从拉萨出发。那兴奋之状，如脱缰野马、出笼飞鸟，一路狂奔，一路飞行，在初升的太阳照耀之下，向西，沿着隐隐涨潮的拉萨河，直奔加查而去。

采访团由我带队，一行8人，有资深的老作家，也有年轻有为的作者。也许是志同道合，也许是机会难得，更也许是对加查的向往，一行人狂奔之情如此豪迈，飞行之态如此舒展，洋洋喜气溢满山水之间。

此行目的说来简单：到加查采访，以纪实手法，写今日之加查，写加查的历史与新世纪对接的生长点上所发生的传奇般的变化；写西部大开发、西藏大发展的宏大背景下，加查在跨越式发展的进程中所涌现的鲜活而生动的故事。

写加查，我是有思想准备的，多少也有些把握。2001年8月，我曾采访过加查，那里所见到的一切，使我激动不已，早有要写点东西的冲动，县委书记周正斌同志却劝阻了我，他说："目前我们的工作正在规划阶段，新的思路刚刚着笔，待我们画出轮廓，涂上颜色之后，你再写不迟。"

此话虽然有理，但话中含有不愿张扬之意。我心既被打动，岂有罢手之理。两年过后，在拉萨又遇周书记，提起当年的许诺，看我如此认真，他不便推辞，同意我择日前往加查再度采访。

近年来兴起的"西藏热"，如今方兴未艾，不论是国内还是国外的《西藏文学》的读者朋友，都以关注的目光仰视着这片神奇的高地，尤其对西藏今天的社会进程更感兴趣。然而西藏之大、社会进程之快，全景式的展现是难以把握的，而取其一点，进行全息显示，应为上策。于是便产生了《西藏文学》出一期“加查专刊”的想法，让读者透过加查的窗口观望西藏的风景，岂不快哉！

8位作家有不同的风格，观察事物的切入点也不尽相同，虽然面对的是同一个加查，采访的是同一个人物，而写出的文章却有各具特色与情趣，但愿我们献给读者的是一期丰富多彩的“加查专刊”。

加查县委、县政府对我们的采访之支持，令人感动；县委办公室李新陵主任派车并亲自接我们到加查，更使我们倍感鼓舞。

车子过了雅鲁藏布江大桥，拐向西南，沿着江边的绿色林带，顺着柏油路的延伸，在雅砻河谷平原飞驰而去。过泽当镇不久，车子便离开雅鲁藏布江岸，进入了东南方的岔道，江水不见了，林带不见了，一片浑茫干涩的高山谷地如历史的隧道，把我们带入了远云的深处。这段路已不是沥青路面，虽进行过维修，但崎岖的颠簸已收敛了一路长驱直入、高歌猛进的豪放，险峻之势依然十分明显。经桑日，进入曲松境地，从拉加里王宫背后掠过，穿越一道道谷地，地势逐渐抬升，然后是一座雄浑高莽的布丹拉山横在面前。越野车沿着山坡上S形的公路向上攀登，雪线上的云和云中的雪线在山顶经幡的映衬下，显得奇妙而神秘。翻过布丹拉山，车子朝下行驶，草甸、灌木丛、树木、满坡的杜鹃花，地势愈来愈低，景致愈来愈美，雅鲁藏布江像捉迷藏似的，突然闪出身来，让人大吃一惊。经过4个小时的分别，经过烟尘中的艰苦跋涉，又见到了那蓝蓝的江水，真有点久别重逢的喜悦。喜悦之中，我要告诉你：加查县到了！

二

用“美丽”二字来形容加查是绝对不够的，它显得太平淡、太俗，不够劲道。想来想去，我选中了“瑰丽”一词，觉得它似乎能表达出加查山水的特色——瑰，奇特、珍奇也；丽，光彩焕发也。而瑰丽则能组合出瑰异诡谲、灿烂炳焕、奇伟绮丽、见所未见的奇特。

就拿眼前的这座布丹拉山来说，它是加查南部连接喜马拉雅山脉东段的分水岭山地，是雅鲁藏布江大峡谷“大拐弯”的入口，又是印度洋暖流的末端。暖流到此如强弩之末，慢慢缓下劲来，被布丹拉山的“天墙”挡住去路，与这里的寒流融汇成从高到低不同的气候带，其地貌被划分为喜马拉雅极高山亚区和多河流峡谷地带。按照太阳辐射能的纬度分布规律，加查的气候、水文、生物、土壤以及整个自然景观按纬度呈带状分布，极地冰原带——寒带苔藓地衣带——寒温带针叶林带——温带落叶林带——亚热带常绿阔叶林带——热带季雨林带……在加查上上下下地走上一趟，如同经历了千百万年的地理演变。那多变的新奇，使加查的山水如万花筒般地变幻出诡谲旖旎的风光。

加查，瑰丽也。

加查是一个人杰地灵的地方，历史上曾出现过许多杰出的人物。松赞干布的大相禄东赞，当地群众说是加查人。著名的热振活佛也出生在加查。在西藏现代史上，西藏自治区人民政府前主席、国家民政部原部长多吉才让曾在加查任县长；自治区党委副书记、纪检委书记布穷曾在加查任县委书记。我国第一位藏族工程院院士多吉，1953年出生在加查县一个山村农民家庭……

瑰丽的加查位于西藏东南部，4646平方公里的土地面积分布于雅江中游南北两岸。其地理区域范围为东经92°14′—93°07′，北纬28°49′—29°43′。东北与林芝地区的朗县、工布江达县接壤；西接桑日、曲松两县；南与隆子县毗邻。

加查距拉萨350公里，虽为偏远之地，然而一条滚滚奔腾的雅鲁藏布江，却使它与西藏悠久的历史和波澜壮阔的社会发展进程连结起来。在1991年的文物普查中，在加查曾有石棺，并有陶钵、陶罐出土。结合西藏石棺葬遗存的发现分析，这类石棺有可能属于史前新石器时代遗存。由此专家推测，加查县的历史可上溯到距今数千年前的原始社会阶段。

随人类社会的发展与进步，吐蕃先民出现了最早的社会组织形态。据敦煌古文献及藏文史籍记载，吐蕃前期始有“小邦”44个，之后又出现了所谓“十二小邦”。这些小邦各有“王”与“大臣”，独自占据一地。名“达域”的小邦当时统辖着雅江南岸桑日县以东的广大地区，加查县大致属于这一范围之内。

至公元7世纪，著名的吐蕃赞普松赞干布先后兼并了境内诸部，建立了统一强大的吐蕃王朝，当时卫、藏地区分为“四如”，包括加查一带在内的达域被归入“约如”范围，成为拱卫吐蕃都城逻些（今拉萨）的左翼之地。

强盛的吐蕃王朝于公元9世纪分崩离析，西藏社会随之进入一个漫长的分裂割据时期。这一期间各种政、教势力亦先后渗入加查一带，并与本地割据势力结合形成封建割据局面。在西藏佛教“后弘期”时，最早出现于加查地区的重要教派势力为宁玛派，公元12世纪前半叶，达波拉杰在加查创建达拉岗布寺，形成达波噶举派的道场。在元代所设的“十三万户”中，加查地区属于“牙里不藏思巴万户府”的统辖范围。到了明代，加查一带则属帕竹王朝的“答噶尔卜寨”统辖范围。

到公元17世纪之后，佛教格鲁派逐渐以日益强大的势力取得西藏的统治地位。这期间，由西藏地方政府在加查一带分别设立了加查和拉绥两个政权，由噶厦委派“宗本”进行行政管理，这一体制一直沿袭到1959年西藏民主改革之前。

1951年西藏和平解放后，加查地区由塔布地区工作委员会设立了加查、拉绥两个办事处。1959年5月，按照西藏工委统一部署，将原来属西藏地方政府的加查、拉绥两宗合并，成立加查县，划归山南地区领辖。

加查，是一片瑰伟壮丽的山河，有两百多条河流注入雅江。雅江千百万年来洪波喷流、峻急奔暴、汹涌澎湃，倾泻着对加查的激情以及对前程的向往。然而，一段段沉重的岁月在大山的阴影下面沉积，历史如同一个流放的囚徒，拖着沉重的脚镣在乱石荒滩上踽行，始终走不出贫穷与苦难的崎岖险途。千百年来，加查人在这个如同仙境般的美妙地方，却过着地狱般的苦难生活。

西藏的和平解放和民主改革进程，如旭日东升般照亮了加查的山河，当家做主的加查人，在阳光的沐浴之下看到了美好的前程。改革开放、西部大开发，实现了西藏的跨越式发展，加快了加查繁荣的步伐……如同交响曲般奏响了全面奔小康的壮丽乐章。

三

随着我国改革开放的不断深入，西藏迎来了全面发展的重大契机，那就是全国支援西藏的新热潮。党中央国务院于1980、1984、1994、2001年先后召开四次援藏工作会议。特别是第三次和第四次西藏工作座谈会，确定援藏项目、优惠政策，以及“对口支援、分片包干、定期转换”的政策，对西藏经济实现跨越式发展，使西藏人民与全国人民一道进入“小康”起到了巨大推动作用。中央、国家机关各部门和对口援藏省市，不但给予了大量物质、资金支援西藏建设，还按照“选优挑强”的原则，选派援藏干部参与西藏的经济建设。

援藏工作实际上是邓小平理论“先富帮助后富”、“最终达到共同富裕”的社会主义本质论在西藏的伟大实践。

对口支援西藏山南地区的是湖北省，而加查县的对口支援单位是湖北省的荆州市。荆州市已连续派出三批干部支援加查县，而现任加查县委书记的周正斌便是荆州市第三批援藏干部中的领军人物。

周正斌，男，汉族，1957年7月出生，湖北省荆州石首市人，研究生学历，1975年参加工作，1982年加入中国共产党。先后担任荆州市石首县大垸区团委书记，横市镇党委办公室主任，大垸乡党委副书记，新厂镇镇长、书记，石首市委常委，荆州市委农工部副部长，现任中共西藏自治区加查县委书记，全面主持县委工作。

从以上简历来看，周正斌是从乡镇基层一步一步走上来的县级领导干部。基层的工作经历，练就了扎实的基本功，对乡镇各部门工作的熟悉和了解，使他掌握了一整套的工作经验和全面协调的能力。他的简历还有一个很重要的元素，那就是，他有较高的文化素养。1995—1998年，先后完成了《农村小城镇建设与乡镇企业发展结合战略初探》《乡镇企业发展的出路在于产权制度改革》《村级工作如何走出债务的困惑》《领导干部要坚定正确的政治方向》《乡镇领导职能转变是农村经济发展的关键》《对建立领导干部离任审计制度的思考》等10多篇调研文章，分别被国家级、省级刊物采用，并且不少文章被评为优秀论文。这些论文使他的工作具有了理论高度，也说明他已具备了在工作中独立思考、不断创新的功底。

我认识周正斌书记是在2001年8月，第一次到加查采访的时候。他的随和、平易近人、真诚能使人很快地与他亲近起来。他的人格魅力，就像显影中的照片一样，会慢慢地清晰起来。和他接触愈多，就愈能感受到他心灵深处的力度，就能感受到他工作中澎湃的激情、严谨的作风以及不断生长着、成熟着的组织能力和建功立业的欲望。

他表面上看很从容，但内在却极有力度和硬度，是一个很坚定，很坚强的人。2001年8月底，我和周正斌书记有过一段不寻常的共同经历。这段经历，是我一生中最危险、最艰苦、最刻骨铭心、最难以忘记的往事，它不仅让我在艰险的体验中认识了自己，也让我在零距离的接触中了解了周正斌书记和他的同事们。

这段往事还得从头慢慢说起。

据周书记讲，他来到加查之后，加查风光之美、发展潜力之大，是他始料不及的。也就是说，加查比他进藏前想象中的不知要好多少倍。当初对西藏自然条件的恐惧和由此产生的心理障碍都被加查的美好一扫而光。问题出在哪里？因为我们的新闻媒体对西藏的宣传是不够全面的，我们往往着力地渲染西藏某些地区的艰苦和落后，而忽略了西藏的另一面，这种不完整、不全面的宣传往往给广大观众造成了误导和错觉。除此之外，还有诸多原因。内地一些省市干部和群众由于对西藏了解不够，便不利于相互之间的交往，便不利于援藏工作的开展。这就需要加大宣传力度，使内地的省市进一步了解西藏、增进交流。对于加查，内地人知之更少，它的历史与现实，自然与地理、资源优势与政策优势，都需要广而告之，以引起对他们加查的兴趣，激发社会各方面支援加查、参与加查经济建设的积极性。于是，周正斌便产生了在网上宣传加查的想法。

西藏文联创办的西藏网，是介绍西藏情况较为全面、较为艺术化，也是比较权威的网站，它的点击率在同类网站中也是相对比较高的。周书记进藏前所获得的一些有关西藏的资料，大部分是从西藏网获得的。上西藏网，在网上宣传加查，让加查走出西藏、走向全国、走向世界。周书记的想法得到了大家的支持，并最后成为县委的决定。

西藏文联对加查县委要求上西藏网开辟加查专版的愿望给予了大力支持，并决定派我和摄影家张鹰、文字编辑张世文一行三人，到加查帮助他们整理文字资料和拍摄图片。

我们是2001年8月底到加查的。当时，由周正斌书记带班的荆州市第三批援藏干部到加查也仅仅有3个月。他们到加查的第二天，就在工作的开展中进入了角色。短短的3个月他们就走遍了加查山水的大部分，并在调查了解情况的过程中，与当地干部、群众打成一片，获得了大量的第一手资料。

由于时间关系，海拔最高、气候条件最艰苦的两个牧业乡崔久乡和坝乡还没来得及调查，刚好，西藏网也需要这两个乡的文字、图片资料，这就促使周书记组织了一个联合的调研采访团，一行12人，乘3辆越野车向着高山牧区开去。

从加查县城到崔久乡，至多只有几十公里的路程，我们大概是早上8点出发，下午5点多钟才到崔久。路实在难走，横七竖八的石头似乎是从地面长出来似的，像巨大的树根纵横交错，更像猛兽口里排列得不整齐的牙齿。车子在这样的路上行驶，我们就像在海上冲浪似的，忽高忽低，一路颠簸。路上车子经常抛锚，大家都需要下来推车。这条路是沿江岸往上，愈走地势越高。车子连蹦带跳地行驶，我的尾骨竟被撞伤，致使在后面的采访旅程中让我受罪不少。

这条路是通往西藏著名的神湖拉姆拉措的重要通道，拉姆拉措之所以被称为神湖，是因为历代达赖喇嘛、班禅的转世灵童，均由观神湖所现的异象确定其寻访的方向和原则。据说，它还能呈现观湖者未来的命运，具有预测未来的功能。因此，常有善男信女将其视为观测命运的宝镜，跋山涉水，历经千难万险前来朝拜。近年来，也有不少区内外的旅游者，包括外国游客，来神湖观光。

加查县的旅游资源十分丰富，而拉姆拉措神湖是一个可在全区叫响的品牌。通往神湖的路上，崔久乡境内有一座叫“琼果杰”的寺庙，是二世达赖所修，名声很大。现虽为废墟，但由于它和拉姆拉措构成一个相关的系统，有着较为丰富的文化底蕴，所以作为一条旅游线，可使加查县的旅游业产生规模效应，并成为加查县新的经济增长点和国民经济发展的重要支柱产业。

多少年来，朝圣者就是从这条路到琼果杰寺，然后再往上走，到拉姆拉措神湖的，路途之艰辛，难以言状。加查县委、县政府为了发展旅游事业，加大投资力度，争取国家投资5300万元，立项修建从县城到琼果杰寺的公路，只留下从琼果杰寺到神湖那段15公里的崎岖山路，让朝圣者与旅游者去体验路途的艰辛与快乐。

这次，周书记等加查政府领导和我们一起到崔久乡及神湖，就是为了考察这条旅游线路的可行性。我要高兴地告诉读者朋友，两年后当我们第二次到加查采访时，这条路已修建完毕，正待验收。我们坐着越野车，一个多小时就来到了崔久的琼果杰寺。

还是说两年前的崔久乡之行吧。那天下午，到了崔久乡，一路颠簸，一路推车，加上崔久乡4200米的海拔，已使大家个个筋疲力尽、头昏目眩了。在寺庙招待所煮了两大锅方便面之后，周书记又带领我们到附近的牧民帐篷里访问。

走进一顶黑色的牛毛帐篷，因其他人都到山上的放牧点去了，帐篷里只有一位70多岁的老阿妈接待我们。周书记与老阿妈进行了长时间的交谈。询问她生活怎样，收入多少，牲畜发展如何。当问及她有什么困难和要求时，老阿妈说："现在的生活是越来越好了，就是居无定所给老人和小孩造成了困难。每年都因追逐水草要搬五六次家，老人的身体受不了，小孩也没法去上学。请求政府尽快划拨地皮，修房建屋。"周书记把老阿妈的要求一字一句都记了下来，又走访了几家后，连夜召集崔久乡干部开会，听取该乡基层建设、经济发展、宗教政策、合作医疗、卫生保健、教育等有关方面的汇报，并一起研究了几户牧民建定居点的要求。待他回到招待所，已是深夜1点多钟了。

第二天的行程，是从崔久乡的琼果杰寺到拉姆拉措神湖。这条路10多公里，说来不长，但要骑着马，攀山穿谷。路上的石头更多更大，其艰险程度，是从县城到崔久那条路无法比拟的。让人担心的是，湖北的援藏干部从来都没有骑过马。

湖北的第三批援藏干部到加查的共5名，周正斌书记之前已向我们介绍过。李明军，县委常委、副县长，他是一个有头脑，办事认真、很有魅力的年轻干部；李新陵，县委常委、县委办公室主任，他说话办事很有章法、得体而周到，办公室工作虽然千头万绪，而他处理起来得心应手，表现出较高的素质；汤吉银，县政府副县长，从气质上看，他很像一个文化人，谈吐举止都能表现出较高的文化修养；杨志雄，发展计划委员会主任，他长得帅气，有生气，有才气，也有一股英雄气。

这次调查采访，汤吉银、杨志雄二位因有脱不开身的工作，未能参加，周正斌、李明军、李新陵则与我们一路同行。他们3人在湖北工作时，走南闯北大都是驾车飞奔，几乎没有与马打过交道，甚至很少见到马。

作为交通工具的那十几匹马是从崔久乡牧民那里租来的，每人一匹，鞍镫齐全，但谁也不知道自己的马是什么样的习性。3位援藏干部站在马前既新奇又恐慌。一起来的巴珠县长是当地人，也是一个有经验的骑手，他给3位细心地传授骑马应注意的要领，还特意安慰他们，西藏的马特别老实，一般是不会将人摔下去的。

周书记第一个被扶上马，他笑着说："在游泳中学游泳，在骑马中学骑马吧！"也许是年轻气盛，也许是别无选择，在未经尝试和训练的情况下，他们便踏上了艰险的路程。这是几位朝气蓬勃、敢想敢干、无所畏惧、有智慧、有胆量、有作为的年轻干部，他们的勇往直前的精神，给我留下了深刻的印象。

小路时而跃上陡壁，时而翻过一道道山脊，路上堆满了从山上滚落的石头。马队一会儿跌入山坳，一会儿又钻出山顶。看着他们3位陌生的骑手，我的心也跟着在马背上颠簸。

说来让人新奇，他们3人竟然随着马队越过乱石险滩，到了神湖的山脚下，登山观湖之后，又骑着马回来了。路上不仅没有发生坠马事故，反而马术一路见长。尤其周书记还跃马扬鞭，跟着马队时不时地跑上一阵，看着他们无所畏惧的样子，我打心眼里高兴。

这时有人喊："周书记从马上摔下来了！"

下了这最后一道山坡，就到崔久乡了。马归家心切，顺着陡坡往下跑，周书记急忙勒住马缰，马猛地停下，周书记由于惯性便一头栽了下来。旁边的人急忙下马，将周书记扶起，可他已满头满脸是泥了。据周书记讲，开初他被摔得头冒金花，被扶起站一会儿，才慢慢恢复过来。第三天，他又没事儿一样，骑上马，跟随马队一起奔往坝乡。

我由于尾骨碰伤，骑上马背特别痛苦。神湖的一个来回，马在奔跑中的颠簸，使尾骨不断与马鞍摩碰，尾骨的损伤愈来愈严重了。到坝乡又是一天的马程，高山峡谷、陡坡危崖，前路又远又险，让人望而生畏。

送我们到崔久的小车，昨天已返回县城，商定好3天后到计乡接我们。我们的路线是从崔久到坝乡，再从坝乡穿越原始森林到计乡，计乡通公路。这种情况下，别无选择了，也没有了退路，只能骑着马朝前走。走在山路上，一种钻心的疼痛由我的脊椎不断地向全身扩散，身上如钢针刺肤，波及得连头部都有痛感。

一路上，我看着周书记在马上的背影，也时常为他担心，这个时候，每个人的安全都是大家担心的。虽然谁也无法帮上别人更多的忙，但大家从来没有像现在这样互相牵挂着、祝福着。

到了晚上8点，总算安全地到了坝乡。这里高海拔、缺氧，当晚又下着小雨，周围透着一股股高山的寒气。还好坝乡的干部昨天得到我们要来的消息，事先已搭好帐篷，并准备了吃的。喝了热茶、吃了热饭之后，大家的体力和情绪有所恢复，周书记又召开坝乡汇报会，方方面面的工作都进行了座谈和研究，一直搞到深夜。

第四天早上，周书记又带队到附近山沟一座寺庙去访察，同僧人们在修行洞里畅谈宗教政策，在开发旅游等方面认真听取他们的意见、制定具体的措施。下午他又去访问乡小学和几个贫困户，直到天黑。第五天则马不停蹄地穿越原始森林，从坝乡到计乡。

我是一个特殊情况，由于尾骨的伤愈来愈严重，已不能跟着马队奔跑了，马只有慢慢走，我才能勉强地支撑下来。巴珠县长出了个主意，让我第四天早上提前一天从坝乡出发，用两天的时间穿过原始森林，第五天晚上到计乡。而大队人马则从第五天早上从坝乡到计乡，一天走完我两天的行程，第五天晚上在计乡会师。为了给我引路，并在路上照顾我，他派了坝乡的卫生员一路护送。

山高路窄，林密谷深，残缺而不成形的小路被石块一截截切割，倒下的树干横七竖八地将山路堵塞。有时，一边是高耸的崖壁，一边是峭拔的峡谷，沿途常有狗熊出没。风光奇绝得让人惊叹，山路危险得又令人恐惧。大言不惭地说，我曾经是一个养马人，有着不一般的骑术，但这样的路我却从来没有经历过，甚至从来没有见过。它将前几天路上所有的艰险都汇拢在这里，使我常常产生不祥的预感。

周正斌、李明军、李新陵和他们的同伴一起，一路打马而行，将我两天的路程用一天走完，而且个个安全回来，真乃奇迹也。

我比他们早到计乡1个多小时，已是下午6点钟。天下着小雨，我在村口的一棵大树下迎候他们，在我的心目中他们都是了不起的英雄。他们穿越的不只是一片原始森林，同时也穿越了我对他们的信任。我相信这一批生龙活虎的年轻干部，是可以在战胜困难中建功立业、创造奇迹的。

从崔久到坝乡再到计乡，是加查县北部山区最荒寒、最艰苦的地方。加查政府成立后，由于这条路线极端难走，路上潜伏着许多难以预见的风险，不少干部都不愿到这些地方下乡蹲点。据加查县一位资深的藏族干部讲，加查县历来的干部中，90%以上的汉族干部和60%以上的藏族干部，都没有到过坝乡。

周书记带队骑马走崔久、坝乡的消息，在加查干部、群众中不胫而走。他们这种不畏艰险、踏实工作的敬业精神，深得加查人民的信任和拥戴，他们以陡壁深峡中马背上的英雄豪气，树立起了第三批援藏干部的形象和威信。

四

湖北省第三批援藏干部进驻加查之后，首先办了两件事：第一，用很短的时间，跑遍了加查五乡两镇，摸清了县情县貌；第二，虚心真诚地向当地干部学习、请教，做到了对县情、县史、现状有一个全面系统的了解和深层的认知。对加查县了解最深的莫过于当地的藏族干部，他们祖祖辈辈生于斯、长于斯，在长期工作中形成的工作思路是集体智慧精华的凝结。从20世纪50年代开始，20万祖国各民族优秀儿女响应党的号召，从内地来到西藏，把各地的经验和做法相互融汇，完成了一种优势嫁接过程。加查也是如此，藏汉族干部并肩携手共同建藏，数十年形成的工作思路是一笔宝贵的经验和财富。新一届领导班子在继承藏汉族干部共同奋斗数十年的优秀成果以及前两批湖北援藏干部经验的基础上，运用自己的知识、智慧、能力和新观念，对原有思路进行充实和完善，在继承的基础上进行创新，制定了“分区域规划、实施三大突破、发展特色经济、打好四张牌”的全县经济发展战略。

何为“分区域规划”？即区分地理环境，合理进行规划。走遍加查的山山水水之后，他们认为，由于地理、气候的原因，全县经济大致可分为三个不同特征的区域：

第一，安绕镇、加查镇、冷达乡、拉绥乡处在沿江河谷一带，土质肥沃、地势平坦，具有发展种植业的明显优势。针对这种区域优势，新县委领导班子决定通过品种改良、扩大复种，发展生态立体优化模式种植，在农产品质量改善的基础上，提高单位农田产出率。

第二，崔久乡、坝乡，虽处高寒地带，但草原面积可观，牧草种类多且营养丰富，为畜牧业发展奠定了物质基础。世居于此的牧民，积累了丰富的饲草管理经验、放牧经验。这两个乡为高寒纯牧业区，其定位是以发展畜牧业为主，通过引进优良种畜禽，实行人工授精，推行畜禽品种改良；增加畜牧兽医人员配置，扩大防疫效果，加大防灾力度，降低牲畜死亡，加大四季出栏数量；在畜产品的产量和质量提高的进程中，使农牧民的收入不断增加。

第三，洛林乡是一个特殊贫困区，该乡虽为半农半牧，但由于自然灾害频繁、生产力低下，当地群众一直处在在艰苦环境中勉强生存的状况。通过翔实的调查了解，新领导班子认为此地必须实施特殊的政策加以扶持。在气候较好的地区开发荒滩荒坝、进行扶贫搬迁，彻底改造他们的生活环境和生产条件，在解决温饱的基础上迅速提高生活质量。

何为“实施三大突破”？就此问题周正斌书记给我进行了详细的解释：“三大突破即突破性发展庭院经济，突破性搞好荒坝生态开发，突破性发展特色经济。”在他谈到突破性发展庭院经济时说：“加查县气候条件较好，适合发展庭院经济。庭院经济搞得好的农户，庭院中种植苹果、桃子等果树及蔬菜，每亩收入达万元。加查县有农牧户3884户，但只有几十户开展了庭院种植。我们规划对扶贫搬迁的所有坝子约300户进行集中发展，同时平均每个乡镇发展20户庭院示范户。2005年发展到2000户，争取‘十五’末全县庭院经济增收1000万元，人均增收600元。”

在内地的农家小院里，种上一些果树、蔬菜是常有的事，但在西藏却极为罕见。就加查而言，这么好的气候、这么多的土地，搞一个像模像样的庭院应为举手之劳，然而传统的生活方式却使群众对此漠然视之、不屑一顾。多少年他们都是这样活过来、熬过来的，没有人想着去改变它。如今，加查的庭院经济打破了这种传统的生活方式，大张旗鼓地开展、兴办起来，的确是一个历史的突破。我曾经走访了十多家群众的庭院，满院瓜果飘香、蔬菜鲜亮，一派生机勃发之气、富庶之象。

说起突破性搞好荒坝开发，周书记一脸认真的表情："我县有八大荒坝，可开发生态耕地2万亩，开发完成后，在现有耕地2.4万亩的基础上，耕地面积将翻一番，这是我县经济发展的一个重要增长点。荒坝开发以贫困户开发搬迁与土地经营拍卖相结合。我县洛林乡生态环境极其恶劣，一些地方不适合人类居住和生存，农牧民住在当地，每年与外界断绝交通3个月，永远也无法脱贫。全县这样的农牧户有近400户。县委、县政府积极向上争取和筹措资金，以江塘坝、惹米坝为重点，把水网等基础设施建好，把特困地区的群众迁出来，到新坝上定居下来，重点扶持他们开展农业耕作，同时扶持他们开展庭院种植。在进行扶贫开发的同时，积极探索莫热坝承包租赁开发。"

李明军副县长、李新陵主任陪同我们采访团到江塘坝、惹米坝去看了扶贫开发情况。宽阔平坦的坝子上盖起了一排排藏式新房，沿公路形成一条街区。每家都是单独的庭院，房子典雅别致，院内种满了花果蔬菜，姹紫嫣红，有的还有温室，家家都用上了自来水，不少人家都买了电视，还有的门口放着摩托车、拖拉机。

俗话说，树挪死，人挪活。就这一挪，一切都活了起来。荒坝变成了一个充满生机的小乡镇，有卫生所、学校、商店，散居在洛林乡贫困山沟里的343户1372人，终于走出了风雪的封锁、历史的阴影，走进了这阳光明媚、春风荡漾的新坝。政府资助建了新房，分配了土地，在垦荒中开创了新的生活。人类历史上不乏迁徙的经历。但有多少苦难伴随着迁徙的脚步。洛林乡的群众是幸运的，土地有了，牲畜有了，幸福有了，前途有了，他们已把感恩之情化作了劳作的热忱，用他们的双手和汗水为荒坝捧出了一片一片的新绿，捧出了一派沃野千亩的丰收景象。

那么什么是突破性发展特色经济呢？还是听一听周正斌书记的解释吧："一是发展以核桃、花椒为主的干鲜果业。'十五'期间新植核桃树10万株、苹果5万株、花椒1000株、藏椒1000亩，果树盛果期可增加年产值5000万元；二是发展以虫草为主的中药材业，计划在积极组织群众采挖的同时，要注重生态保护，加强与自治区农科院合作，探索虫草人工接种，提高虫草产量；三是发展以'神湖'为主的旅游业；四是发展以石锅、木碗为主的手工加工业。"

这样说来，突破性发展特色经济，就是要打好以上所说的四张牌。这四张牌中，给我印象最深的是核桃。加查的核桃在西藏是出了名的，个大、壳薄、果仁丰满、油多，历史上加查的核桃作为贡品献给旧政府的高官达人。而今，它极有可能成为西藏出口创汇的拳头产品。加查县海拔3100—3800米的潮土、亚高山草甸土地带是核桃的主要生产区，经当地农民上千年栽培，加查沿江一线的广大区域皆是核桃生产优生带。这一带200—1000年的核桃树有7000株左右，年产量约15万公斤。

核桃是世界四大干果之一。我国栽培面积和产量均居世界首位，出口居全球第二。核桃树之所以在加查经历了数千年的栽培历史，除优越的自然条件外，更主要的是它具有生态、经济、社会的多重效益，在众多的经济果木中它对人类的用途更为广泛。核桃仁的营养价值极高。被广泛用于食品、烹调和医药保健工业。除生食外，还可以制成核桃粉、饮料、罐头、蜜饯等。核桃树皮、叶子和外果皮等可提炼鞣酸、栲胶材料。核桃花营养保健功能显著，是制造高级保健饮料不可多得的原料，雄花序可加工成凉菜。核桃树木质坚硬、结构细密、纹理美观、伸缩性小、抗击力强、不翘不裂、不受虫蛀，可制高级家具和胶合板，又是很好的交通、航空和军事用料，可做枕木、车厢等。核桃叶具有医疗价值。用于治疗伤口、皮肤病以及肠胃病，风干树叶又是牛羊的好饲料。核桃坚果的壳皮是油毛毡工业及生产活性炭的好原料。

正因为核桃树浑身是宝，经济价值极高，据有关专家预测，21世纪核桃在国际市场上需求以每年1%的幅度增长，国内则以3%的速度增长。目前，加查县核桃供不应求，原料非常紧缺，按目前情况看即使产量翻10倍，市场依然紧俏。随着青藏铁路的修通，国内市场和东南亚市场的开发，加查县核桃生产大有潜力。

两年来，以县委书记周正斌为班长的领导集体，对发展核桃业不仅给予了高度的重视，也倾注了大量心血，在科研的基础上制定了一系列具体的措施。加强苗圃建设；在新开发的荒坝上集中成片种植；动员农牧民群众开展庭院种植；与退林造林相结合广泛种植；充分利用日照优势田间合理种植。由于措施得力，核桃种植迅猛发展起来。如今，已建苗圃155亩；育苗100万株；新植核桃11.7万株，是原有核桃树0.7万株的17倍，其发展之快，已超出原定规划，预计“十五”期间，加查新植核桃可达30万株，盛果期年增产值可达6000万元。

突破性发展特色经济的工作思路，使干部群众看到了发展核桃业蕴藏的巨大经济潜力，形成了巨大合力，为核桃业的规模发展注入了巨大的能量。可以预想，在不久的将来，加查雅江两岸将以“核桃谷”闻名遐迩。

五

我第一次采访加查是在2001年8月底，历时10天，帮助加查县整理出了上传到网络上的文字资料10多万字，设置了自然地理概况、历史沿革、社会发展、加查人物、历史遗迹、旅游资源、民风民俗、今日加查等10多个栏目，于2001年9月16日加查专版正式上传西藏网，成为全西藏第一个在网上制作专版的县。10多万的文字资料加上1000幅照片，通过因特网的传播，将雅鲁藏布江畔、万山深处的加查在跨越时空之中，拉近了与外界的距离，成为了可以触摸得到的遥远的风景。

第一次采访加查，正是周正斌和他的新一届班子决策的阶段，那时他曾说过：“领导的一个重要职责是决策，而决策正确与否直接关系一个地方发展的快慢。正确的思路，就是发展的出路。为此，我们援藏干部一到岗，就开始调查研究，摸实情、定决策，针对加查县农牧业有资源，但起点低、底子薄的现状，引进内地先进经验，从全县经济发展的大局出发，统一思想，较快地制定和完善了扶贫开发、增加农牧民收入以及今后一个时期的工作思路。”

两年过去了，第二次到加查我惊奇地发现，他们不仅完成了每项策划的任务，而且还都超出了原定的指标。两年多来真真切切的变化和发展证明，明确一个好的思路，就能形成一个良好的开局；一个正确的路子，就能致富一方百姓。

西藏属于中国的西部，加查位于西藏的南缘。西部大开发，西藏大发展，加查要崛起、要腾飞。周正斌书记正带领新一届县委班子在西部大开发的热潮中，奋力拼搏、开拓创新，努力实现加查的跨越式发展。2003年，他们将实现新植核桃树6.6万株，使移栽核桃树总数达到11万株；新建一个100亩以核桃育苗为重点的经济林苗圃，使全县经济苗木育苗总数达到100万株，其中核桃育苗达到40万株；改良黄牛1500头；建反季节蔬菜瓜果生产大棚500个；农作物良种种植面积达50%；复种油菜达到1万亩；荒坝生态开发面积达到1万亩。

他们的奋斗目标是，经过五年的努力，把加查县建成西藏的生态农业综合示范县、雅江流域核桃生产基地、核桃苗木生产基地、全区优质干果生产基地、以虫草为主的药材加工基地、以拉姆拉措神湖和涅尔喀瀑布为主要景点的旅游县。加查将在不久的将来成为中国西部的核桃之乡、生态宝地、旅游之乡和经济强县。

2003年6月27日，我们在加查采访期间，自治区党委书记郭金龙一行来加查县检查指导工作，到莫热坝和惹米坝视察了荒坝生态开发、扶贫搬迁、“荆州广场”等援藏项目建设情况，在听取了加查县工作汇报后，郭金龙书记在讲话中指出：“7年前我来过加查，7年过去了，加查县在山南地委、行署的领导下，在湖北省荆州市的大力支持下，经济发展、社会稳定，于上个世纪末丢掉了贫困的帽子，我很高兴。加查县扶贫开发很有特点，精神文明建设很有特点，扶贫搬迁、荒坝生态开发等项目都得到了很好的落实。昔日洛林乡的贫困户搬迁后住上了宽敞的新房，用上了电视、电话、电冰箱；一个偏远的县，开办了网站，电视台开办了自办节目。这里变化如此巨大，说明加查干部工作很到位，加查人民说话是算数的，同时也说明，我们新时期的西藏工作方针是正确的，社会主义大家庭是幸福的。”

郭金龙书记的话语重心长。是的，社会主义大家庭是幸福的，加查人民是幸福的，周正斌和他的同事们能在加查支援西藏建设、建功立业，也是幸福的。

2001年5月21日，荆州市委、市政府在荆州宾馆召开座谈会，为第三批援藏干部送行时，原市长、现湖北省人民政府秘书长李春明即兴赋诗一首：

今日送君喜泪流，倍加珍重登征途。
世界屋脊酬壮志，勇洒热血写春秋。
待到诸群凯旋时，茶盏共饮庆功酒。

大风起兮云飞扬，建功立业兮归故乡。而今，三年的援藏生涯已近尾声，五位壮士正以勇洒热血的豪迈继续书写着他们壮丽的春秋。加查的太阳已给他们的脸上烙印了红红的戳记，雅鲁藏布江的波涛在他们的血管里涌动着激情，藏家的青稞酒熏陶了他们对西藏的挚爱，1000多个日月的轮回记载着他们风起云飞的征程。加查人民会手捧哈达欢送他们，荆州的父老乡亲会用庆功的美酒迎接他们的归来，那时，他们是豪迈的，也是幸福的。

当然，这种豪迈和幸福不是每个人都能轻易得到的，一旦得到，便拥有了加查千山万水所凝聚而成的精神力量，以及面对千难万险而无往不胜的勇气。也许，这将成为他们生命中新的起点，在今后的革命事业中定会创造出更加辉煌的业绩。

1997年，团拜会上与藏族同事在一起

1997年，与文友一起去日喀则采访（右一为作者）

20世纪80年代初期，参加工作会议

2003年，与尼泊尔著名诗人合影

2003年，在野外采风（右二为著名作家、西藏文联主席扎西达娃，左一为作者）

2003年，在中尼边境樟木镇

1993年，赴阿里采风途中，冈底斯山下

2003年，探访先遣连旧址途中

2003年，在加查县采访

采访途中和牧民儿童一起合影

下乡在拉姆拉措神湖边（海拔6800多米）

后　记（一）

《喜马拉雅丰碑》这部书稿，对于我来说，是一个巨大的诱惑。首先诱惑我的，就是进藏先遣连这个英雄群体。西藏岁月文学艺术工作者协会负责同志联系我，说是丛书编委会决定为闫振中同志出版一本报告文学作品集《喜马拉雅丰碑》，因为我曾经与老闫共同在墨竹工卡县工作过18年，互相之间比较熟悉，是很谈得来的文友。所以，2013年4月，受编委会委托，由我担任这部书的特约编辑。

在离开西藏24年后的2010年9月接到邀请，我与丛书编委会先后在拉萨、成都、北京组织召开《雪山不会忘记系列丛书》编撰座谈会，并有机会与本书作者闫振中同志相会于成都。那是我第一次看见《进藏英雄先遣连》这部书（西藏人民出版社2008年出版），当时我立即被迷住了，便一口气把它看完。

今天，有幸担任闫振中《喜马拉雅丰碑》这部书稿的编辑，我觉得有必要将闫振中同志书稿中的一段文字附录于此："先遣连可以说是天地间含金量最高的一群英雄，一旦认识了，就再也无法忘记。他们的精神会深入人的灵魂和骨髓。谁受这种天地正气、英雄浩气的感染，谁就被赋予这种英雄气，谁的人格就具有了高尚、高洁的品位，反映在审美上，就是崇高、神圣、悲壮、雄伟，油然而生，与日月同辉，跟世界同序，'地维赖以立，天柱赖以尊'之人生大义的胆识和气魄。我就是憋了一股英雄气来写这群天地大英雄的。每当我想停下来的时候，就会感到愧疚，感到对不起先遣连的英雄们……一旦进入写作状态，沉浸在英雄的故事中，一股英雄气便贯注全身。写英雄，自己也就当一回英雄吧！我忘记了医生的严重警告和领导们的嘱咐，坚持写下去，写下去。人能不顾后果地悲壮一回，岂不快哉！"

相信谁看了这段话，都会被感动。

我就是这样被感动着，来履行特约编辑的职责。

因老闫不会操作电脑，原电子版书稿有些凌乱。并且，就在他起草这部书稿的时候，由于疲劳过度，突发脑梗塞导致半身不遂，行动不便，无法继续采访，所以，只好依据原来的采访记录进行写作。他凭着坚韧的毅力，凭着一只手完成了这部书稿的写作。西藏岁月文学艺术工作者协会丛书编辑部拿到书稿之后，从2011年至2012年3月18日，我们组织专人做了电子版录入，并且先后做了两次整理和校对，完成了该书稿第一次编辑。近几年，特别是《先遣连》电影公映后，陆续有一些关于进藏先遣连的历史资料公诸于世，我认为需要对已完成的书稿进行补充修正。在征得老闫同志的同意后，我们便针对全书上篇的《极地英雄》做了部分修改，补充了一些新的内容，然后又请阿里地区革吉县的县委书记张学营同志（我们曾一起在墨竹工卡县中学任教）帮忙联系到阿里地区党史办公室的凌旭峰主任，他们提供了一部分与书稿相关的图片，在这里一并表示感谢。

绝地生存，绝境坚守。从和平解放西藏到守卫西南边疆，一代又一代驻藏部队指战员胸怀中国梦，保卫祖国的领土领空，血汗铸就冰雪高原上的边防长城。老闫用自己的双脚，追踪着边防卫士的身影，讴歌着一曲曲英雄赞歌。

本书后面两部分中的几篇短文章，都是老闫的应时之作，这次他自己找到还保存在重庆家中的几篇原稿，也都充实到里面。至此，《喜马拉雅丰碑》这部书稿在丛书编辑部2012年3月首次编辑的基础上，又委托我按照出版要求，对该书稿进行了今天这次编辑。

喜马拉雅，你不仅是众山之碑，你更是见证历史之丰碑。

李 敏

2013年5月

后 记（二）

近年来，以反映社会主义新西藏为主旋律的文学作品,一直深受海内外读者的青睐与关注。向世人宣传西藏，介绍西藏，正确定位西藏在中华民族大家庭中的成长历程，是我们每一个西藏人的责任。

《西藏岁月系列丛书》以“老西藏”们的亲身经历，真实地记录了西藏解放和建设进程中那些不寻常的峥嵘岁月。有进藏路上的艰苦卓绝，有解放西藏的悲惨壮烈，有建设西藏的忠诚无畏，有守卫西藏的执着奉献……那些真实的故事，虽已成为历史，但仍感人肺腑，耐人寻味。

这套丛书作为历史发展的载体，无处不体现着党中央和全国各族人民对西藏物质文明和精神文明建设的关怀与支持，无处不彰显着“一不怕苦，二不怕死”、“特别能吃苦，特别能战斗，特别能忍耐，特别能团结，特别能奉献”的“老西藏精神”。这些，雄鹰可以见证，雪山可以见证。

此套丛书组稿及筹备出版几经周折，历时三年，工作千头万绪。西藏岁月文学艺术工作者协会的策划与主创人员，用“老西藏精神”宣传“老西藏”，记录为西藏和平解放牺牲的英烈和健在的昔日英雄。他们用身体铺就了进军西藏的“天路”，把鲜血滴洒在建设西藏的白雪中，把生命镌刻在维护祖国统一和民族大团结的史册上。书中的每一段故事都在向我们昭示：他们与西藏人民手挽手、心连心，团结一致，努力奋斗、拼搏，以鲜血和正义铸就了整个人生轨迹!

为了那些逝去的英灵和活着的英雄，丛书编辑委员会困难再大也要坚持!在藏工作多年的洋滔、张彦丽、冰融、李敏、闫振中等同志，分别联系离退休老作家，十八军老干部、老战士，向他们征集进藏、建藏的回忆录，组织编写那段感人肺腑、催人奋进的历史篇章。

在拉萨、成都、北京三地组稿座谈会上，与会的116名离退休老干部，谈起当年的经历仍是热泪盈眶，激情满怀。他们对出版系列丛书的现实意义给予肯定，纷纷表示要积极参与，热情支持。老干部们的行动使大家备受鼓舞，深感自己肩上的担子分量很重。

做书如做人。我们不知道其他编辑是怎么做到最好和完美的，但我们编辑的工作过程，却让人读懂了什么是最好和完美。

由于年代关系，一些书稿的原创人已是八九十岁高龄，提供的全部是手写稿。整理这部分书稿的难度，远远超出当初的想象。尤其是当年十八军分三路进藏，整个过程既有共性又有个性，待书稿集中后，内容冲突和史实矛盾等问题凸显出来。即便如此，这些都是老人们的亲身经历之作，弥足珍贵。工作人员视稿如金，没有一丝马虎和大意，生怕丢掉一字一页，对不住那些颤抖着的手写下的一笔一画。因为他们懂得，这些书稿对于高龄老人来说，其意义不是简单几句话就能说清楚的，这是他们一生中最珍贵的东西。

大量组稿，靠正常的工作时间是无法完成的，编辑们吃住在办公室，抢时间、赶任务；制订好的工作计划不得不打破，确定的工作方案随时要更改。为了确保史料翔实，协会同志除了对手中的初稿进行整理和比对外，还要随时处理意想不到的新问题。他们与原创作者不定时、不间断地联系与沟通，有的老人需要辗转几次才能找到，一些老人只言片语的表述需要几经询问，同志们都表现出极大的耐力和爱心。通过无数次的核对、甄别、印证，这些基础资料得到最后的确认。先遣连勇士和十八军将士绝境坚守、极地永生的气概，鼓舞着丛书编辑人员为这项有别于正常写作、具有特殊意义的工作竭尽全力。

现代都市生活浪漫而多彩。但《西藏岁月系列丛书》的编辑过程，让那些编辑远离了这个多彩而喧嚣的世界。三年的编辑工作，人脑变成了电脑，离开书稿后的大脑，几乎是一片空白，连正常生活也变得丢三落四。大家多是在夜以继日、废寝忘食中度过了三个春秋。特别是在最后统稿期间，春节、藏历年都是在电脑前度过的。什么“三十饺子初一面，初二出门去拜年”等风俗，全然忘记。直到一个清晨，清脆的爆竹声催醒一位编辑的记忆，猛然想起藏历年该到了，于是，临时决定放假一小时，给远在拉萨的朋友发短信拜年。没想到刚给两位朋友发完拜年的信息，回复的铃声便接连不断。她索性先暂停拜年，打开信息想一睹为快，没想到一看却把自己惊住了：

“你是喝醉了还是睡迷糊了？藏历年都过去一个月了，还拜年呀？”

“难道，你真的忘记哪天过年了？”

……

藏族朋友的反问，令我们的编辑从机械思维中清醒过来，跑去翻日历，2013年过去三个月了！这一天是二月初二，民俗中“龙抬头”的日子。她无奈地摇摇头，苦笑。

还有一种难耐，也是对我们编辑的考验。为了这套丛书，有的同志一年内要进出西藏两三次。严重的高山缺氧反应，试炼的不仅是身体，还有毅力。长期在藏的人，到了内地因醉氧而多眠，昏聩难耐，头晕腿软；常人日进三餐足矣，而他们则要饱受饥肠辘辘的折磨。返回高原的情景与内地醉氧相比，可谓有过之而无不及，头痛耳鸣，夜不能寐，腿脚发软，食欲全无。三周时间过去，人仍头如灌铅，四肢麻木，身体如腾云驾雾，提不起精神。尽管这样，他们仍坚持工作，无一退却，三年的付出可想而知。

确实，将一部自己没有亲身感受的他人的作品做到最好，是一件难事。尤其是这套丛书，面对工作量大、组编困难、经费难筹等问题的困扰，编辑部人员曾产生过动摇。但“老西藏”们对丛书的渴望和期待之情，始终萦绕在他们心头，挥之不去：84岁高龄的十八军老前辈赵先前先生，骑着自行车到处寻找资料，不厌其烦地向自己的孙子学习电脑打字；党史专家焦东海先生患病期间也不忘电话询问丛书进展情况，帮忙联系在京的十八军前辈；著名诗人、作家杨从彪，闫振中两位老师的热忱可与重庆的高温相提并论，而且从来“报喜不报忧”；西藏第一位女作家、优秀的藏族领导干部、西藏自治区党委原常委、西藏自治区政协副主席，德高望重的德吉措姆女士，为了筹措出版经费煞费苦心，辗转奔波，多方求援，如一尊秉烛女神，让大家在黯淡中又见光明，她身上的正能量时刻感染着每一个人；还有因心脏病住院的“老西藏”刘源老师，在病榻上笔耕不辍……他们这种发自内心、视如生命般热爱西藏的情结令人惊叹，令读到与见到的每个人的心灵不止一次地受到震撼和洗礼！

雪莲花绽放的地方本没有路，英雄先遣连壮士用他们的生命，蹚出一条“天路”；十八军将士们踏着他们非凡的足迹，向着雪山顶上的五星红旗奔去……那些让人想起就肃然起敬、长期在藏工作的各民族干部、人民子弟兵，默默无闻、坚韧不拔的品格和意志，铸就了祖国西南边陲的钢铁长城，让民族大团结之花在雪域高原绽放，让富强民主的新西藏在珠穆朗玛崛起！

20世纪70年代那令人抹不去记忆的岁月，知识青年炽烈的激情燃烧在雅鲁藏布江畔，他们背负那个特殊年代民族的希望，辗转半个中国，聚集在世界最高点。如今，这些“老西藏精神”的继承人也已两鬓霜花，他们付出的是热血，收获的是意志；逝去的是青春，留住的是品格。还有一批批援藏干部，承受思乡之苦，忍耐高原之寒，以只争朝夕的干劲实践着“老西藏精神”，为民族富强搭建人才之梯。那些远去的和这些现在的他们，都以不同方式谱写着对西藏的热爱，对祖国的忠诚，对“老西藏精神”的崇尚。

面对莽莽高原，生命显得那般脆弱渺小，如一滴水、一粒沙。也正是这一水一沙，把青春、时光、血汗凝聚成“老西藏精神”，积淀成荡气回肠的西藏岁月，没有半点虚伪和空洞。

三年来，丛书编辑部的同志们，就是在这种精神的感召和激励下，一次次直面困难，一步步在艰难中前行……垫付的数万元编辑费，至今还不知由谁偿还，但从未有人提起。想想这些，算不算是做书和做人的一种境界呢？

在西藏生活和工作，是大自然与人格和意志的较量；为西藏做事，是战胜自我、提升境界、净化灵魂的历程。一代又一代“老西藏”和西藏各族人民，抱着这种理想信念和政治情感，以鲜血和生命及子孙后代的幸福为代价，在得与失、荣与辱、生与死、苦与乐的考验面前，不改初衷，默默奉献，在世界屋脊上构筑了一个英雄群体。应该说，“老西藏精神”同“井冈山精神”、“长征精神”、“延安精神”、“西柏坡精神”一样，都是中国革命精神的重要组成部分，是中华民族精神的具体体现。

掩卷深思，作为一名读者、作者、编者，除了对“老西藏精神”的种种感慨，还有更多的感动无法忘怀。

《西藏岁月系列丛书》欣然面世，首先应感谢西藏自治区原党委书记阴法唐和夫人李国柱（首批进藏女兵之一）一直以来的关心，感谢在北京七月的酷暑下，老书记为丛书题写序言；感谢丛书编委会顾问、西藏自治区原党委常务副书记、自治区人大常委会主任、党组书记、第十一届全国人大常委会民族委员会副主任委员列确一直以来的关心；感谢西藏自治区党委常委、拉萨市委书记齐扎拉的支持；感谢1976年进藏大学生、时任西藏自治区人大常委会副主任张跃平给予我们的热情鼓励；感谢中国文联副主席丁荫楠、中国少数民族文物保护协会秘书长杨华山、中国音像出版社常务副社长丁涛等领导同志的大力支持与指导，他们同是这套丛书的奠基者，也是西藏人民的好朋友。

这套丛书的完成，离不开北京市对口支援和经济合作工作领导小组西藏拉萨指挥部领导在经费协调方面给予的大力帮助；离不开西藏自治区党委直属机关工委常务副书记林清海、原常务副书记高文庭、副书记彭宏（中央国家机关工委第五批援藏干部）等领导的厚爱和关怀；离不开时任工委宣传部部长唐荣科在方案策划、工作实施、人力安排等方面给予的全力支持与帮助。

中共大连市委组织部、宣传部的领导甘为西藏办好事，成为丛书编辑工作的精神后盾。第五批援藏干部、现大连市旅顺口区教育局副局长马殿文同志虔诚的西藏情愫令人感动，他为丛书后期制作排忧解难，为丛书出版起到了重要的助推作用。

还有丛书的合作伙伴——大连出版社的领导、同志们，表现出孜孜不倦、爱岗敬业的职业精神，是我们永远学习的榜样！

在此，丛书编辑部及丛书作者、广大读者对所有给予丛书以关注、支持、帮助的各位领导、各位同仁，表示衷心的感谢！

西藏，神圣的世界屋脊，离太阳最近的地方，我们的西藏岁月记载着沧桑，刻录着风华。西藏岁月，是无数西藏人环境与精神、磨砺与意志互相较量的历程。但西藏岁月的与众不同，不只是环境的恶劣、磨砺的艰难，更是一种人心向善的精神信仰。任云卷云舒，花开花落，“老西藏精神”同美丽的高原一样，将永远成为人们向往的香巴拉。

编　者

2013年5月